KB272464

철학, 수필 속을 걷다

철학,
수필 속을
걷다

저자 이윤희

예술은 욕망과 상처를 승화시키는 수단이다

좋은땅

40년 전의 일이다. 나는 1학년 첫 소풍날, 연탄 트럭에 끼이는 사고를 겪었다. 택시에 담긴 채 한참을 갔을까. 나의 흐릿해진 정신을 깨운 건 트럭 기사의 애달픈 흐느낌이었다. 타인의 불행에 죄책감이 든 걸까. 신세 한탄에 눈물이 난 걸까. 생의 고단함이 느껴지는 그의 두 손은 파르르 떨렸고, 나의 육체는 찢어질 듯 차가웠다.

그때부터다. 대상을 향한 예민한 촉이 몸속 깊이 박힌 채 떠나지 않는다. 10대 후반 나는 내적 고통에 시달리다 못해 불교에 심취했다. 불교 서적을 찾아 이론 공부를 했고, 토요일마다 법회도 참석했다. 학습의 이해도가 그리 높진 않았지만, 솟구치는 번뇌를 해결해 줄 곳은 불교뿐이었다.

대학 진학 후 철학 교사를 꿈꿨다. 교사 임용을 준비하던 중 등단의 기회가 찾아왔고, 2005년 평론가로서 첫발을 내딛었다. 등단 초기에는 작품 주제를 설명하는 데 그쳤다. 그 후 작품의 내용뿐만 아니라 삶의 이치를 발견하는 일도 평론가의 몫이란 걸 깨달았다. 선대의 많은 사상가들이 고민했던 의문을 함께 풀어 볼 기회를 제공하고 싶었다.

평론가는 생각의 다리를 건설하는 자이다. 그러니 소통의 장을 펼치는 데 소홀해선 안 된다. 나는 그 사명감으로 작품 속 이치를 밝히는 데 집중했고, 보석 같은 메시지를 찾는 데 보람을 느꼈다. 독자들이 언어의 숲을 헤치고 철학의 열매를 발견하길 바라는 마음이 컸다.

본 도서는 2005년부터 2024년까지『계간 에세이문예』와 수필집에 수록된 평론을 모아 정리한 책이다. 먼저 작품의 주제와 구성을 바탕으로 곱씹어 보면 좋을 작품들을 선별해 작가의 사상이나 세계관을 밝히는 데 집중했다. 기존의 평론과 다른 점이 있다면, 작품의 우위를 논하기보다 주제 분석에 치중했다는 점이다. 또한 3단 형식을 그대로 따르지 않았다. 연결성을 해치지 않을까 우려되는 부분도 컸지만, 독자들이 보다 쉽게 이해할 수 있도록 전개 방식을 바꿨다.

수년간의 작업인 만큼, 차마 수록하기 부끄러워 제 옷을 입히지 못한 작품도 있다. 못난 자식도 제 자식이라며 격려해 준 지인 덕분에, 몇몇 작품은 응급처치를 끝냈다. 구성 방식은 제각각이지만, 철학이 중심에 있다는 점은 일맥상통한다. 다만 나의 학식이 부족하여 많은 사상가를 소환하지 못한 건 아쉬움으로 남는다.

돌이켜 보면 20대 젊은 여성이 평론가로 발돋움하기 쉽지 않았다. 어릿어릿하고 예민한 내가 문단에 적응할 수 있었던 건 많은 분들의 지원 덕분이다. 먼저 평론가의 가능성을 발견해 주시고 응원해 주신 권대근 교수님께 감사의 인사를 전하고 싶다. 이 책이 나오기까지 나의 문단 활동을 묵묵히 지켜봐 준 가족과 지인에게도 사랑의 마음을 전하려 한다. 느림보 같은 나의 발걸음에 맞춰, 격려와 응원을 아끼지 않은 모든 분들께 감사함을 표하고 싶다.

　마지막으로 내적 트라우마로 고통받는 이들에게 당부하고 싶은 말이 있다. 예술은 욕망과 상처를 승화시키는 수단이다. 나 역시 작가를 꿈꿨다기보다 내적 번뇌를 해결하는 수단으로 문학을 택했다. 고통을 이겨내지 못한 채 가라앉고 있다면, 문학을 통해 내적 자유를 경험해 보길 바란다. 작가로서 창작 활동에 몰입하면 좋겠지만, 독자로서 마음의 평화를 찾는 것도 좋은 선택이 될 것이다.

차례

I

계간평

II

작품평

I

계간평

주체적 삶을 향한 몸부림

실존적 탐구, 주체적인 삶

인간은 실존적 존재이다. 아무런 목적 없이 태어나 그 자체로 존재한다. 우리는 존재의 근거를 찾지 못해 불안에 시달리는데, 이는 고독과 허무의 원인이 된다. 그럼에도 인간은 죽음의 공포에서 벗어나기 위해 각자만의 방식을 구하며 산다. 먼저 초월적 존재에 대한 의지, 즉 종교를 통해 자비와 사랑을 베풀면서 선한 동기를 생의 원동력으로 삼는다. 간혹 술이나 마약 등에 빠지기도 한다. 이는 부정적 감정을 일순간 해소할 수 있지만 중독의 위험성이 따른다. 마지막으로 문화적 행위를 통해 삶을 긍정한다. 창조적 인간으로서 자기 정체성을 발견하며 사는 것이다.

수필은 실존적 탐구로부터 출발한다. 삶의 의미와 가치를 발견하는 과정에서 탄생된다. 인간은 자유, 고독, 죽음 등과 마주하는 순간에 내적 에너지를 발현한다. 존재에 대한 호기심과 의문을 해결하기 위해 애쓰는 것이다. 외부 세계의 자극을 받아들이고, 자신과 세상에 대한 사색과 성찰의 시간을 갖는다. 이러한 사색의 덩어리는 연마를 거쳐 예술로 탄생된다.

문학은 감동과 교훈이 보장되어야 한다. 글의 기본을 갖추기 위해서 쾌감과 더불어 도리에 어긋남이 없어야 한다. 그 비중을 어디에 두느냐에 따라 장르 구성과 전개 방식이 달라지는데, 수필의 경우라면 서정과 교훈을 우위에 둔다. 수필은 서정을 중시하지만, 지혜와 깨달음으로 확장될 여지를 남겨 둔다. 이에 작가라면 작품의 완성도를 위해 실존에 대한 탐구를 지속하면서, 주체성을 향한 의지를 다져야 한다.

자연에서 찾은 지혜

생태주의적 세계관은 토지윤리를 바탕으로 한다. 인간이 편리를 위해 자연을 도구로 삼는 것에 비판의 목소리를 높인다. 자연을 대지의 구성원으로 보며, 도덕적 지위를 부여해야 한다는 입장이다. 일부 지역에 국한되더라도 그들이 있는 그대로 생존하도록 의무를 다해야 한다는 것. 이처럼 생태계와 유기적 관계를 지속해야 하는 이유는 무엇인가.

빙하와 화산이 겨끔내기로 산을 만들고 파괴한다. 빙하가 녹아 흘러내리면서 펑퍼짐한 용암대지를 가르고 세월 지나면 뾰족한 산이 만들어질 테지. 뾰족한 산도 어느 순간 지진과 화산으로 뭉개져 버릴지 모른다. 여기저기서 폭포를 이루며 흘러내리는 산 중턱에는 어김없이 카키색 이끼가 정

상을 향해 부지런히 기어오르고 있다. 이끼보다 좀 더 신선
한 초록은 이끼 속에 날아든 풀씨가 자란 초원이다. 초원에
는 어김없이 하얀 양 떼가 점점이 박혀있다. 초원의 양도 자
연스럽게 자연을 즐긴다. 폭신한 이끼 속에 날아든 꽃씨가
고 짧은 태양의 시간에 꽃의 영광을 노래한다. 예쁘고 앙증
맞은 이끼 속의 야생화에 넋을 잃는다. 이끼가 덮어준 대지
위에 풀과 꽃과 나무가 자라는 선명한 자연의 질서가 아름
답기 그지없다.

- 최순덕의 「이끼처럼」 -

작가는 아이슬란드에서 자라난 이끼와 그 생명력을 세밀하게 묘사한
다. 작품 서두에 국내 갯벌과 아이슬란드의 이끼를 오버랩하듯 서술한
부분이 인상적이다. 외계의 행성처럼 낯선 풍경이지만 다른 작품과도
비교할 수 없을 만큼 아름다운 풍치를 보여 준다. 선입견을 깨고 사물을
바라보면 세상은 더없이 풍요로워 보일까. 바위 위에 듬성듬성 자란 이
끼, 고고하게 핀 야생꽃과 마주하며 그 오묘함에 취한다.

그녀는 어둡고 무거웠던 초록빛이 대초원을 이뤘다며 탄식의 목소리
를 높인다. 공간적 미학을 위해 '용암 덩어리의 마른버짐처럼', '물개 떼
의 머리처럼', '부드러운 벨벳 천을 펼쳐놓은 듯'과 같이 대상의 성질과
모양을 직접적으로 비교한다. 이끼 지대의 오묘한 풍치를 '마른버짐', '물
개 떼의 머리', '벨벳 천'이라는 특정 대상과 연결한 것. 또한 '낮은 자세로
엎드리고 똘똘 뭉쳐서 기어가는' 등의 설명은 이끼의 특성을 사실적으로
전달하기에 좋다. 동시에 이끼를 '겸손한 침입자'로 명명하면서 기다림

과 겸손을 아는 존재로 인식한다. 변화무쌍한 환경에 적응하는 이끼의 모습과 끈질긴 생명력을 보고 감탄해 마지않는다.

「이끼처럼」은 아이슬란드의 공간과 사람을 토대로 한다. 작가는 자연을 함부로 낭비하지 않으면서 빙하의 냉정함과 화산의 열정을 닮고 싶다고 말한다. 자연을 역행하는 것이 아니라, 인내하고 순응하는 원시적 형태의 삶을 이상적으로 본 것이다. 그녀는 미래를 위해 절약과 겸손, 관용과 같은 덕목이 절실하다고 말한다. 자연의 생존 방식으로부터 삶의 지혜를 찾는 것이다.

수행자적 태도

헤르만 헤세는 인간의 양면성을 고찰한 작가로 유명하다. 그는 삶과 죽음에 대한 사색을 담았고, 대표작으로는 「수레바퀴 밑에서」, 「데미안」, 「싯다르타」 등이 있다. 그는 평생 전쟁, 가족, 죽음, 정신병의 문제로 내적 고통에 시달렸지만, 창작을 통해 삶의 의미를 찾고자 노력했다. 특히 기독교 집안에 태어났지만 불교 철학에 관심이 두드러졌다. 그의 작품 전반에 영향을 미친 것도 불교였다.

헤세가 갈망하고 찾던 정신세계를 나는 아내의 찢어진 옷에서 발견한다. 내면의 세계가 그토록 찾아 헤매는 정신 세계는 속세에서 멀리 벗어난 수도원이나 깊은 산사에서만 찾을 수 있는 것은 아니다. 속세에서 가난과 시련을 극복하

기 위해 헛된 욕망과 화려한 유혹을 버리고 자신의 처지에
알맞게 안분지족하며 살아가는 맛이 자아실현의 방도가 아
니겠는가. 남편과 아이들을 위해서는 인색하지 않고 자신을
향해서는 수도승의 몸가짐처럼 가난을 택하는 저 옷의 수행
을 보라. 나는 찢어진 옷에서 거룩한 수행자의 성찰과 통찰
을 통한 깨달음을 바라본다. 정신세계를 찾아가는 삶의 여
행이 메마르고 가난으로 비틀거리지만 눈이 부시게 아름
답다.

- 이철수의 「찢어진 옷」 -

「찢어진 옷」은 아내를 향한 마음을 따뜻하게 그린 작품이다. 그는 카
페에 홀로 앉아 독서를 즐길 만큼 낭만적인 인물이다. 부부 내외가 서로
를 생각하는 마음이 깊은데, 아내는 남편의 옷자락이 찢어져 놀라고, 남
편은 아내의 낡은 옷깃에 마음이 쓰리다. 남편과 자식을 위해서 어떤 일
도 마다하지 않는 아내가 정작 자신에게 인색한 걸 보니 안쓰러워 보인
것. '바스러질 거 같은 나뭇잎이 애처롭게 매달려 있는 옷 장식'을 보며,
세상살이에 부대끼며 살아온 아내의 삶을 지그시 바라본다.

작가는 아내의 낡은 옷을 보며 복합적인 감정을 드러낸다. 그녀의 청
빈함을 헤르만 헤세에 빗대는데, 검소함을 토대로 정신적 안정감을 추
구하는 것이 공통점이다. 그는 낡은 옷을 버리지 못하는 그녀의 소박한
태도를 초라하게 여기는 동시에 애잔하게 바라본다. 시간과 추억을 끊
어내지 못하는 그녀의 행동을 궁상맞다고 표현하지만, 아내의 검소하
고 청빈한 태도를 돋보이게 하는 반어적 효과를 노린 것. 민소매가 되어

버린 짧아진 옷이 화려하고 섹시해 보인다며, 아내를 향한 애정을 드러낸다.

탐욕을 절제하며 사는 것도 수련의 한 방법이다. 작가는 무소유를 실천하는 아내의 모습에서 구도자적 면모를 발견한다. 그는 찢어진 아내의 옷자락 보며 수행자의 통찰을 엿본다.「찢어진 옷」을 통해 욕망과 쾌락을 절제한 채 내적 만족감을 추구한다. 이에 우리는 이상적 세계를 갈망하며 욕망을 경계하는 구도자적 자세를 배울 수 있다.

교권 없는 사회

최근 교사의 인권 침해 논란이 끊이질 않는다. 교사가 학부모의 고소에 시달리다 못해 유명을 달리한 것. 왜 이런 일이 생기는 걸까. 교권을 보장받지 못하는 데에 원인이 있다. 교권은 아이들의 교육과 밀접한 연관성을 가지며, 이는 공교육을 위한 전제 조건이다. 교권이 무너지면 아이들의 미래가 무너진다. 그렇다면 교권을 세우는 일이 무엇보다 중요한 게 아닌가. 그러나 교사의 힘만으로 교육 풍토가 쉽게 바뀌지 않는다. 교육 환경과 조건이 개선될 수 있도록 사회적 시선과 제도가 뒷받침되어야 한다.

사회 발전의 가속화로 물질적 삶이 날로 번성하였으나
사회 구성원 모두가 잘살고 있는지 의문이다. '내 자식만은
잘 먹고 잘살아야 한다.'라는 일념으로 부모님의 인생을 담

보로 오직 공부에 전념한 결과 선진국에 합류하게 된 것인
지 모른다. '내 자식은 잘 살아야 한다'가 나 자신만을 챙기
는 개인주의를 가속화하고 치열한 경쟁 사회로 만든 건지
모른다. 학벌주의가 팽배하다 보니, 일류대학의 문을 뚫기
위해 너와 나는 모두 경쟁자이다. 주변을 살펴볼 겨를마저
'공부하라'로 저지당하고 공부만이 '만능키'가 된 지 오래다.

– 박경애「밴드」–

　작가는 2023년 서이초 여교사의 죽음을 토대로 교권 회복을 위한 대책을 고민한다. 그녀는 80년대 초임교사로 근무했던 교실 풍경을 떠올리면서, 60명이 넘는 학생을 책임져야 할 상황을 서술한다. 당시 한 학생이 자주 소란을 피웠는데, 밴드를 내미는 학생들의 위로가 큰 힘이 됐다며 고백한다. 동시에 교육 현장을 토대로 교사의 권위가 실추되는 사회적 상황을 고발한다. 올바른 지도를 위해 교사의 역할과 위상이 달라져야 한다는 것이다.

　오늘날 경쟁 사회의 도래로 개인주의가 가속화되었다. 교사가 아이의 자존감을 지켜 주길 바라면서도 교권을 무시하는 행동으로 눈살을 찌푸리게 한다. 작가는 '교권 없는 사회에서 양질의 교육은 기대할 수 없다'라고 말하며, 불안한 사회 제도를 개선하라고 요청한다. 최소한의 생활지도조차 정서적 학대로 부풀려지면서, 교사들의 권한이 좁혀진 데 항변한다. 교사의 역할을 강화하고 권리를 인정하는 사회적 분위기를 만들어야 한다는 것. 교사의 교육권과 학생의 학습권이 조화롭게 보장되길 바란다.

작가는 선생님을 바둑판에 비유한다. 뜨거운 아스팔트 위에 '교권 회복 4법'을 외치는 수많은 이들을 바둑알로 형상화한다. 수만 명의 교사들을 시각화한 것인데, 이는 사태의 심각성을 알리는 효과를 가져왔다. 많은 사람들이 제도적 보완을 위해 질서정연하게 움직이는 모습을 연상할 수 있기 때문이다. 또한 작품의 제목이기도 한 '밴드'는 두 가지 의미를 가진다. 아이들의 순수함과 교권 회복을 위한 법이 그것이다. 상처 난 부위를 보호하는 밴드처럼 아이들의 순수하고 아름다운 마음을 지켜 줄 교사들에게도 울타리가 필요하다는 의미이다. 이를 통해 작가는 교권 실추야말로 양질의 교육을 단절시키는 행위나 다름없음을 비판한다.

사랑과 애도

문학에서 사람을 꽃에 비유할 때가 많다. 왜 그런 걸까. 첫째 꽃은 아름다움을 상징하니, 사랑을 실천하는 이들을 자연물로 형상화할 수 있다. 둘째로 각자의 개성을 꽃의 향기에 빗댈 수 있다. 이처럼 존재의 특성을 꽃으로 승화하는 과정에서 감동과 치유의 마음을 전달할 수 있다.

어머니 떠난 다음 해 초여름, 식구 모두 떠나 빈집으로 남아 있는 고향집 대문 앞에 섰다. 빛바랜 햇볕이 낡은 보자기처럼 담장을 붙들고 있고, 담장 아래 주인 없는 노란 황매화꽃들이 바람에 버티고 있다. 서로 원망하고 부대끼면서도 바람 앞에 온몸을 밀착하고 버티며 살아가는 식구들이다.

식구, 오늘 내가 잊어가고 있는 가장 소중한 것 중 하나가 되었다.

- 하연수의 「황매화 식구」 -

「황매화 식구」는 황매화를 소재로 어머니에 대한 그리움을 담았다. 가족에 대한 애틋한 마음이 잔잔하게 스며든 작품이다. 가족에 대한 애착이 강하셨던 어머니는 '나'가 인도네시아로 떠난다는 사실에 서운한 감정을 품는다. 그로 인해 어머니와의 관계가 소원해지면서, 자아실현을 위해 떠난다는 아들과 가족의 품에 머물라는 어머니 사이에 오묘한 줄다리기가 이뤄졌다.

작품 서두에 장미와 황매화의 대조가 인상적이다. 장미는 도도하게 혼자 피지만, 황매화는 부대끼며 피는 꽃이다. 식물의 성장 방식에 따라 삶의 가치관을 대입시킨 부분이 흥미롭다. 이는 어머니가 꽃을 대하는 태도에서도 드러난다. 장미가 미워 귀양 보내고, 식구를 상징하는 황매화는 담장 아래에 심은 것. 황매화는 어머니인 동시에 가족을 상징하는 소재로, 풍성하게 피어나는 꽃잎은 가족 사랑을 의미한다. 작품 말미에 '황매화 줄기들이 꽃도 잎도 없는 마른 다리로 줄지어 서 있다'라는 묘사를 통해 어머니를 잃은 가족의 슬픔을 헤아릴 수 있다.

작가는 사랑하는 사람을 잃은 상실감, 이를 애도하는 과정을 한 편의 작품으로 남겼다. '양지바른 곳에 새집으로 이사했다'라고 하거나 '빛바랜 햇볕이 낡은 보자기처럼 담장을 붙들고 있다'라는 표현은 상실감을 극복하기 위한 치유 과정으로 해석할 수 있다. '양지바른 곳'과 '빛바랜 햇볕'은 슬픔을 극복하는 힘, 즉 추억, 사랑 등을 의미한다. 결국 「황매화 식구」의 황매화는 '서로 원망하고 부대끼면서도 온몸을 밀착하고 살아가는 식구들' 그 자체이며, 가족을 잃은 안타까운 마음의 잔상이다. 죽음을 끝이 아닌 시작으로 보는 관점 또한 새롭게 다가온다.

고통은 예술의 발원지

실존주의의 철학에 영향을 준 쇼펜하우어는 예술에 대한 인식이 남달랐다. 인생의 고통을 완화할 수 있는 방법으로 예술을 택했다. 그는 베토벤 교향곡을 좋아해 음악 관련 서적을 집필할 만큼 열정적이었다. 예술을 도피처로 사용하는 게 아니라, 오히려 치유의 근원지로 여겼다. 헤르만 헤세가 평생 글을 쓰고 그림을 그린 이유도 이와 같다. 예술을 감정의 군더더기를 승화하는 도구로 여긴 것이다.

이를 전제로 4편의 작품을 분석하면 다음과 같다. 최순덕의 「이끼처럼」은 대상에 대한 성찰적 자세가 돋보이는 작품이다. 그녀는 인내하고 순응하는 원시적 삶의 형태를 보며, 절약과 겸손, 관용의 지혜를 깨우친다. 이철수의 「찢어진 옷」은 안분지족의 자세를 배울 수 있는 작품이다. 그는 무소유를 실천하는 수행자적 면모를 발견하며, 이상적 삶을 향한 의지를 다진다. 박경애의 「밴드」는 개인주의 사회에서 공감과 배려의 가치가 얼마나 중요한지 일깨운다. 하연수의 「황매화 식구」는 가족에 대한 사랑, 공동체 문화의 중요성을 깨우치는 계기가 된다.

필자는 작품 분석에 앞서, 작가들의 사색과 고뇌에 깊은 감명을 느낀다. 한 편의 작품을 완성하기 위한 노력과 시간에 공감하기 때문이다. 이끼, 찢어진 옷, 밴드, 황매화라는 대상을 관찰하는 데 공을 들였을 게 분명하다. 작가라면 일상적 대상에 대한 고찰, 삶의 의미와 가치를 찾는 데 집중할 것이기 때문이다.

글은 소통의 도구이기 이전에 감정과 생각을 정화하는 수단이다. 지우기 싫은 기억과 정서를 저장하는 공간이자, 불편한 감정을 처리하는 기술적 방편이다. 그런 의미에서 글을 쓰는 행위는 주체적 삶을 향한 몸부림이다. 세상의 고통과 마주할 힘을 얻는 일이기에 문학은 삶의 처방약이 될 수 있다.

세상을 변화시키는 자기 성찰의 여정

내적 에너지와 삶의 변화

푸코는 자기 배려의 중요성을 피력한 바 있다. 자기 배려는 자신에게 몰두하는 것으로, 내면을 보다 면밀히 살피는 행위이다. 자기 수련을 통해 주체가 되는 법을 배운다. 우리는 시공간에 의해 규제될 수밖에 없는 존재로, 사회 규범에 따라 그 모습을 달리한다. 그렇기에 나의 행동이 타자의 시선이 아닌 내적 의지에서 발현되는지를 살펴야 한다. 그 뒤 영적 수련을 통해 실존적 자아를 찾아가는 과정에 집중해야 한다.

모든 변화는 성찰로부터 시작되고, 자신의 치부를 드러내는 용기에서 비롯된다. 사회 개혁도 마찬가지다. 먼저 사회 부조리를 알고, 변화를 촉구할 때 대안을 마련할 수 있다. 무엇보다 자기 성찰은 세상을 개혁하는 힘이 된다. 자신을 객관화할 용기가 없다면 변화를 위한 에너지로 쓸 수 없다. 나의 결핍을 받아들이고 개선하려는 의지를 가질 때 개혁의 문이 열린다.

수필은 일상적 아름다움을 토대로 독자들에게 공감을 주며 삶의 변화를 이끄는 데 목적이 있다. 그렇다면 삶의 변화는 어디로부터 비롯되는가. 내적 가능성을 발견하는 데 있다. 세상을 변화시키는 힘은 자기 안에 있으며, 이는 삶을 윤택하게 만드는 에너지로 쓰인다.

전통과 운명에 대한 통찰

공자의 예가 천명을 따르는 일이라면 예는 어떻게 이루어지는가. 어떤 규정을 무조건 따르기보다 예에 맞도록 행동하는 것, 즉 강제 주입을 통해 이뤄지는 것이 아니라 사람들이 행하는 관습을 보면서 마음 가는 대로 움직이는 것이다. 따라서 예는 고정된 것이 아니라 시대 흐름에 따라 변화하고 유연하게 수용될 수 있다.

전통에 매이는 아내를 보면서 내가 풀어야 할 인생 과제를 만난 듯한 느낌이 들었다. 살아오며 한 번도 생각한 적 없었던 운명이라는 실체를 찾아보려고 지난 과거에 매달려 보기도 했다. 지금까지 살아오는 동안에 그 모습을 달리하며 나를 지켜왔지만 때로는 세상에서 낙오되지 않으려고 보이지 않는 무언가에 기대보고 싶을 만큼 나를 힘들게 한 적도 많았다. 그러나 노년에 접어들면서 이제는 신이었던 어머니의 아들로 지나온 날들에 새겨진 운명의 파편들을 하나둘 주워 담아본다. 여태껏 살면서 운명보다 현재의 내 삶에 충

실해지려던 내 생각과 감정이 어떻게 변화해 왔는지를 돌아
본다.

– 장덕재의 「상 차리기」 –

　장덕재의 「상 차리기」는 운명에 관한 자신의 견해를 밝히는 작품이
다. 명절이나 제사가 다가오면 상차림으로 생기는 갈등이 적지 않다. 그
래서인지 그 형식과 규모가 축소된 것은 물론이요, 생략하는 일도 다반
사다. 그러나 아내는 네 번의 제사와 두 번의 차례를 모시면서도 불평 한
마디 없다. 작가는 그런 아내를 지켜보며 안타깝고 미안한 마음이 든다.
그뿐 아니라 과한 상차림이 과소비가 될까 염려스럽다. 조상의 은덕을
기대하는 부인의 믿음을 깨뜨릴 수 없으니, 그만하자는 소리를 시원스
레 내뱉지도 못한다.

　작가는 차례를 준비하는 아내를 보며 자신의 어머니를 떠올린다. 신
병을 체험한 뒤로 무당이 된 어머니. 그와 어머니는 종교를 바라보는 관
점에서 크게 다르다. 그의 경우 불안을 제어하는 수단으로 여긴다. 오히
려 무속이 주는 심리적 부작용을 지적하면서, 점괘에 매달리는 순간에
불안이 더해질 거라 말한다. 자신의 운명은 누군가를 향한 간절한 믿음
이 아니라, 스스로에 대한 신뢰와 의지, 용기를 바탕으로 하기 때문이다.

　「상 차리기」는 운명을 대하는 작가의 태도, 책임과 의무에 대한 의지
를 담았다. 작가는 전통에 매이는 아내를 보며, 평생 풀어야 할 숙제를
정리한다. 먼저 어머니의 아들로 살아온 지난 날들을 돌이키며 자신만
의 철학을 정립해 간다. 기존의 제도와 형식, 즉 절대자의 맹목적 믿음에
서 벗어나, 번뇌와 고통을 이겨내며 살겠다는 확고한 신념을 세운다. 누

군가의 신으로 살아온 어머니. 그 삶 자체를 부정하지는 않지만, 현실에
더 충실할 거라 다짐한다. 이에 작가는「상 차리기」를 통해 흩어진 생각
을 정리하고, 얽히고설킨 갈등의 고리를 풀어 간다.

인내와 성장의 여정

성장은 고통을 수반하고, 이를 경험하지 않고서는 성공에 이르지 못
한다. 인간이 대상과 접촉하여 얻은 경험, 즉 만남과 이별, 탐색과 발견,
실패와 성공 등의 과정을 통해 개발과 창조의 에너지를 넓혀 나간다. 흔
들리지 않고 피는 꽃은 없다 하지 않던가. 모든 존재는 고통과 인내를 수
반하는 과정에서 성장이라는 꽃을 피운다.

보이는 길은 쉬운 길이지만, 보이지 않지만 가고 싶은 길
은 용기가 있어야 하는 모험이 가득한 길이다. 이 길은 믿음
의 길이다. 이 길을 따라가면 우리는 새로운 경험을 만나고,
자신의 한계를 뛰어넘을 기회를 얻게 된다. 우리는 살아가
면서 좁고 굽은 길보다는 앞길이 훤히 보이는 신작로를 원
한다. 좁은 길에서 빠져나오지 못한 사람, 굽은 길에서 방향
을 잘못 정하여 다른 길로 간 사람도 있다. 동기들이 모이면
직업도, 경력도 제각각이다. 같은 출발선에서 시작하였는데
결과는 너무나 달랐다. 신작로를 찾지 못하여 좌절도 하지
만 둘레길도 묘미가 있다. 길만 보고 가는 신작로는 세상의

변화에서 멀지만, 둘레길은 하루가 다르게 변화하는 자연의
즐거움을 만끽할 수 있다.

- 김중규의 「길」 -

　길은 인생을 상징한다. 좁은 길, 굽은 길, 낭떠러지 등 걸어온 길을 돌이켜 보면, 그 길은 늘 평탄하지만은 않다. 작가는 결과만이 아니라 포기하지 않고 걸었다면 성공한 삶이라 말한다. 길에서 만난 인연들과 추억도 쌓고, 고통스런 시간도 공유한다. 그 과정에서 기쁨과 슬픔, 아픔이라는 감정을 느끼는데, 후회와 아쉬움으로 뒤범벅이 될지라도 걷고 또 걷는다. 그 이유는 무엇일까. 수많은 인연이 성장의 밑거름이 된다는 걸 알기 때문이다.

　돌멩이로 만든 시골 담장, 지게를 진 채 몸을 틀어야 겨우 지나갈 수 있는 골목길. 이 모든 건 시멘트로 다져진 도회지 길과는 다르다. 정비사업으로 말끔해진 도회지 길은 차들로 빼곡히 들어찼지만, 도전을 필요로 하지 않는다. 반면 돌과 돌을 하나로 묶어 만든 돌담은 울퉁불퉁 각자의 개성이 하나로 뭉쳐진 결과물이다. 각각의 개별체가 하나의 목적을 위해 연대의 힘을 이룬 것. 작가는 바람에 날려 온 씨앗이 새로운 생명체가 되는 것에 주목하면서, 우리네 삶도 배려와 협력으로 조화롭길 바란다.

　작가는 내면을 탐구하는 의지와 조화롭게 협력하는 모습을 성장의 한 요소로 보고 있다. 하늘은 큰 사람을 만들기 위해 시련을 준다는 맹자의 말처럼, 인내와 협력은 자기 발전을 위한 덕목이다. 그가 개척하는 삶의 중요성을 이다지도 강조하는 이유는 뭘까. 한계에 부딪혀 좌절하

는 동안, 세상에 적응할 힘을 얻을 수 있기 때문이다. 신작로를 걷는 건 효율성을 중시하는 걸음이며, 이러한 욕구는 대상을 탐구하거나 소통할 여지를 남겨 두지 않는다. 반면, 둘레길은 환희와 고통으로 얼룩져 있지만, 경이로운 순간을 포착할 수 있는 기회가 된다. 작가는 「길」을 통해 만물은 생존 방식을 달리하니, 시비판단으로 가늠할 수 없음을 밝힌다.

인구 절벽에 대한 위기 의식

2024년 한국 출산율은 0.75명이다. 많은 전문가들은 질병이나 내전 없이 낮은 수치의 출산율을 유지하는 한국의 실정에 놀라워한다. 이와 같은 일이 벌어지는 이유는 무엇일까. 바로 사회적 풍토가 가장 큰 문제이다. 삶을 풍요롭게 만드는 요소가 무엇이냐는 질문에 유독 한국만이 경제적 만족감을 택했다. 또한 출산에 대한 인식조차 부정적이다. 정부가 내놓은 수많은 정책들이 출산율의 증가로 이어지지 못하고 있다. 출산이 경제적 부담으로 인식되고 있는 만큼 재정 지원만으로 근본적인 해결책을 마련하기 어려워 보인다.

순풍의 돛단배처럼 부풀어 올랐다. 강변 산책로의 붐비는 사람들 틈에 반대 방향으로 바람을 맞으며 씩씩하게 걸어오는 세 명의 여자가 눈에 띈다. 학익진을 펼치고 적진을 향해 돌진하는 수군들 같다. 옆으로 나란히 씩씩하게 걸어오는 그녀들 가운데 한 명의 배가 유난히도 불룩하다. 바람

에 밀착되어 더욱 도드라진 D라인이다. D라인의 여인을 호
위하듯 당당한 무리가 스쳐 지나간다. 발걸음이 자동으로
멈추어지고 함께 묶인 시선이 끌려간다. 무슨 진기한 광경
이라고 입을 헤벌리고 한참 동안 뒤돌아본다. 요즘 정말 보
기 드문 임신한 여자의 모습이 아닌가.

– 최순덕의 「D라인의 변辯」 –

　　최순덕의 「D라인의 변辯」은 인구 절벽으로 치닫는 대한민국 현실에
안타까운 심정을 토로한 작품이다. 인구 절벽 시대를 넘어서기 위해서
혁신적이고 안정적인 제도가 필요하다는 주장은 많지만 고려해야 할 점
도 적지 않다. 출산과 미에 대한 기준에 변화가 필요하다는 것. 작가는
임산부를 대하는 인식이 남다르다. 작품 서두에 '해풍을 이용해 바다를
헤쳐 나가는 돛단배', '학익진을 펼치는 수군'으로 묘사한 부분을 보자.
진기한 광경이 되어버린 임신부의 자태를 군인에 비유한 것이 예사롭지
않다. 일화에 소개된 임산부의 경우 독립운동가를 맞이하는 것처럼 환
영받는데, 그 이유는 무엇일까. 대한민국의 현주소가 희망적이지 않기
때문이다.

　　「D라인의 변辯」은 미의 재정립을 추구한다. 외형적 아름다움에 집
착한 나머지 내면적 행복과 국가적 미래를 놓치고 있는지를 반성한다.
이에 작가는 출산장려금 지원이 인구 소멸의 대안이 될 수 없다고 말한
다. S라인의 문화가 출산 거부, 문화유산 쇠락의 원인이라 분석한다. 또
한 여성의 사회적 진출이 늘어나면서 출산과 양육에 대한 두려움이 출
산 거부 현상으로 이어졌다는 의견을 제시한다. 그렇기에 인식의 변화

가 출산의 위기를 바꾸는 대안이 될 수 있다고 믿는다. 작가는 D라인의 넉넉함과 풍요로움이 아름다움으로 인식되는 사회적 분위기가 조성되길 바란다. 희망 없는 사회라는 부정적 인식을 상쇄시키려는 의도를 반영하고 있다.

가끔 우리는 자연에서 위기 극복의 방편을 찾는다. 자연에 어울리는 D의 아름다움. 자연 그대로의 아름다움을 인정해 주는 사회가 되면 얼마나 좋을까. 작가는 인구 절벽이라는 최극단에 놓인 대한민국의 현실을 통탄하는 동시에 인식의 변화가 시급하다고 본다. 아이를 키울 수 있는 조건과 제도를 마련하는 것도 중요하지만, 출산에 대한 인식에 더 큰 변화가 필요하다고 말한다.

전쟁 속에서 피어난 평화의 꽃

인간은 과학기술의 무한한 발전으로 삶을 보다 편리하게 만들었다. 생존을 위해 기계를 개발했고, 물질적 풍요로움과 함께 여가 시간도 확보했다. 그뿐 아니라 인간은 건강 증진과 생명 연장을 목적으로 의학에도 많은 투자를 아끼지 않았다. 그로 인해 우리는 무한한 가능성을 꿈꾸며 살아왔다. 그러나 문명은 인간의 욕망을 더욱 자극했고, 전쟁으로 수많은 비극을 초래했다.

녹슨 양철 지붕 아래 야트막한 블로크 담장 위로 긴 빨랫
줄이 가로지른다. 빨랫줄에 매달려 바람에 흔들리는 빨래가

한 시인의 시 속 깃발처럼 나부낀다. 외세에 의해 한반도가 북위 삼십팔도 선을 경계로 남한과 북한으로 나누어지듯, 베트남도 북위 십칠도 선으로 남베트남과 북베트남으로 나누어진 적이 있다. (중략) 가족, 일가친척, 이웃이 서로 다투어야 하고, 낮에는 민간인이고 밤에는 적으로 둔갑하여 싸워야 하는 비극적 현실 속에서 이들의 바람은 펄럭이는 빨래 깃발처럼 '소리 없는 아우성'을 쳤으리라. 한반도에서 일어난 동족상잔의 비극을 보고서도 그 전철을 그대로 밟은 이들의 역사가 안타깝다.

– 박경애의 「빨래」 –

박경애의 「빨래」는 전쟁으로 인한 국토의 황폐화, 고엽제와 참전의 후유증을 겪는 사람들을 소재로 삼는다. 베트남의 현재와 과거를 교차하며, 절망과 좌절을 경험한 사람들의 삶을 그린다. 동시에 평화를 향한 의지가 단결과 화합을 만든다는 사실을 전하면서, 현재의 평화는 희생과 고통 속에서 창조된 것임을 강조한다.

작가는 베트남의 한가로운 풍경을 서정적으로 묘사한다. 이는 참혹했던 역사를 더욱 극화하는 효과를 노렸다. 작품 서두에 노란 꽃이 만발한 쑤언 흐엉 호숫가의 풍경, 외딴집 처마 밑에 널려있는 빨래감 등 일상적인 아름다움을 서정적으로 그린다. 담장 위로 가로지른 긴 빨랫줄의 이미지로부터 분단의 역사 현장을 소환한다. 그녀는 동족상잔의 비극, 그 고통의 순간을 '소리 없는 아우성'으로 표현한다. 상황적 진실을 더욱 강조하기 위해 역설적 표현을 활용한 것. 또한 바람에 펄럭이는 빨랫감을 깃발에 비유하여 평화를 향한 간절한 바람을 전한다.

생지옥이라 명명할 수밖에 없는 비극적 상황은 폭정에서 벗어나려는 애국 충정의 역사이기도 하다. 작가는 고엽제 살포로 인해 생명이 말라가는 순간을 떠올리며 감정적 통탄에 이른다. 고엽제의 멍에로 병들어가는 국민들의 삶을 바라보며, 전쟁은 누구를 위한 것인지 되묻는다. 결국「빨래」는 사람들의 마음이 하나로 뭉쳐질 때 따뜻하고 아름다운 사회가 된다는 믿음에서 출발한다. 황폐화된 국토를 바꿔 놓기 위해 산림녹화 사업을 진행하는 동안 시민들의 자발적 협력이 중심이 된 것.「빨래」는 일상적 상황을 민족분단과 연결해, 평화를 향한 국민의 간절한 바람을 전하고 있다.

변화와 개혁을 꿈꾸며

수필은 대상에 대한 탐구는 물론이요, 자신을 성찰하는 과정에서 탄생된다. 삶의 순간을 관조와 비판적 시선으로 바라보며, 변화의 가능성을 찾는 게 제1단계이다. 먼저 주관성을 배제한 채 자신을 대상으로 인식하는 것. 그 뒤 현실 문제를 자각하며 변화를 위한 용기를 발현한다. 이러한 일련의 과정을 통해 변화하는 존재로 거듭날 수 있다.

본 호에는 변화를 위한 여정을 그린 작품들이 많았다. 필자가 선정한 네 편의 작품도 변화를 촉구하는 목소리를 담은 글이다. 먼저 장덕재의「상 차리기」는 자신의 의무와 책무를 다할 때 삶의 변화를 느낄 수 있다고 말한다. 김중규의「길」은 개척하는 삶의 의미를 담은 작품이다. 최순덕의 「D라인의 변辯」은 한국의 인구소멸현상에 대한 인식을 촉구한다. 박경애의 「빨래」는 평화를 향한 국민들의 바람과 협력의 가치를 피력하는 작품이다.

수필은 자연에 대한 탐구, 자기 실현을 통한 성숙, 부조리에 대한 저항으로 탄생된다. 자기 배려로 시작된 탐구는 글이라는 행위로 실현되고, 이는 곧 문학이라는 결과를 낳아 감동과 깨달음으로 전해진다. 독자들의 입장에서 본다면 자신을 돌아보는 계기가 되고, 세상을 바라보는 관점도 키울 수 있다. 이러한 과정은 삶에 변화를 주고, 사회적 개혁을 위한 토대가 된다.

체험적 진리와 심미적 감성

자기 성찰적 자세

쇼펜하우어는 삶 자체를 고통으로 보는 시각 때문에 염세주의를 대표하는 사상가로 알려져 있다. 고통을 회피한 채 쾌락만 좇는 행위를 무의미하게 본 것이다. 그는 고통에서 벗어나는 길은 오직 삶의 의지를 부정하는 것으로 여겼다. 삶의 의지란 곧 욕망이므로 욕망을 충족하지 못하면 고통이 따른다. 결국 욕망은 인간을 더 불행하게 만드는 요소인 것이다.

그렇다면 행복은 어디에서 비롯되는가. 쇼펜하우어는 중도에서 답을 찾았다. 우리가 겪는 대부분의 슬픔은 관계에서 비롯된다. 자신이 가진 것에 만족하지 않고, 남과 비교하며 욕망의 수레를 멈추지 않기 때문이다. 그렇다면 우리는 행복할 수 없는 걸까. 그렇지 않다. 우리 모두가 하나임을 깨닫고, 욕망의 굴레에서 벗어난다면 내적 평화를 찾을 수 있다.

수필은 성찰의 문학으로 일상을 전달하는 과정에서 감동과 깨달음을 제공한다. 이에 독자들은 무뎌진 감각을 깨우며 인식의 창을 넓힐 수 있다. 평론가 권대근은『문장가로 가는 길』에서 성찰의 중요성을 피력한 바 있다. 작가라면 대상을 발견하여 상관화 작업을 시도한 뒤 동화 단계에 이르러 성찰의 과정을 밟아야 한다는 것. 성찰과 자각을 게을리하지 않을 때 존재의 가치를 증명할 수 있기 때문이다.

불완전한 사회, 결핍된 인간

인간은 불완전한 존재이다. 누구나 알고 있는 명제지만 아무도 해결할 수 없는 숙제와 같다. 우리는 탄생 직후 양육자의 보살핌 아래 살아가지만, 전능감을 채우기도 전에 어머니와 분리돼 세상 속에 던져진다. 평생 그 허한 구멍을 채우기 위해 발버둥 치지만, 평생 불만족 상태에서 벗어날 수 없다. 결국 인간은 완전함을 목적으로 끊임없이 성장하는 불완전한 존재이다.

세상엔 허방이 많고도 많다. 자연적이든 의도적이든 간에 허방은 널려 있다. 그리고 그곳에 사는 우리는 아까 산에 파놓은 허방 근처에 사는 무수한 산짐승들이다. 마치 돌다리도 두드려보고 건너듯 살피고 또 살피지 않으면 그만 홀라당 빠지고 만다. 세상의 허방을 여기서 다 말할 수는 없지만 몇 개만이라도 들여다보고 빠질까 말까를 판가름하는 자경면으로 삼아볼까 한다.

– 서관호의 「허방에 빠진 날」 –

허방의 사전적 의미는 땅바닥이 푹 패어 빠지기 쉬운 웅덩이이다. 본 뜻에 비추어 '허방에 빠진 날'을 생각해 보면, 불운으로 벌어진 수난 정도로 해석할 수 있다. 그러나 관점을 달리하면 불행이 아니라 인재에 가깝다. 부실한 제도와 관리는 사람으로 생기는 일이니, 사회적 재난과 다를 바 없다. 작가는 '사람 그 자체가 허방이라는 생각이 든다', '당신이 이 세상의 구멍이 아닌지 묻고 싶은 것'으로 인간의 한계점을 지적한다. 인간의 무관심과 방관으로 인해 생기는 문제들이 많기 때문이다.

작가는 세상을 분석하는 눈이 남다르다. 부드러운 칼날로 세상의 치부를 드러내는 방식이 흥미롭다. '허방'은 인간의 특성, 사회적 빈틈을 일컫는 하나의 상징어이다. 온 세상이 허방으로 둘러싸인 곳이라면 어떨까. 탈출구란 없을 게 분명하다. 그는 '허방에 빠져드는 산토끼에 불과하단 말인가', '대체 그건 누가 만든 것인가', '교묘하게 숨어서 부지불식간에 나타나는 구멍은 얼마나 많은지'라며 불완전한 세상에 대해 한탄한다. 또한 '천지가 곧 허방인 줄도 모르고 여태껏 목숨 부지하고 살아온 것만도 얼마나 다행인가'하며, 안도의 한숨을 내쉰다.

「허방에 빠진 날」은 불완전한 사회에서 결핍된 존재로 살아가는 본연의 모습을 담담하게 보여 준다. 작가는 허방을 무지를 일깨우는 방편으로 사용하자고 말한다. 편견과 아집에서 벗어나 후회와 반성을 다짐할 때 발전할 수 있기 때문이다. 무엇보다 세상을 극단적으로 바라보지 않는 데 의미가 있다. 사방에 널려 있는 수많은 허방 속에서 온전히 깨어 있길 바랄 뿐이다.

위선적 태도에 대한 경고

라떼는 말이야. 유행처럼 번진 이 말은 기성세대의 잔소리를 익살스럽게 표현한 말이다. 주로 자신의 무용담을 늘어놓거나, 누구나 알고 있는 처세술을 가르칠 때 쓴다. 그러나 기성세대의 입장에서 보면 억울하기 짝이 없다. 삶의 지혜를 공유하고 싶은 선한 의도를 왜곡하기 때문이다.

잘못을 저질렀을 때 인정하고 반성하고 개선하면 된다. 그런데 적반하장으로 잘못을 지적하는 사람에게 핏대를 높이며 되레 큰소리친다. 자기 잘못을 모르쇠로 일관하고 버틴다. 아니 오히려 권력의 힘으로 입을 봉쇄하고 거짓말이라고 몰아붙인다. 두 눈 뜨고 두 귀 열고 보고 듣는 국민과 청소년은 저 작태를 보고 어떤 영향을 받을지 심히 걱정된다. 몸과 마음에 금이 가는 소리가 처량하고 서럽다.

– 이철수의 「금이 가다」 –

작가는 위선적 태도에 대한 날카로운 시선과 함께 갈등을 해결하는 관용적 태도를 보여 준다. 글의 서두에 15년 동안 가족의 짐꾼이 되어 준 자동차를 향한 애틋한 마음을 고백한다. '늙어가기도 하지만 무리하게 일을 하다 보니 여기저기 아프다는 신호가 온다', '나이가 들어 주름이 늘어나는 것을 무슨 수로 막을 수 있단 말인가'라는 말에서 세월의 무상함이 느껴진다. 그는 오래된 자동차를 인간에 빗대고 있는데, 세상 풍파를 견뎌내는 중년의 삶과 결부시켜 본다. 젊음을 잃고 늘어난 주름에 통탄하는 중년의 이미지를 오버랩하며, 낯선 대상을 친근감 있게 그린다. 독자로 하여금 사물을 생명체로 인식하게 만들어 감정적 연민에 빠져들게 한다.

본 작품의 제재인 '금'은 오랜 세월 자신의 발이 되어 준 자동차에 대한 안타까운 마음을 함축한다. 이는 중의적 해석이 가능한데, 먼저 세월의 흔적, 연륜과 경험, 희생과 관련된 의미를 가진다. 금을 인간의 주름에 비유하며 감사와 연민의 감정을 함축한다. 또한 갈등과 충돌의 의미를 내포한다. 작가는 위선적인 변절자, 피해의식과 자기합리화에 빠진 사람들에 대한 부정적 감정을 토로한다. 사회 안에서 분열을 일으키며 이기적으로 행동하는 사람의 태도를 지적한다. '도저히 참아 내기 역겨운 냄새에 인상을 찌푸리고 만다'라는 부분에서, 자기 반성력을 잃은 사람들을 적나라하게 비판한다.

작가는 갈등 상황을 관용적 태도로 봉합하는 선조들의 지혜를 되새긴다. 불가피한 상황을 회피하기보다 당당히 맞서는 수용적 태도를 배우고자 한다. '금이 간 마음의 따뜻함으로 채워지고 고상함이 자리한다'라는 말은 곧 상처받은 마음을 위로해 줄 정이 그립다는 의미이다. 또한 미래 세대가 이기심에 치우쳐 자기 검열에 무덤덤해지지 않을까 염려하는 마음도 새겨 넣었다. 이철수의 「금이 가다」는 갈등과 이기심으로 촉발하는 우리 사회를 유쾌하게 꼬집는 작품이다. 혜안을 가진 그의 이유

있는 독백이 사회적 치부를 알리는 하나의 통로가 되길 바란다.

일상에서 특별함 찾기

화창한 봄날, 만개한 꽃길을 걷다 보면 김춘추의 「꽃」이 생각난다. 평범한 대상에게 이름을 붙이면 특별한 존재가 된다는 말이 아른거린다. 작가는 일상적 대상이 특별한 존재가 되는 순간을 기록했는데, 이러한 발상은 대상에 대한 새로운 인식이 덧붙여질 때 완성된다. 작가는 그 찰나의 순간을 놓치지 않고, 언어라는 색을 입혀 문학이라는 결정체를 만든다.

형형색색 봄을 밝히는 꽃들에 가려져 눈에 잘 띄지도 않는 하얀 별꽃. 바닥에 바짝 엎드려 조용히 피어있지만, 제 몫을 다 한다. 그 곁으로 하늘빛을 닮은 봄까치꽃도 작은 미소를 띠며 이웃처럼 자리해 있다. 바닥에 붙어서 피는 두 꽃이 친구처럼 의지하듯 정다워 보인다. 알아주지 않아도, 무수한 발걸음에 뭉개져도, 꿋꿋이 제 소임을 다하며 봄을 빛낼 줄 아는 별꽃처럼 우리네 인생도 저들과 마찬가지리라. 하는 일이 뜻대로 안 된다고, 넘어졌다고 주저앉으면 밑바닥 인생이 되리니, 짓밟혀도 다시 일어나 새로운 꽃을 피워내듯 마음을 다잡고 재도전을 한다면 이루지 못할 것은 없으리라.

– 전해미의 「별꽃」 –

사물을 사람같이 대하는 방식은 독자에게 친근함을 제공한다. 작가는 환경에 불평하지 않고 제 소임을 다하는 이들을 별꽃에 비유한다. 소금을 뿌린 듯 하얗게 핀 꽃밭의 정경을 옹기종기 모여 사는 이웃에 빗댄다. '원하거나 청하지 않았지만, 마음이 가는 대로 파수꾼을 자처했다'라는 부분에서 별꽃에 대한 남다른 애정이 느껴진다. 그녀가 형형색색 봄을 밝히는 많은 꽃들 중 별꽃에 시선이 가는 이유는 뭘까. 결말의 '별꽃을 닮고 싶다'라는 부분에 비추어 보면, 별꽃이 가진 생명력을 부러워한 듯 보인다. 외부적 요구나 계획 없이, 내면에서 우러나온 사명감이 발동한 것이다.

그녀는 봄빛에 움츠린 가슴을 달래며 학장 시절을 떠올린다. 또래에 비해 작고 여린 자신을 말없이 지켜 주신 선생님을 기억한다. 장마철 물폭탄을 가로질러 아이들을 업고 달리던 선생님의 따뜻한 온기를 잊지 못하는 것. 작가는 작고 여린 학생들에게 기둥이 되어 준 선생님처럼, 제 소임을 다해 작은 생명체를 지켜 주리라 다짐한다. '그때의 선생님 마음이 별꽃을 바라보는 내 심정과 같았을까'라는 부분에서 별꽃에 대한 특별한 애정을 엿볼 수 있다. 작가는 오랜 시간 찾아보아야 특별한 존재가 된다는 어느 시인의 말처럼 일상의 작은 대상에 주목한다. 이를 통해 사람을 대하는 순수하고 아름다운 감정을 배우고 간직하리라 다짐한다.

수필은 인식의 창에서 탄생된다. 먼저 존재의 가치를 포착하는 예리한 눈으로 대상을 물색한다. 일상적인 대상에 주관적 관점을 덧붙이면, 특별한 존재로서의 의미를 더할 수 있다. 대중이 알고 있는 이미지를 활용하여 생동감을 주면 미적 가치를 살리는 데 효과적이다. 이에 작가는 별꽃을 소박하지만 강인한 생명력을 지닌 대상으로 묘사하여 존재의 가치를 높였다. 이렇듯 「별꽃」은 심미성 차원의 시선으로 존재의 의미를 밝히려는 의도에서 탄생된 작품이다.

위기에서 탈출하기

강인함은 스포츠뿐 아니라 문학에도 단골 소재로 사용된다. 흔히 잡초와 민들레를 보면 적응력과 인내력을 가진 강한 생명체로 인식한다. 비바람에도 쉬 꺾이지 않는 생명력에 감탄할 수밖에 없는 것. 이러한 생명력은 쉽게 체득될 수도, 빠르게 회복할 수도 없는 기운이다. 수많은 경험과 실패를 토대로 완성되기 때문이다.

창문을 미친 듯 두드리는 빗소리에 놀라 낮잠에서 깼다. 그 사이 카펫은 흥건히 물을 머금었다. 헐레벌떡 일어나 정리하고 보니, 한낮 날씨는 집어삼킬 듯 물려든 먹구름 속이다. 점점 거세어지는 바람과 빗줄기가 날 노려보는 듯하다. 두려움에 잠금장치를 걸었다. 지난밤 비가 오려고 아팠구나! 어디선가 이 순간 있을 빗자루와 삽의 절규가 느껴진다.
– 함은숙의 「폭우에 피워낸 사랑」 –

글의 서두는 작품의 첫인상과 다름없다. 독자들의 흥미를 끌고 몰입을 높이며 작품의 성패를 결정지을 정도로 중요하다. 「폭우에 피워낸 사랑」은 위축될 수밖에 없는 자연의 위력을 세밀하게 그린다. '미친 듯이 두드리는 빗소리', '집어삼킬 듯 몰려든 먹구름', '빗자루와 삽의 절규' 등의 표현은 폭우에 대한 두려움과 공포심을 조장한다. 오감을 자극하는 생생한 묘사로 독자들의 주목을 끄는 데 성공한다. 작가는 작품 중반부에도 '아름답던 노을빛은 어디 가고 빗물에 가려진 세상이다', '자주 보이던 별똥별도 도망갔나 보다', '날이 밝고 뜨거운 태양 아래 순백의 깃발들이 날렸다'라는 묘사를 통해 지옥도가 되어 버린 재해 현장을 생생하게 표현한다. 동시에 연대를 통해 터전을 지키는 사람들의 모습을 아름답게 그린다.

독자는 작품을 읽는 동안 물바다로 변한 신혼집을 상상할 수 있다. 갓 태어난 아들을 안고 고전분투하는 주인공의 행보에 안타까움을 느낀다. 감당하기 벅찬 불행을 눈앞에 두고, 망연자실할까 봐 불안한 마음이 든다. 동시에 아들을 위한 지극한 사랑에 안도감을 느낀다. 작가의 '웃는 아들놈 얼굴에 잠시 구름이 올랐다'라는 희망적 메시지는 한 편의 드라마를 보는 듯 몰입감을 더한다.

작가는 폭우의 흔적들을 지우던 사람들을 오케스트라에 비유한다. 빗자루를 지휘봉으로, 맨홀 청소를 하는 사람들을 오케스트라로 묘사한다. 경계를 허무는 어울림을 통해 하나의 목적을 이룬 사람들의 아름다운 몸짓. 끼니를 걱정해 주신 주인아주머니, 백일 선물을 목에 걸어주신 지하방 아주머니 등 이웃들의 소박한 사랑을 아련하게 떠올린다. 「폭우에 피워낸 사랑」은 터전을 지켜가는 사람들의 화합을 따뜻하게 그리고 있어, 슬픔과 좌절에 빠진 이들에게 적지 않은 희망을 준다.

체험적 진리, 심미적 형상

문득 노자의 일화가 떠오른다. 그는 스승의 임종을 지키며, 마지막 가르침을 청했다. 스승은 죽음 직전에 자신의 입속을 들여다보길 권했고, 그 의도를 알아맞힌 노자의 혜안에 탄복했다. 이는 딱딱한 이빨은 먼저 없어지지만 부드러운 혀는 아직 남아 있다는 것인데, 그의 혜안이 현대사회에도 회자가 되고 있으니 놀라울 따름이다.

유약겸하는 부드럽고 유연하며 겸손하게 낮춘다는 뜻으로, 이러한 태도는 강인함을 이긴다는 것이다. 그렇다면 부드러움이 강한 것을 이긴다는 것은 어떤 의미인가. 가령 물은 세상에서 가장 부드럽고 약하게 보이나 그렇지 않다. 다른 존재와 융합하는 동시에 스스로 정화하는 회복력을 가진다. 그러니 물은 부드러운 동시에 약하지 않은 존재라는 것이다.

필자가 분석한 네 편의 작품에도 이와 같은 통찰이 숨어 있다. 먼저, 서관호의 「허방에 빠진 날」은 자기 성찰에 대한 의지가 돋보이는 작품이다. 이철수의 「금이 가다」는 위선적 태도를 비판하며, 용서와 관용의 중요성을 강조한다. 전해미의 「별꽃」은 묵묵히 자리를 지키는 별꽃을 향한 마음을 담았다. 함은숙의 「폭우에 피워낸 사랑」은 절규를 외치고 있을 누군가에게 삶의 희망을 준다.

위 작품들은 내적 가능성을 발견하는 과정에서 파생된 글이다. 수많은 함정과 위선에 휘둘리지 않고, 예기치 못한 불행에 포기하지 않는 힘을 내 안에서 찾는다. 그 힘은 유연하고 부드러우며 관용적이다. 이에 부드러움의 철학을 실천하며 온화와 겸손의 의미를 되새길 수 있다.

수필은 체험적 진리에 심미적 가치를 더해 만든 글이다. 한 가지 분명한 것은 수필이 본능적 이기심과 감정적 격동에 휘둘리지 않은 내공이 깃든 글이라는 점이다. 낮은 자세로 세상과 호흡하고, 내면의 자아와 소통하는 자들이 쓴 글이기에 더욱 그렇다. 작은 미물의 가치를 인정하고, 그것과 호흡할 수 있는 자만이 만물의 깊이를 발견하는 것. 이처럼 반성적 성찰에 능한 사람이 삶의 의미를 전달한다면 더없이 아름답지 않을까.

사색을 통한 삶의 의미 찾기

실존적 물음에 답하기

실존주의는 20세기를 전후로 한 유럽 예술가들의 지식 운동이다. 그들은 삶과 죽음, 사랑 등을 주제로 인간 현실에 대한 실존적 진실을 탐구하고자 노력했다. 인간을 고정된 실체가 아닌 결핍의 존재로 보았으며, 사회를 불합리의 연속으로 여겼다. 인간은 불안과 죄책감을 온전히 해결할 수 없으니, 완연한 행복은 불가능에 가깝다는 것. 결국 우리는 불편한 진실을 마주해야 할 운명에 놓였으며, 결핍을 채우기 위해 대상을 욕망하며 살아야 할 존재인 것이다.

인간은 세상에 내던져진 존재로 각자 의미 있는 대상이 되길 바란다. 다행히 창조적 능력을 가졌기에, 매 순간 자유 의지에 따라 선택하며 살아간다. 문학에도 이러한 실존주의 관점을 내포하는 작품들이 많다. 알베르 카뮈의『이방인』이나 장 폴 사르트르의『구토』등의 소설은 물론이요, 조지훈의「지조론」이나 이희승의「벙어리 냉가슴」등이 실존주의적 의식을 반영한 작품이다.

이렇듯 수필에도 실존적 물음에 답을 구하는 작품들이 많다. 실존주가 한국 문학에 뿌리내리며, 문학에도 실존적 의미를 더하게 된 것이다. 이들 작품은 고독과 불안을 적나라하게 드러내면서도, 그 속에서 인간다움의 의미를 찾고자 노력한다. 주인공의 내면적 고뇌와 선택의 순간을 섬세하게 포착하여, 독자로 하여금 삶의 근본적인 질문을 품게 만든다.

현실과 환상의 경계에서

사람들은 가끔 죽지 못해 산다는 말을 내뱉는다. 죽지 못한다는 것은 죽을 용기가 없다는 말이 아니다. 아름다운 죽음을 향한 내적 바람이 담긴 말이다. 삶을 포기하는 것이 아니라 의미 있게 살다가 생을 마감하고 싶은 염원이다. 그렇다면 아름다운 죽음이란 무엇인가. 결국 인간답게 살다 가는 것이다. 부조리한 사회 속에서 의미 있는 존재로 살아가기 위해 노력하는 삶을 말한다.

어떤 사람이라도 결국엔 망자가 될 것이다. 때가 되면 나도 어머니의 죽음까지 맞이해야 하고 내 딸 또한 나의 죽음 앞에서 슬퍼할 날이 올 것이다. 죽음이 낯선 이유는 삶의 반대편이기 때문이라고 한다. 누구나 때가 되면 삶의 반대쪽으로 가야만 한다. 그러나 삶과 죽음의 연결은 끊기지 않는

다. 외할머니의 삶이 어머니에게로 어머니의 삶이 내게로
또 내 딸에게로 영원히 이어지기 때문이다.

- 김소예의 「민들레떡」 -

「민들레떡」은 여인들의 봄나들이를 제례 의식으로 표현한 부분이 인상적이다. 글의 서두에 '이승을 떠난 지 오랜 망자가 간밤에 음미하고 지났을 법한 음식 몇 개가 풀밭에 덩그러니 누웠다'라는 구절은 삶과 죽음의 경계를 흐릿하게 만든다. 작가는 지천에 핀 민들레꽃으로 생기를 더하는 동시에 놀이를 민들레떡으로 전치시켜 제례의식으로 묘사한다. 시골 산책로는 삶과 죽음, 즉 살아 있는 자와 죽은 자의 만남이 이루어지는 장소이다. 결국 작품 속 봄나들이는 상실과 슬픔을 이겨내기 위한 구원 의식으로 볼 수 있다.

죽은 자는 타자의 의식 안에 존재한다. 육체는 사라져도 그 기억은 타인의 삶 속에서 영원히 숨 쉰다. 인간답게 산다는 것은 결국 타자의 의식 안에 어떤 존재로 남을지에 관한 고뇌이다. '죽음 앞의 삶이 아름다워야 저세상까지 아름답게 이어서 갈 수 있다'라는 문맥을 보면, 망자의 삶은 타자의 기억 속에 영원히 존재한다는 의미를 품고 있다. 아름다운 삶은 곧 아름다운 죽음으로 기억될 것이며, 죽음은 어떤 형태로든지 삶의 연장이라는 것. 따라서 아름다운 죽음은 누군가의 기억 속에 아련한 흔적으로 남는다.

작품 말미에 '노랑 저고리에 초록 치마를 입고 죽은 소녀가 산 자에게 기쁨을 주려고 꽃으로 피었다는 전설 속의 민들레꽃이 내게 건 주술이다'라는 부분을 보자. 죽은 소녀가 꽃으로 환생한다는 전설은 죽음이 끝

이 아니라는 의미이다. 이는 죽음과 삶을 연결하는 동시에 죽음조차 기쁨으로 전환시키는 독특한 발상에서 이뤄진 표현이다. 민들레꽃은 아무에게나 말을 걸지 않는다. 죽음을 비극이 아닌 변화와 순환으로 바라보는 관점에서 일어난다. 존재에 대한 인식은 대상에 대한 공감과 감정 이입이라는 적극적 행위에서 발생하고, 이는 일상을 특별하게 만드는 기술로 쓰인다. 일상적 존재에 특별한 의미를 부여함으로써 삶을 보다 신비롭게 만든다. 그런 의미에서 작가는 평범한 풍경 속에서 생사의 이치를 발견하는 눈을 가진 자이다. 현실과 환상, 삶과 죽음의 경계를 모호하게 만들어, 몽환적이고 환상적인 느낌을 전하고 있기 때문이다.

실존적 사랑의 아름다움

사랑은 타자에 대한 관심을 넓히는 과정이다. 자기중심에서 벗어나 타자를 온전히 인정하고 받아들이는 것. 나 아닌 존재에게 의미를 부여하고, 그 대상을 통해 세계를 확장하는 것이다. 대상에 대한 욕망을 추구하면서 관용과 도덕을 실천할 기회가 된다. 그중 실존적 사랑은 높은 수준의 만족을 추구하는 방식이다. 흔히 말하는 사랑과는 달리 타자의 자유와 주체성을 인정하는 것. 자신뿐 아니라 타자의 자아실현을 인정하고 수용하려는 의지를 바탕으로 한다. 단순히 상대에 대한 감정과 욕망을 드러내는 것이 아니라, 그의 불완전성을 인정하고 자기희생을 통해 만족감을 느끼는 것이다.

장 보러 떠난 엄마들을 찾아 마을 아래로 조금씩 내려오던 코흘리개 아이들은 말로만 들었던 호랑 바위 앞까지 내려와 버렸어요. 뒤를 돌아보니 검게 묻어오는 비구름 아래 되돌아갈 길은 너무 멀어 보였고, 앞에는 호랑 바위들이 비를 맞으며 자는 척 앉아 있어요. 두려움을 목구멍으로 삼키며 아이들은 신발을 벗어들고 까치발 뒷걸음질로 왔던 길 따라 돌아갔지요. 이제 기다려 줄 사람 없는 지금, 그 길을 객이 된 마음으로 다시 찾아들고 있습니다. 비단옷 입고 돌아오겠다던 아들의 화려한 약속들도 이미 불에 태워져 허공 속으로 흩어져 날아갔습니다. 이렇게 될 것임을 이미 짐작하시면서도 모른 척 믿어 주시던 어머님이 계시던 곳은 참 따뜻한 깃이 있는 둥지였습니다. 이제 그런 둥지도 그 속의 깃도 없는 곳으로 이 저녁 비단옷 입고 돌아옵니다. 오고 갈 때마다 시간을 멈추어 달라는 내 절절한 염원들이 첩첩이 깔린 이 길로 돌아옵니다.

– 하연수의 「부도난 어음」 –

「부도난 어음」은 어머니에 대한 사랑과 그리움, 속죄하는 마음을 담은 사모곡이다. 어머니에 대한 죄스러운 마음을 담은 동시에, 아들에 대한 어머니의 실존적 사랑을 보여 준다. 부도난 어음은 지키지 못한 약속이나 실천하지 못한 사랑을 의미한다. '아들이 어디서든 네 식구들과 함께 잘 살면 된다', '국내에 있을 때보다도 해외로 나갔을 때 아들이 더 자주 찾아온다고 하시며 좋아하셨지요'라는 문맥을 보면, 자식에 대한 어머니의 사랑을 확인할 수 있다. 그것은 욕망을 충족하는 소유와 달리, 상대방을 인정하고 수용해 주는 성숙한 사랑의 한 모습이다. 진정한 사랑은 상대를 구속하지 않으면서도 깊게 연결되어 있는 다소 역설적인 상황에 놓인다.

「부도난 어음」은 다른 글들에 비해 표현 방식이 복합적이다. 작품의 틀은 서간문의 형식을 띄지만, 대체로 반성적 색채가 강한 일기나 노랫말의 느낌을 준다. 서두 부분은 약속을 지키지 못한 아들의 반성, 중간 부분은 어머니를 향한 기도, 마지막으로 인연에 대한 애틋함을 노래한다. 자신의 감정과 생각을 담는 데 만족하지 않고, 어머니를 향한 애달픈 마음을 전하려 한다. 미처 전달하지 못한 아들의 후회와 사랑에 대한 애절함이 느껴진다.

인용문은 코흘리개 소년이 서 있던 그 길에서 어머니와 다시 재회하기를 바라는 소망의 노래이다. 어머님의 육신은 떠나고 없지만, 그녀를 닮은 황매화가 자신을 맞아 줄 거라는 설렘을 반영한다. 죽은 자가 타자의 의식 안에 영원히 존재한다는 명제를 선명하게 보여 주는 예이다. 세상에 없지만 기억 속에 아름다운 꽃으로 남아 있을 어머니. 「부도난 어음」은 아들과 어머님의 애틋한 사랑을 그리고 있어, 서정성 짙은 작품으로 기억될 것이다.

고난 극복을 통한 운명애

실존주의자는 자기기만에서 벗어나 현실과 마주할 수 있는 용기를 가진 자이다. 그들의 경우 타인의 눈을 의식하는 것을 죽음에 가까운 행위로 여겼다. 타인의 요구에 수동적으로 움직이는 이율배반적인 행위는 죽은 자의 행동에 가깝다는 것. 그렇다면 그들이 말하는 깨어 있는 삶이란 무엇인가. 그것은 현실의 상황과 마주할 용기, 내면적 갈등과 가능성을 면밀히 파악하는 용기 있는 자들의 삶이다.

> 내게 온 진창 같은 환난은 길기도 했어. 한 놈만 족치는 게 국지성 환난인지, 이 불행 저 불행이 불나방처럼 닥치는 거야. 맹수처럼 치달아 남편 사업에 부도를 내고 교통사고와 가족 병마까지 끌어들여 난장질을 해댔지. 호랑이 굴에 물려 가도 정신만 차리면 산다고 하잖아. 살아내야 할 이유들이 나를 부추겼어. 희망의 독기가 솔솔 나오는 거야. 우주의 어떤 기운이 내게 뿌려 준 은가루였으리라 믿어.
>
> – 최숙미의 「국지성 호우」 –

작품 말미의 '국지성 호우도 국지성 환난도 지나가는 게 인생이라니, 고만고만한 행복에 만족하고 살 일이지 싶네'라는 문장은 주제 의식을 반영한 부분이다. 작가는 환난을 통해 느꼈을 불안감, 미안함, 배신감 등의 복잡한 감정을 솔직하게 드러낸다. 동시에 예기치 않게 닥친 고난 앞에서 다시 일어서는 삶의 의지를 보여 준다. '호랑이 굴에 물려 가도 정신만 차리면 산다'라는 관용적 표현에서 그의 의지를 읽을 수 있다. 그 운명이라는 상황 앞에 무릎 꿇는 게 아니라 당당하게 맞서겠다는 의미이다.

우리는 '삶은 고난의 연속이라는 것'과 '작은 행복에 만족하고 산다'라는 말에 주목해야 한다. 운명에 대한 긍정은 단순한 체념과는 다르다. 운명을 받아들인다는 건 단지 자신에게 주어진 고난과 어려움에 굴복하겠다는 의미가 아니다. 스스로 의미 있는 존재로 살아갈 자력을 회복한다는 의미이다. 국지성 호우는 예측할 수 없이 갑자기 쏟아지지만 결국 그치게 되어 있다. 환난도 마찬가지다. 일시적인 현상으로 멈출 걸 알기에 회복 가능성을 예측할 수 있다.

최숙미의 「국지성 호우」에서 주목해야 할 부분은 바로 의미화이다. 먼저 국지성 호우의 특징을 비유적으로 설명한다. 일반적으로 국지성 호우는 순간적으로 많이 내리는 비를 뜻하지만 사전적 의미에 국한하지 않는다. 작가는 자신이 겪은 시련을 '성질머리 고약하지'라고 표현한다. 일반적으로 고통은 외적 갈등에서 양산되니, 이를 의식하듯 사업부도, 교통사고, 병마를 불나방과 맹수로 표현한다. 고통을 대상화시켜 극복할 수 있는 존재로 인식한다. 삶에 가치를 부여하는 자는 온전히 자기 자신이니, 어떠한 어려움도 회피하지 않는 자세를 보여주는 것이다. 결국 「국지성 호우」는 인생의 고난을 이해하고 받아들이는 운명애를 반영한 작품이라 평가할 수 있다.

삶에 의미 부여하기

인간은 언제나 결핍된 상태로 살아간다. 완전함에 도달할 수 없지만, 그 온전한 성취를 위해 끊임없이 욕망한다. 인간의 불행은 여기서부터 비롯된다. 완전한 존재가 되기 위해 발버둥 치지만, 언제나 결핍된 상태로 되돌아오는 것. 이것이 인간의 근본적인 결핍이다. 분명한 사실은 오히려 불완전성을 인정할 때만이 더 나은 미래로 나아갈 수 있다. 삶에 의미를 부여하고 활기를 찾기 위해 자신의 결핍과 불안을 인정해야 한다.

　지나온 삶은 산 넘은 산. 걱정의 수풀 더미를 지나고, 오해와 원망의 용광로 속에서 심신이 녹아내리기도 했지. 대화와 소통은 벼린 칼에 찔려 단절이라는 깊은 상처가 되기도 했으니. 돌부리에 걸려 넘어지고 수정에 빠진 때 손잡아 줄 이를 오매불망한 것을 어이 부인하랴. 외로운 인생길에 길동무라도 있으면 덜 외롭지 않을까. 막연한 생각이지만 마음 한구석에 자리한 것을 어찌 외면만 하리. 누군가와 함께 살아야만 행복하다고 하진 않으리라. 부르면 손 내밀어 줄 다른 한 손이 필요할 뿐이리니. 머리는 집착을 버리라고 하는데, 가슴은 아쉬움에 포로가 되어 있으니. 있으면 있는 대로 좋고, 없으면 없는 대로 좋은 것이 인생인 것을 아는데. 내 인생의 주인이 되는 날은 언제일런가.

– 박경애의 「한 손」 –

　「한 손」은 불미스런 시고와 복합적인 심리를 반영한 작품이다. 그녀는 '오른쪽 손목의 골절로 깁스를 하고 나니, 일상생활 곳곳에서 삐걱거리는 소리가 난다'라며 고백한다. 우리는 당연하다고 여긴 존재를 잃을 때, 비로소 그 가치를 알 수 있다. 채워져 있을 때는 보이지 않던 그 가치가 비어 있을 때 선명하게 드러난다. 이렇듯 존재의 부재는 불안과 초조함을 양산하는 동시에 대상에 대한 애착을 키운다.

지친 육신을 안아 주고, 다친 마음을 위로해 줄 대상을 그리워하는 건 인간의 숙명이 아닐까. 작가는 관계 속에서 자신을 증명해 왔음을 깨닫고 실존적 의문을 던진다. 나는 잘 살아가고 있는가. 먼저 왼손과 오른손에 나와 타자를 대입시켜 보자. '어설픈 몸짓으로 애쓰는 왼손이 허둥대며 사는 내 모습이다'라는 구절은 자신의 상황과 심정을 반영한 부분이다. 그녀는 검붉은 무늬가 덮인 초라한 왼손을 보며, 현재 가진 것에 만족하지 못한 채 우울감에 빠진 자신을 발견한다. 누군가 함께 하는 것만이 행복은 아니지만, 인생길이 외롭지 않았으면 하는 마음도 고백한다. 동시에 시간에 쫓겨 신중함을 갖지 못한 지난 일을 돌아보며 후회와 안타까움을 토로한다.

현실과 마주하는 일은 자신의 가능성을 발견하고, 삶을 재창조하는 길이기도 하다. '내 인생의 주인이 되는 날은 언제일런가'라는 그녀의 마지막 말은 주체적 삶을 위한 자기 긍정의 하나이다. 대상에 대한 상실과 외로움을 견딘 끝에 도달한 깨달음. 결국 행복은 타인이 아닌 자기 자신에게서 시작된다는 것을 알게 된다. 이에 「한 손」은 삶의 희로애락은 자신에게 비롯되는 것, 결핍을 인식하는 순간 삶의 주인이 될 수 있음을 깨닫게 한다.

주체적 삶을 꿈꾸며

인간은 지향적 동물이다. 어떠한 상황에서도 완전한 충족은 없다. 한 가지를 얻으면 또 다른 것을 원하고, 한 가지 목표를 이루는 순간 또 다른 목표를 찾는다. 심리적 안정을 위해 매 순간 자신의 결핍을 메우기 위해 노력하고, 더 나은 삶을 향해 끊임없이 도전한다. 그러나 완전한 주체성, 완전한 자유는 도달할 수 없는 지향점이다. 인간은 '되어가는' 과정 속에서만 존재할 뿐 온전히 충족된 상태로 존재할 수 없기 때문이다.

이제, 나만의 모습으로, 나만의 인생으로 나의 삶을 살아보려 한다. 남들에게 피해가 되어도 안 되겠지만 남을 의식하고 싶지도 않다. 진짜, 나의 삶을 찾아가는 유일한 인간, 나를 만들고 싶다. 하고 싶은 것을 하고 하기 싫은 것을 거부하여 내 얼굴 내 마음 그대로 감정표현을 하면서 살겠다. 출근하면서 거울을 보고 입꼬리를 쳐올려 웃어 보이며 집을 나선다. 그때그때 어울리는 감정을 따라 기쁨으로 환호하는 어설픈 흉내라도 연습해야겠다. "자기야, 결혼기념일 축하한다." 하면서 마음 놓고 함박웃음을 지으며 말하리라. 나의 삶을 살자.

- 이종건의 「얼굴」 -

「얼굴」은 타자의 기대에 맞춰온 자신을 돌아보며, 변화된 삶을 위한 진심을 담은 글이다. 그는 '내 얼굴이지만 내 마음대로 할 수 없는 그녀의 얼굴로 산다', '알맹이는 없고 껍데기만 살았다', '속과 겉이 다른 이중적 인간이 되고 말았다'와 같이 부정적 현실을 용기 있게 고백한다. 타자의 요구에 맞춰 살아갈 수밖에 없었던 삶을 담담하게 그린다. 사회적 요구에 따라 감정적 표현을 절제했던 지난 과거를 돌아보며 가족의 기대에 부응하지 못한 것에 미안함을 전한다. 이렇듯 감정적 동요 없이 자신을 돌아보는 행위는 삶을 객관화하고 있다는 증거이다. 삶을 체념한다기보다 그렇게 살 수밖에 없었던 자신을 이해하면서 변화의 가능성을 모색하는 것이다.

인간은 사회적 기대에 부응하여 살아간다. 국가, 사회, 가정에서 주어진 책임을 다하며 살아갈 수밖에 없는 존재로, 타자와의 관계 속에서 완성된다. 이에 '남들에게 피해가 되어도 안 되겠지만, 남을 의식하고 싶지도 않다'라는 말에서 사회적 존재로서 견뎌야 할 수많은 번뇌들을 확인할 수 있다. 온전히 자유로울 수 없는 존재이지만, 사회 속에서 온전히 자유롭고 싶은 마음을 표현한 것이다. 종속된 삶에서 탈출하여 균형 잡힌 삶으로 나아가기 위한 노력으로 보여진다.

그것은 대상관계 속에서 책임과 의무를 다하되, 타자의 요구에 무조건적으로 따르지 않겠다는 의미이다. 작품 말미에 '나의 삶을 살자'라는 말은 곧 타자의 기대에 맞추기보다 참자기를 찾겠다는 의지이다. 사회적 역할이 아닌 실존적 주체로서의 자기. 그것은 완성된 실체가 아니라 발견하고 만들어야 할 지향적 존재이다. 이에 「얼굴」은 실존주의가 추구하는 진정한 자기, 즉 온전한 자신으로 존재하고 싶은 욕망을 담은 작품이다.

주체성을 향한 갈망

　수필은 인간의 본질을 탐구하는 문학이다. 수많은 물음에 답을 찾는 동안에 사물의 본질을 날카롭게 판별하는 심안이 생긴다. 이를 통해 작가는 새로운 인식으로 작품을 만들고, 독자들과 호흡하며 감동과 즐거움, 깨달음을 선사한다. 또한 우리는 작가의 사색으로부터 인간의 보편성과 결핍을 발견할 수 있다. 필자가 실존주의를 적용하여 작품 분석에 열을 올린 이유도 여기에 있다. 작가가 의도하였거나 혹은 의도하지 않았어도, 작품 곳곳에서 주체적 삶을 향한 의지가 내재돼 있기 때문이다.

　본 평론에서 다룬 작품들은 주체성을 향한 갈망을 드러낸다. 철학적 논의가 아닌 삶의 순간들을 통해 실존적 진실을 포착하고, 인간의 가능성을 모색한다. 진솔함과 생동감으로 실존적 물음에 답을 구한 것이다. 오늘날 많은 분들이 경제적, 사회적으로 큰 어려움을 겪고 있으리라 짐작해 본다. 사회 부조한 현실을 눈앞에 두고 있음은 부인할 수 없는 사실이다. 사회적 약자의 소리 없는 아우성에 귀 기울이지 않는 사회, 기회의 공평성이 지켜지지 않는 현실이 아프기만 하다. 그럼에도 삶은 끝날 때까지 끝난 것은 아니다. 우리 모두가 삶의 의미를 찾는다면 희망과 가능성을 발견할 수 있다. 이에 문학이 삶의 의지를 다지는 초석이 될 수 있음을 기억해야 한다.

삶이 죽음에게 묻는다

본질을 꿰뚫어 보는 능력

만물은 찬란한 꽃을 피우기 위해 수많은 고통을 감내한다. 척박한 땅에 뿌리 내려 잎을 피우고 만개하기까지 수많은 시련을 극복해 나간다. 우리네 삶도 마찬가지다. 인간은 누구나 죽는다. 그 유한한 삶 속에서 시련과 고통을 이겨 낼 방법을 찾는다. 놀라운 사실은 고통에서 삶의 의미를 찾는다면 더 이상 고통은 고통이 아니다. 인고의 과정은 내적 성숙을 만드는 동시에 삶을 변화시킨다. 이러한 지혜는 두려움을 없애고 불의에 대응할 만한 힘을 주며 새로운 가능성을 열어 주는 계기가 된다.

죽음은 끝이 아니라 완성이다. 우리는 탄생에서 죽음으로 가는 길목에 놓여 그 끝을 고민할 수밖에 없다. 어떻게 살아갈 것인지, 어떤 모습으로 죽을 것인지에 대한 답을 찾는 것. 삶과 죽음은 따로 떼어 놓을 수 없기 때문에 평생 짊어져야 할 과제이다. 그렇기에 우리는 자기 성찰을 통해 삶의 퍼즐을 완성해 가야 한다.

이러한 여정에서 문학은 성장의 징검다리가 된다. 고통의 탈출구가 되고 영혼의 휴식처가 된다. 작품 속 주인공의 고뇌와 선택, 좌절과 극복을 바라보며 그들의 감정에 공감하고 내적 의문에 답을 찾을 수 있다. 특히 수필은 일상을 예리한 통찰로 해석하는, 다소 비평적 성격이 드러나는 글이다. 수필가의 예리한 시선으로 평범함 속의 비범함을 담아낼 수 있기 때문이다. 독자들은 작가의 작품 세계에 빠져 희로애락을 경험하고, 삶의 혜안을 얻을 수 있다. 이를 통해 사물이나 현상을 관찰하는 능력, 미래를 예측하는 눈도 생긴다. 특정 대상에 대한 다양한 시각을 토대로 대상의 본질을 꿰뚫어 보는 능력을 획득할 수 있다. 다만 이러한 능력은 하루아침에 얻을 수 있는 게 아니다. 열린 마음으로 세상을 바라보고 해석하는 능력이 축적되어야 한다.

인간성 상실에 대해

괴테는『젊은 베르테르의 슬픔』과『파우스트』로 유명세를 떨친 인물이다. 80년 넘는 생애 동안 문학, 철학, 과학 등의 다양한 분야에 이름을 알렸다. 다재다능함 때문인지 독일뿐 아니라 전 세계에서 독보적인 존재로 손꼽힌다. 특히 죽기 전에 사랑의 중요성을 강조하며 우리의 마음에 깊은 울림을 전한 바 있다. 이는 노년의 지혜가 응축된 것으로, 정의 내릴 수 없는 사랑의 참된 의미를 내포한다.

추억의 야식인 망개떡을 다 못 팔아 밤거리를 헤매는 장애자가 내 앞을 지나간다. 고단한 삶이 무겁게 비틀거리며 끌려간다. 성냥팔이 소녀가 걸터앉은 떡 상자를 뒤뚱거리며 끌고 간다. 오늘 팔아야 할 떡이 많은 듯 가볍지 않은 뒷모습이 측은하다. 달려가서 떡을 사 줄 생각은 미처 하지 못하고 길바닥에 발이 달라붙은 듯 우두커니 섰다. 행동하지 못하는 얕은 지성과 급냉동된 인간성이 진창의 흙처럼 발아래에 무겁게 들붙었다. 왜 하필 이 순간에 괴테의 명언이 떠오를까. '사랑이 살린다.' 그의 말을 되뇌며 멍하니 허공만 주시할 뿐이다.

- 최순덕의 「괴테와 다시 읽는 동화」 -

우리는 아동학대와 노동착취로 인해 벌어지는 인권유린에 분노한다. 신체, 언어, 방임 등의 폭력 행위가 발생하고, 노동 착취라는 악행을 뿌리 뽑지 못한 현실에 안타까움을 느낀다. 이에 최순덕의 「괴테와 다시 읽는 동화」는 인권 유린의 현장을 떠올리게 만든다. 망개떡 장사를 통해 유년 시절의 슬픈 동화를 생각나게 한다. 작가가 물거품이 되어 사라지는 인어공주와 추운 겨울밤에 홀로 죽은 성냥팔이 소녀를 상기시키는 이유는 뭘까. 사회로부터 외면당한 어린 생명체의 막막함과 쓸쓸함을 응시하기 위해서이다. 아이들이 경쟁사회에서 해맑은 웃음을 잃지 않길 바라는 마음 때문이다. 작가는 본질을 꿰뚫지 못하는 이들, 진실을 외면하는 사람들을 부정적 시선으로 바라본다.

무엇보다 인용문을 사용하면 내용을 풍부하게 만들고 주제를 효과적으로 전달할 수 있다. 글의 권위뿐 아니라 자신의 주장에 설득력을 높일 수 있기 때문이다. 작가는 괴테의 '사랑이 살린다'라는 말을 인용하여 연민과 사랑의 감정을 전하려 한다. 동시에 '발아래 무겁게 들붙었다', '멍하니 허공만 주시할 뿐이다' 등의 방관자에 대한 답답함을 토로한다. 또한 '얕은 지성과 급냉동된 인간성'은 현대인에 대한 비판적 시선을 내포한다. 이와 같은 관계 짓기는 형상화 작업의 주요 도구로 쓰인다. 본 작품에도 대상의 이미지를 활용해 주제 의식을 강화하고 있다.

작가는 독자들이 소외받는 상인의 이미지나 동화 속 주인공을 떠올려, 학대받는 아동의 모습을 상기하게 만든다. 중심 소재를 망개떡 장사에서 성냥팔이 소녀, 학대받는 아동으로 연결한다. 도입 부분에서 망개떡 상인을 '역광으로 형체만 보이는 검은 사람', '다리가 성하지 못한 사람', '밤거리를 헤매는 장애자' 등과 같이 묘사한다. 이렇듯 대상을 다소 무겁게 그리는 이유는 뭘까. 그림자, 고통, 모순을 보다 심도 깊게 그리려는 의도 때문이다. 유사한 이미지를 통해 불편한 진실을 강조하는 것. 독자들이 그들의 고단한 삶에 함께 공감해 주길 바란다.

배려라는 희망의 불씨

묵자의 대표적인 사상은 겸애설이다. 나를 대하듯 남을 사랑하라는 뜻으로, 모든 인간을 평등하게 대하라는 교훈을 제시한다. 이를 실천할 때 갈등은 사라지고 평화로운 삶을 영위할 수 있다고 보았다. 그는 각자가 이익을 도모하면서도 서로 돕길 바란다. 배려와 사랑을 실천한다면 천하를 이롭게 할 것이라는 긍정적인 전망에서 비롯된 사상이다.

언제나 기초 질서의 중요성을 언급하면서 상대에게 폐가
되어도 폐가 되는 줄 모른다. 답이 있다면 참는 자에게 복이
있다는 말밖에 없다니 억장이 무너질 노릇이다. 이렇게 우
리에게 오랜 학습 후에 남아 있는 것은 과연 무엇일까. '심은
대로 거둔다는 말'과 같이, 부적절한 언행을 일삼으며 모두
가 나서서 바르게 살고자 하는 사람들을 식물인간으로 만든
다는 생각은 왜 들까.

- 구유현의 「식물인간」 -

작가는 배려와 존중을 실천하는 태도에 대해 말한다. 예절을 중시하
는 일본 교육을 한국 문화와 대조해 설명한다. '기본 질서를 지키는 데는
모두 공감하면서 지속성이 없고 시간만 나면 용도 폐기된다'라며, 협조
적이고 관대한 척하는 사회 분위기를 비판한다. 게다가 무례한 행동이
자유로 포장될 때 불쾌하다고 덧붙인다. 진정한 자유는 책임을 동반하
는 것인데, 이를 간과한 채 권리만을 중시하는 사고가 확산되는 데 안타
까움을 느낀다.

작가는 공감, 배려, 예절 등의 덕목을 무시하는 사회적 분위기에 비
판적 시선을 보낸다. 그는 무례한 행동을 하면서도 반성할 줄 모르는 태
도뿐만 아니라 배려의 중요성을 외면하는 경우에도 불쾌함을 드러낸다.
배려를 희망의 불씨로 여기는 사람들을 식물인간 취급하는 사회적 분위
기가 답답한 것이다. 기초 질서의 중요성에 공감하면서도 행동하지 못
하고 부적절한 언행에 속수무책인 사회가 못마땅하다. 특히 작가는 '참
는 자에게 복이 있다', '심은 대로 거둔다'라는 속담을 활용하여, 개인의

희생만을 요구하는 사회적 문제를 지적한다.

작가는 사회적 병폐에 대해 불편한 시선을 보낸다. 타인에 대한 이해와 배려, 존중의 의미가 사라지는 데 안타까움을 느낀다. 특히 성악설을 기반으로 인간 본성을 탐구하는 데 눈길이 간다. 인간의 욕망과 마주하면서, 이타적 애정을 자극하고 기초 질서의 중요성을 제시하고 있다. 독자들이 사회 문제를 보다 쉽게 파악하고, 주제 전달을 강화하는 데 효과적으로 작용했다.

삶을 향한 굳은 의지

인간은 값진 죽음을 꿈꾸며 희망찬 미래를 설계한다. 죽음이라는 유한성이 삶의 의미를 자극하는데, 끝이 있다는 걸 알기에 삶이 더 값진 것이다. 값진 죽음이란 영웅적이고 희생적인 죽음만을 뜻하지 않는다. 자신의 삶을 온전히 살아낸 후 맞이하는 마침표를 의미한다.

죽음은 신체적으로 소멸을, 정신적으로는 완성을 뜻한다. 신체는 소멸되어 자연으로 돌아오지만, 정신은 다시금 부활한다. 수많은 고난과 역경을 이겨낸 삶은 성장과 결실을 맺어 행복으로 완성된다. 곧 죽음은 어떠한 과정의 마무리인 동시에 최종 목적에 이르는 것. 다만 그 싱취는 부단한 노력과 성장, 그 결실에 감사함을 아는 자의 몫이다.

바람에 피어난 꽃. 바람은 그녀의 길을 돌려놓았다. 아니
바람을 만나면서 다시금 항로를 바꾸어가 보라는 우주의 메

시지를 이미 잘 새겨들은 그녀이다. 소중한 것을 잃어버림
으로 더욱 소중한 것을 알게 된 친구. 휠체어에 소망이란 깃
발을 매어 다는 친구의 두 손이 묵직하다.

– 조경숙의 「바람에 피어난 꽃」 –

조경숙의 「바람에 피어난 꽃」은 불치병을 가진 친구에 대한 마음을
담은 작품이다. 등산과 운동으로 건강미를 뽐내던 친구가 불시에 찾아
온 병에 몸져눕고 말았다. 이에 작가는 친구가 좋아할 밑반찬을 준비해
찾아간다. 휠체어를 타고 마중 나온 친구에게 감동한 나머지 이런저런
복잡한 마음을 글로 새긴다. 친구의 환한 표정에서 슬픔의 그늘은 찾아
볼 수 없으니 다행이란 생각마저 든다.

위 작품은 생존을 향한 정신력에 감동하며 쓴 글이다. 작가는 아픈
친구를 식물에 빗대면서, 꽃의 다양한 특성을 나열한다. '꽃은 입술을 앙
다물었다', '꽃은 지는 햇살도 놓치지 않는다', '꽃향기는 병을 넘는다', '꽃
은 희망이란 씨앗을 품는다' 등 시련을 극복하려는 의지, 희망찬 미래를
응원하기 위해서 꽃의 이미지를 활용한다. '시련 속에서 피어나는 꽃',
'시들어도 시들지 않는 꽃', '바람에 피어난 꽃' 등의 표현 역시, 병중에 있
는 친구를 꽃으로 빗댄 부분이다.

비유와 상징은 문학의 꽃이라 해도 과언이 아니다. 주어진 상황을 설
명하는 데 한계를 느낄 때, 효과적인 작문법으로 쓰인다. 어떤 상황에 대
한 인상을 구체적 사물로 나타내어 독자들의 상상력을 자극할 수 있다.
무엇보다 작가의 생각을 새롭게 다듬고, 주제를 강조하는 데 효과적이
다. 병마와 싸우는 친구의 모습, 삶을 향한 굳은 의지를 비유적으로 표현

하여, 주인공이 처한 상황에 이입하도록 만든다. 그런 의미에서 「바람에 피어난 꽃」은 꽃의 상징성을 해석하며 읽는 재미를 준다.

죽음에 관한 두 가지 시선

필자는 죽음과 관련한 장자의 일화를 기억한다. 혜시가 부인상을 당한 장자를 조문하러 갔는데, 대야를 두드리며 노래를 부르고 있었던 것. 그는 평생을 함께한 아내의 죽음 앞에 장자의 그런 반응이 납득하기 어려워 이유를 물었다. 이에 장자는 애초에 사람은 기의 변형을 통해 형체가 되었으니, 다시금 모양을 바꾼 것뿐이라고 답했다. 이렇듯 삶과 죽음이 밤낮이 바뀌는 자연현상과도 같다면 인간의 생사는 하늘의 이치에 따라 결정되는가. 진정 자신의 죽음을 결정할 권리는 없는 걸까.

“내일이 먼저 올지, 내세가 먼저 올지 우리는 모른다.”는 티벳의 속담처럼 죽음이 불확실한 시대도 있고, 살면서 늘 사고의 위험 속에서 실기도 하지만 노화로 인한 일반적 죽음도 흔한 시대에 우리는 살고 있다. 두 가지 죽음을 우리는 염두에 두어야 한다. 이제까지 예고 없는 죽음만 생각했다면 이제는 일반적 죽음도 깊이 고민할 때가 되었다. 노후 준비를 경제적인 문제, 사회참여 문제 등 의미 있는 삶을 영위하는 문제에서부터 언제 어떻게 삶을 종결할지, 아니 완성할지 ‘삶의 종결 및 완성에 관한 선택’도 포함해서 준비할 때가 되었다.

– 연규민의 「삶의 종결 선택법」 –

「삶의 종결 선택법」은 삶과 죽음에 관한 논의들을 중심으로 한다. 작가는 수명 연장과 관련된 부양 문제, 연명 의료 중단, 적극적 안락사 등을 거론한다. 이어 죽음에 대한 근본적인 물음, 즉 베르나르 베르베르, 타고르, 스피노자 등의 사상을 소개한다. 이는 죽음에 관한 작가의 세계관을 엿볼 수 있는 부분이다. 무엇보다도 죽음과 관련해 고려해야 할 두 가지 관점에 집중한다. 어떻게 의미 있는 삶을 영위할 수 있을지, 어떻게 삶을 종결할 수 있을지.

위 작품은 죽음에 관한 다소 구체적인 논의가 이뤄진 작품이다. 국민연금, 건강보험 등의 제도적 접근부터 연명의료종결, 의사조력자살과 같은 안락사 논쟁까지 거론한다. 특히 삶의 종결 선택법이라는 제목은 죽음에 관한 익숙한 정서를 한순간 깨뜨리는 효과를 낳는다. 그동안 생사의 경계는 종교적 관점과 결부시켰고, 인간이 결정할 수도 없는 영역으로 여겨왔다. 그러나 작가는 인간이 죽음에 대한 불안감을 견디며 살아왔지만, 삶의 종결은 인간의 권리로 인식해야 한다고 주장한다. 죽음이라는 본능적인 문제를 종교적 차원을 뛰어넘어 사회적 차원으로 확장해 나간다.

수필은 삶에 대한 사색에서 완성된다. 수필이 인생의 여정 속에서 창조된다는 걸 전제로 한다면 죽음은 외면해서는 안 될 소재이다. 이에 연규민의 「삶의 종결 선택법」은 죽음을 신이 아닌 인간의 영역으로 본다는 점에서 색다르다. 생로병사의 죽음을 철학적, 종교적 차원에 국한하지 않고 사회적 차원으로 확장해 보았다는 점이 흥미롭다. 독자들에게 죽음을 인식하는 스펙트럼을 넓힐 기회가 된다는 데 의미가 있다.

사랑, 세상을 움직이는 힘

문학은 외면하고 싶은 기억, 받아들일 수 없는 사실, 제어되지 않는 욕망을 담은 매개체이다. 인생사는 예술의 원동력으로 모이는데, 작가의 경험, 지식, 감성 등의 작용으로 하나의 작품이 된다. 이렇게 완성된 작품은 사람들의 감성을 자극하고, 생각을 교류하는 도구로 활용된다. 문학은 작가와 독자 사이에서 소통의 매개체가 되고, 독자들의 가슴 속에서 다양한 감정들로 촉발된다. 사랑은 울림을 낳고, 이별은 슬픔으로 발현되어 낭만의 에너지로 흘러간다.

우리는 수필을 통해서 사랑, 배려, 희망 등의 덕목을 발견한다. 필자가 다룬 네 작품도 다음과 같이 정리할 수 있다. 먼저 최순덕의 「괴테와 다시 읽는 동화」는 소외 아동에게 사랑의 손길이 닿길 바라는 마음이 담겨 있다. 과도한 경쟁에서 인간성 상실에 이른 사람들을 비판하고, 사랑의 본질을 되새긴다. 구유현의 「식물인간」은 타인에 대한 배려와 예절 등의 덕목을 강조한 수필이다. 얕은 지식을 무장한 채 인간성 상실이라는 불행을 겪고 있는 현대인에게 안타까운 눈초리를 보낸다. 조경숙의 「바람에 피어난 꽃」은 삶을 향한 강인한 생명력, 운명애의 사랑을 보여주는 작품이다. 병마와 싸우는 친구의 모습을 꽃에 비유하여 묘사한 것이 인상적이다. 연규민의 「삶의 종결 선택법」은 죽음을 인식하는 다양한 접근, 사회 제도적 측면과 철학적 인식을 동시에 다뤄 스펙트럼이 넓은 작품이라 할 수 있다.

본 작품들은 사랑에 대한 굳건한 믿음을 전제로 한다. 사랑은 세상을 움직인다. 사랑을 가진 사람들이 세상을 변화시킨다는 것은 부정할 수 없는 사실이다. 내 안의 사랑은 자신을 긍정하게 만들고, 타인을 변화시키기 때문이다. 이에 나와 세상을 바꾸는 힘은 곧 사랑이며, 행복을 성취하는 원동력이라는 사실을 잊지 말아야 한다.

생태적 시선을 품다

생태적 글쓰기와 연대 의식

생태주의 관점은 인간과 자연을 대립적 관계가 아닌 유기적 관계로 파악한다. 자연에 대한 생존권을 인정하고 관계 회복을 위한 방안을 모색한다. 이러한 세계관은 인간과 자연의 합일, 인간과 인간의 화합, 육체와 정신의 조화를 이루는 능동적 사고라 할 수 있다. 이는 상호 보완적 관계를 향한 의지로 촉발되어 긍정적 에너지를 발현한다.

자연주의적 세계관은 대상과의 경계를 허물며 내적 자유를 허용하기 위한 전제 조건이다. 공존과 공생의 가치를 목적으로, 예술적 담론을 형성하는 데 필수적이다. 소통을 토대로 이질적 대상을 조합하는 시도, 즉 비약적 요소를 연결해 긴밀한 관계를 이루는 미적 아름다움의 한 요소로 쓰인다.

우리는 생태학적 시선을 바탕으로 대상에 대한 공감을 시도할 수 있다. 자연에 대한 일원론적 사유는 존재의 아름다움을 인정하는 능동적 태도이다. 이러한 사유는 자신을 유기체적 관계망의 일원으로 인식해 연대와 협동을 가능하게 한다. 존재의 고유한 특성을 이해하고, 공존하는 세상으로 나아갈 수 있게 만든다. 동시에 사회를 바라보는 진정성 있는 태도와 사회 개혁을 위한 비평 정신으로 이어 갈 수 있다.

탐욕이 빚어낸 재앙

우리는 이익 분쟁, 소득 격차, 환경오염, 인구소멸이라는 전 지구적 문제를 목전에 두고 있다. 이에 절체절명의 순간을 이해하고, 근본 원인을 분석해야 할 의무를 가진다. 왜 인류는 전쟁을 멈추지 않는 걸까. 극도의 생존 환경을 위협당하면서도, 근본적인 해결점을 찾지 못하는 이유는 무엇인가.

평화를 지키기 위해서라는 변명으로 평화를 파괴하는 인간들이다. 보호하고 지켜줘야 할 미래의 꽃들이 무자비하게 스러지고 있다. 어린 생명이 무슨 죄가 있어 전쟁과 질병과 기아에 무방비로 내팽개쳐지는가. 어른들의 잘못된 판단과 수단과 방법을 가리지 않는 탐욕으로 지구는 병들어 가고 아이들의 미래도 시들고 있다. 마구잡이로 훼손한 자연은 기상이변으로 숱한 생명을 위협하고 있는데 땅따먹기, 밥그릇 싸움에 열중한 어른들의 시선은 어디로 향하고 있는가. 피를 묻힌 손길은 어디에서 슬픈 수확을 하고 있는가.

– 최순덕의「슬픈 수확」–

　작가는 가을 작물을 심은 텃밭을 전쟁터에 비유한다. '숙청의 칼바람', '핵폭탄 투하' 등 전쟁 상황을 방불케 하는 땅에 대한 묘사는 비극적 현실을 더욱 극화하는 효과를 가져왔다. '미처 열매도 맺지 못하고 쓰러지는 작은 꽃의 운명이 서럽다'라는 구절은 열매도 맺기 전에 생사를 달리한 고추의 서글픈 운명을 묘사한 것이다. 이는 튀르키예 지진 현장, 이스라엘 실제 상황을 고춧대에 빗댄 것으로, 평범한 일상에 불어닥친 전쟁의 실체를 보다 생생하게 전달한다.

　작가는「슬픈 수확」은 일상적 상황과 지구촌 상황을 중첩적으로 그린다. 탐욕으로 벌어진 재난의 모습을 텃밭으로 옮겨 놓는다. 뿌리째 뽑힌 고춧대의 운명은 전쟁과 기아로 희생된 아이들의 상황과 다르지 않다. 작품 제목인 '슬픈 수확'은 수확을 향한 인간의 욕망, 그 속에 어린 생명체의 죽음을 지켜보는 마음을 역설적으로 표현한 것이다. 탐욕으로 벌어진 비극에 식물의 상황을 빗댄 것인데, 이는 전쟁의 폐해를 상기시키는 효과를 가져온다.

　작가는 일상적 공간(텃밭)을 사회적 공간(전쟁터)으로 전환하여, 독자들로 하여금 흥미와 긴장감을 유발하게 한다. 특히 텃밭에서 세계로 이어지는 점층적인 전개는 독자들의 감정적 이입을 돕는 데 효과적이다. 전쟁 상황이나 감정에 공감하고 이해할 수 있는 기회를 준 것. 동시에 방관하기 쉬운 사회적 문제를 개인적 차원으로 치환시켜, 세상의 변화와 개혁 의지를 촉구한다.

소통과 연대의 힘

　개인은 혼자 살아갈 수 없는 존재로, 타인과의 상호 작용으로 존재의 가능성을 확인한다. 가끔 우리는 사회적 동물이라는 명제가 무색할 만한 사건들을 목격한다. 불안정한 존재라는 사실을 망각한 채 스스로를 사회에서 고립시키기도 한다. 이로 인해 타인과의 관계에서 갈등을 일으키며, 존재마저 부정당하는 일들을 만든다. 그렇다면 우리는 사회적 분열과 혼란 속에서 어떻게 살아야 할까.

　알베르 까뮈도 『페스트』에서 연대의 중요성을 강조했다. 역병이 창궐하자 영문도 모르는 사람들은 이를 과학이 아닌 종교로 해결하려 했다. 절실한 믿음에도 사람들이 걷잡을 수 없이 죽어 나갔다. 거대한 권력형 부조리와 이기심이 판을 치는 가운데 사람들은 불안과 절망에 허우적댔다. 작가는 이와 맞서는 길이, 행복에 대한 의지와 연대를 통한 과학적이고도 합리적 접근임을 역설한다. (중략) 인간이 자신들만 잘 살고자 오랫동안 박해를 가해왔던 잡초이지만 그들의 생존 욕구까지 근절시키려는 건 거의 불가능하다. 화학약품 살포와 종의 다양성 침해는 뭇 생명들의 공동거처인 지구에도 해를 가하는 일이다. 기후 재앙과 팬데믹 창궐 등으로 보복의 초침은 빨라지고 있는데, 우리의 반성적 실천은 하품 문, 기운 여름날의 소걸음이다.

- 김정애의 「잡초」 -

　김정애의 「잡초」는 잡초의 특성을 매개로, 삶의 지혜를 전하는 작품이다. 작가는 작품 서두에 잡초공적비의 전문을 소개하며, 인내와 연대로 버텨 온 잡초의 공적을 치하한다. 잡초의 억척스러운 생명력은 강인한 뿌리에서 나온다며, 잡초의 생명력과 어머니의 숭고한 희생을 연결한다. 세상을 회피하지도, 존재를 부정하지도 않는 내적 긍정이 그것이다. 또한 잡초를 통해 합리적 저항을 이끄는 용기, 생명체에 대한 구원의 이미지를 찾는다.

　작가는 켄 로치 감독의 〈마이올드 오크〉와 알베르 까뮈의『페스트』, 사마천의『史記』를 통해 연대의 중요성을 피력한다. 먼저 폐광촌 주민들이 혐오와 괴롭힘으로 난민을 밀어내는 상황의 〈마이올드 오크〉를 거론하며, 위기 상황을 극복할 힘은 연대와 협력이라는 메시지를 전한다. 또한『페스트』를 통해 인간 중심적인 생태 의식을 지적하며, 기후재앙과 팬데믹 창궐에 대해 책임을 묻는다. 권력자의 비리로 불안과 절망이 과중된 중세 사회를 소환하며, 사회적 연대는 곧 사회 변화를 이끄는 동력이란 사실을 강조한다. 마지막으로『史記』의 '군주는 백성을 하늘로 삼고, 백성은 먹을 걸 하늘로 삼는다'라는 구절을 인용하여, 우리 사회가 직면해야 할 과제들을 인식하게 만든다. 기본적인 의식주가 해결되지 않는 나라에서 미래의 청사진을 꿈꾸지 못한다는 점을 지적한다. 이에 작가는 모든 국민들이 함께 연대의 등불을 켜 주길 바란다.

　작가는 잡초의 끈질긴 생명력을 통해 화해와 연대 의식의 중요성을 강조한다. 비바람에 날을 세우지 않는 자세, 땅속 깊이 뿌리내린 심지, 하나로 똘똘 뭉친 공동체의 모습을 미래의 청사진으로 제시한다. 세 편의 작품을 근거로, 위기의 순간에서 흔들리지 않는 힘은 곧 연대와 소통이라는 사실을 빼놓지 않는다.

묵자의 실용주의적 사랑

묵가 사상은 동양철학의 신비주의에 합리성을 덧붙이는 측면이 강했다. 그들은 유가가 정신적인 측면만 강조할 뿐 희생과 실천 의지가 부재하다며 안타까움을 토로했다. 이에 그들은 군주가 경제적 이익을 직접 제공하는 방식을 도입하라고 주장했다. 굶주린 자에게 허기를 채워 주고, 노동에 지친 자에게는 휴식을 제공하는 것이다.

묵자는 〈상동尚同〉편에서 민주적 의사결정 구조를 주장하고, 〈비공非攻〉편에서 반전 평화를 부르짖는다. 〈겸애 兼愛〉편에서 보편적 복지를 역설한다. 그는 과학의 아버지요, 사회복지의 선구자다. 인도의 인명학因明學, 아리스토텔레스의 고전 논리학과 더불어 묵변墨辯은 고대 3대 논리학의 하나로 꼽힌다. 인구소멸로 인한 국가 소멸의 위기, 환경파괴와 기후변화로 인한 예측 불가한 환경재앙에 직면한 우리의 미래는 오히려 고대 사상 논쟁에서 답을 찾을 수 있다. 2천 년 전에는 유가와 묵자의 전쟁에서 묵자가 패배하였지만 전 지구적 재앙 앞에서 미래사회 유묵의 전쟁은 묵자가 이겨야 지구가 존속한다는 절박함으로 그 승부를 가를 수 있다.
　　　　　　　　　　- 연규민의 「왜 우리의 미래는 묵자墨子인가」 -

작가는 〈묵공〉이라는 영화를 토대로 묵자 사상의 이론을 설명한다. 현대 사회에 당면한 문제를 분석하고, 고전을 통해 문제 해결점을 찾는 것이다. 겸애와 비공의 철학을 통해 시대적 현실과 인간의 한계점을 지적한다. 그가 이토록 묵자에게 주목한 이유는 무엇일까.

『묵자』는 사상가의 사유와 논쟁을 10가지 주제로 나눈다. 본 작품은 〈절용〉, 〈상동〉, 〈겸애〉 등의 주제들을 집약적으로 서술한다. 그중 작가는 〈절용〉을 통해 현대 사회의 문제점을 밝히고 해결하는 방법을 제시한다. 욕구를 절제해 사치와 낭비를 줄이고, 불필요한 노동을 최소화하는 것. 세금을 절약하여 국민의 부담을 줄이고, 국가의 근간이 되는 출산과 양육에 보다 집중하자는 것이다.

인구 소멸, 환경 파괴라는 대재앙에 직면한 우리들은 존속의 절박함 속에 허우적대며 살아간다. 전쟁은 오히려 백성들을 가난하게 만든다. 권력자들은 전쟁의 명분으로 영토, 명예, 권력 등을 내세우지만 백성의 고통은 더해져 간다. 작가는 이러한 위기를 돌파할 해결방법으로 묵가 사상을 제시한다. 세상의 혼란은 사람들이 서로 배려하지 않는 데 있으니, 해결방법은 곧 사랑이라는 것. 소통과 연대를 문제 해결의 핵심으로 인식하였다. 작가는 사회적 혼란 속에서 묵자의 실용주의가 하나의 길이 될 수 있다고 여긴다. 묵가 사상이 춘추전국시대라는 절체절명의 위기에서 싹튼 이론인 만큼 사회 대안이 될 수 있다고 믿는다.

술을 통해 소통하다

술은 일상의 권태를 극복하는 하나의 도구임에 틀림없다. 목적이 아닌 수단으로 사용될 때 긍정적 효과를 일으킨다. 최근 이러한 술의 특징을 작품 소재로 삼는 경우가 더러 있다. 코로나19의 세찬 바람이 지구촌을 강타한 이후, 인간 소외와 관계 해체라는 불안이 사회의 이슈로 자리 잡았다. 그래서인지 대화와 소통을 그리워하는 경향도 더욱 짙어졌다. 이에 인간관계의 소원함을 안타까워하며, 연대에 대한 향수를 소환하는 작품들이 많아졌다.

술과 떼려야 뗄 수 없는 것이 안주다. 술과 친하지 않으면서 안주발만 세우는 사람이 있다. 그런 사람이 백 살 이상 사는 것은 무난할 것이다. 술 대신 안주를 잘 먹어서 오래 사는 것이 아니다. 술꾼들에게 눈칫밥을 많이 먹어서 그렇다. 누가 뭐라 해도 최고의 안주는 마주 앉아 눈길을 맞추며 잔을 부딪는 사람이다. 적당하게 과음해도 마음 다치지 않게 배려해 주는 멋진 사람이 좋은 안주다.

– 송태규의 「사람이 안주다」 –

송태규의 「사람이 안주다」는 평생 술자리를 피해 본 적 없다는 작가의 유쾌한 고백이 진솔하게 다가오는 작품이다. '내가 사면 막걸리, 남이 사면 양주'라는 농담조차 신선하게 다가온다. 그 이유는 뭘까. 그의 표현대로라면 시간이나 날씨에 구애받지 않는다는 주당의 입지는 가히 상상하기 힘들 정도이다. 술을 마시는 목적과 술의 긍정성을 당당히 밝히고 있으니, 그 현란한 설득력에 빠질 수밖에 없다.

작가는 술자리에서 흔히 볼 수 있는 풍경들을 유쾌하게 엮었다. '술은 빈속에 마셔야 제격', '진정한 술꾼은 낮술이 최고'라는 말은 경험해 본 사람만이 아는 이치이다. 유행가 같은 건배사를 준비하고, 술 마실 핑계를 준비하는 주당들은 가히 언어 마술사가 따로 없다. 주당들의 네 가지 규칙, 즉 '원근 불고, 친소 불고, 청탁 불고, 생사 불고'를 만들어 술에 대한 자기만의 노하우를 제시한다. 그의 논리를 따라가 보면 술은 소통의 매개체로 작용하여, 마음의 벽을 허무는 신비한 효능을 가진다는 사실을 알게 된다. 조건에 개의치 않고 조정자의 역할을 수행하는 술, 그 매력에 빠지면 헤어나지 못한다.

무엇보다 「사람이 안주다」는 술에 대한 예찬론을 담은 것 같지만 술이 아닌 사람이 주인공이다. 각양각색 술이 주는 매력만큼이나 사람들과의 소통은 일상의 즐거움이 된다. 어쩜 술을 마시기 위해 사람을 만나는 것보다 사람을 만나기 위해 술을 마신다는 표현이 정확하다. 「사람이 안주다」는 사람으로부터 출발한다. 술은 도구에 불과할 뿐 사람 간의 소통이 바로 행복의 출발점이라는 것. 본 작품은 쾌락의 영역인 술자리를 관조적 시선으로 바라보는 점이 새롭다.

사회적 불안과 연대의 힘

분열의 시대를 살아가는 우리에게 필요한 건 무엇일까. 바로 생태주의적 세계관의 전환이다. 경쟁 관계에서 벗어나 의존적 관계로 서로를 인식할 때 분열과 해체를 극복할 수 있다. 이를 위해 생태주의적 패러다임의 전환, 즉 인간이 자연과 함께 살아가는 존재라는 걸 인식해야 한다. 소통과 연대의 힘을 발휘하는 것. 결국 예술이 사람들의 의식을 변화시키고 세상을 구원하는 건 막연한 상상이 아니다. 독자들이 생태주의 관점을 토대로 마음의 평정심을 찾는다면 행복에 가까워질 수 있다.

이번 호에는 사회적 불안과 연대의 필요성을 강조하는 글들이 많았다. 「슬픈 수확」은 인간 탐욕에 대한 비판 의식을 바탕으로 지구촌의 위기 상황을 사실적으로 전달한다. 「왜 우리의 미래는 묵자인가」는 인구 소멸과 환경 파괴라는 위기를 극복할 덕목으로 묵자 사상을 제시한다. 사치와 낭비를 줄이고, 사랑과 평화를 실현할 때 절체절명의 위기를 극복할 수 있다고 보았다. 「잡초」는 잡초의 끈질긴 생명력을 본받아 인내와 연대를 통해 현대 사회 문제점을 해결해 보자는 메시지를 전한다. 「사람이 안주다」는 술에 대한 예찬과 함께, 행복은 사람들과의 소통에서 시작된다는 점을 밝힌다.

수필은 일상적 소재를 바탕으로 개인의 사상과 감상을 제시하는 글이다. 익숙하고 보편적인 소재에 특별한 의미를 담아, 감동과 깨달음을 전달하는 데 의미가 있다. 동시에 인간의 위선과 부도덕에 대한 폭로, 사회 현상에 대한 비판과 설득, 계도를 목적으로 한다. 이에 필자는 생태주의 관점을 토대로 공감과 소통을 주제로 한 작품들을 골라 대상에 대한 통찰과 존재의 의미를 밝혔다. 이를 통해 반성적 요구와 개혁 의지를 고취시키려는 작가의 의도를 확인할 수 있다.

나를 찾아가는 공감 에세이

무지에서 벗어나기

소크라테스는 산파법으로 상대방의 무지를 깨우치려 했다. 자신의 주장을 스스로 부정할 수밖에 없는 상황으로 만들었다. 자신이 알고 있는 사실에 오류를 발견하는 것, 편견에 의한 왜곡을 인정하게 만드는 게 목적이다. 이토록 '무지의 앎'에 집중한 이유는 무엇일까. 철학이 세상을 바라보는 관점을 세우는 길이니, 나의 가능성과 결핍을 아는 것은 매우 중요하다. 세상을 향한 관점을 키우기 이전에 나 자신을 아는 것이 선행되어야 하기 때문이다. 인간이란 자신을 변화시킬 수 있는 존재이니, 나를 알고 세상을 알아야 변화의 원동력을 얻을 수 있다.

최근 자신의 성격 유형을 알고자 하는 사람들이 많아졌다. 융의 성격 유형을 전제로 한 MBTI도 자신을 파악하는 도구 중 하나이다. 그 외에도 종교, 명상, 독서를 통해서 소외된 자아, 심연의 본모습을 찾을 수 있다. 다만, 이 모든 것은 아집을 내려놓고 자신의 본모습을 수용할 수 있을 때 의미가 있다. 자신의 참모습과 만날 자신이 없다면 나를 변화시킬 수도, 세상을 바꿀 수도 없지 않은가.

수필도 마찬가지다. 나를 찾아가는 과정을 주된 과제로 삼는다. 수필을 자신의 삶을 위로하고 반성하는 문학이라 부르는 이유도 여기에 있다. 나를 아는 것, 그것이 모든 문학의 기초이다. 작은 세상이라 불리는 나를 이해하지 못한다면, 대상에 대한 공감과 이해는 불가능할 게 뻔하다. 따라서 독자와의 소통 이전에 소외된 자아를 위로하고, 결핍된 요소를 다시 보완하려는 시도들이 선행되어야 한다.

쾌락 사회, 소비 문화

성공한 사람들에게는 특별한 뭔가가 있다. 개인의 성장뿐 아니라 감정적 자유를 얻는 열쇠, 바로 자기 성찰이다. 자기 성찰 기능이 높은 사람은 목적 달성에도 관심이 많다. 자신의 정체성을 파악하고, 반성적 사고를 증진할 수 있기 때문이다. 그들은 심층적 분석이 가능하기에, 스스로 부족한 부분을 보완하면서 도약을 향한 정진을 멈추지 않는다.

끝없이 노력하는 작가들의 참신한 글을 접하면서 어느새 낡은 생각에 잠겨있는 나를 본다. 세상의 이치와 사물을 새로운 눈으로 다시 보고 재인식과 재구성이 필요한 글쓰기가 점점 힘겨워진다. 유통기한 훨씬 지난 낡고 구태의연한 사고로 허우적거리고 있는 내 꼴이 우습다.

- 최순덕의 「유통기한」 -

　「유통기한」은 유통기한과 관련한 생각들을 서술한 작품이다. 시작은 남편을 위한 건강보조식품이지만, 장신구나 월간지, 낡고 구태의연한 사고에 이르기까지, 정리하지 못한 채 기한을 넘긴 것들이 많다. 또한 생명력을 잃은 채 외면받아 온 대상들을 정리하면서, 작가의 자질과 목표 의식을 되돌아본다. 과연 나는 잘 살고 있는가. 진정 소외자로 살고 있지 않은가. 시대에 뒤떨어지거나 고루한 생각을 가지고 있는 건 아닌지 되돌아보는 것이다. 작가는 낡은 사고방식까지 버릴 용기, 즉 생각의 전환이 시급하다며 위기의식을 느낀다.

　「유통기한」에는 상황과 심리를 반영하는 상징어가 많다. 욕망과 미련으로부터 발생한 소비문화를 소화불량, 다이어트 등의 신체 반응에 비유한다. 이는 문제 해결을 향한 절실함을 보다 설득력 있게 전달하려는 방식이다. 또한 '용을 쓴다', '돌이 되고자 했을까'와 같이 무생물에 생기를 불어넣는 작업을 시도한다. 유통기한을 넘긴 사물들이 주인을 원망이라도 하듯 호소하는 부분이 재밌다. 또 '벌레처럼 스멀거린다', '가슴이 따끔거린다'와 같은 직설적 표현은 독자들의 호기심을 자극한다. 독자들이 상황에 적극적으로 공감하도록 이끌면서, 삶을 되돌아볼 수 있는 기회를 제공한 것이다. 급기야 제 역할을 다하지 못한 채 버려지는 재화들을 살피게 되는데, 이러한 시선을 따라가다 보면 마주하고 싶지 않은 일상과 만나게 된다.

　최순덕의 「유통기한」은 일상생활을 소재로 한 글이지만 묵직한 주제를 품고 있다. 소비문화가 팽배한 쾌락 사회에서 현대인이 경계해야 할 부분을 세심히 건드린다. 동시에 낡은 사고를 버리고 세상을 새롭게 바라보는 의지를 보여 준다. 현대인들이 보편적으로 안고 있는 문제를 지적하면서, 사고와 행동에 변화를 요구하는 의지를 다진다.

행복으로 가는 길

우리는 포교 활동에 열중한 종교인들을 쉽게 만난다. 기도회 참석을 권하는 홍보물을 받거나 포교 활동을 하는 방문객을 접하기도 한다. 그러나 수년간 종교나 신념 없이 살아왔다면, 그들과의 접촉이 그리 반갑지 않을 수 있다. 그럼에도 이들의 선의를 의심하지 않는 이유는 단 한 가지이다. 믿음에 대한 강압이나 물질적 요구를 강요받지 않았기 때문이다.

전도사는 말한다. 누가 인간을 잘 알겠는가. 하늘도 땅도 아니다. 인간의 몸과 마음을 지니고 같이 호흡하고 같이 어울려 살아온 바로 인간이다. 인간의 몸과 마음으로 태어났으나 인간을 초월한 존재, 바로 신성이 된 인간이다. 인간의 운명을 내다보고 인간의 소망을 들어줄 수 있는 신의 경지를 이루고 신의 뜻을 받든 그를 의지하고 숭배하라. 사람은 눈에 보이지 않는 대상보다 눈에 보이는 대상을 믿고 따르려는 경향이 있다. 하지만 눈에 보이는 나 자신도 잘 모르겠는데, 그에 대한 믿음이 생기지 않는다.

– 이철수의 「기도의 문」 –

「기도의 문」은 신과 인간에 대한 사색을 담은 작품이다. 작가는 작품 서두에 인간의 본성에 관해 말한다. 본인이 원하는 바를 얻기 위해 움직이는 것이 인간의 본성이고 자연의 순리라는 것. 작가가 전도사의 말과 행동에 의심의 눈초리를 가지는 이유도 여기에 있다. 그는 '기도의 문'을 통과하기 위해 통행 비용을 받는 것이 그리 달갑지 않다. 존재에 대한 절실한 믿음은 오로지 마음에서 일어나는 것인데, 돈을 요구하는 건 용납하기 힘들다. 그래서 작가는 그 껄끄럽고 불편한 만남에 생각이 더 많아진다고 고백한다.

작가는 행복한 삶은 자기 자신을 아는 것에서 출발한다고 보았다. 불구지천이라는 말을 남긴 순자도 하늘의 운행 법칙은 인간의 길과 다르다는 점을 강조했다. 하늘이 인간의 운명, 즉 길흉화복을 결정짓는 절대적인 힘을 갖지 못한다고 확신했다. 인간의 운명을 좌지우지하는 건 오직 자신에게 있는 것. 그가 말하는 행복은 자기 스스로를 믿고 의지하는 데 있다. 말 그대로 위안과 행복은 절대자에 대한 맹목적인 믿음이 아니라 내 안에서 비롯된다. 작가는 작품 말미에 현실적인 자신보다 가난한 전도사가 더 부유해지고 행복해지길 바란다고 밝혔다. 현실적 만족보다 정신적 만족에서 느끼는 행복. 그것을 따르는 이들이 삶의 진정성을 느끼며 살아가길 바란다.

문학은 현상에 대한 인문학적 성찰을 거친 후 완성된다. 인간과 사회를 주의 깊게 보고, 그 원인에 대해 깊이 탐색하는 과정에서 탄생된다.

「기도의 문」은 한 전도사의 믿음에 의문을 품는 데에서 출발한다. 그 뒤 인간과 종교에 관해 근본적인 질문을 던진다. 과연 인간의 본성은 어떠한가. 행복은 어디에서 비롯되는 것인가. 이러한 근본적인 질문에 답을 찾다 보면, 그것은 하나로 귀결된다. 모든 해답은 나에게 있다.

소외된 자기와 마주하기

실수는 무의식과 관련된다. 가끔 주의를 기울이지 않아 생기는 실수도 있지만, 자신도 모르게 내적 요구에 따르는 경우가 더 많다. 흔히 말실수의 문제는 무의식을 억압할 때 발생한다. 무의식은 인간이 인식하지 못하지만, 실제 원하거나 지워지지 않는 상처들로 구성된다. 사회 규범에 따라 욕망을 억제하며 살지만, 어느 순간 예기치 않게 튀어나와 자신조차 당황하게 만든다.

내가 알지 못하는 생애의 많은 조각을 조금씩 알게 되면서 묵직한 숨이 새어 나왔다. 할머니를 다급하게 찾고자 했던 나의 무의식의 근간에는 엄마를 이해하고 싶다는 의지가 있었다. 엄마에 대한 연민과 원망이 갈마드는 나를 할머니는 연민만으로 바라볼 수 있게 해주었다.

- 조현숙의「고리」-

작가는 청주행 비행기에 몸을 싣게 되면서 유년기를 되돌아본다. 우리는 '엄마의 얼굴에 드리운 수심을 조금씩 떼어먹으며 자란 나'라는 수식어를 통해 유년기를 지배한 어두운 그림자를 짐작할 수 있다. 그녀가 할머니의 돈을 훔쳐 학용품을 사는 데에 탕진했던, 기억하고 싶지 않은 추억을 소환한 이유는 뭘까. 그것은 무의식에 남아있는 어머니에 대한 연민 때문이다. 무의식이란 어떤 대상에 대한 증오와 함께 연민을 가지게 되는, 다소 비논리적인 감정의 덩어리이다. 결국 청주행 비행기를 잘못 끊은 실수는 고향을 향한 이중적인 감정에서 비롯된 행동이다.

「고리」에는 관계를 설명하는 표현이 많다. 작품의 배경이 되는 청주를 '인큐베이터 같은 곳'이라 하지만, 서정적 향수를 느낄 정도의 추억은 없는 곳이다. 오히려 가난한 부부의 삶을 그리면서, 응급처치의 공간으로 기억한다. 또한 작품 제목인 고리는 할머니를 의미하는데, 과거와 현재를 연결하는 동시에 나와 어머니의 관계를 이어 주는 통로이다. 동시에 방어기제로 억압되어 있던 감정을 폭발하게 만드는 매개체이기도 하다. 무엇보다 '어딘가 비상탈출구 같은 곳을 찾고 있었던 거였다'라는 표현에 눈이 간다. 작가는 무엇으로부터 탈출하길 바랄까. 자신의 내적 갈등에서 비롯되는 고통, 그것에서 벗어나길 바란다. 어머니를 향한 원망의 감정, 그 뒤에 숨겨진 연민을 인정하고 받아들이는 것. 이와 같이 마음의 번뇌에서 벗어나는 길이 바로 탈출이다.

문학은 숨겨진 진실을 밝히는 작업이다. 비록 그것이 개인의 상처를 드러내고, 소외된 자아와 마주하는 일일지라도 독자에게 치유와 성장의 발판이 될 수 있다면 과감히 표출해야 한다. 이를 전제로 우리는 「고리」를 통해 일상을 뒤흔드는 무의식, 그것과 마주하는 용기를 배울 수 있다. 작가의 용기 있는 선택에 마음이 기울면서, 고리에 대한 상징적 의미를 되새기게 된다.

치유의 공간

사람은 공간을 만들고 공간은 사람을 변화시킨다. 만약 공간이 내적 표상으로 자리 잡은 경우라면 어떨까. 내면에 아련히 자리한 고향의 향기는 불쑥불쑥 가슴 밖으로 새어 나온다. 그것이 상처가 아닌 사랑이라면 삶의 고난을 빗겨 나가기에 충분하다. 유년기에 순수하고 아름다운 추억을 되살리며, 지친 심신을 위로하고 불안과 상처도 어루만질 수 있다. 이로 인해 새롭게 시작할 수 있는 내적 에너지를 얻게 된다.

가을밤 부엌 뒷문을 열면 달빛보다 더 환하게 핀 구절초
가 고향집 그곳에 있었다. 장독대를 밝히고 있는 꽃 무덤에
서 두런두런 이야기가 새어 나와 배고픈 내 귓가에 정경으
로 머문다. 압화 된 향이 스르르 비밀번호를 풀고 일어난다.
- 이영미의 「장독대 풍경」 -

「장독대 풍경」은 김용택의 「그 여자네 집」을 시작으로 초가을 장독대의 풍경을 아름답게 그린 작품이다. 작품 서두에 구절초, 맨드라미, 복숭아꽃, 그 곁에 당당히 자리한 장독대의 풍경을 낭만적으로 묘사해 독자들의 감성을 자극한다. 아련하게 펼쳐진 초가을의 풍치는 소녀의 순수함을 담아 신비하고 따스하다. 대상을 의인법으로 표현해 '가끔 바람이

찾아와 향을 건지며 숨바꼭질을 반복했다’, ‘햇살의 애무를 받기만 하면 만삭 씨앗 주머니를 터트릴 봉숭아꽃’으로 서술한다. ‘압화 된 향이 스르르 비밀번호를 풀고 일어난다’라는 문맥을 통해 내면에 비밀스런 공간을 은연중에 밝힌다. 이러한 서정성은 일상적인 풍경을 특별한 것으로 만드는 묘미를 보여 준다. 평범한 순간이 의미 있는 공간으로 변모하고 무심코 지나쳤던 순간들이 기억 속으로 스며든다.

작가는 자연과 어우러진 장독대를 놀이의 공간이자 축소된 성지로 기억한다. 그녀는 ‘소꿉놀이하던 곳’, ‘다시 한번 숨 고르기 하는 곳’, ‘마음 찌꺼기들이 정화되는 장소’ 등으로 설명하며, 치유와 휴식의 공간으로 만든다. ‘장독대 풍경’은 과거 소녀가 마음껏 뛰어놀 수 있는 놀이의 장이었고, 누군가의 화를 진정시키는 정화의 공간이었다. 이는 내면적 표상으로 자리 잡아 세상 풍파에서도 나를 버티게 하는 힘을 준다. 힘든 상황 속에서 포기하지 않고 다시 살게 하는 에너지. 이에 공간은 사람을 변화시키고, 주저앉은 마음을 일으켜 회복하게 만든다.

수필에서 서정성은 필수 조건이다. 서정성은 작가가 자기의 감정이나 정서를 효과적으로 드러내 독자들에게 울림을 준다. 이는 대상의 기능적인 차원을 넘어서, 아름다움이나 본질에 관한 의문을 품을 때 가능하다. 「장독대 풍경」 역시 사라져가는 문화를 마치 한 편의 풍경화를 감상하듯 따스하게 그린다. 독자들의 감성을 자극할 만한 숙련되고 세련된 문장으로 서정성을 드러낸다.

자연에 따르는 삶

　자연은 인간의 스승이다. 많은 철학자들이 자연을 벗 삼아 풍유를 즐
긴 이유도 여기에 있다. 동양 사상가들이 자연을 인간의 삶과 동일시하
며, 자신의 사상을 정립해 나간 이유는 무엇일까. 가령 물은 만물을 이롭
게 하며 서로 다투지 않는다. 산은 만물을 보살펴 키우며 자연의 순환을
돕는다. 또한 사계절에 따라 바뀌는 나무를 보면, 인간의 생로병사와 크
게 다르지 않다.

　　아이러니하게도 한 철 가지치기할 때마다 젊지 않은 나
이에 철이 드는 것 같다. 내 삶이 번뇌로 가득해서 잠을 설
칠 때가 더러 있다. 너무 많이 덜어내지 못하는 욕심 때문임
을 안다. 하늘 높은 줄 모르고 위로만 솟구친 가지를 자를 때
는 문득 오만했던 내 젊은 날의 모습이 스쳐 지나간다. 여기
저기 제멋대로 자라온 잔가지를 보면 이룰 수도 없는 온갖
욕심과 불평불만으로 얽히고설켜 있던 내 모습과 다르지 않
다. 가지치기하면서도 순간순간 웃자라는 가지들도 쳐내면
서 자못 대견해진다.

– 장덕재의 「가지치기」 –

　「가지치기」는 나무가 겪은 인고의 세월을 삶과 결부시켜 본다. 작가
는 화사한 꽃들과 주렁주렁 매달린 과일을 인생의 절정기에 비유한다.
겨우내 혹독한 추위를 견뎌 내는 나무를 가리켜 우리의 삶과 다르지 않

다고 말한다. 그는 '나무의 삶은 인간의 삶보다 더 정직하고 두텁다'라며 혹독한 추위를 묵묵하게 버텨 내는 충실함에 감탄한다. 또한 '자연의 섭리에 순응하며 제자리를 지키는 모습'을 통해 욕망에 흔들리지 않고 자기 분수를 지켜 가는 태도를 본받고 싶어 한다.

가지치기란 농부가 농한기에 열매를 수확하기 위해 하는 일이다. 그러나 이 행위는 더 나은 결과물을 위해, 가시적인 욕망을 덜어 내는 결심에서 비롯된다. 식물이 좋은 열매를 품을 수 있도록 돕는 일이기에 앎과 정성이 뒤따라야 한다. 식물마다 그 본질과 특성을 분별해야 하니, 세심한 관심과 기술력이 전제되어야 한다.

작품 속의 '순간순간 웃자라'라는 문맥은 인간의 욕망과 관련된다. 하늘을 향해 날개를 펼치며 자라지만 꽃이나 열매를 제때 보여 주지 못한 상태를 의미한다. 욕망을 향해 무한정 달려가지만, 결실을 맺지 못하는 우리네 모습과 같다. 결국 가지치기는 욕망을 덜어 내는 절제와 금욕을 뜻한다. 외적 성장에 치우칠 것이 아니라 내적 성숙에 더 많은 의미를 두겠다는 것. 욕심과 불평으로 얽힌 자신의 본모습을 돌아보면서, 사리사욕에 너무 관대하지 않았는지 반성한다.

수필은 누구나 쓸 수 있지만, 아무나 쓸 수 없는 글이다. 각자에게 체험이란 값지고 소중한 것이지만, 기술자의 숙련된 작업을 거치지 않으면 안 된다. 글은 소통의 도구이지만, 문학은 아름다움과 깨달음을 전달하는 수단이기 때문이다. 그래서 언어적 표현에는 기술과 전략이 필요하다. 단순히 뜻만 통하는 게 아니라 감동, 즐거움, 깨달음이라는 복합적인 결과와 맞닿아야 한다. 이에 「가지치기」는 가지치기를 통해 성장과 발전은 바로 지금, 나를 돌아보는 순간에 일어난다는 깨우침을 전한다.

내적 성찰과 자기 치유

공자는 아는 것을 안다고 하고 모르는 것을 모른다고 하는 것이 참으로 아는 것이라 말했다. 그는 상대방의 허물을 보며, 자신은 그렇지 않은데 위안을 삼을 게 아니라 자신은 그렇지 않은지를 두루 살피라는 것. 어진 사람을 보면 나도 그런 사람이 될 것이라 기대하고, 어질지 못한 사람을 보면 스스로 반성하라는 의미이다.

그렇다면 문학을 자기 성찰의 기회로 삼으면 어떨까. 하나의 매개체를 통해 평소 인식하지 못했던 내면의 감정과 갈등을 솔직하게 바라보면 좋을 것이다. 작가의 삶이 곧 독자의 거울이 된다면, 문학이 가진 효용성은 더욱 커질 게 분명하다. 확실한 점은 자기 성찰은 더 나은 미래를 만드는 원동력이다. 과거는 현재를 이루고, 오늘은 내일을 완성하기 때문이다. 우리는 문학을 통해 과거와 조우하고 상처를 치유하는 동시에 현재의 나를 되돌아보며 새로운 도약을 준비할 수 있다. 이에 문학은 더 나은 삶을 이끄는 안내서나 다름없다.

필자가 다룬 다섯 편의 수필은 과거와 현재를 아울러, 자신의 내면에 집중한 작품이다. 유통기한을 넘긴 물건, 전도사, 청주, 장독대, 가지치기 등의 소재를 다루고 있지만, 결국 각 대상을 통해 자신을 발견한다. 대상에 대해 사색하는 동안 숨겨진 진실과 기억에 조심스레 접근하는 것이다. 이에 필자는 인생의 지혜를 터득하고자 하는 작가의 바람이 독자들에게도 고스란히 전해지길 바란다.

행복을 위한 4가지 키워드

행복이란 무엇인가

세상은 고통의 바다이다. 원초적인 욕망과 감정들로 얽혀진 사바세계는 번뇌의 장이다. 인간은 만남과 이별에서 희로애락을 경험하고, 탐진치의 번뇌에서 벗어나지 못한 채 살아간다. 그렇다면 행복은 뜬구름에 지나지 않는 걸까. 그렇지 않다. 행복으로 가는 길은 없다. 행복은 목적이 아닌 삶 자체이기 때문이다.

먼저 꼬리를 무는 질문에 답을 찾아야 한다. 행복이란 무엇인가. 고통의 원인을 제거하는 것이다. 모든 고통은 마음에서 비롯되니 무념무상을 수행 과제로 삼아야 한다. 그 뒤 무아를 깨닫고 보살행을 실천할 때 행복을 느낄 수 있다. 이와 같은 이치라면, 행복은 내적 성찰과 깊은 관련성을 가진다. 일상의 수많은 인연에 집착하지 않고, 지금 이 순간을 누릴 때 참다운 행복을 찾을 수 있다.

행복이란 대상을 향한 공감과 나눔, 배려를 실천할 때 이뤄진다. 이런 의미로 볼 때 수필은 행복의 일환으로 볼 수 있다. 자신이 겪은 체험을 기록하며 삶에 의미를 부여하기 때문이다. 작가는 대상과 호흡하며 느끼는 감정을 지혜의 원석으로 삼을 수 있다. 반면 독자는 작품을 통해 삶의 이치를 배울 수 있다. 따라서 수필은 쓰는 자나 읽는 자 모두에게 행복의 씨앗이 될 수 있다.

자연과 공감하기

모든 국민은 행복을 추구할 권리를 가진다. 고통 없이 만족감을 느끼는 상태, 이를 누릴 수 있는 권리를 말한다. 다만 행복추구권을 법적으로 보장하더라도 누구나 누리지는 못한다. 행복은 실체가 없고 누군가의 도움으로 일시적 만족감을 누렸더라도 쉽게 흩어지고 만다. 행복 뒤에 추구라는 단어를 붙이는 이유도 이와 같다. 행복은 획득이 아니라 실현에 가깝기 때문이다.

네 시간의 산행은 초가을 바람결이 소박해서인지 버겁지 않다. 한쪽 산자락에 남은 햇살이 해넘이를 한다. 산행을 하던 이들의 먹장 같은 폐와 맞짱을 뜨지 않는 성주산은 사람에 대한 소임을 다한 듯 열을 식힌다. 추석 명절로 소원해졌던 부부들이 둘레길의 힐링으로 행복을 토닥이리라. 산밤을 줍던 부부도 산밤만큼이나 토실한 행복도 주워 갔으면. 나의 초가을 심성도 제법 넉넉해졌다. 내친김에 오늘 밤 보름

달을 산짐승들의 가을걷이에 흔쾌히 내어 주련다. 밤을 새우는 저들의 일손이 지치지 않게 달밤의 풍류도 주문하리라. 변심한 봉이 김선달 같은 내 회의에 청설모의 키득대는 소리, 저녁 해와 함께 나를 전송한다.

- 최숙미의「추석 끝물에」-

「추석 끝물에」는 자연을 향한 동화된 감정을 담은 작품이다. 가을 정경과 어우러진 인간의 다채로운 모습을 그려 현장감을 높인다. 먹이를 찾는 청설모, 노랫가락에 들썩이는 노점상, 붉게 타오르는 억새, 별들의 풍류로 이어지는 자연 풍치를 유쾌하게 서술한다. 그중에서도 '무덤덤한 부부'를 '일과를 끝낸 작업자'로 빗댄 부분에 눈길이 간다. 작가가 허한 육체와 피로감에 지친 작업자를 연상한 이유는 뭘까. 긴장감이 사라진 그들의 태도가 오히려 작위적이지 않아서 좋은 걸까. 그들의 억지스럽지 않은 태도를 보며, 자연의 일원으로 초대받길 바라는 기대심이 생긴다.

위 인용문은 초가을에 목도할 만한 풍경을 집약해 보여 준다. 자신의 임무를 다한 뒤, 열기를 식히고 휴식과 안정기로 접어드는 가을. 자연은 성숙의 계절로 접어들어 겸손과 여유를 보여준다. 작가는 이런 자연의 모습에 예찬적 자세를 취하는데, 관용과 배려라는 넉넉한 마음을 꾹꾹 눌러 담는다. 가을의 풍요로움을 닮고 싶다고 말한 이유도 여기에 있다. 무경계를 이룬 자연의 여유, 그 속에서 삶의 지혜를 발견하고자 한다.

다음은 이익에 얼룩진 사회의 단면을 보여 주는 인용문이다. '산을 내려오니 노점상들이 틀어 놓은 노랫가락과 자동차 소음이 뒤섞여 다시

산으로 피신하고 싶어진다'라는 문맥은 자연 속에 동화된 모습과 대비된다. 생존에 급급한 현대인의 부산함을 자연과 대조해 보여 준다. 작가는 고요함과 편안함으로 어우러진 자연의 품이 일순간 사라지는 것을 염려한다. 그녀는 산밤을 줍던 부부가 행복했으면 하는 바람, 자신이 누리던 자연의 풍치를 동물에게 돌려주고픈 마음을 고백한다.

욕망의 늪에서 벗어나기

행복이란 가장 필요한 것을 충족했을 때 얻는 만족감이다. 그러나 누구나 획득할 수 있는 대상의 형태는 아니다. 단지 물질을 취할 경우라면 또 다른 대상으로 옮겨 탈 뿐 완전한 충족은 없다. 그럼에도 각자가 추구하는 바에 따라 만족감이 다르니, 목표를 향해 끊임없이 노력할 때 행복의 진가를 맛볼 수 있다.

화성처럼 이산화탄소가 지배하는 세상이라면, 지구라는 별에서도 하늘을 나는 새의 노랫소리를 들을 수 없다. 사랑과 슬픔을 대변하는 감동적인 가수의 노래도 물론 들을 길 없다. 지구라는 별에서 노래를 들을 수 있는 것은 바다의 꽃이 지지 않고 피어있기 때문이다. 노래가 영원할 수 있도록 아름다운 별을 후손에게 물려주고 싶다면 바다를 쓰레기 취급하여 바다의 꽃이 소멸하는 일은 금지되어야 한다.

- 이철수의 「바다의 꽃」 -

「바다의 꽃」은 창문 밖으로 보이는 바다 풍경, 그와 어우러진 사색의 향기가 진하게 느껴지는 작품이다. 서두에 잔물결이 일렁이는 바다와 창문 밖을 향한 검은 잠자리를 비유적으로 표현한다. 바다 풍경을 '은밀한 비밀을 품은 바위', '직진만 고집하는 잠자리'로 묘사한 부분이 감성적으로 다가온다. 작가는 잠자리의 뒤를 쫓으려다 패배감과 상실감에 몸서리치던 젊은 날의 초상을 기억한다. 타자의 욕망에 짓눌린 채 위선의 늪에 빠져 살던 지난 과거를 떠올린다. 바람에 흔들리는 촛불처럼 불안한 일상을 살아온 유약했던 자신의 모습을 회고하는 것이다. 동시에 작가는 '바다의 심지는 어떠할까'라는 질문으로 글의 전개를 뒤집는다. 생태계 오염이라는 묵직한 주제를 전달하기 위해 전환 장치를 마련한다. 도입부분과 이질감이 느껴지지 않도록 자연스레 연결고리를 만든다. 바다는 현대인의 암울한 미래를 걱정하는 어머니의 모습과 흡사하다. 만물을 수용하는 관용이 그것이다. 작가는 이러한 특성을 반영하여 바다를 어머니로, 인간을 철없는 자식으로 인식한다. 자신의 곁에서 결핍을 채워 주는 대상을 어머니에 비유하고, 생태계를 오염시키는 바다를 철없는 자식으로 묘사한다.

본 작품은 인간의 무분별한 소비 방식을 비판한다. 이로 인해 바다 생명체가 오염되고 파괴되는 현상을 지적한다. 작가는 산호초가 사라져 바다 생물이 멸종될까 봐 염려한다. 이산화탄소를 흡수하고 산소를 배출시키는 산호초의 운명이 인간의 이기심에 따라 생멸을 달리하기 때문이다. 작가는 산호초의 희생정신을 꽃에 빗대어 바라본다. '노래가 사라진다'와 같이 사람이 아닌 대상에게 생명력을 부여한다. 이러한 의인화는 대상을 생동감 있게 표현하여, 감정적 이입과 공감을 이끄는 방식이다. 독자가 그 대상이 처한 상황에 몰입하고 이해할 수 있도록 돕는다. 즉 산호초의 운명에 공감하며 안타까운 시선을 보내도록 유도하는 것이다.

침묵의 미학

모든 존재는 각자만의 개성과 색깔을 가진다. 존재하는 방식을 달리하니, 보편적 잣대를 내밀어 판단할 수 없다. 나만의 방식으로 대상을 판단하기보다 상대의 입장과 상황을 충분히 고려해야 한다. 이는 넓은 아량으로 타자의 방식을 이해하는 태도에서 이뤄진다. 이를 통해 내적 공감대를 형성한다면 침묵의 미학에 다다를 수 있다.

자연은 들릴 듯 말 듯한 소리로 속삭인다. 자연이 빚어내는 소리는 무한하여 좁은 귀로는 모두 담아낼 수 없으리. 사람들은 시시때때로 변하여가는 물소리, 바람 소리, 나무와 나무가 부딪는 소리. 새소리, 나뭇잎 소리를 들으려 산으로 강으로 바다로 길을 찾아 나선다. 설령 소리가 들리지 않는다 하여도 마음을 다하여 들으려 할 때 그들이 전하는 뜻을 온전히 들을 수 있을 것이라. 행복을 느끼게 하는 주파수가 있다고 한다. 마음을 듣는 주파수는 얼마쯤일까.

- 조경숙의 「난청에 들다」 -

「난청에 들다」는 구순 노모와 아들 간의 갈등을 다룬 작품이다. 본 수필은 가족의 일상을 소재로 삼지만 여타 다른 작품과 차별화된 부분이 있다. 작가가 일상적 소재를 다루면서도 인물의 감정 상태를 매우 상세히 그린다. 또한 두 사람의 갈등 양상이나 원인 규명에 집중하지 않는다. 작품 서두에 '잘 듣지 못하는 자와 듣지 않으려는 자의 다툼'으로 명시하며, 독자들의 호기심을 촉발시킬 뿐이다.

비유와 상징은 자신의 체험과 고백을 객관화하기 위한 요소이다. 비유는 어떤 대상의 특성을 효과적으로 나타내기 위해 다른 대상에 견주어 보는 방식이다. 작가는 노모와 아들의 갈등을 '아귀가 들어맞지 않은 가구처럼'으로 서술하는데, 두 사람의 입장과 생각이 자꾸 어긋나는 상태를 의미한다. 두 사람 사이에 해결할 수 없는 갈등을 '엉켜 버린 실타래'로 제시하는데, 이러한 표현은 갈등의 점층적 효과를 일으킨다.

또 말문을 닫아버린 노모의 작은 몸집을 '촉수를 숨기는 달팽이'로 비유한다. 긴장 관계에 놓인 노모의 상황을 은유적으로 접근하였다. 작가는 작품 후반에서 '마음의 데시벨을 높이 올려라'라는 말을 강조한다. 귀를 열어도 마음을 닫으면 간절한 외침을 듣지 못한다는 것. '자연은 들릴 듯 말 듯한 소리로 속삭인다'라며, 마음을 다해 듣는다면 소통할 수 있다는 깨우침을 전한다. 결국 소통은 상대방의 상황과 입장에 세심한 관심을 두는 데 있다는 것. 그것이 행복을 가져오는 주파수나 다름없다고 본다.

사랑과 나눔의 실천 의지

수필을 중년의 문학으로 명명하는 이유는 무엇일까. 청년기는 일상의 작은 미물에 관심을 갖기 어려운 시기이다. 자연과 이웃에게 사랑을 품고, 아름다움을 발견할 수 있는 여유가 없다. 경쟁에 급급한 나머지 일상의 작은 행복을 놓치기 쉬우니, 비로소 내 곁에 소중한 존재를 잃고 나서야 그 가치를 알게 된다. 반면 중년은 성공과 실패를 경험삼아 일상의 소중함을 몸소 체득하는 시기이다. 그러니 가족, 친구, 이웃에게 사랑을 실천하며, 나눔의 의미를 깨달을 수 있다.

마음을 담아 걱정해 주는 따뜻한 말 한 마디가 얼어붙은 나의 가슴을 녹이고, 바라보는 진실한 눈빛이 아픈 마음을 적시게 하는 그런 친구가 사랑으로 영원히 변치 않는 우정의 친구라고 감히 말할 수 있다. 아무런 대가나 계산도 없이 마음으로 존경하고 의지해서 그리워하는 우정의 씨앗을 품고 있는 친구가 인생의 동반자가 되는 진정한 친구다. 소중한 친구들에게 오늘은 고마움을 표하고 싶다.

— 최학봉의 「처칠과 플레밍」 —

작가는 영국의 정치가 처칠과 노벨의학 수장자 알렉산더 플러밍의 기막힌 인연을 소개한다. 한 귀족의 아들이 물에 빠져 죽을 지경에 이르렀을 때, 농부의 아들이 구사일생으로 그를 구해 친구가 되었다는 일화이다. 농부의 아들이 가난 때문에 의사의 꿈을 포기하게 이르러, 귀족의 아들이 딱한 소년을 도와주기로 결심한다. 소년은 소망한 대로 의사가 되고, 페니실린을 개발한 업적으로 노벨 의학상을 받는다. 그의 학업을 뒷바라지한 소년은 정치가로 대승하여 젊은 나이로 국회의원이 되었는데, 그가 민주주의를 지킨 '윈스턴 처칠'이다.

작가의 시선은 종교적 정신과 맞닿아 있다. 그는 상대방에게 새로운 세계를 열어 줄 수 있다면 결코 헛되지 않은 삶이라 말한다. 자기보다 못한 사람을 존중하고 사랑할 때 서로에게 좋은 씨앗이 될 수 있다며, 사랑과 나눔의 의지를 드러낸다. 그것이 선한 영향력을 넘어 인류를 구원하는 힘이 될 수 있다고 믿기 때문이다. 또한 작가는 교만한 마음이 불행으로 가는 첩경이라며, 자기 절제와 경계의 중요성을 강조한다.

본 작품은 친구에 대한 사색을 담았다. '잔잔히 흐르는 시냇물처럼 언제나 따뜻한 마음 한 줄기가 고요히 가슴으로 흐르는 게 좋은 친구', '말없이 찾아드는 그리움으로 밀려오는 친구', '맑디맑게 우정의 샘물이 솔솔 솟아나는 그런 친구' 등 이상에 가까운 우정의 형태를 그린다. 그는 아픈 마음을 위로할 수 있는 변치 않는 우정에 감사한 마음을 표한다. 거창하거나 화려하지 않아도 마음을 교류할 수 있다면 인생의 동반자가 될 수 있다는 믿음을 전한다.

행복이라는 씨앗

틱낫한 스님은 연민의 마음에서 행복이 시작된다고 보았다. 부정적 씨앗인 화에 양분을 주지 말고, 긍정적 씨앗인 사랑에 날마다 물을 주어야 하는 것. 한 가지 유념할 점은 고통을 제거하기보다는 수련을 통해 다스려야 하는 것이다. 그다음 행복을 누리며 고통에 빠진 타인들을 구해 줄 능력을 키워야 한다. 이를 위해 자신의 마음을 돌보고 타인의 마음에 공감하려는 노력이 전제되어야 한다.

필자가 분석한 작품 속에서도 '행복을 위한 4가지 키워드'를 찾을 수 있다. 먼저 자연과 동화하는 경험을 해 보는 것이다. 인위적인 손길이 가해지지 않은 자연의 아름다움, 무경계를 이루는 풍요와 여유를 통해 삶의 지혜를 얻을 수 있다. 둘째, 내면의 심지를 버리지 않고, 타인을 위한 희생을 두려워하지 않는 것이다. 셋째, 욕망과 아집을 버리고, 배려와 사랑을 실천해야 한다. 마지막으로 선한 영향력을 전파하며, 진실한 마음을 가진 친구를 곁에 두는 일이다.

수필은 행복의 씨앗이다. 우리는 간접 체험을 통해 인간의 마음을 탐구할 수 있다. 타인의 삶을 들여다보며, 나의 상황과 견주어 보는 데 기쁨을 느낀다. 동시에 자연의 경이를 경험하며 내적 안정감을 회복한다. 무엇보다도 사회와 인류를 걱정하며 선한 영향력을 실천할 수 있는 힘을 얻는다. 수필을 통해 행복을 키우며 마음의 평화를 찾을 수 있는 것이다.

인식의 전환과 자기 성찰적 자세

문학적 진실성

문학은 소통의 창구이다. 작가 자신의 사상과 감정을 언어로 전달하는 예술 활동이다. 대상에 대한 새로운 분석과 해석으로 독자들에게 감동과 깨달음을 주는 데 목적이 있다. 이에 작가는 정보의 사실성뿐 아니라 문학의 진실성에 집중해야 한다. 다시 말하면 문학적 진실성을 경험의 사실성과 혼동해서는 안 된다는 말이다. 수필은 개인의 체험을 바탕으로 하지만, 가공하지 않은 날것 그대로를 전달하지 않는다. 문학은 삶의 진실성을 아름답게 전달하려는 노력에서 탄생되기 때문이다.

아리스토텔레스는 예술의 목적은 사물의 외관이 아닌 내적 의미를 보여 주는 것이라 보았다. 예술은 인간이나 사물의 가치, 존재의 의미를 분석하는 데에서 시작된다. 자연과 인간을 모방하거나 미화하는 방식이 아닌 미처 발견하지 못한 내적 아름다움을 발현하는 형태여야 한다. 다시 말하면 드러나지 않은 것을 형상화하는 데에 의미가 있다.

수필은 일상성에서 벗어나기 쉽지 않다. 허구의 문학인 소설과 달리 자신이 직접 경험한 내용을 소재로 하기 때문에 독자들의 욕구를 만족시키는 것도 쉽지 않다. 일상적 대상, 즉 사람, 자연, 사물에 특별한 감정을 담아 독자들에게 감동과 즐거움을 제공하기 때문에, 작가는 사소함 속에서 특별함을 보는 안목을 가져야 한다.

자연에 대한 경외심

인식의 변화는 삶의 질을 바꾼다. 대상과의 관계는 물론이요, 삶의 방향성에 큰 변화를 일으킬 수 있기 때문이다. 그러나 오랜 시간 굳혀진 사고의 틀은 쉽게 무너지지 않는다. 그렇다면 인식의 전환은 어떻게 이룰 수 있을까. 대상에 대한 세밀한 관찰력, 색다른 체험을 두려워하지 않는 용기, 편견을 뛰어넘는 개방적인 사고에서 일어난다. 결국 인식의 프레임을 깨뜨리는 경이로운 순간에 나타난다.

절대적 나의 영역은 최소로 좁히고, 가급적 많은 영역을 공존하는 농원으로 가꾸어야겠다. 잡초와 더불어 때로는 나도 잡초가 되어 다채롭게 어울릴 줄 아는 가슴을 지니자. 어디 나의 농원뿐이겠는가. 긴 세월 유유하게 흐르는 장강長江이 물맛과 물빛을 차별하던가. 나의 세상살이도 원천源泉이 다양한 온갖 물줄기들이 한데 어울린 강물처럼 그렇게 어우렁더우렁 흘러가야겠다.

- 서태수의 「잡초와 더불어」 -

「잡초와 더불어」는 잡초라는 제재를 통해 자연에 대한 경외심과 공존의 의미를 전하는 작품이다. 낡은 보도블록이나 담장 아래에 삐죽이 고개를 내미는 잡초. 작가는 생존을 향한 고요한 외침에 귀 기울인다. 그는 소탕의 대상에 불과했던 잡초가 삶의 의지와 희망으로 탈바꿈되는 순간을 기록한다. 동시에 너와 나를 경계 짓지 않는 공존의 이유를 노래한다. 좋고 싫음과 옳고 그름을 따져 묻지 않고, 그것 자체로 아름다울 수 있음을 인정하는 것. 이에 우리는 「잡초와 더불어」를 통해 개별체를 인정하는 공존의 삶을 되새길 수 있다.

작가는 척박한 몽골의 자연환경을 그림 그리듯 묘사한다. 현장에서 느낄 법한 건조함과 막막함이 고스란히 전해진다. 황량한 모래지대에서 풀을 찾아 헤매는 가축. 이를 안타깝게 바라보는 시선이 교차된다. 그의 간결하면서도 서정적인 문체가 독자들의 공감을 높이기에 충분하다. 무엇보다 주제 전달의 효율성을 위해 문단을 전략적으로 배치한 점이 좋다. 작가는 작품 서두에 '나는 지금 진저리를 치던 잡초, 철저한 타도의 대상인 잡초 한 포기를 이곳 낯선 황야에서 두 손으로 어루만지며 안쓰러워하고 있다'라고 서술하는데, 그토록 진저리 치던 잡초에게 애정을 느낀 이유는 무엇일까.

혹독한 흙바닥에서도 생명의 끈을 이어 가는 잡초. 작가는 대상에 대한 호기심을 신체적 감각, 촉각적 경험으로 해결하려 한다. '낯선 황야에서 두 손으로 어루만지며', '참 기특해서 손끝으로 가만히 어루만져 보았

다', '손아귀로 감싸 잡아 본다'라는 부분을 보면, 잡초에 대한 애정과 호
기심이 느껴진다. 이는 대상을 향한 애정뿐 아니라 독자들의 공감을 자
극하고자 하는 의도된 표현이다.

경계를 지운 조화의 섭리

도가에서는 자연 그대로의 삶을 추구한다. 자연을 통해 인간 본연의
모습을 찾으려고 노력한다. 무위자연은 사람의 힘을 더하지 않는 그대
로의 자연을 의미한다. 여기서 무위는 아무것도 하지 않는 것이 아니라
인위적인 제도나 질서를 거부한다는 의미이다. 자연의 순리에 따라 살
아가는 삶의 자세를 배우는 것이다. 이를 위해 우리는 아무런 판단도 없
이 자신의 숨결에 집중해야 한다.

땅뫼산 오르며 대전의 계족산 황토를 섞어 만든 길을 맨
발로 걸었다. 늘 걷고 싶었던 흙길이 주는 촉감이 열병을 앓
는 발바닥을 다독거렸다. 호수는 치열했던 격정의 시련을
거두고 절망과 결핍을 삭이고 있었다. 그리움도 불만도 두
려움도 없이 평온했고, 드러내지 않는 미학이 있었다. 등을
돌려 지나온 길을 보니 여전히 둥근 호수가 눈에 꽉 차게 들
어왔다. 놓친 경관과 잊고 있던 서정이 물이랑처럼 떠올라
내 정서를 자극했다. 물고기가 호수 위로 솟구치며 번지는

파장이 내 마음속까지 파고들었다.

- 배재록의 「회동 수원지 산책」 -

　「회동 수원지 산책」은 금정 회동수원지를 산책하며 느낀 감정과 사색을 서정적으로 담은 작품이다. 작가는 산책로를 걸으며 옛 조상들의 삶을 더듬어 본다. 동래장과 철마장을 오갔던 보부상들의 애환, 달구지 요령 소리로 요란했을 철마옛길을 연상하며 원더러스트의 기쁨을 누린다. 또한 자연의 청량함은 명상과 사유의 시간을 허용한다. 우리는 자연과 호흡하는 동안에 삶의 균형을 찾고 고통과 시름을 잠시나마 내려놓을 수 있다.

　그는 훌륭한 화가라도 자연의 창조물을 능가할 수 없다고 말한다. 자연의 풍치는 대상 간의 거리를 좁혀 주며 조화의 이치를 알려 준다. 물아일체를 바탕으로 자연이 빚은 천혜의 비경을 그려 낸다. 먼저 작가는 자연이라는 비정신적 대상에게 생명력을 주입해 대상을 인격화한다. '산그림자와 낮달이 잠긴 호수도 고즈넉한 문장으로 대화를 엿듣고 있다'라는 표현은 무위자연의 태도에서 비롯된다. '갇혀 버린 호수는 바다로 향한 열망을 접고 있는 듯 낮은 정좌로 묵직한 침묵에 들어 있었다'와 '호수가 푸른 이유는 빛의 산란뿐만 아니라 마음을 비웠기 때문이지 싶었다' 등을 보면 '호수'를 수행자의 모습으로 그린다. 인간과 자연의 경계를 지우고 조화의 아름다움을 따르는 그의 사상이 반영된 부분이다.

　작가의 자연친화적인 태도는 작품 전체를 아우른다. 독자는 작품을 통해 자연과 교감하고 심신을 정화할 수 있다. 또한 수행자적 태도를 통해 상생의 가치를 깨달을 수 있다. 그는 자연 그대로를 묘사하지 않는다. 대상과 합일하는 일체감을 추구하는 것이다. 이는 자연의 아름다움을 전달하고, 주제를 효과적으로 전달하기 위한 능동적인 작업이다. 이를 통해 독자들은 자연의 비경을 직접 경험하지 못하더라도, 마음의 눈으로 생생히 그려 낼 수 있다.

지금 여기 깨어 있기

철학자 플라톤은 인간의 의지에 관해 다음과 같은 말을 남겼다. 삶에 있어서 가장 아름다운 진실은 마음에 따라 자신을 바꿀 수 있는 것. 자신을 정복하는 행위를 가장 고결한 승리로 보았다. 현재의 자신을 떨쳐 내어 더 나은 미래를 꿈꾸는 것, 그것은 세상에서 가장 아름답고도 어려운 도전이 아닌가.

가르마 하나를 바꿨을 뿐인데 불편한 점이 한두 가지가 아니다. 한쪽으로만 길들여진 습관을 다른 방향으로 돌리려니 몸이 제대로 따라 주지 않는다. 운전할 때도 나도 모르게 왼쪽으로 기울던 머리를 오른쪽으로 저절로 기우니, 겨우 자리한 머리카락이 흘러내려 눈을 찌르고 눈앞 가려 신경이 거슬린다. 별것 아니라 여기고 바꿔 본 가르마로 인해 새로운 것을 거부하는 몸의 반응이 여기저기에서 나타났다. 오랜 세월 내몸이 가르마에 맞게 길들여졌나 보다.

- 이복희의 「가르마」 -

위의 인용문은 신체적 저항에 대한 반응을 상세히 묘사한 부분이다. 작가는 오른쪽 가르마를 고집하면서, 어깨 통증이나 근육 경직의 어려움이 생겼다고 말한다. 이러한 문제를 해결하기 위해 오래된 습관을 버리고 새로운 시도를 감행한다. 왼쪽 가르마로 방향을 바꾸고, 왼쪽 발과 왼쪽 팔을 사용하게 된 것이다. 습관에 젖은 몸을 의식적으로 바꾸려고 하니 불편한 점이 속출한다. 그럼에도 타성에서 젖지 않기 위해 끊임없이 노력한다.

또한 우리는 '불편이 신선한 자극이 되어 또 다른 생활의 활력소가 되지 않을까 하는 기대도 있다'라는 말을 통해 변화를 향한 기대심을 읽을 수 있다. 오랜 기간 굳어 온 생각이나 습관을 일순간 변화시키는 것은 어렵다. 저항과 방어로 인해 쉽게 포기하는 일들이 많아지기 때문이다. 그럼에도 불구하고 변화를 이끄는 힘은 나와 세상을 재창조하는 에너지가 된다. '얼굴이 동글납작한 내가 도전하기 힘든 스타일이지만, 한 번 시도해 보고 아니면 또 바꿔 타면 될 일 아닌가'라는 부분을 보면, 낡은 질서를 무너뜨리고 새로움을 향해 도전하려는 의지를 읽을 수 있다.

「가르마」는 자신의 오래된 습관이 형성되는 과정, 타성에서 벗어나기 위한 노력을 담은 작품이다. 작가는 가르마라는 익숙하지 않은 소재를 선택하여, 각성이라는 주제 의식을 내세운다. 일상적인 소재이지만 참신함이 느껴지는 제재로 보편적인 주제를 끌어내는 데 성공한다. 또한 신체적 특징이나 반응을 세밀하게 묘사하여 독자들의 흥미를 자극한다. 자기 성찰의 자세, 즉 깨어 있음을 실천하는 과정을 신체 조건과 관련해 서술한 것이다. 이에 우리는 「가르마」를 보며 자신을 성찰하고, 삶의 변화를 모색할 기운을 얻게 된다.

행위하는 주체

철학자 한나 아렌트는 창작과 행위 없는 삶을 경계하라고 말한다. 인간은 스스로 노동과 작업, 행위를 함께 실천할 수 있는 존재라는 것. 사람들이 반복적이고 기계적인 노동의 형태가 아닌 주체적 가치를 만들어 가길 바란다. 능동적인 태도로 자신만의 영향력을 행사하길 원한다. 이는 소통과 행위에 있어서 주체성을 상실하지 않길 바라는 마음이 녹아 있다.

우리 사회를 지배하는 직업의 가치는 노동을 경시하는 풍조가 전반에 깔려 있는지도 모른다. 사회를 지탱하는 토대의 기초는 저임금을 감수하고 흘리는 그들의 땀과 노력이다. 불합리한 사회구조 속에서도 묵묵히 자신 일에 최선을 다하는 노동자들의 땀을 기반으로 이 사회가 산업적으로 발전해 나가는 구심점이 되고 있지만 대가는 늘 최저 임금일지도 모른다. 그리고 노동을 경시하는 사회 풍토. 세상의 기준에서 벗어나면 삶은 훨씬 자유롭다. 사회적인 편견과 기준의 그림자에서 벗어나면 삶은 어느 자리에서도 당당할 수 있다. 사회의 보편적인 기준은 때로는 불편한 진실일 수도 있다. 그 불편함을 편리한 나만의 방식으로 만들어 가면서 삶의 무게는 조금씩 가벼워지기 시작했다. 살아간다는 것의 역동적인 에너지는 오늘도 우리를 살아가게 하는 힘의 원동력이다.

- 지향숙의 「굴레의 방울」 -

「굴레의 방울」은 노동의 참의미를 깨닫게 하는 작품이다. 작가는 노동을 생존 수단이자 창조적 활동으로 본다. 노동은 생존을 위한 필수적인 조건임에 틀림없으며, 삶의 가치를 획득하는 가장 역동적인 행위라는 사실은 부정할 수 없다. 나아가 미적 가치를 획득하는 계기가 되며, 철학적 삶을 실천하는 기회가 된다.

작품 전반적으로 노동에 대한 비유가 많다. 작가는 노동하며 흘린 땀을 새벽이슬, 미적 가치, 무욕의 철학 등으로 서술한다. 노동의 땀방울은 생존을 향한 노력이자, 희망을 노래하는 새벽이슬과 같다. 노동하는 인간은 치열한 현장을 버티기 위해 노래하며 시를 읊는다. 이는 육체적 고통을 통해 무욕의 가치를 획득하는 순간에 발현하는 행위이다. 필자는 '노동의 땀은 삶의 진한 향기를 품고 바다를 가로지르는 등 푸른 생선의 파릇파릇한 생명력이다'라는 문맥에 주목했다. 노동의 의미를 함축한 이 말은 작품 전체를 아우르는 주제문이다. 노동이 생존 수단인 동시에 주체적 삶의 원동력이라는 사실을 강조한다.

중반부에는 불의의 사고에 관해 고백한다. 그녀는 봉합 수술과 재활 치료 등을 경험하면서, 삶을 개척하는 건 오직 자신의 의지에 달렸음을 깨닫는다. '손을 못 쓰면 다리가 있었다'라는 문맥에서 고통을 대하는 자세를 읽을 수 있다. 기꺼이 고통을 감수하면서 운명을 개척하기 위해 부단히 애쓴다. 필자는 본 작품을 읽는 동안 철학자 니체가 떠올랐다. 그녀의 작품이 니체가 말하는 삶에 대한 자기 긍정, 즉 위버멘쉬를 실천하고 있기 때문이다. 또한 작품 말미 부분은 노동 경시 풍조를 대하는 그녀만의 발상이 드러난다. '세상의 기준에서 벗어나면 삶은 훨씬 자유롭다'라는 부분을 통해 개혁의 의지를 엿볼 수 있다. 노동에 대한 기준을 새롭게 만들고자 한 것이다. 노동 경시 풍토에 자신을 소모시킬 것이 아니라 주체적인 태도로 삶을 이끌어 가자고 요청한다.

인식의 전환

인식의 전환이란 새로운 관점을 제시하여 작품 분위기를 바꾸는 기법이다. 예기치 않은 방향으로 시선을 끌어 독자에게 강한 인상을 주면서 주제를 강조한다. 기존에 알고 있는 경우와 반대되는 방향으로 전개되거나 미처 생각하지도 못했던 가치를 드러내는 경우가 많다. 이를 통해 독자는 놀라움과 신선함을 느낀다. 따라서 인식의 전환은 삶의 가치와 의미를 효과적으로 전하기 위해 필요한 사고이다.

그러나 대상을 바라보는 관점을 쉽게 바꿀 수 있을까? 인간은 자신의 생각이 옳다고 믿는 경향 때문에, 고정된 사고를 쉽게 바꿀 수 없다. 색다른 관점들을 접하면서, 규격화된 의식이나 편견을 깨뜨리는 행위가 선행되어야 한다. 먼저 다양한 지식과 경험들이 축적되어야 하고, 대상에 대한 감정 이입이라는 수용적 태도가 동반되어야 한다. 인식의 전환을 위해 역설적인 생각이나 충격적인 반전에 집중하기보다, 오랜 세월 수용해 왔던 관습화된 사상을 비판적으로 바라볼 수 있어야 한다.

본지에 수록된 작품들은 놀라운 충격으로 반전 묘미를 선물하지 않는다. 대상에 대한 경계를 풀고 공감과 합일을 이루려는 정신, 자기 성찰을 향한 의지를 반영한 작품들이 많았다. 네 편의 글은 고정된 틀에서 벗어나 세상과 끊임없이 소통하려는 작가의 개방적 태도에서 시작된다.

이에 인식의 전환과 철학적 사고를 통해 삶의 가치를 구현하려는 작가의 의지가 돋보인다.

인연설, 사랑 그리고 애도

대상과 호흡하기

불교의 인연설에 의하면 모든 존재는 환경적 원인과 조건이 이루어질 때 생성된다. 개인은 일체 세계와 통하고, 그 세계는 개인과 밀접한 관계를 맺고 있기 때문이다. 모든 존재는 독립적인 것이 없고, 상호의존성을 가진다. 이것이 있으면 저것이 있고, 저것이 멸하면 이것이 멸한다. 결국 인간은 수많은 관계 속에서 탄생되어 소멸하는 존재이다. 이에 우리는 독립체가 아니라는 사실을 인정하고, 변화무쌍한 우리의 본모습을 수용해야 한다.

삶은 나만의 것이 아니다. 행복과 불안의 기억은 대상과 함께하는 과정에서 생성된다. 삶은 동그라미를 그리듯 순환하는 것으로, 수많은 관계 속에서 끊임없이 교류하며 완성되는 것이다. 결국 이러한 이치를 따라가다 보면, 온전한 내 것은 없다. 그저 너와 나의 경계를 무너뜨리고 배려와 사랑을 실천할 때 삶은 아름다워진다.

문학은 어떤가. 문학이란 삶을 담는 그릇이다. 다양한 인간 군상을 재현하고 앎과 지혜를 담는 결과물이다. 이에 따라 문학은 인간 본성을 탐구하고 관계 양상을 파악하는 것에서 시작된다. 인간은 다른 대상과 호흡하면서 행복과 아픔, 희망과 절망을 느낄 수 있기 때문이다. 다만 사물의 본질을 포착하는 예리한 직감은 언제나 작동되지 않는다. 문학은 인간의 정신적 고양과 정서를 담아 색을 입히는 자의 손끝에서 탄생된다. 그런 의미에서 작가라면 사물의 본질을 포착하는 능력이나 언어유희를 위한 기술을 익혀야 한다.

인연 속에 핀 사랑

문학과 영화는 닮은 구석이 많다. 먼저 언어 매체를 수단으로 삼는 데 공통점이 있다. 동시에 인간을 소재로 한다는 점, 특히 인물의 갈등과 해소를 통해 유희와 깨달음을 전하는 데 목적이 있다. 다만 문학은 언어라는 제한된 기술을 도구로 삼지만, 영화는 시나리오, 촬영, 음악 등의 매체를 이용한다.

내가 출연한 내 삶의 영상을 되감아 본다. 업다운이 적절하게 엮어진 제법 재미있는 영화일 것도 같다. 희극적이지도 않으면서 슬프기만 한 영화는 아닌 듯하다. 내가 주인공인 삶을 과연 제대로 살아왔을까. 주인공 역할을 잘하고 있는 것일까. 내 존재의 앞과 뒤에서 나를 있게 한 보이지 않

는 힘을 생각한다. 사랑이라고 해도 좋겠다. 나의 생과 연결
되어 있었던 숱한 만남과 헤어짐의 인연이 엔딩 크레딧으로
줄줄이 기억 속에서 올라온다. 내가 나 혼자의 힘으로 살아
온 게 아니었구나. 전율이 온몸을 감싼다. 나의 엔딩 크레딧
에 이름 올리지 못하고 기억의 저편으로 소멸된 인물을 찾
으려 기억 속을 휘저어 본다.

- 최순덕의 「엔딩 크레딧」 -

작가는 영화 감상 후에 느꼈던 바를 서술한다. 영화의 전당과 일반
영화관의 차이점, 에티켓을 설명하면서, 자신의 삶을 한 편의 영화 같다
고 말한다. 영화가 한 사람의 인생과 같다는 건 어쩜 당연한 말인지 모른
다. 그러나 내용뿐만 아니라 제작 방식까지도 개인의 성장과 흡사하다
는 데에 주목해야 한다. 두 가지 모두 사람 간의 갈등과 소통, 협력을 통
해 완성된다. 한 사람의 인생에 많은 이들의 열정과 노력이 깃든다는 데
공통점이 있다.

작가는 영화 스텝을 자동차 부품에 비유한다. '작은 소품 하나의 소
중함이 영화에서 보인다'라는 말은 한 편의 영화에는 수많은 사람들의
땀방울이 녹아있다는 의미이다. 인간이란 인연법에 의해 만들어지며,
수많은 창작물도 관계를 통해 완성된다. 즉 '수많은 삶이 실핏줄처럼 얽
혀 있다'라는 말에서 협력하는 사람들의 고뇌와 의지를 상상해 볼 수 있
다. 우리는 '생각의 늪'이라는 부분에서 '삶'을 바라보는 작가의 시선에
주목해야 한다. 늪이란 한 번 발을 들이면 헤어 나올 수 없는 곳으로, 삶
이란 이런 늪에서 허우적대며 답을 찾는 과정이라 할 수 있다. 「엔딩 크

레딧」을 통해 영화인의 열정과 희생, 희망의 파노라마를 펼쳐 보이고 싶은 그 마음을 헤아려 볼 수 있다.

작가는 자신의 삶을 되돌아본다. '희극적이지도 않으면서 슬프기만 한 영화는 아닌 듯하다'고 말하는데, 자신을 만들어 낸 보이지 않는 힘이 곧 사랑임을 알게 된다. 수많은 만남과 이별을 통해 만들어졌을 기억의 파편들을 떠올리며 인연의 소중함을 느낀다. 자신에게 보이지 않는 힘이란 기억의 저편으로 소멸된 인물이라 말하며, 스스로를 일으키고 성장하게 만드는 건 인연과 그 속의 사랑이라는 사실을 인식한다. 이렇듯 「엔딩 크레딧」은 사랑으로 어우러진 인간의 아름다운 모습을 다시 상기하게 만든다.

조화와 배려의 아름다움

인간은 공동체를 형성하며 살아야 할 동물이다. 신체적 능력의 약세로, 생활 속에 필요한 행동조차 소통을 통해 배워야 한다. 상호작용을 토대로 생존의 방식을 터득하며 살아갈 수밖에 없다. 결국 인간은 타자의 빈틈을 채워 주면서 어울림을 다하며 사는 존재이다.

이 작은 나의 세계에서 어떻게 살아가야 할까 하는 문제
의 답은 얼치기로 알고 있는 바 세상이 보여 주는 진면목을
찾아 종종 떠날 수는 없는 처지라면 그렇게 살아온 이들의
값진 인생을 눈으로라도 훑어 참고하며 마음을 쓸어내리는

생도 최선일 듯싶다. 그리고 뾰족한 슴베를 묵묵히 제 몸에 채워 같이 한 몸 되려 하는 호미와 낫의 자루 속 빈틈도 이참에 칭찬하고 싶다. 연장의 자루 속 빈틈이 어쩌면 어미 같은 보살핌이 아닌가 한다. 나는 누군가에게 슴베가 되어 준 적 있었던가. 어느 누군가는 나를 그렇게 기억해 주지 않을까 하는 상념으로 염치없지만 푸르러 가는 계절을 뚜벅뚜벅 걷는 중이다.

- 이영미의 「슴베」 -

작가는 작품 서두에 슴베의 의미를 설명한다. 슴베란 보이지 않으나 두 사물을 연결하여 하나로 완성하는 접착제 역할을 한다. 작가는 다리, 통신 등과 같은 소재를 제시하며, 대상과 대상을 연결하는 매개체의 중요성을 강조한다. 약육강식의 치열한 경쟁 속에서 조화와 배려의 가치를 안다면 우리 모두 성장할 수 있지 않을까.

그녀는 심한 학대를 받으며 자란 범죄자가 출소 후 후원자의 도움으로 새 삶을 산 일화를 소개한다. 또한 아이가 응급 상황에 처해 있을 때 마음을 내어 준 지인에게 감사한 마음을 전한다. 두 가지 일화를 통해 인간이 가져야 할 태도, 즉 관계와 소통의 중요성을 제시한다. 두 사람의 태도 속에서 배려와 조화를 이끄는 자세, 따뜻한 인정을 내미는 용기, 타인의 안타까움에 공감하는 능력을 발견한다.

작가는 인간의 본성에 관해 다음과 같은 의문을 제기한다. 성선설을 부정할 수 없지만, 상대방의 약점을 치부로 삼는 행위도 숨길 수 없는 인간의 속성이라는 것. 그럼에도 인간은 이해와 사랑을 전제로 타인의 불행을 외면하지 않는다. 치열한 경쟁 속에서도 배려와 조화를 실천하며 살아왔는지 반성하는 존재이기 때문이다. 작가는 누군가의 기억 속에 따스함으로 기억되고 싶은 바람을 밝힌다. 그 온기가 추운 날을 견디게 하는 힘이 되길 바라는 것이다. 본 작품은 개인주의가 만연한 사회에서 배려와 소통의 중요성을 피력한다. 빈틈을 메우는 습베와 같은 존재가 되고자 노력하는 과정에서 탄생된 작품이다.

서로에게 말 걸기

사랑을 정의하는 관점은 매우 다양하다. 사르트르는 타자의 자유를 인정하며, 동화하는 태도로 정의하려 했다. 공자는 자기 마음을 미루어 남을 헤아리고, 자기가 싫은 것은 남에게 시키지 않는 마음을 중시했다. 또한『사랑의 기술』을 쓴 에리히 프롬은 배려나 책임 등의 마음을 사랑으로 정의했다. 과연 사랑은 무엇으로 설명할 수 있을까.

그 속에 자신의 한계를 이해하고 극복하려 노력한다. 누구나 자신의 유한성을 넘어서기 위하여 걷는 길을 넓히고 영역을 확대하는 본능을 가지고 있다. 인간관계도 사랑도 마찬가지다. 그것이 단순한 관계라면 목적을 달성하면 그만이지만 사랑은 그렇지 않다. 가슴 뛰는 설렘으로 이루어지는 만남은 낯선 신선함과 새로운 느낌으로 삶이 부풀고 감미롭다. 육체의 아름다움이든 영혼의 아름다움이든 그 신선한 예술품은 내 눈에 반짝이는 별들로 존재한다. 예술가 고흐는 테오에게, '하느님과 인생을 이해하는 최선의 많은 사물을 사랑하는 일이다'라는 편지글을 남겼다. 모든 것을 사랑하고 말을 건다. 사랑을 통하면 안 되는 일이 없고, 사랑이 없으면 될 일도 안 된다는 것이 내가 일하는 원칙이다.

– 이종건의 「내가 지금도 신혼인 이유」 –

이종건의 「내가 지금도 신혼인 이유」는 사랑의 의미를 되새기는 작품이다. 오래된 연인을 '천연기념물'이라 칭하거나 '미지근한 비커 속에서 장시간 사는 개구리'로 비유했다. 섬광의 시대를 살아가는 현대인의 입장에서 본다면 오랜 연인은 천연기념물에 가깝다. 이는 사랑에 대한 고귀하고도 아름다운 가치를 인정하는 사고이다. 반대로 '미지근한 온도에서 사는 개구리'를 열정적인 사랑과 대비하면서, 식어버린 사랑의 부정성을 드러낸다. 작가는 사랑에 관한 다양한 시각을 제시한다. 개구리를 통해 품격 있는 사랑과 나태한 사랑의 이중성을 그린다.

그는 '사랑이란 새로움으로 설레며 함께 경험하고 즐거움을 나누는 것이다'라고 정의한다. 10년간의 주말 부부로 살아오며, 숙소 생활이 하나의 새로움이 되었다고 고백한다. 그 속에서 사랑의 진실을 적나라하게 보여 주는데, 작가의 이러한 고백은 몇 가지 의문점을 만든다. 부부가 서로에게 설렘을 찾지 못하는 이유는 무엇인가. 관계의 익숙함 때문에 설렘을 느끼지 못하는 걸까.

작가는 '사랑과 행복은 영원한 것이 아니다'라는 말을 하는데, 이는 근본적인 해답에 가깝다. 그는 남녀 간의 사랑은 영원하지 않다는 한계점을 지닌다며, 미지근한 사랑의 부정성을 강조한다. 고흐가 동생 테오에게 남긴 글귀를 인용하면서, 그만의 사랑 방식에 힘을 싣는다. 만약 서로 사랑한다면 상대에게 말을 걸어야 한다는 것. 그것은 대상에 대한 관심과 배려를 의미한다. 익숙한 관계라도 노력하지 않으면 쉽게 끝나고 만다는 점을 지적한다. 익숙함에 물들어 소중함을 놓치고 사는 어리석음을 알고 자신을 경계하라는 점을 일깨워 준다. 이에 「내가 지금도 신혼인 이유」는 의지에 따라 사랑의 깊이도 달라질 수 있음을 깨닫게 한다.

공간 혁명과 내적 치유

공간 혁명이라는 말이 있다. 공간이 사람의 마음을 열어 삶을 변화시킨다는 의미이다. 동일한 음식이라도 어떤 그릇에 담느냐에 따라 맛도 다른 것처럼 사람도 마찬가지다. 어떤 공간에 있느냐에 따라 사람의 마음가짐이나 격식이 달라진다. 일상의 공간도 이와 같다. 인테리어 소품 하나가 반전의 분위기를 연출하는 것처럼 삶의 공간도 설계도에 따라 바뀌는 건 분명한 사실이다.

인간에게 있어 삶이란 꽃 속에 씨앗이 있는 것이 아니라
씨앗 안에 언제나 꽃을 품고 있듯이 아늑한 공간은 안락한
삶을 제공한다. 엄마 같고 고향 같은 따듯한 공간이 뫼비우
스의 띠처럼 안과 밖을 경계 지을 수 없는 공간이라면, 소통

과 순환 속에서 삶은 아름다운 울림이 될 것이다. 울림은 우
리의 존재를 더 깊은 곳으로 이끌어간다. 울림은 변화의 출
발이다.

- 김필옥의 「정원약국」 -

작가는 공간이 삶을 변화시킨다는 단순하면서도 분명한 주제를 던진
다. 눈여겨 볼 부분은 도시 공간을 이기적 괴물로 비유하고 있다는 것.
경쟁 사회에서 자신의 이득만을 챙기는 현대인들을 괴물로 묘사한다.
폐쇄되고 단절된 곳으로 오로지 편리성과 경제성만이 집중된 도시 환경
을 안타깝게 본 것이다. 반면 안과 밖을 경계 지을 수 없는 공간은 안락
한 삶을 제공하는데, 그것이 바로 자연의 공간이다.

「정원약국」의 서두 부분은 일상적 공간을 치유 장소로 만든 주인의
마음을 담았다. 주인은 외면받던 좁은 공간에 정원을 만들며 아카시아,
오미자, 해당화 등 갖가지 꽃들을 심고 가꾼다. 환자들이 꽃을 보며 즐거
움을 느끼고 치유하길 바라는 마음에서 일어난 행동이다. 일상적인 장
소를 환상적인 공간으로 탈바꿈하며 사람들의 마음에 변화를 일으킨다.
독자들이 쾌유하길 바라는 훈훈한 마음이 따뜻하게 전해지는 작품이다.

작가는 안락한 공간을 '엄마 같고 고향 같은 따뜻한 공간'을 말하며,
'뫼비우스의 띠처럼 안과 밖을 경계 지을 수 없는 공간'이라 일컫는다. 이
러한 공간은 상호 유기적 관계를 소망하는, 다소 넉넉한 마음의 소유자
가 열어 놓은 장소이다. 안과 밖을 경계 지을 수 없다는 것은 나와 너의
구분이 사라지는 공간이다. 자연의 생동감 속에 감정적 정화를 이루는
곳. 이렇듯 희망과 긍정의 에너지를 얻는 공간은 삶에 활기를 되찾고 내

적 활성화를 일으키는 충전소나 다름없다. 결국 「정원약국」은 공간에 대한 새로운 인식과 타인에 대한 배려를 녹여 만든 작품이다.

타인을 향한 관조적 시선

대한민국은 OECD 자살률 1위라는 불명예를 안고 있다. 다른 국가와 비교했을 때 빈곤만이 자살의 원인이 아니라는 것. 가까운 사람의 사망, 이혼, 학대 등을 경험한 뒤 우울증이 심화되어 자살에 이른 것이다. 정서적 고립이 자살 선택에 많은 영향을 미쳤다는 사실이 안타깝게 다가온다.

> 못다 핀 꽃잎에 전하는 애도의 말은 입속에만 맴돌 뿐, 여전히 꽃잎이 흩날리는 도로 위에서 마음 앓이를 한다. 그가 떠나는 여행길에 어쩌면 내가 마지막 만난 사람일지도 모르는데 '어디 다친 곳은 없는지, 몸은 괜찮으냐'고 물어나 볼 걸. 이미 꽃은 지고 없는데, 운전대를 잡고 자꾸만 중얼거렸다.
>
> – 김주선의 「못다 핀 꽃잎에 전하는 애도」 –

「못다 핀 꽃잎에 전하는 애도」는 한 청년의 안타까운 죽음을 기록한 작품이다. 작가는 서두에 인기리에 방영된 국내 드라마 〈내일〉을 소개한다. 극단적 선택을 앞둔 관리대상자를 죽음의 위기에서 구해 준다는 설정으로, 자살률 1위라는 불명예의 현실을 반영한 드라마이다. 작가는 대중에게 알려진 매체를 사용해 독자들의 흥미를 끈다. 개인에게 닥친 위기와 사회적 불안에 공감할 수 있는 배경을 설정하여 독자들의 몰입도를 높인다.

작품 중반부는 교통사고와 관련된 일화이다. 사고 접수를 알리기 위해 연락을 취했지만 답이 없었다는 것. 상대방의 무심한 태도에 불만을 느낀 '나'는 뺑소니 접수를 마친다. 며칠 후 '나'는 사고가 있던 날 운전자가 스스로 목숨을 끊었다는 사연을 듣고 적지 않은 충격을 받는다. '비 오는 봄날, 낙화한 꽃잎을 밟는 것이 나는 안타깝고 또 미안했다'는 말로 그의 죽음을 애도한다. 극단적인 선택으로 생을 마감한 청년에 대한 안타까운 마음을 그린다.

작가는 현실 도피로 떠났던 여행지에서 뜻하지 않은 경험을 한다. 햇살 아래 책을 펴는 노숙인. 그를 귀인으로 본 듯 반가워한 이유는 무엇일까. 그녀의 머릿속을 스쳐 갔을 '삶을 투정하느라 마음 곳간에 양식을 채우지 못한 채 남 탓만 하고 살았는데'라는 부분을 보면 짐작할 수 있다. 실패의 원인을 남에게 돌리며, 자신을 돌아보지 못한 지난 과거를 반성하고 있기 때문이다. 이는 삶의 고난을 능동적으로 대처하려는 의지로 보인다. 「못다 핀 꽃잎에 전하는 애도」는 타인을 향한 관조적 시선을 통해 내적 성찰을 시도한다. 고요하고 차분한 마음으로 대상을 관찰하는 동시에 자신을 성찰하는 태도가 아름답다.

사랑은 창조의 힘

　수필은 일상의 경험을 작품 재료로 활용한다. 그러나 일상에서 참신한 소재를 찾기란 여간 어려운 일이 아니다. 혹자는 희귀 생물을 찾는 것만큼 소재 탐구에도 시간과 노력을 아끼지 말아야 한다고 말한다. 기억의 편린을 붙잡아 직관을 세우고, 대상의 가치를 밝히는 것이 도통 쉬운 일이 아니다. 이에 많은 이들은 수필에 가벼운 마음으로 덤볐다 화들짝 놀라 뒷걸음치기도 한다. 무엇보다도 명필가로 인정받기 위해서는 배워야 할 게 너무 많다. 적절한 비유와 묘사 등의 기술은 물론이요, 철학적 사색과 안목까지, 갖춰야 할 게 수두룩하다. 독자들이 느낄 감동의 장벽이 그만큼 높다는 것도 작가가 넘어야 할 산이다.

　필자는 분석에 앞서 작품을 선택하는 기준을 세운다. 작품 소재의 참신함, 주제의 보편성, 형상화 등이 그것이다. 예술은 독자나 비평가의 취향에 따라 다르게 평가받을 수밖에 없다. 그럼에도 누구에게나 사랑받을 법한 데 눈이 간다. 이번 호에는 '사람에게서 희망을 찾다'라는 메시지를 담은 작품들이 많다. 그도 그럴 것이 사회적 단절이 익숙함으로 변질돼 버린 불완전한 사회에서, 우리는 어떻게 살아야 할지 고뇌하지 않을 수 없다. 그러나 해답은 명확하다. 우리 사회는 보이지 않는 끈으로 연결되어 있다. 나비의 작은 몸짓이 큰 폭풍우를 만드는 것처럼, 사랑과 배려만이 인간을 새롭게 창조할 수 있다. 무엇보다 사랑이야말로 삶의 원동력이며, 관계가 주는 힘이라는 사실을 잊지 말아야 한다.

인의 발현, 나눔의 행복

자기 성찰, 인의 실현

최근 우리 사회에 벌어지는 일련의 사건들을 보노라면 여간 힘든 일이 아니다. 비탈길에 굴러가는 돌멩이처럼 아슬아슬 불안하기 짝이 없다. 가을 축제가 한창이던 거리는 쓰레기장이 되고, 교권 침해에 죄의식 없는 학생들이 늘어나며, 재산분쟁으로 형제간에 칼부림도 벌어진다. 돈에 눈멀고 충동에 이끌려 사는 사람들은 눈앞에 닥친 문제를 해결하는 데에 급급할 뿐이다. 이에 필자는 상실의 시대를 살아가고 있는 모든 이에게 묻고 싶다. 과연 인간다움이란 무엇인가.

공자는 세상이 혼란한 이유를 인의 부재와 예악의 상실에서 찾았다. 그는 어머니가 자식을 대할 때 그러하듯이 배려하고 걱정하는 마음이 사람다움의 본질이라 말한다. 또한 인의 실천에 있어서 너무 과하지도 부족하지도 않으니, 적절한 순서를 따르는 것이 좋다고 보았다. 김대근의 『어른이 되어 다시 만나는 철학』을 보면, 공자가 말하는 인이나 예는 단지 도리의 문제가 아니라 정서의 문제라 지적한다. 인간이라면 서로 통하는 정서가 있고, 이에 부합하는 행동을 할 때 도리로 이어진다는 것이다. 인간의 정서가 전제되어야만 인과 예의 실천이 이루어지는 것처럼 자신의 마음에서 비롯된 행동일지라도 사회가 용인하는 수준에서 자신을 돌아보는 과정이 중요하다고 덧붙인다.

그렇다면 우리는 품격 있는 삶을 위해 어떤 노력을 해야 할까. 인간의 품격은 곧 갈등을 대하는 자세에서 드러난다. 먼저 갈등을 해결하기 위해 다음과 같은 노력이 필요하다. 자기 자신을 살핀 뒤 생각과 감정을 이해하고 수용하는 태도가 필요하다. 그 뒤 내 안에 좋은 본성을 회복하고, 예를 다해 행동하는 것이다.

타자의 슬픔에 공감하기

우리 사회는 불완전한 존재의 집합체이다. 인간은 이런 불완전성을 어떻게 극복해야 할지 고민해 왔다. 완전한 미래를 위해 새로운 것을 창조하고, 타인과의 관계망을 통해 해결하려 했다. 불완전한 존재라는 사실을 받아들이면서, 나와 타자에 대한 이해의 폭을 넓혀 온 것이다. 이웃과 동료에 대한 분노를 줄이고, 배려와 여유가 조금씩 생겨난 이유도 여기에 있다.

예수와 부처가 당구 시합을 하면 누가 이길까? 영생을 누리는 신들이라고 하지만 죽을 수밖에 없는 운명이면서 영원처럼 사는 인간을 질투하지 않을까. 에덴동산의 즐거움이든 서천꽃밭의 즐거움이든 덧없는 인간의 운명만큼 즐겁지는 못하리라. 인간의 육신으로 태어난 예수도 부처도 흘린 눈물은 인간의 뜨거운 눈물이었다. 덧없고 영원하지 못한 시간을 운명처럼 지닌 인간의 눈물을 사랑한다. 서로의 운명을 보듬고 같이 나누며 즐길 수 있는 우리가 사는 이곳이 영원이다. 신이 사랑하고 신이 질투하는 곳이기 때문이다.

– 이철수의 「당구장 풍경」 –

「당구장 풍경」은 당구장을 토대로 삶의 원리를 설명하는 작품이다. 작가는 승자와 패자로 나뉘는 운명 앞에, 질투심 가득한 본성을 발견한다. 기쁨은 나눌수록 배가 된다는 걸 알면서도 함께하는 데 인색하다는 것. 동시에 '슬픔에 대한 또렷한 의식이 우리는 같은 운명에 처해 있는 인간임을 확인시켜 준다'고 말하며, 슬픔과 기쁨을 함께하는 연대 의식이 필요하다고 밝힌다. 인간은 타인의 행복에 마냥 기뻐할 수만은 없지만, 타인의 슬픔에 함께 공감할 수 있는 존재이기 때문이다.

작가는 덧없고 영원하지 못한 인간의 운명을 사랑한다. 실랑이를 벌이고 질투에 마음을 졸여도 함께 어울려 막걸리 한 잔 곁들이는 삶이 즐겁다. 그것은 영원하지는 않지만 그 순간 서로 함께하기에 행복한 것이다. 인용문에서 '죽을 수밖에 없는 운명이면서 영원처럼 사는 인간을 질투하지 않을까'라는 구절이 인상적이다. '유한한 존재를 질투한다'라는 구절은 어떻게 해석할 수 있을까. 운명의 불완정성을 인정하고, 서로에게 의지하며 살아가기에 우리가 사는 이곳이 아름답다는 의미이다.

수필가는 대상에 대한 감정적 이입을 중요하게 생각한다. 사물이나 사람, 상황에 대한 세밀한 관심에서부터 공감이 일어나고, 이를 통해 존재의 의미를 밝혀낼 수 있기 때문이다. 「당구장 풍경」은 당구장이라는 공간에 인간사를 녹여 내면서, 운명에 대처하는 인간의 모습을 보여 준다. 또한 작가는 타인과 협력하고 소통하는 긍정적 태도를 지향한다. 당구봉처럼 곧은 마음, 당구공처럼 모나지 않고 둥글게 살아가길 바라는 마음을 전한다.

배려 속에 피는 꽃

코로나19의 장기화로 층간 소음이 사회 문제로 떠오르고 있다. 실내에서 생활하는 시간이 늘어나다 보니, 층간 소음은 아파트에서 이웃 간 분쟁과 갈등을 불러일으키는 주요 원인이 되었다. 최근 테러나 스토킹 등의 강력 범죄가 이슈화될 만큼 심각한 문제로 부상하고 있다. 사회적 문제로 떠오른 층간 소음을 어떻게 해결해야 할까.

어두운 밤하늘을 밝히는 건 빛나는 별이 있어서이다. 우리의 미래를 밝히는 건 집집마다 자라는 어린 해가 있어서이다. 티 없는 아이들의 웃음소리가 그치지 않는 한 우리의 미래가 밝지 않을까. 맑고 밝게 자라야 할 우리의 미래에게 드넓은 하늘을 날게 할 수는 없는가.

– 박경애의 「까치발」 –

「까치발」은 층간 소음을 바라보는 작가의 시선이 날카롭다. 누구든 까치걸음을 걷는 아이를 보면 안타까운 눈초리를 거둘 수 없다. 층간 소음 문제를 줄일 뚜렷한 대안이 없기 때문이다. 과연 층간 소음은 배려와 양보만으로 해결할 수 있는 문제일까. 작가는 아이의 까치걸음이 층간 소음을 줄이는 최선의 방책이라 여긴 게 안일하다고 본다. 그보다 더 근본적인 해결책, 즉 사회적 제도나 시스템의 변화가 시급하기 때문이다.

그녀는 아이들이 우리의 희망이라는 점을 부각한다. 이를 설명하기 위해 아이들의 까치걸음을 '족쇄'로 아이들을 '해'로 묘사한다. '아이의 발목에 무거운 족쇄를 채우는 것을 두려워하지 않은 어리석음이라니'라며 한탄의 목소리를 낸다. 명랑하게 뛰어놀 아이들이 아파트라는 감옥에 갇혀 본능을 표출하지 못하는 데 안타까움을 느낀다. 또한 '우리의 미래를 밝히는 건 집집마다 자라는 어린 해가 있어서이다'라는 부분을 통해 아이들이 곧 희망이라는 점을 강조한다. 동시에 서로를 배려하는 따뜻한 마음이 필요하다며 설득한다. 작가는 소음을 일으키는 사람도, 일상생활의 소음에 예민한 사람도, 서로가 서로에게 특별한 인연이란 사실을 간과하지 말라고 당부한다.

수필은 삶의 현실을 반영하는 문학이다. 그 진실에 다가가기 위해서는 예리한 비판력과 세심한 관찰력을 토대로 독자들의 감흥을 일으켜야 한다. 이에 「까치발」은 층간 소음 문제를 해결하기 위한 노력이 시급하다는 점을 피력한다. 무엇보다도 층간 소음을 바라보는 관점, 즉 아이들의 질주 본능을 억제시켜야만 하는 안타까운 현실에 초점을 맞춘 것이 새롭다.

변화의 이치를 읽다

불교에서 제행무상은 깨달음의 근원이 되는 말이다. 물질적인 것이든 정신적인 것이든 모든 현상은 시시각각으로 변천하고 소멸한다. 석가모니가 세상에 변하지 않는 것은 없으니, 죽음에 슬퍼하지 말고 정진하라는 말을 남겼다고 하니, 이는 세상을 통찰하는 이치임에 분명하다. 결국 삶은 탄생하는 순간 죽음으로 가는 과정으로, 현실 세계에 모든 것은 영원한 것이 없다는 결론에 이른다.

아니다. 거기까지 다다르기 전에 할 일이 있다. 남아있는 욕심 꺼끄러기를 벗겨내고, 가뿐하게 살아갈 일이다. 어느 순간 한 줌의 검불이 되더라도 남은 빛이 먼지처럼 가벼우면 좋겠다. 살면서 말빚, 마음빚, 인연빚을 어찌 다 갚고 가랴만은, 그 빚들의 무게를 조금씩 줄이는 것이 고운 검불 되는 삶 같다.

– 조양상의 「검불」 –

「검불」은 소소한 일상의 순간들을 담는다. 그 안에 죽음을 대하는 그만의 태도를 엿볼 수 있다. 도입 부분은 팝콘이 입천장에서 떨어지지 않는 상황을 묘사한다. 누구나 한 번쯤 경험해 볼 일을 도입 부분에 제시했다. 그 뒤 꺼끄러기가 목구멍에 걸려 병원행으로 이어지는 에피소드를 넣어 자연스레 연결했다. 이는 독자들로 하여금 입과 목구멍에 붙은 이물질을 연상하게 해, 껄끄럽고 불편한 감정을 촉발시킨다. 마지막 문맥이 여운을 남기는데, '별거 아닌데 곧 떨어져 내리겠지'라는 그의 말은 곧 슬픔을 마주하는 우리네 심정을 대변한다.

작가는 새로 지은 토담집 풍경을 묘사하면서 추억을 되새긴다. 온 식구가 토담집을 짓는 데 힘을 보탰던 일, 우물을 퍼 올려 등목을 하던 옛 추억을 새록새록 꺼낸다. 특히 '탑세기와 검불을 뒤집어쓰고 놀던 우리 삼 형제'라는 부분을 보면, 검불은 죽은 잎새와 가지 부스러기로 볼 수 있다. 이때 검불은 애달픈 그리움, 불편한 그림자를 상징한다. 부모님과 형제들의 죽음을 기록하는 그의 담담함, 그 뒷면에 남겨진 생생하고 아련한 기억이 안타까움을 더한다. 앞서 제시한 '별거 아닌데 곧 떨어져 내리겠지'라는 막연한 생각은 결국 떨치지 못한 기억으로 남는다.

수필은 정해진 틀이나 고정된 형식이 없는 장르이다. 다만 구성이나 서술 방식에 있어서 고정된 틀이 없는 것이지, 형식을 파괴한다는 의미가 아니다. 이러한 측면에서 「검불」의 전략적 구성은 글의 완성도를 높이는 데 일조한다. 팝콘, 꺼끄러기, 검불로 이어지는 소재의 흐름이 독자들로 하여금 삶과 죽음의 일상성을 수용하도록 만든다. 또한 '사람도 때가 되면 검불이 된다'고 하는 그의 말을 보면, 검불은 죽음을 상징하는 동시에 제행무상의 의미를 내포한다. 현실 세계의 모든 것은 매 순간 변화와 생멸을 경험할 수밖에 없는 것. 결말 부분인 '남아 있는 욕심 꺼끄러기를 벗겨 내고 가볍게 살아가고 싶다'라는 말에서 자유를 향한 소망을 발견할 수 있다.

세상이 그토록 아름다운 이유

좋은 습관은 사람을 변화시킨다. 작은 행동 하나가 미세한 변화를 만들고, 그 변화가 지속적인 행위로 이어진다면 어떨까. 이러한 능동적인 실천은 긍정적인 효과를 불러일으킬 뿐 아니라 고통을 수용하는 데 힘이 되어 준다. 더욱 놀랄 만한 사실은 긍정의 힘이 타인의 삶에 적지 않은 변화를 일으킨다는 데 있다.

“사부작사부작 오이소.” 정감 어린 그때의 말 한 마디는 가슴에 스며든 향기가 되었다. 내 생활이 맡겨진 짐처럼 무척이나 힘들 때의 일이라 얼마나 큰 힘이 되었는지 모른다. 그런 연유로 더욱 잊히지 않아 오늘 같은 날 밀려오는 꽃향기 속에 불쑥 손님이 되어 나타나는 것일까.

- 김예순의 「참 고운 두 분」 -

「참 고운 두 분」은 배려에 관한 몇 가지 에피소드를 담은 작품으로, 세상을 향한 희망적인 시선이 따뜻하게 그려진다. 필자는 도입 부분의 '사방이 은은한 꽃들의 향기로 가득하다'라는 말에 눈길이 간다. 과연 가을 풍경을 바라보며 지난 초여름의 일을 떠올린 이유는 무엇일까. '코에 익은 예쁜 향기'는 각양각색의 아름다운 꽃향기만을 의미하는 것일까. 아마도 배려와 인정, 즉 사람의 향기를 기억한 게 분명하다.

작가는 버스 기사와의 일화를 떠올린다. 기사는 우산을 쓴 채 무거운 짐을 든 손님을 향해 "바쁘게 하지 말고 사부작사부작 오이소"라는 말을 건넸고, 그녀는 "사부작사부작 오이소. 예쁜 그 낱말 정말 고맙습니다"
라고 답했다. 고객의 마음을 헤아리는 버스 기사의 마음이 따뜻하다며
감동의 여운을 남긴다. 작가는 '우리의 삶에 가끔씩 끼어드는 쓸쓸함은
누군가의 따뜻한 말 한마디로 위로를 받는다'라고 말한다. 부드럽고 살
가운 그의 말이 고운 향기처럼 와닿는다며 마음속 깊이 새긴다.

　　작가는 글을 쓴 의도를 작품 곳곳에 펼쳐 놓았다. '세상이 아름다운
이유는 꽃향기처럼 안겨 오는 배려심 있는 아름다운 사람들이 있기 때문
이 아닐까'에서 사람에 대한 희망을 읽을 수 있다. 세상이 아름다운 이유
는 사람의 향기 덕분인데, 그 향기란 인간다움을 의미한다. 서로를 인정
하고 배려하는 따뜻한 마음이 곧 세상을 변화시키는 힘이 된다. '그 말은
온 세상의 공기를 타고 고운 향기처럼 아름답게 멀리멀리 퍼질 것이다'
라는 문맥은 세상을 향한 희망의 메시지나 다름없다. 작은 배려가 감동
과 울림으로 전해져 희망이 될 수 있지 않을까 하는 기대심이 느껴진다.

상생과 나눔의 가치

　　원효의 일심은 일상생활에서도 마음가짐과 행위를 근본으로 삼을 만
큼 보편화된 사상이다. 그는 일심을 위한 다소 구속력을 지닌 몇 가지 실
천 방법을 제시했다. 먼저 매사에 부지런히 참고 마음을 가라앉힌 뒤 그
깊이를 보라는 것이다. 둘째로 윤리를 지키며 남에게 베푸는 실천 사상
을 제시하며 수양과 실천을 강조했다. 각자 내면적 수양을 통해 배려와
사랑을 실천하라는 의미이다.

땀 흘려 품앗이를 해본 사람은 잊지 못한다. ‘쓰레기 더미에서도 장미꽃이 핀다’고 하면서 병 주고 약 주듯 한 언어의 유희로 팬덤이 된다. 서로의 처지를 반면교사로 생각해보면 어떨까. 품을 지고 잊으면서 정상적인 품앗이가 이루어질 수 없다. 메마른 땅에서 작물이 제대로 자랄 수 없듯 말잔치로 놀아나며 양심을 찾아볼 수 없는 환경에서 ‘가는 말이 고와야 오는 말도 곱다’는 말은 그냥 해보는 말인가. 나는 언제부터 누이 좋고 매부 좋을 것 같은 시장에 가면 마음이 편안해진다. 품앗이가 이와 같지 않을까.

- 구유현의 「품앗이」 -

농경사회에서 품을 지고 갚는 것은 보편적인 일이었다. 그러나 현대사회에서 일심동체나 이심전심이란 말은 특별한 일이 되어 버렸다. 자유와 개성을 중시하는 사회에서 희생과 봉사는 소수의 사람들이 누리는 비범한 능력으로 여긴다. 나눔을 실천할 때 천사라 칭하고, 봉사 활동을 상점으로 매기는 문화적 흐름 때문은 아닐까. 작가는 사람 간의 배려, 협력이 우리 사회에 가장 필요한 덕목이라고 보았다. 자연 속에 파묻혀 서로의 애환을 나눈다면 이루지 못할 일이 없다고 말한다.

그는 ‘대가 없이는 무엇 한 가지 할 수 없는 야박한 세상이 되었다’, ‘상대를 고려하지 않는 일방적인 분위기로 행복하다고 할 수 있을까’라는 말을 남긴다. 이는 공감과 배려를 상실한 현대인들에게 뼈아픈 충고가 된다. 진정한 관계는 내가 무엇을 받을 수 있는지가 아니라 무엇을 나눌 수 있는지를 고민하는 데 있다. 그는 주고받기보다는 일방적으로 받길 바라는 이기적인 마음에 따끔한 충고를 더한다. 이는 품앗이의 의미와 그 가치에 대해 생각해 볼 수 있는 좋은 계기가 된다.

수필에서 격언은 작품의 주제를 강화하는 데 효과적이다. '가는 말이 고와야 오는 말이 곱다', '쓰레기 더미에서도 장미꽃이 핀다', '누이 좋고 매부 좋다' 등은 타인에 대한 배려를 의미한다. 작가는 일방적인 배려를 강요하는 사회적 분위기를 비판하면서, 더불어 살아가는 상생의 의미를 전한다. 배려란 말잔치로 끝날 것이 아니라 실천으로 이어져야 한다는 점을 강조하고 있다. 결말 부분에 '시장에 가면 마음이 편안해진다'라는 말은 곧 인정과 나눔, 상생의 의미를 깨우칠 때 안정과 행복에 이를 수 있다는 뜻이다. 이는 현대 사회에 사라져 가는 덕목을 되살리면서 잃어버린 가치를 되돌아보게 만든다.

배려와 나눔의 온기

공자는 다음과 같은 말을 남겼다. 마음에 가는 대로 행하더라도 법도에 어긋나지 않는다. 어떠한 경우를 의미할까. 자신의 욕망이 사회적 선을 넘지 않도록 하고, 타인을 대하는 말과 행동이 예에 어긋남이 없도록 할 때 가능하다. 과연 욕망의 시대를 살아가는 현대인들에게 이러한 가르침이 통할까.

필자는 이러한 연장선에서 다섯 편의 작품을 살펴보았다. 인간 본성과 삶의 원리를 토대로 각자만의 생각을 녹여 낸 작품들이다. 「당구장 풍경」은 덧없고 영원하지 못한 인간의 운명을 사랑하는 작가의 시선이 신선하게 다가온다. 불완전한 운명의 굴레를 인정하면서, 서로 의지하며 살아가는 인간사를 아름답게 바라본다. 「까치발」은 층간 소음을 바라보는 새로운 관점, 즉 아이들의 본능을 억제시켜야 하는 안타까운 현실에 집중한다. 「검불」은 세상의 모든 것은 매 순간 변화와 생명을 경험할 수밖에 없는 것으로, 욕망을 벗어던진 채 가볍게 살고 싶다는 소망을 담은 작품이다. 「참 고운 두 분」은 부드럽고 살갑게 던지는 말 한 마디가 타인의 마음속에 꽃을 피운다는 교훈을 남긴다. 「품앗이」는 배려와 나눔, 상생을 실천하는 곳에서 마음의 안정과 행복을 이룰 수 있다는 메시지를 전한다.

위 작품들은 삶을 혹독하게 그리고 있지 않다. 그저 함께하는 삶에 집중한다. 종합적으로 살펴보면 우리는 덧없고 영원하지 못한 존재가 틀림없다. 불완전한 운명의 굴레에서 벗어나지 못한 채 살아갈 수밖에 없는 것. 그럼에도 우리네 삶은 삭막하지만은 않다. 슬픔은 나누어 가볍고 기쁨은 함께해서 배가 되는 걸 알기 때문이다. 모두 한목소리로 말한다. 인정이 메말라가는 사회 속에서 내 안에 선한 본성을 찾을 때라고. 인간은 꽃보다 아름답다 하지 않던가. 타인의 슬픔에 같이 울고, 배려와 나눔에 온기를 느끼는 존재임을 잊지 말자. 이것이 본 수필이 전하는 울림이고 메시지이다.

초연적 태도와 공생적 조화

욕망을 바라보는 문학적 시선

우리는 타자의 욕망을 욕망한다. 쉽게 말하면 욕망은 누군가의 욕망에서 비롯된다. 그것은 인간의 상호 작용에 의해 구성되며, 개인의 무의식은 타자의 담론에 의해 형성된다. 흔히 고급 아파트, 수입 자동차, 명품 가방을 획득하는 것에 많은 시간을 투자하지만, 그것만으로 완전한 충족을 이룰 수 없다. 돈, 명예, 권력을 쟁취하려는 시도는 영원히 충족되지 않은 채 지속될 뿐이다. 라캉은 이러한 욕망의 구조를 환상으로 본다.

우리는 문학을 통해 인간의 본성을 탐구하고, 삶의 본질에 대해 말한다. 이에 작가는 욕망이란 무엇인지, 행복은 어디에 있는지, 고통은 어디서 비롯되는지를 고민하고 설명할 의무가 있다. 독자들에게 공감과 희열을 전달하는 동시에 깨달음을 제시해야 한다. 이를 위해 작가는 삶의 작동 원리를 탐구하며 인간 본성을 내밀하게 들여다봐야 한다. 나아가

각자의 세계관을 바탕으로 세상을 보고 느낀 것의 가치를 효과적으로
전달해야 한다.

사랑에 대한 초연적 태도

성리학은 부동심과 경을 강조한다. 먼저 부동심이란 마음이 흔들리
지 않는다는 뜻으로 외부와의 갈등에서 평정심을 유지하는 걸 의미한
다. 경이란 일반적으로 공경이나 겸손을 뜻하지만, 퇴계의 경우 헤아림
을 중단할 때 일어난다. 자신의 내면에서 일어나는 온갖 번뇌들을 잠재
우고, 헛된 생각들을 물리치는 것이다.

은하별은 가까운 듯 멀었다. 행복한 순간이 없지는 않았
으나 불어난 등짐에 힘겨워하며 별과 별 사이에서 허우적거
렸다. 아마도 은하별에 안착하는 꿈은 이루지 못할지도 모
르겠다. 어느 인생들 후회하지 않으랴 싶어 되돌리고 싶은
마음도 없다. (중략) 〈목마와 숙녀〉도 머어언 길로 가버리고
〈유월에 갓 피어난 붉은 장미〉도 시든지 오래지만, 은하별
로 가는 다리에서 화석이 된 듯한 동행자로 늘 그곳에 있는
조형물로 닳으며 살아간다. 누군가가 먼저 가면 이빨 빠진
동그라미처럼 은하 주위를 데굴데굴 구를 것만 같다.

– 최숙미의 「은하다방」 –

최숙미의 「은하다방」은 관계에 대한 시차를 다루고 있다. 먼저 '은하다방이 내 인생의 은하별인 양, 가슴 설레던 오동도 다리를 건너가듯 은하수 강을 걸어 들어갔다'라는 고백을 보자. 작가는 오래전 그와의 만남을 떠올리며, 관계에 대한 솔직한 심정을 드러낸다. 그녀는 예의 바르고 배려 깊은 남편과의 첫 만남을 떠올린다.

작가는 은하별을 이상 세계의 이미지로 덧씌운다. '은하별로 향하는 길은 녹록치 않다', '행복한 순간이 없지는 않았으나 불어난 등짐에 힘겨워하며 별과 별 사이에서 허우적거렸다'라는 말을 통해 희로애락의 인생사를 읽을 수 있다. 이상적 세계에 도달하기 위해 수많은 고통과 난관을 극복해야 하는 것. 그 과정을 '별과 별 사이'의 거리, 즉 공간적 이미지를 활용하여 표현했다. 행복을 위해 하루하루 버티며 살아온 지난 삶을 기록하는 것이다.

필자는 가슴 떨린 관계에서 화석과 같은 존재로 변화하는 걸 지켜보면서, 사랑에 대한 연륜이 느껴졌다. 오래전 생명력을 상실한 채 옆자리를 고수하는 관계이지만, 이를 어떻게 해석하느냐에 따라 그 의미는 다르다. '누군가가 먼저 가면 이빨 빠진 동그라미처럼 은하 주위를 데굴데굴 구를 것만 같다'라는 그녀의 말에서 사랑의 초연함이 전해진다. 동시에 필자는 서로의 빈자리를 지켜보며 은하별로 떠나지 못한 채 소리 없이 절규하는 모습에 주목했다. '소리 없이 절규하는 모습'과 같은 역설적 표현이 슬픔의 깊이를 대변하고 있다. 이를 통해 우리는 이별의 슬픔이 얼마나 큰지 헤아릴 수 있다.

관계의 숙련도란 쉽게 이룰 수 있는 것도, 누구나 만들 수 있는 것도 아니다. 대상에 대한 본질을 이해하고, 인내하는 과정에서 축적되기 때문이다. 사랑에 대한 초연적 태도는 감정의 메마름이 아닌 관계의 성숙으로 완성된다. 그것은 집착과 욕심으로부터 벗어나 관용적인 태도를 취할 때 이룰 수 있다. 이에 우리는 최숙미의 「은하다방」을 보며, 사랑의 생명력은 감정의 역동성이 아닌 초연한 기다림에 있음을 알게 된다.

성찰을 통한 치유

인연생기는 불교의 근본 교리 중 하나로, 모든 인연은 이어져 있다는 뜻이다. 사물은 그 자체로서 독립된 것이 아니라 조건과 관계 속에서 임시로 존재한다는 의미이다. 인간은 매 순간 변화를 거듭하며, 늙고 병들어 죽기 마련이라는 삶의 이치를 12연기로 설명한다. 모든 것은 불변의 실체가 아닌 서로 의지하며 생멸한다는 이치로, 삶의 진실에 다가갈 수 있는 방법으로 보았다.

나이 들어 고약하게 변한 이유가 살아온 세월만큼 마모되고 해져서 닳아졌다는 비겁한 핑계는 버리겠다. 지금 나에게 중요한 것은 소중한 그대와 함께 살아온 세월이 부드럽고 좋게 만들어가는 무두질이었음을 깨닫는 것이다. 더불어 상생하고 자연 동화되는 것임을 알아차리고 불살이 꾼들을 맞이할 것이다.

– 김태령의 「불살이 집」 –

김태령의 「붙살이 집」은 중년의 삶을 그리는 동시에, 상생과 동화의 이치를 담은 작품이다. 작가는 작품 서두에 인연생기에 관해 설명하면서, 상생적 태도의 중요성을 언급했다. 이것은 대인 관계뿐 아니라 만물을 이해하는 동양적 세계관 중 하나이다. 상생은 다양성을 인정하는 관용적 자세로, 시비 분별없이 상대를 인정하는 태도를 말한다. 또한 작가는 '무두질'이라는 표현으로 오래된 관계를 설명하는데, 무두질이란 동물의 가죽을 부패하지 않고 오래 쓸 수 있도록 가공하는 것을 뜻한다. 이를 관계적 측면에 적용해 보면 어떨까. 그것은 지속적인 관계, 완전한 대상을 창조하기 위한 밑그림이다. 관계의 유연함을 위한 관용적 태도나 수용적 의지를 말한다. 이러한 일련의 과정은 곧 분별심을 버리고 대상과 동화하려는 적극적인 자세에서 이뤄진다.

육체적 질병은 부정적 감정의 원인이 되고, 행복과 불행을 구분하는 씨앗이 된다. 괴로움은 대상에 대한 집착과 편견에서 일어난다는 걸 알지 못할 때 생긴다. 그 반대의 경우라면 어떨까. 집착과 편견을 버리고 존재 그 자체를 인정하면 마음의 분별심은 자리할 곳이 없다. 작가는 신체적 쇠약을 긍정으로 수용한다. 각 병명에 명패라는 공식적 자리를 붙여 주며, 붙살이꾼들로 부른다. 더군다나 이명증과 비문증이라는 병명에 '이명이', '비문이'라는 호칭까지 붙인다. '예쁜 소리만 듣고 예쁜 것만 볼 수가 없어진 부부에게 그렇게 찾아온 이명이와 비문이는 오히려 고마운 붙살이 꾼이다'라는 부분을 보면 세상에 대한 긍정적 태도를 엿볼 수 있다. 객관적인 상관물에 화자의 감정을 이입하여 긍정적 의지를 표명하기 위한 방식으로 보인다.

수필은 긍정의 문학이다. 대다수 인생의 희로애락을 담고는 있지만,

궁극적으로 감동과 쾌락, 깨달음을 제시하는 데 목적이 있다. 작가는 반성과 성찰을 통해 자기 치유를 실천하고 독자에게 공감과 교훈이라는 긍정적 메시지를 제공한다. 이에 우리는 김태령의「붙살이 집」를 보면서 긍정적 사고와 초연적 태도를 배울 수 있다. 이러한 태도는 삶의 시련 앞에서 무너지지 않게 하는 버팀목인 동시에 평정심을 유지하는 비결이 된다.

풍자와 반어의 매력

박지원은 조선 시대 최고의 문장가로, 풍자 소설을 집필하여 산문 역사에 큰 명성을 날린 인물이다. 양반 사회에 위선과 부도덕을 폭로하여 사회 모순을 드러낸다. 그 중「호질」은 호랑이가 유학자의 이중인격과 위선, 인간의 이기심을 신랄하게 비판하며 많은 이들에게 통쾌함을 전한 바 있다. 조양상의「인어 상괭이」도 인간의 욕망과 이기심에 대해 신랄하게 풍자한다는 측면에서 공통점을 가진다.

저를 회생시키려고 애쓰신 수산자원연구소 언니들께 참 미안합니다. 과유불급이죠. 풍요만 탐하는 인간들의 삶이 생명의 터전을 빈곤하게 하는 것입니다. 연근해에서 인류와 함께 살아온 우리 무라치 어족이 급감하는 현상이 영장님들과는 무관하시길 두 지느러미 모읍니다.

- 조양상의「인어 상괭이」-

「인어 상괭이」는 상괭이의 목소리로 인간을 향한 경고의 메시지를 담았다. 작가는 주제를 효과적으로 전달하기 위해 상괭이를 화자로 설정한다. 생명은 최고의 선이며, 모든 가치에 우선한다는 점을 강조하려는 의도이다. 그는 인간의 과욕으로 바다 생태계가 파괴되고, 생물들이 멸종하기에 이른 사실을 고발한다. 그물망을 던져 바다의 씨를 말리고, 쓰레기로 병든 생명체는 인간이 만들어 낸 재앙에 속수무책으로 죽어 간다. 작가는 수온 상승이나 백화현상으로 일어난 바다 생물들의 피해를 담담하게 그린다. 오히려 그의 절제된 어조가 상황의 위급함을 극화하는 효과를 낳는다.

먼저 작가는 생태계 폐해와 관련한 정보들을 제공하여 독자들에게 긴장감을 준다. 이를 위해 인간에 대한 비판을 다양한 방식으로 담는다. '인간으로 태어나길 염원했기에 인간에게 고마워한다'라는 반어적 의미를 쓰거나 '인간의 과욕은 오히려 생명의 터전을 빈곤하게 만든다'라는 직설 어법을 병행한다. 인간의 이기심을 강조하기 위해 풍자적 요소를 가미한 것으로 보인다.

「인어 상괭이」는 인어 상괭이라는 대상을 내세워, 인간의 극단적인 탐욕을 비판한다는 설정이 재밌다. 단지 동물의 눈으로 세상을 바라보는 게 색다른 건 아니다. 상괭이의 시선으로 상황을 적나라하게 묘사하고, 인간 본성에 날카로운 시선을 보낸다는 설정이 흥미로운 지점이다. 이를 통해 독자는 위험에 노출된 바다 생명체의 위기를 지켜보며 몸서리칠 수밖에 없다.

인간의 이기심과 생명 존중 의식

만물은 존재 자체가 축복이자 선물이다. 모든 존재는 개별적 가치를 지닌다. 고유한 의미와 존재의 이유를 가지며, 서로 관계를 맺으며 살아간다. 하지만 연속적 삶을 위해 다른 생명체의 희생을 치를 수밖에 없는 운명이다. 그럼에도 재산 축적이나 감정적 동요로 타인의 희생을 강요해서는 안 된다. 생존을 위해 어쩔 수 없는 희생은 감당할 일이지만, 과욕으로 벌어지는 희생은 있어서도 외면해서도 안 될 일이다.

생명은 수많은 관계 속에서 도움을 주고받으며 삶이 유지된다. 세상에 당연한 건 없다. 제물이 되기 위해 태어난 생명은 없다. 많은 오리 희생과 고통 뒤에 패딩은 달랑 한 벌이 된다고 한다. 산 사람 위에 다른 생명이 얼마나 더 산 제물이 되어야 할까. 생명이 더 귀하고 덜 귀한 게 따로 있지 않은데 말이다. 오리 가슴에 뭉텅이로 털이 뽑혀 나가 살갗이 시뻘겋고 피멍이 든 게 내 살갗인 양 아프고 쓰리다. 추운 겨울 패딩 잠바를 사달라고 조르던 아이의 꿈에 털이 없는 오리들이 울면서 무리 지어 뒤따라와 놀라 꿈에서 깨어난 동화를 읽은 기억이 난다. 오늘 밤 나의 잠자리가 편할 수 있을까.

– 박경애의 「패딩」 –

작가는 가슴털이 뜯겨 나간 오리를 통해 욕망으로 빚어진 인간의 가혹한 이기심을 고발한다. 우리는 추위를 견디기 위해 너도나도 할 것 없이 패딩을 장만한다. 그러나 각양각색의 외투를 욕심내는 건 생존을 위한 선택으로 보기 어렵다. 인간의 욕망이 생명 참사로 이어질 수 있다는 걸 인지하지 못한 결과이다. 작가는 '내가 누리는 따스함이 당연한 게 아니다'라며, 이 모든 안락함은 생명체의 고통에서 시작됐다는 걸 알린다. 내가 누린 호사가 존재의 고통 속에서 비롯됐다는 사실을 전하고자 한 것이다.

작가는 절박하고 처량한 오리의 신세, 한 생명체가 겪을 고통스러운 상황을 상세히 그린다. 감각적 묘사를 통해 한 생명체의 비극적 상황을 사실적으로 전달한다. 우리는 '가슴팍의 연한 털이 뜯겨 나갈 때'나 '피부가 찢어지고 상처로 벌겋다가 채 아물기도 전에', '토해내는 비명'이라는 구절을 보며 눈살을 찌푸리게 된다. 또한 그녀는 인간을 카멜레온으로 비유하고 있는데, 만족을 모르는 이기심을 꼬집기 위한 장치이다. 합리적 선택을 하지 못하는 현대인들의 충동성을 팔랑귀로 표현하고, 만족하지 못한 채 형형색색으로 바뀌 가는 소비 형태를 카멜리온에 빗댄다. 주어진 것에 만족하지 못하는 이기적인 현대인의 민낯을 날카롭게 포착한 것이다.

박경애의 「패딩」은 인간의 과욕으로 빚어진 비극, 생명 존중을 향한 마음을 담았다. 비유를 통해 감각을 자극하고 복합적인 감정이나 상황을 상징으로 응용하였다. 이는 독자들에게 상황의 심각성을 알리고, 환경 개선에 대한 자발적인 동기를 일으키는 효과를 가져왔다. 이와 같이 비유와 상징은 작가의 내밀한 감정과 생각을 전달하기 위한 장치가 될 수 있다.

자연에서 배우는 삶의 이치

　삶의 이치란 사물이나 현상이 가지는 고유한 법칙이나 질서를 바탕으로 인간의 수양, 성찰의 기준을 마련하는 것이다. 우리나라의 경우 대체로 유교, 도가, 불교 사상이 일상생활에 깊이 스며들어 있고, 이것이 삶을 영위하는 데 매우 중요한 잣대로 작용한다. 특히 자연의 순리를 따르는 삶은 개인적 차원의 인격 수양에서부터 대인 관계를 아우르는 도덕으로 여겨진다.

　능선을 따라 굽이지는 강. 강과 한 몸이 된 바다는 세상을 가진 듯 기쁨의 함성을 내지릅니다. 바다는 들썩이는 파도로 매 순간 살아있음을 증명합니다. 파도는 강과 바다의 경계를 단박에 허물어뜨립니다. 바람은 꽃씨를 실어 나릅니다. 그렇게 저 건너 들판과 들판을 손잡게 합니다. 세상은 이렇듯 강으로 산으로 이 마을과 저 마을로 끝없이 이어집니다. 철새는 산 너머의 궁금한 소식을 물고 옵니다. 강과 산을 무시로 넘나드는 구름과 새에게는 지켜야 할 국경은 없습니다. 창공으로 땅으로 수면 아래로 그들만의 길로 자유로운 만남을 이어갑니다.

- 조경숙의 「해맞이」 -

　조경숙의 「해맞이」는 사람이 희망이라는 메시지를 담은 작품이다. '빛이 없는 거리에선 사람이 빛이 됩니다', '그들의 뜨거운 입김과 들뜬 표정 속에서 잊었던 새날의 희망을 찾을 수 있을 테니까요'라는 말은 삶을 향한 희망의 노래이다. 어둡고 추운 바람을 이겨 내고 밝은 빛을 뿜어 내는 해. 이를 통해 희망과 기원의 마음을 담는다. 푸른 순, 이슬 먹은 꽃잎, 까치의 부산한 날갯소리 등은 자연이 발산하는 생동감과 평화를 상징하는 소재이다. 푸름은 성장, 생명력 등의 새로운 시작을, 이슬은 새벽의 신선한 시작을, 까치는 길조를 의미한다. 작가는 다양한 글감을 적용해 자연의 푸름과 생명력을 표현한다. 미래를 향한 희망의 메시지를 전하고자 한 것이다.

작가는 융합과 상생의 가치를 꺼낸다. 이를 위해 파도, 바람, 새 등의 경계를 허무는 존재에 대해 말한다. 강과 바다, 들판, 산을 넘나들면서 자유로운 삶을 추구하는 것이다. 강과 산은 서로의 몸을 의지하며 존재하는데, 편견이나 우열을 따지지 않는 공생의 원리를 의미한다. 서로 다름을 인정하고 갈등이나 차별 없는 관계를 중시한다. 반면 도시의 벽은 인간이 만들어놓은 규정과 틀로 단단하다. 삶의 길을 잃지 않으려면 나름의 경계와 선이 필요하다. 그러나 그 경계는 이분법적 사고를 양산하고, 생존을 위한 편 가르기를 만든다.

작가는 단단해진 경계 속에서 주변을 돌아보길 바란다. 자연의 특성과 아름다움을 발견하여, 인간의 삶을 더 윤택하게 만드는 길을 찾아 나선다. 자연에서 지혜를 발견하고, 공생의 가치를 터득하는 것이다. 이런 의미에서 조경숙의 「해맞이」는 사람과 사람 간의 관계가 더 평화로워지길 바라는 바람을 녹인 작품이다. 자연의 이치와 삶의 의미를 전달하기 위한 작가의 노력이 느껴진다.

욕망의 굴레에서 벗어나기

많은 학자들은 인간의 본성을 주요 과제로 삼았다. 과연 인간이란 어떤 존재인가. 그 질문에 스스로 답을 찾으려 노력해왔다. 오랜 기간 인간만이 가지는 독특한 특성을 이해하기 위해 정진했고, 각자만의 세계관을 담아 철학, 종교, 교육 분야에서 놀라운 결과물을 창조했다. 문학에서도 마찬가지다. 작가에게 주어진 사명감은 따로 있다. 인간의 본성을 깊이 있게 다루는 동시에 삶의 이치를 제시해야 한다. 특히 내면의 욕망을 다스리는 법, 불안으로부터 해방되는 법을 배우고 전달해야 한다.

필자는 본지에서 다룬 다섯 편의 수필을 통해 다음 같은 울림을 얻었다. 먼저 우리는 채워질 수 없는 욕망의 구조를 알아차려야 한다. 또한 자연과의 조화에서 삶의 이치를 발견할 수 있다는 것. 그러니 공생적 세계관과 초연적 태도를 배워, 삶의 평안을 찾도록 노력해야 한다.

실제로 좋은 수필을 만난 경험이 있다면 이와 같은 말을 수용할 것이다. 작가의 세계관을 통해 미처 알지 못한 사실을 깨달을 수 있기 때문이다. 이에 작가라면 영혼을 살찌울 좋은 작품을 써야 한다. 그것이 글 쓰는 자의 운명이자 사명이라는 사실을 명심해야 한다.

사색의 시간, 존재의 발로

존재의 의미를 밝히는 것

예술계에서는 감성과 이성, 형식과 무형식에 관한 오랜 논의가 이어졌다. 또한 각 시대가 요구하는 바에 따라 예술이 종교, 정치 등의 수단으로 이용되기도 했지만, 오늘날 예술을 놀이로 인식하는 경향이 강해졌다. 소재의 다양성, 주제의 탈범주가 이루어졌고, 관람자의 능동적 참여를 요구하는 예술 작품들도 많아졌다. 이에 관객이 창작 과정이나 작품 해석에 동참하면서, 참여 예술이라는 새로운 장르도 생겨났다.

사르트르는 예술에 관해 다음과 같이 정의했다. 예술 창조의 주된 동기는 세계를 본질적으로 느끼려는 욕망이라는 것. 결국 예술은 세계에 대한 관심, 즉 관계를 통해 존재의 의미를 밝히거나 재현하려는 과정에서 창조된다. 그는 예술이 타인을 위해서 존재한다고 보았다. 예술이 세계와의 소통을 통해 완성된다는 의미이다. 문학만 보더라도 작가가 자신의 사상과 감정을 기록하는 데 끝나지 않는다. 비평가의 해석이나 독자의 공감이 예술적 가치를 결정짓는 데에 매우 중요한 요소로 작용한다.

문학은 언어를 통해 세상의 수많은 존재와 그 의미를 알리는 데 기여한다. 문학의 특성상 독자들은 시각과 청각에 치중하기보다 공감과 상상력을 통해 그 의도를 파악한다. 따라서 작가는 그들의 오감을 자극하며, 참여와 연대를 이끌어 내기 위한 효과적인 장치를 고민해야 한다.

위선적 삶에 대한 반성

인간은 타인의 인정을 갈구하며 산다. 탄생 직후에는 어머니의 사랑을, 학창 시절에는 진학의 꿈을, 그 후로 직업 소명을 꿈꾸며 타인으로부터 인정받기 위해 살아가는 것이다. 이러한 과정에서 타인과의 경쟁과 갈등은 피할 수 없다. 다만 타인을 굴복시켜야만 하는 경쟁에서도 인정은 필요하다. 도덕적 양심이나 타인을 위한 배려는 곧 나를 완성하는 일이며, 성숙한 사회를 만들어 가는 자세이기 때문이다.

바람이 둘둘 감아놓은 나뭇가지에 짙은 초록 잎이 실처럼 쉴 새 없이 풀려나가는 여름 한낮이다. 사람과 사람 사이가 멀어지는 세상에 숲과 숲 사이는 더욱 가까워졌다. 태양의 폭거를 막기 위해 초록이 온 힘을 다하여 서로 손 맞잡다 보니 숲의 거리가 촘촘히 가까워진다. 아무리 태양의 힘이 강력하다 해도 여기저기서 일어서는 풀과 나뭇잎의 반란을 뚫기는 힘든가 보다. 뜨거운 열기에 말라 버릴 것 같은데 어

디서 저런 힘이 샘솟는 것일까. 여기저기서 왕성하게 일어

서는 풀의 함성이 땅 위를 덮고 있다.

- 이철수의 「풀꽃」 -

작가는 「풀꽃」을 통해 자연의 이치를 무시한 채 인위적인 질서에 매몰된 현대인을 비판한다. 동시에 욕망과 허세에 찌든 사람들의 외면에도 조용히 자기 자리를 지키며 살아가는 풀꽃을 소개한다. 이를 위해 작가는 땡볕이 쏟아지는 여름날의 풍경을 서두로 내민다. 바람에 엉켜 붙은 나뭇가지, 끝자락에 아슬아슬 매달려 있는 잎사귀. 그 왕성한 생명력과 경쟁하지 않는 화합을 감각적으로 그린다.

그는 주제 전달을 위해 대비 효과를 노린다. 도입 부분을 보면 관계적 측면에서 대비를 이루는데, 협력의 상징성을 가진 숲과 부조화를 의미하는 인간이 그것이다. 또한 욕망과 탐욕으로 물든 현대인, 연민과 애정의 손길을 내미는 어머니의 이미지를 대치하여 보여 준다. 작가는 현대인-나-어머니의 이미지를 나란히 배치하면서, 성숙한 관계를 위한 자세를 고민한다. 또한 경쟁 상황에서 이해와 배려가 얼마나 중요한지 재차 강조한다. 뜨거운 햇빛 아래 무섭게 성장하는 숲의 이미지는 경계와는 거리가 멀다. 어우러져 있으면서도 서로의 성장을 방해하지 않는다.

한 가지 주목해야 할 부분은 '뽑고 뽑히면서 서로의 운명을 받아들인다'라는 문맥이다. 이는 결코 존재에 대한 멸시와 당위성을 말하는 게 아니다. 내게 주어진 길을 살아가리라는 수용적 태도로 봐야 한다. 동시에 인정과 배려는 공존을 위한 기초 덕목이라는 점을 되새긴다. 이는 현대 사회의 굴레 속에서 타인을 수단으로 생각하지 않기를 바라는 마음인

것이다.

문학은 경쟁 사회에서 관계의 빈틈을 메우고 결핍된 지혜를 배울 수 있는 매개체이다. 우리는 문학을 통해 갈등으로 얽혀진 관계 속에서도 사랑의 의미를 발견할 수 있다. 그런 의미에서 「풀꽃」은 생존 본능에 충실할 수밖에 없는 인간의 운명을 그린다. 동시에 위선적 삶에 대한 반성과 공존의 가치를 제시하고 있다는 데 의미가 크다.

지각의 경험을 상상의 범주로

장자는 물아일체를 말하며 만물과 조화롭게 살아가는 삶을 제시했다. 외부적 대상과 한 몸이 되어 구별 없이 살아가는 삶을 의미한다. 인간은 만물과 함께하는 존재로, 서로 사랑하며 존중해야 한다는 것. 그토록 공생적 삶을 강조한 이유는 무엇일까. 인간이 자연과 함께 살아갈 때 자연은 아름다움을, 인간은 건강을 잃지 않는다고 보았다.

낙엽을 덮고 정좌로 앉아 명상에 든 수도자처럼 침묵하고 있는 앙상한 나무. 잎을 떨구어 내려놓은 무소유 나무에서 신령한 경외심이 인다. 여태껏 감추고 있었던 속살을 드러내 놓고 겨울을 견딜 준비를 하고 있다. 이 세상에서 산의 나무만큼 겨울나기에 탁월한 기질을 타고난 것도 드물지 싶다. 나무는 생존을 위해 땅속에 뻗은 뿌리의 길이만큼 가지를 뻗어 차디찬 혹한의 겨울에 담금질한다. 혹한을 이겨 낼

수 있는 보이지 않는 힘은 봄이 올 거란 희망 때문에 생기지
싶다. 비바람에 넘어지지 않기 위해 뿌리를 깊이 내린다.

- 배재록의 「겨울 산에 들다」 -

　비유적 표현은 작품의 서정성을 결정하는 요소가 된다. 직접적인 표현보다 추상적이고 복잡한 개념을 친숙한 대상으로 설명하여 독자들의 이해를 돕는다. 작가는 산을 다음과 같이 묘사한다. 삶을 바꿔 줄 지침서, 혜안을 기르는 수련장, 아픔을 치유해 주는 의사 등으로 칭한다. 이 모든 비유는 자연에 대한 동경에서 비롯된다. 작가는 산을 자연의 아름다움에 심취한 음악가나 혹독한 시련에 좌절하지 않는 수도자로 상상한다. 이를 통해 이상향에 대한 절실함을 표현하려는 듯 보인다.

　작가는 딱딱한 나무의 표면이 아닌 생멸의 인과를 품고 사는 나무의 본질을 파악한다. 개별체가 하나의 하모니를 이루는 모습에서 경쟁하지 않는 안분지족의 자세를 배우고자 한다. 그는 '나는 지팡이로 바닥을 두드린다'고 하면서 산이 만든 오케스트라에 동참하기도 하고, '음률의 어우러짐이 경쾌하고 황금비율의 소리는 사람이 흉내 낼 수 없고, 결코 만들어 낼 수 없는 득음을 준다'라며 경이에 가까운 찬사를 보낸다. 이에 우리는 「겨울 산에 들다」를 통해 무위자연에 흠뻑 빠진 자만이 체득할 수 있는 단계를 경험한다.

　문학은 현실 세계와 다른 색다른 세계를 만들어 낸다. 그것은 사실적 공간을 형상적 공간으로 탈바꿈함으로써 대상의 본질에 더 가까워지려는 하나의 수단이 된다. 「겨울 산에 들다」는 지각의 경험을 상상의 범주로 전환해, 이색적인 공간을 연출하는 데 성공한 듯 보인다. 독자들이 색

다른 체험을 통해 산의 본질에 더 가까이 다가갈 수 있다.

대상의 빛을 품다

노자는 다음과 같은 상황을 걱정했다. 자연이라는 큰 도가 사라지자 인위적인 윤리에 얽매이게 되고, 사람이 참된 진리를 잃게 된다는 것. 인위적인 질서가 인간의 사고와 행동에 제약을 걸고, 자신의 본질을 파괴하게 될 것을 염려했다. 사회적 질서에 따르다 보면, 자신의 본성을 억압하게 되고 목적을 상실한 채 표류하게 된다는 의미이다. 그렇다면 참된 삶을 살기 위해 어떤 노력이 필요할까.

나무라고 해도 모두 같은 것이 아니다. 겨울에 모두가 잎을 내리고 고요히 있을 때는 비슷해 보이지만 봄꽃이 피고 잎이 나면 그제야 그 나무가 어떤 나무인지 알게 된다. 사람도 마찬가지일 것이다. 가까이서 한철은 지켜봐야 그만의 개성을 조금 알 수 있다. 나무는 좋은 나무 좋지 않은 나무가 없다. 모두가 나무 그 자체로 좋다. 그늘이 좋은 나무, 꽃이 좋은 나무, 향이 좋은 나무, 열매가 맛있는 나무, 목재가 좋은 나무 이처럼 자기만의 개성을 드러낼 때 진짜 좋은 나무다. 사람도 그 사람만이 가지는 개성을 풍길 때 진짜 사람의 향기를 풍긴다.

– 김필옥의 「나무 사람」 –

「나무 사람」은 나무와 인간에 대한 사색을 담았다. 작가는 짧은 동화책을 보며 인간관계에 대한 진지한 생각을 드러낸다. 먼저 사람은 개별적 아름다움을 지니며, 타인의 인정으로부터 존재감을 얻는다는 것. '자기 안에 모든 것을 품어 안고도, 작다고 불평하지 않는 나무만이 가진 심지가 있다'라는 말은 단단한 심지를 가진 존재를 가리킨다. 동시에 자신에 대한 이해와 인정을 바탕으로 타인과의 소통을 거부하지 않는 개방성을 의미한다. 사회적 기준에 휘둘리지 않는 신념과 의지를 강조한 부분이다.

작가는 '그림책으로 위로받고, 힘을 얻으며, 빛을 품는다'라고 말한다. 동시에 '글쓴이가 무엇을 말하려고 하는지 생각하지 않는다'라고 고백한다. 이 말은 다소 역설적으로 느껴지는데, 이를 어떻게 해석해야 할까. '빛을 품는다'는 말은 결국 타인의 의도와 메시지에 충실할 것이 아니라 그 대상의 모든 빛을 품겠다는 의미이다. 그것은 본 작품의 주제와 깊은 관련성이 있다. 대상의 의미를 한계 짓지 않겠다는 의지의 표명이자, 그것이 품은 메타포를 찾겠다는 의도로 해석할 수 있다.

문학의 주요한 특성 중 하나는 사실성을 바탕으로 진실성을 전달하는 데 있다. 소설의 경우, 있음 직한 일을 바탕으로 삶의 진실성을 드러내는 것이 목적이라면, 수필은 사실적 경험을 통해 세상의 본질에 다가서는 것이다. 결국 문학이 대상의 본질에 다가가고 삶의 보편적 가치를 전달하는 게 목적이라면, 작가는 우리 모두에게 질문을 던져야 한다. 세상 속에서 내적 가능성을 확인하고 당당히 살아가고 있는가. 대상을 편견 없이 바라보고 존재의 의미를 깨닫고 있는가. 작가는 이와 같은 의문에 답을 찾으려 한다.

일상이 특별함이 되는 순간

사실주의는 현실 세계에서 경험한 지식이나 정보를 재현하는 장르이다. 비례미와 균형미를 강조한 고전주의 양식에서 벗어나 사실적 재현이 미의 기준이 될 수 있음을 알린다. 일상적 풍경, 사람들의 몸짓과 표정 등에서 진정한 아름다움은 찾을 수 있는 것이다. 일상적 경험에서 묻어나는 순수성, 사실성, 진술함이 사실주의가 가지는 진가이다.

무엇인가 결정할 일이 생길 때나 유과처럼 부풀어진 심신을 눌러 앉히고 싶을 때 걷기를 자주 한다. '걷는다는 것은 세계를 온전하게 경험한다는 것, 보행은 그 어떤 감각도 소홀히 하지 않는 모든 감각의 경험이다.'라는 다비드 르 브르통의 거창한 '걷기 예찬'을 앞세우지 않아도 걷기만큼 좋은 방법은 달리 찾을 수 없어 발바닥 심장을 지면에 꾹꾹 누르며 내딛는다. 걷는 동안 사색을 통해 하루를 단순하게 되고 복잡 미묘했던 감정이 군더더기 없이 스르르 녹아 버려 마음을 단순하게 만드는 힘이 있다. 헝클어진 머릿결이 매직기로 매끄럽게 펴지듯 구겨진 낙서장이 투명 캔버스가 되길 소원해 보았다.

– 이영미의 「스친 풍경들」 –

「스친 풍경들」은 의도와 목적을 제시한 후, 독자들을 사색의 세계로 안내한다는 점에서 이색적인 작품이라 하겠다. 독자들로 하여금 사소한 일상이 특별한 공간이 되는 순간을 경험하게 만든다. 작가는 도입 부분에서 주제 의식을 직접적으로 드러낸다. 다비드 르 브르통의 말을 인용하여, 걷는다는 것은 세계를 온전하게 느끼도록 한다는 것. 걷기란 억눌린 심신을 가라앉히고, 복잡한 감정의 군더더기를 녹여 정화하는 수단으로 본다.

「스친 풍경들」은 스치듯 지나칠 수 있는 풍경을 시각, 청각, 후각 등의 감각기관을 통해 전달한다. 작가의 시선이 사실적이면서도 감각적으로 느껴지는 이유는 하나의 대상에 집중하기보다 풍경에 대한 그녀의 시선을 상세히 서술하고 있기 때문이다. 특히 사상을 관철시키는 의도나 시비 판단이 없다는 것, 소재의 특수성에 집중하지 않은 점도 여느 작품과는 다르다.

작가는 「스친 풍경들」을 통해 사색의 시간을 선물한다. 한 폭의 그림 같은, 마치 사실주의 화폭을 연이어 펼쳐 놓은 듯한 느낌을 준다. 형상에 대한 감상과 느낌에 집중하지 않기 때문에 수용자의 능동적 태도를 기대한다. 무엇보다 긴 호흡으로 기술된 부분에서 독자들의 적극적 참여가 요구된다. 작가의 발걸음에 보폭을 맞추다 보면 존재의 본질에 다가설 수 있다.

열린 마음, 존재의 본질

하이데거는 존재하는 모든 것은 현존재와의 관계 속에서 존재의 의미가 드러난다고 보았다. 그는 인간의 삶이 충만해지기 위해서는 존재의 경이를 느껴봐야 한다고 말한다. 이성적 판단을 거두고 존재에게 귀를 기울이면, 그 고유성을 느끼게 되는 것이다. 그의 철학에 기대어 보면, 존재를 직관하는 행위는 예술인의 숙명과도 같다. 존재의 성스러움을 담는 행위 자체가 곧 대상의 존재를 포착해야 가능한 일이기 때문이다.

문학은 일상적 풍경을 특별하게 만드는 일련의 과정을 통해 완성된다. 먼저 대상을 향한 이성적 판단을 거두고 열린 마음으로 마주해야 한다. 그 순간 일상적 대상이 특별한 존재로 다가온다. 그 뒤 감성적 색채로 옷을 입히면, 문학으로서의 기본을 갖추게 된다. 무엇보다 작가는 타인의 삶에 적지 않은 영향을 미치는 자이기에, 세상을 향한 열린 마음과 존재의 본질을 밝히려는 의지를 가져야 한다.

일상에 특별함을 더하다

영감과 공감 그리고 성찰

아리스토텔레스는 시인이 플롯을 구성하고 그것을 언어로 표현함에 있어서, 실제 장면을 눈앞에 생생하게 그려낼 것을 당부했다. 그는 작품에 몰입하는 폭발적 에너지를 광기로 칭하며 작가의 열정과 재능을 강조한 바 있다. 관객들을 상상의 바다로 유인하기 위해 영감과 공감이 필요한 것이다. 번뜩이는 아이디어를 창출하고, 독자와의 소통을 가능하게 하는 그 특별한 능력에 주목했다.

수필은 작가의 사상과 감정을 전하기 위해 일상적 소재에 특별함을 담는다. 그렇다면 주관적 체험을 효과적으로 표현하기 위해 어떤 점을 고려해야 할까. 먼저 창작의 계기가 되는 기발한 아이디어를 발산해야 한다. 대상에 대한 이해를 바탕으로 상황적 공감을 이루는 게 핵심이다. 그 뒤 자신을 돌아보는 단계, 즉 나약한 자아를 다독이는 성찰의 과정은 필수적이다. 그런 다음 뛰어난 문장력으로 색을 입히면 독자들의 가슴에 울림으로 다가갈 수 있다. 이와 같은 일련의 과정을 수행할 때 작가는 일상의 평범함을 특별하게 만들 수 있다.

봄에 만나는 지상 천국

꽃은 수필의 단골 소재이다. 작가라면 봄에 만나는 지상 천국을 놓칠 수 없다. 희망과 부활을 기념하는 꽃, 사랑과 인연, 생명을 상징하는 꽃들까지. 그 형태는 헤아릴 수 없을 정도로 다양하다. 꽃은 인생의 기쁨을 상징하는 소재이지만 분명 예외적인 상황도 있다. 누군가는 슬픔으로, 또 다른 누군가는 그리움으로 기억하기 때문이다.

봄을 지나 여름 햇빛에 초록색 식물은 싱그럽게 빛이 나고, 산새들이 먹거리를 찾아다니며 재잘거리는 숲속의 소리는 자연과 풍성하게 조화를 이룬다. 봄빛에 물보라 치는 바다의 소리는 가슴을 시원케 하고 들녘에 아지랑이 피고 뜨거운 햇빛과 시원한 바람은 자연을 맑고 푸르게 만들어 의미 깊고 뜻있는 계절을 맞이할 수 있게 한다. 지나가는 봄은 아쉬움이고, 아쉬움은 그리움이 아닐까.
　　　　　　　　　　　　　　　　　　　　　　－ 노장현의 「달려가는 봄」 －

노장현의 「달려가는 봄」은 표면적으로는 봄의 예찬에 가깝다. 새로움과 희망을 상징하는 봄은 미래에 대한 기대심으로 가득하다. 봄의 싱

그리움을 만나면 상상력과 영감이 발현되고, 꽃의 향연에 안락함을 누릴 수 있다. 청초한 생명이 신선한 향기를 내뿜으면 신비로움과 따뜻함에 가슴이 설렌다. 작가는 유채꽃을 황야의 무법자로, 개나리를 민초의 삶, 목련화를 고귀한 순결로 소개하며, 알록달록 꽃들과 늘 푸른 나무들이 조화롭게 피어난 세상을 지상 천국으로 명시한다.

본 작품의 이면에는 부모님을 향한 그리움이 묻어난다. 봄이 내뿜는 향기에 취해 가슴 한 편에 묻어둔 사랑을 읊조린다. 하얀 배꽃이 피고 청록색 보리밭에 아지랑이 너울거리던 계절, 그 화창한 봄날에 아버지를 잃었다. 과수원과 벼농사에 매달리신 아버지, 가족을 향한 책임감에 고달팠을 아버지를 그려본다. 다른 한 편으로 보리밭 잡풀 사이에 김을 매던 어머니도 떠올린다. 가족들의 의복을 손수 지으시며 사계절 쉴 새 없이 일하시던 어머니. 이처럼 봄의 풍경은 부모님에 대한 그리움을 되새기는 소재가 된다.

노장현의 「달려가는 봄」은 봄의 미학을 전제로 한 글이다. 봄 풍경에서 영감을 얻어, 마음속 심상을 글로 풀어낸다. 특히 자연의 아름다움을 전달하기 위해 시각, 촉각, 청각적 요소를 활용했다는 점이 눈에 띈다. 초록색 식물의 싱그러움, 산새들의 재잘거림, 들녘에서 불어오는 시원한 바람을 조화롭게 그려낸다. 감각적 묘사를 통해 대상의 본질을 더 선명하게 표현하고, 독자의 오감을 자극하여 작품 속에 몰입시킨다.

인정하고 기다려 주기

　자식은 부모의 사랑으로 자란다. 그러나 사랑에도 균형이 필요하다. 가끔 지나친 사랑으로 자식을 망치려는 부모들을 본다. 자녀를 욕망의 수단으로 여긴 채 파국의 길을 걷는 사람들, 아이의 꿈은 외면한 채 물질적 풍족함을 강요하는 부모들이 그러하다. 과연 자식을 위한 올바른 사랑법은 무엇일까.

　　새로운 곳에 일을 나간 지 얼마 안 된 작은애가 검은 비닐을 들고 퇴근했다. 작업복이라고 해 받아들려고 하니 빨래가 험하다고 제가 하겠단다. 괜찮다고 받아 펼쳐 보니 과연 기름 냄새가 진하다. 정식 경제활동을 막 시작한 아들의 첫 작업복이기에 그야말로 만감이 교차한다. '그래 아들아 ~ 너는 이 일을 하려고 그리 먼 길을 돌아서 왔구나.' 속의 말을 삼키고 대야에 물을 받는다.

– 이운순의 「속울음」 –

　이운순의 「속울음」은 아들의 성장을 지켜보는 어머니의 애달픈 마음을 담았다. 기름 냄새가 진하게 베인 아들의 작업복을 세탁하며 느꼈을 감정들. 긴 세월 아들의 선택을 묵묵히 지켜볼 수밖에 없었던 안타까움과 간절함이 드러난다.

　그저 소시민으로 행복하길 바랐다는 고백. 그 이면에 숨겨둔 뼈아픈 진심이 아련하게 비친다. '천재를 낳은 것 같지 않으니', '공부는 능력에 맞게 스스로 하는 것', '지극히 평범한 소망도 내게 사치였는지'라는 부분은 어느 부모라도 해봄 직한 생각이다. 내심 기대했던 바를 충족하지 못할 때 느끼는 실망감, 자식에 대한 아련한 사랑을 담담하게 서술한다. 그러나 이러한 감정을 직접적으로 전달하지 않는 건 아들을 소유물이 아닌 하나의 인격체로 바라보기 때문이다.

작가는 아들에 대한 이중적인 감정을 솔직하게 표현했는데, 그 이중성이란 아들에 대한 실망감 너머에 그 존재를 온전히 수용하려는 마음이다. 우리는 작가의 마음을 바라보며 자식을 온전히 사랑할 방법에 대해 고민하게 된다. 존재 자체를 인정하겠다는 참된 마음을 간접적으로 경험하는 동시에 자식과의 관계를 돌이켜 볼 수 있는 기회가 되는 것이다.

이운순의 「속울음」은 왜곡된 사랑을 추구하는 부모들에게 추천할 만한 작품이다. 작가는 취업전선에 실패한 청년들이 은둔형 외톨이로 살까 염려되는 마음을 녹였다. 청년들이 빛을 잃고 스스로를 고립시키지 않을지를 걱정하는 것. 동시에 자식의 장점과 능력을 인정하고 조용히 지켜봐 주는 포용적 사랑을 그린다. 이에 「속울음」은 자식이 당당한 사회인으로 살아가길 바라는 모성을 담은 작품으로, 내 생각을 강요하기보다 인정하고 기다려주는 성숙된 사랑을 보여 주고 있다.

아픔만큼 성숙해지는 것

소설에는 장르별 용어가 많다. 세태 소설, 순수 소설, 성장 소설 등 작품 주제와 배경에 따라 분류가 다양하다. 성장 소설은 주로 미성숙한 아이가 어른으로 성장해 가는 과정을 토대로 하는 문학이다. 이에 반해 수필은 성찰을 기본 전제로 삼는다. 자기 성찰을 미성숙한 아이의 과제로 한정 짓지 않는다. 성찰은 지속적인 자기 점검의 활동으로, 평생 자신의 삶을 되돌아보는 과정이기 때문이다. 일상에서 벌어지는 일을 성찰의 계기로 삼아 의식적 변화를 이룬다는 점에서 정신 수양의 하나로 볼 수 있다.

요즘엔 입맛이 예전 같지 않다. 쓴맛에 대한 민감도가 떨어져서인가 보다. 참기름 듬뿍 넣고 갖은양념으로 무친 씀바귀나물에 입맛이 당기곤 한다. 뒤돌아보니 지난 삶이 마냥 달콤함으로만 꾸려지지 않은 듯하다. 그동안 인생 역경이 무수히 닥칠 때마다 강인한 의지로 감내하곤 하였다. 그럴 때마다 인내만큼 쓴맛은 없었다. 그런데도 항상 그 열매는 다디달았다.

- 김혜식의 「홀리고 거부하다」 -

김혜식의 「홀리고 거부하다」는 성찰과 깨달음에 관한 이야기이다. 자신이 겪은 일화를 바탕으로 마음속에 일어나는 감정들을 살핀다. 수필 작법 시간에 교수로부터 들었던 비판과 충고, 그 순간에 무너지는 자존심과 수치심. 이와 동시에 오기로 작동되는 수많은 감정들을 놓치지 않는다. 내부적 상태, 즉 내적 의식과 생각 등을 여과 없이 전달하는 방식을 취한다.

작가가 상처받은 마음을 다독이지 못한 채 수필가의 행보를 멈췄다면 어땠을까. 쓰디쓴 맛을 이겨낼 수 없었다면 다디단 열매를 만들 수 없다. 작가는 달콤한 유혹에 이끌린 채 진실에 둔감해지는 상황을 경계한다. 그녀는 커피를 예로 들어 단맛에 이끌리는 인간 본능에 대해 설명한다. 에스프레소보다 믹스 커피가 사람들의 입맛을 사로잡듯이 냉철한 충고보다 달콤한 아부에 이끌리는 게 본성이라고 말한다. 작가는 자신의 의견을 명확하게 드러내기 위해 기사를 활용한다. 단맛은 다른 맛에 비해 쉽게 유혹된다는 신문 기사를 토대로, 달달한 맛에 숨은 독성을 지적한다.

김혜식의 「홀리고 거부하다」는 순간적인 쾌락에 동요되는 사람들에게 권장하고 싶은 작품이다. 먼저 삶의 지혜를 얻는 과정이 수월하지 않다는 걸 알게 된다. 목적 달성을 위해서는 고통과 인내를 감수해야 한다는 걸 깨우칠 수 있다. 동시에 달짝지근한 말에 유혹되지도, 쓰디쓴 말에 돌아서지 말자는 교훈을 얻는다. 타인의 기분을 의식해 내뱉는 말에 현혹되지 않도록 중심을 잡아야 한다는 것. 끝으로 아픈 만큼 성숙해진다는 깨우침을 되새겨 볼 기회가 된다.

역경을 이겨 내는 지혜

우리가 고통과 괴로움으로 몸서리칠 때 신은 구원의 손길을 내밀지 않는다. 그 이유는 무엇일까. 우리 스스로 살게 하기 위해서이다. 그래서일까. 흔히 고통을 신이 준 선물로 여긴다. 신은 온갖 역경과 고통을 주어 인내와 지혜를 체득하게 한다. 고통을 이겨내는 과정에서 성숙의 의미를 깨닫고, 각자의 과업을 달성한 뒤 큰 사람이 되길 바란다.

산의 밤은 잠들지 않는 생명의 가늘고 긴 호흡 소리로 요란했다. 새들은 대나무 숲에서 쉼 없이 날아다니며 살아있는 호흡을 뱉어내고 바람에 스산하게 흔들리는 대나무는 새들과 어울려 밤의 정적을 깨뜨렸다. 자연의 소리는 소음이 아니라 내가 정해놓은 경계 너머의 세상으로 이끌어가는 마음의 이정표일지도 모른다. 도시의 밤이 과학의 빛이라면 산의 밤은 엄마의 자궁 안에서 숨 쉬는 생명의 빛이다. 새들과 계곡을 타고 흐르는 물소리와 바람에 흔들리는 대나무나 살아있는 생명체는 소리를 내는데 산은 모든 생명을 품고 침묵할 뿐이었다.

- 지향숙의 「침묵의 소리」 -

「침묵의 소리」는 산 중턱 마을에서의 생활했던 경험을 담은 작품이다. 작가는 생명의 소리로 넘쳐나는 밤 풍경의 이미지를 그린다. 생명체가 뿜어내는 긴 호흡 앞에 침묵하는 산의 진중함을 예찬한다. 작가는 겨울밤에 내리는 비를 표류자의 항해로, 벚꽃 피는 풍경을 축제로 비유한다. 고달픈 운명을 수용하는 벚꽃나무를 통해 자연의 순리를 이해하려 한다. 꽃을 피우기 위해 겨울비를 맞은 나무가 안타까우면서도, 침묵으로 사투하는 생명체의 고귀한 자태에 겸손해진다.

아름다움은 고통과 인내로 만들어진다. '자연의 무자비한 바람과 추위', '태풍으로 자신의 일부인 가지가 끊어지고'라는 부분은 삶의 시련을 가리킨다. '남은 에너지를 모으려고 안간힘을 다해 몸부림을 쳤을', '물 한 모금이 간절해서 하늘을 향해 비를 소망했을'이라는 문맥을 통해 운 명에 대처하는 자세를 엿볼 수 있다. 이를 종합해 보면 주어진 조건에 순 응하지 않고, 간절히 소망하여 이뤄 내리라는 믿음이다. 인생은 넘어지 면서 배우고, 그 고통과 좌절을 견디며 성장한다는 것. 이에 본 작품은 아름다움은 고통을 수반할 수밖에 없다는 보편적 진리를 담고 있다.

작가는 「침묵의 소리」를 통해 주어진 운명을 수용하고 한계를 극복하 는 의지를 다진다. 트로이아 전쟁을 승리로 이끈 오디세우스의 기록을 소개하며 굴복하지 않겠다는 용기를 보여 준다. 또한 침묵을 견디지 못 했던 지난 세월을 돌아보며, 자연 예찬이 그저 생각에 불과했다는 점을 반성한다. 동시에 표류한 항해사와 같이 고난과 고통을 이겨 낼 것이라 결심한다. 자연과 호흡하면서 주어진 조건에 굴복하지 않는 의지, 미래 를 향한 희망을 불어넣는다.

향기 있는 사람으로 살기

행복 바이러스라는 말이 있다. 행복도 바이러스처럼 쉽게 전염된다 는 뜻인데, 긍정적인 감정과 유쾌한 기운으로 주변 사람들을 행복하게 만드는 현상을 뜻한다. 즉 후회와 불안을 이겨내고 현실에 충실한 사람 들로부터 전파되는 에너지. 때론 신념과 철학, 종교와 같이 현실적 고통 에서 벗어나, '지금 여기에서 행복하기'를 실천하는 자의 기운이다.

꿀은 없어도 향기가 있는 꽃이 되고 싶다던 정원사가 떠
났다. 무슨 말이든 들어주는 귀를 가진 벽을 사랑했던 정원
사가 떠났다. 빈손으로도 살아갈 수 있음을 보여 주고, 빈손
으로 떠날 수 있음을 보여 주고 떠난 사람이다. 나는 빈손으
로 살아갈 수 있을지 두려워하고 있고, 그 무엇이라도 잃게
될까 봐 움켜쥔 손 펴지 못하고 있는 사람이다. 어떤 모습으
로 떠나게 될지 몰라서 떨고 있는 미생의 바둑돌이다.

– 하연수의 「미생의 바둑돌」 –

하연수의 「미생의 바둑돌」은 삶을 대하는 태도에 관한 글이다. 아파
트 정원사가 오전 일과를 마치고 비상계단에서 자는 듯 세상을 떠났다
는 소식. 그 일화를 시작으로 다양한 에피소드를 엮어 만든 작품이다. 우
리는 '언제든 떠날 준비가 되어 있던 사람', '비상계단 벽을 좋아했고', '꿀
은 없어도 향기가 있는 꽃이 되고 싶다던'을 토대로 정원사의 삶을 헤아
릴 수 있다. 식물들과 소통하기를 좋아하면서도, 사람들이 없는 공간에
서 휴식하길 좋아하는 사람. 환자의 아픈 곳을 치료하듯 생명의 아픔을
들여다보는, 침묵으로 소통한 신비로운 존재이다.

작가는 '나는 빈손으로 살아갈 수 없을지를 두려워하고 있고, 그 무엇
이라도 잃게 될까 봐 움켜쥔 손을 펼치지 못하는 사람이다'라고 고백한
다. 그는 정원사의 세계관을 살피며, '나는 잘 살아가고 있는가'라는 물
음에 답을 찾는다. 정원사는 꽃과 같이 향기로운 사람이 되고 싶다고 했
고, 그의 긍정적 에너지는 수많은 생명을 살리는 데 쓰였다. 작가는 정원
사와 자신의 삶을 견주어 보며, 불안 속에 살아갈 수밖에 없는 필멸의 존

재임을 인식한다. 동시에 긍정적 사고가 변화를 일으키는 중요한 요소임을 깨우친다.

작가는 미래에 대한 불안감, 마음처럼 되지 않는 상황을 '미생의 바둑돌'로 비유한다. 그것은 언제나 죽을 수밖에 없는 불안정한 상태, 살아남기 위해 고군분투하는 태도, 죽지 않고 버티면 살 수 있다는 가능성을 의미한다. 자신의 모습을 정원사의 삶에 대치시켜, 불안과 욕망에 시달리는 한갓 인간에 불과하다는 점을 인식한다. 무엇보다 삶과 죽음을 바라보는 작가의 시선을 따라가다 보면 어느덧 자신을 발견할 수 있다. 표면적으로는 정원사의 삶을 다루고 있지만, 그 이면에는 자신을 성찰할 기회를 찾고 있다.

내적 심상과 자기 성찰

예술적 행위는 내재된 감성을 자극하고 창의력과 상상력을 불러일으킨다. 자연이 내뿜는 신성한 기운은 내적 영감을 자극하고, 보편성과 참신함의 조화를 향한 의지를 자극한다. 또한 대상을 향한 특별한 공감, 이를 통해 내면에 새겨진 심상을 글로 풀어간다. 그 뒤 자신의 삶과 견주어 바라보는 관점을 제시한다면 수필의 이상향에 도달할 수 있다.

이번 『2024 계간 에세이문예 가을호』에는 내적 심상과 성찰에 집중한 작품들이 많았다. 먼저 노장현의 「달려가는 봄」은 봄의 미학을 바탕으로 부모님을 향한 사랑과 그리움을 노래한 작품이다. 이운순의 「속울음」은 자식에 대한 애달픈 마음과 성숙된 사랑의 의미를 담았다. 김혜식의 「홀리고 거부하다」는 내면의 변화와 삶의 깨달음을 주제로 한 작품이다. 지향숙의 「침묵의 소리」는 고통과 좌절을 극복하는 의지를 드러내는 글이다. 마지막으로 하연수의 「미생의 바둑돌」은 삶의 태도에 대해 사색하게 만든다.

수필은 인간학이다. 자신의 마음속에 그려진 지도를 작품으로 새겨, 독자들로 하여금 성찰하게 한다. 자신이 불완전한 존재라는 것을 인식하고 어떻게 살아야 하나를 고민하도록 한다. 작가는 필멸의 존재로서 겪는 수많은 갈등을 이겨내고 내적 평화를 찾는 것에 집중해야 한다. 이에 대상과 현상에 대한 묘사를 뛰어넘어 내면의 변화와 흐름을 읽는 과정은 매우 중요하다. 그 과정에서 나를 알고 대상을 이해하며 세상을 살아갈 수 있는 힘을 얻는다. 결국 작가라면 예술적 영감에 공감의 기술을 더하고 감성의 향기를 덧입히는 과정에 능숙해져야 한다.

철학적 화두와 통찰적 사고

일상에서 철학하기

많은 사상가들은 일상을 통해 철학적 사색을 이룬다. 사소한 일련의 체험을 통해 삶의 활력소를 찾으며 철학의 근원을 깨우친다. 그렇다면 간접 경험은 어떤가. 문학을 토대로 세상과 만난다면 이와 같은 효용성을 가질 수 있을까.

우리는 문학을 매개로 나와 타자를 이해하고 공감한다. 이를 통해 감정적 정화뿐 아니라 즐거움과 교훈을 얻는다. 문학은 언어를 수단으로 하기에 여타 다른 장르에 비해 감정 이입이나 메시지 전달에 다소 효율적이다. 그러나 작가는 제재 선택과 주제 함축 이외에 사색과 성찰의 길을 열어 두어야 한다. 좋은 소재로 명확한 메시지를 전달하는 게 목적이라면, 독자의 심장을 뒤흔들 강력한 무기가 필요한 게 아닌가.

필자는 문학이 대상과 사회의 본질을 드러내기에, 오랜 기간 철학의 중요성을 강조한 바 있다. 철학은 문학의 보편성과 특수성의 근간이라 해도 과언이 아니다. 제재 선택은 물론이요, 주제를 담는 그릇이 세상을 바라보는 인식의 눈, 즉 고도의 통찰력에 의해 만들어지기 때문이다. 따라서 철학은 일상적 삶에 화두를 던져 새로운 가치를 발견하도록 돕는다.

죽음에 관한 자기 결정권

사르트르는 삶이란 탄생과 죽음 사이의 선택으로 보았다. 반면 부처는 죽음을 완전한 구원과 해방의 상태로 여겼다. 이를 종합해 본다면 죽음은 삶이라는 여정에서 만나는 종착지와 같다. 이와 같이 많은 철학자들이 죽음을 사색의 주제로 삼은 이유는 뭘까. 인간이 죽음을 향해 나아가는 존재라는 건 거부할 수 없는 사실이다. 그러니 죽음에 대한 인식은 삶의 가장 중요한 숙제와 다름없다.

- 그 누구의 간섭이나 개입이 없는 견고하고 심오한 자신과의 대화다.
- 결국 객관적인 '죽음'을 어떻게 생각하고, 자신이 어떻게 죽을지 '죽음에 대한 자기 결정권'을 제대로 행사할 수 있어야 잘된 '죽기'를 실천했다는 말이 되겠다.
- 죽음은 모든 것의 끝이 아니라 마무리이고 완성이다.

– 연규민의 「좋은 죽음」 –

연규민의 「좋은 죽음」은 삶과 죽음을 주제로 한다. 작가는 죽음을 주제로 한두 편의 도서를 소개하면서 글의 포문을 연다. 작가가 삶과 죽음을 연계로 글을 쓴 이유는 무엇일까. 어떻게 죽을 것인지를 분명히 하면, 어떻게 살아갈 것인지를 설계할 수 있다. 작가는 주체적 삶을 위해 죽음에 대한 자기 결정권을 행사할 수 있어야 한다고 말한다. 삶과 죽음을 결정하는 건 온전히 자신에게 있으며, 그것을 행할 수 있을 때 삶의 주인이 될 수 있기 때문이다.

작품 안에 수록된 「사형수」나 「기대수명」은 삶에 대한 깊이 있는 고찰을 가능하게 한다. 필자는 '소중한 사람과 곧 죽음을 앞둔 것처럼 사랑하고', '내 근육이 몸속의 가래를 뱉어 낼 수 있을 때까지'라는 문맥을 보며 인상적인 느낌이 들었다. 한정된 시간 안에서 마음껏 사랑하고 최선을 다해 살겠다고 다짐하는 동시에 죽음과 만나는 자의 비애와 고뇌를 느낄 수 있기 때문이다. 그럼에도 우리는 외면할 수도 피할 수도 없다. 그러니 삶과 죽음의 문제를 두려워하지 않고 적극적으로 받아들여야 한다.

작가는 죽음에 관한 자기 결정권을 보편적 인식으로 확장해 나가길 바란다. '죽음은 모든 것의 끝이 아니라 마무리이고 완성이다'라는 말은 곧 죽음의 자기 결정권을 내포한 말이다. 무엇보다 좋은 죽음과 나쁜 죽음이라는 건 그것을 인식하는 주체에 따라 달라진다. 어떻게 죽을 것인가에 대한 고뇌는 결국 삶의 목적과 방향을 계획하는 데 중요한 지침이 된다. 이에 연규민의 「좋은 죽음」은 죽음에 대한 사색과 성찰을 담은 글로, 초연하고 묵직한 감정선이 느껴지는 선 굵은 작품이라 할 수 있다.

느리게 산다는 것

현대 사회에서 '느림의 철학'이 가지는 의미는 크다. 경쟁 속에서 떠밀리지 않는 삶. 생의 기로에서 자신을 잃지 않도록 노력하는 태도를 의미한다. 분명한 건 느긋하고 권태로운 태도야 말로 세상의 권력과 맞설 수 있는 힘이라는 사실이다. 누군가의 지시와 명령에 의해 자신을 옭매지 않을 때 평온과 자유를 느낄 수 있다.

- 살아남기 위하여 더 빠르게 진화가 일어나지 않으면 멸종한다는 붉은 여왕의 가설을 생각게 하는 대목이다.
- 다른 삶이 분명히 존재한다는 것을 그동안 만나보지 못한 사람들을 만나기에 뭔가를 습득하는 것, 존재의 기쁨을 느끼는 것, 자기의 깊은 내면을 알았을 때 행복해진다는 건 삶의 힘이 바로 여기에 있기 때문이다.
- 마디로 시간을 형상화한 대나무는 곧은 모습으로 살고 난은 시간을 꽃으로 피우면서 향기로움으로 산다. 바람이 불어 잠시 휘어도 대나무이고, 꽃이 없는 난이라도 잡초가 아니다.

– 이종건의 「안단테」 –

작가는 '삶은 갑을의 관계에서 어느 한쪽'이라는 말로 작품의 서두를 연다. 국가나 개인 간의 계약이 힘의 논리에 의해 이루어지는 다소 불합리한 상황을 관통하는 말이다. 또한 정보 사회에서 신속하고 정확한 정보를 취득하는 것, 새로운 시스템에 빠르게 적응하는 것이 집단 안의 노하우로 작용한다는 사실을 밝힌다. '빠르게 진화가 일어나지 않으면 멸종한다'라는 부분은 생존의 법칙에 기인하는 불안 심리를 대표하는 말이다.

작가는 독서에 관해 다음과 같이 설명한다. 타인의 간섭이나 개입이 없이, 누군가와 견고하고도 심오한 대화를 가능하게 하는 것. 도서관을 치유의 공간으로 정의하면서, 독서하는 시간을 갑을의 멍울이 사라지는 순간으로 기록한 부분이 눈에 띈다. 책을 읽는 순간에 자신과 만나며, 느림의 철학을 실천할 수 있는 마음의 여유를 얻기 때문이다. 또한 작가는 직장 선후배와 재회하는 동안에 느낀 감정을 서술하면서 나눔의 가치를 알게 된다.

작품 말미에 삶을 시에 빗댄 부분이 있다. 이는 주제를 보다 선명하게 드러내는 효과를 가져왔다. '빨리빨리로 채워진 함축된 인생이 아닌, 삶도 버거움도 길게 풀어놓은 시'를 읊으며, 느리게 살겠다는 포부를 밝힌다. 느린 걸음으로 살면서 내적 자아를 발견하고, 공감과 소통의 의미를 되새기려는 그의 의지를 읽을 수 있다. 이종건의 「안단테」는 앞만 보며 달려온 현대인의 삶에 제동을 건다. 세상에 대한 수용적 자세를 배우길 바라는 작가의 바람을 발견할 수 있다.

인간과 자연의 조화

산업화 시대, 인간과 자연의 부조화로 인해 생기는 문제가 많았다.

이에 현대 문명과 산업화에 메말라 가는 인간의 현실을 담은 작품들이 등장했다. 환경 파괴와 인간성 상실을 다룬 수필도 그중 하나이다. 필자가 추천하는 이장수의 「인간 비둘기」도 인간중심적 사고를 비판적으로 바라보는 데 출발선이 같다. 화합과 평화의 삶을 그리워하며, 이기적인 인간의 모습을 냉소적으로 바라보는 작품이다.

- 겨울의 어느 날 오후 나른한 햇볕을 덮고 옆으로 누워 텔레비전을 보고 있으면 해라는 놈이 꼭꼭 닫은 창문 틈 사이로 찬바람을 불어넣고는 어둠 속으로 숨어 버린다.
- 사람과 같이 살아가 사람을 위한 공사판의 소음으로 서식처를 잃고 푸른 하늘을 빙 돌아 떠나가는 비둘기를 이야기했다. 어찌 비둘기뿐이었겠는가.
- 갈등이 심해지면 증오가 남아 사회의 한구석이 서서히 무너지게 되는데 성북동 비둘기처럼 개발이라는 미명하에 또 다른 머물 곳을 찾아 떠나는 인간 비둘기들을 품을 수 있는 진정한 재개발은 없는 것일까.

– 이장수의 「인간 비둘기」 –

이장수의 「인간 비둘기」는 오늘날 주거 문화에 대한 현실을 반영한 작품이다. 작가는 공동체 문화가 상실된 데 안타까움을 토로한다. 무분별한 개발 바람으로 분리와 독립, 단절을 겪는 현대인의 부정적 상황을 담담하게 그린다. 공존의 문화가 상실되는 사회, 그 어두운 면을 들춰낸다는 측면에서 사회적 의미가 크다.

작가는 주거 공간에 대한 인식과 공동체 의식이 결여된 사회를 비판적으로 본다. 공사판의 소음으로 서식처를 잃은 채 날아가는 비둘기와 같이 삶의 터전을 찾아 떠나는 원주민들의 현실이 안타깝다. 재개발지역 주민들이 보상 문제로 부딪치고, 대립과 갈등으로 분열되지 않을까 우려하는 마음도 새겨 넣었다. '인간 비둘기들을 품을 수 있는 진정한 재개발'이라는 구절에서 어울림의 문화를 보존하고 싶은 작가의 바람을 읽을 수 있다. 또한 도입 부분의 '해라는 놈이 꼭꼭 닫은 창문 틈 사이로 찬 바람을 불어넣고'라는 말에서 인간과 자연의 공생, 대립과 갈등이 사라진 평화로운 세상에 대한 기대심이 느껴진다.

「인간 비둘기」는 문화 보존을 위한 장치 없이 무분별한 개발에 치중한 주거 문화에 날카로운 시선을 보낸다. 물질적 이익만을 추구한 채, 소통과 공존에 관심을 가지지 않는 이기적인 현대인을 재조명하는 데 의미가 있다. 이에 본 작품은 관찰과 사색을 바탕으로 자신만의 뚜렷한 관점을 제시하고 있어 농도 깊은 작품으로 평가하고 싶다.

소통의 부재로 남은 것

정보 과잉의 시대를 살아가고 있는 현대인에게 소통의 부재는 고질적인 병폐가 되어가고 있다. 현대 사회에 경쟁과 발전이 최대 과제로 떠오르면서, 경제적 이익을 얻는 데에 몰입하게 된 것이다. 개인적 이득을 위해 취합한 정보를 자신의 논리를 강화하는 데에 사용하고 있으니, 이해와 관용의 부재는 어쩜 당연한 결과이다. 소통의 부재는 의심과 독단으로 이어져 단절과 혐오의 위험성까지 내포하기에 이르렀다.

- 길 모롱이를 돌아가는 담벼락에 붉은 장미가 고개를 흔들며 봐 달라고 아우성치는데 사람들은 보는 둥 마는 둥 보인다.
- 소통은 기본인데, 소통이 안 되니 진실규명이 안 된다. 고인 물은 썩듯 소통이 잘되어야 하는데 묵묵부답이다. 좌우지간 매사가 불편하게 이루어지고 있다.
- 나는 왜 기자가 아니면서 코로나 취재를 하여 우리의 삶을 되돌아보게 되었을까.

- 구유현의 「코로나 취재」 -

구유현의 「코로나 취재」는 코로나19로 인해 변화한 사회의 모습을 담았다. 거리 두기 연장으로 관계의 중요성을 잊은 채 살아가는 현대인의 모습을 기록한다. 가끔 윤리를 상실한 채 이기적으로 행동하는 이들을 목격하게 된다. 작가는 고객에 대한 서비스 정신이 사라지고, 공공시설을 이용하는 사람들의 태도가 불편하다고 고백한다.

작가는 소통의 부재로 인해 배려, 존중, 겸손, 예절이 실종되었다는 점을 강조한다. 사람들이 각종 스트레스를 분노와 이기심으로 표출한다며, 웃음을 상실하는 현대인의 모습에 집중한다. 위기 상황에 대한 피상적 기록을 넘어, 소통의 부재로 인해 벌어지는 갈등 문제를 세밀하게 분석한다.

서두 부분에 소통의 부재를 형상적 이미지로 보여 주는데, '담벼락에 붉은 장미'가 그것이다. 붉은 자태를 뽐내고 있는 장미의 화려함조차 외면하는 사회. 간절함과 아우성을 외면하는 인간의 무심함은 소통 부재를 보여 주는 단상이다. 이렇듯 서로에 대한 불신이 쌓이면서 관계의 단절이 일어나니, 소통의 절박함이 양산된다.

작가는 현대인의 안타까운 상황을 올바르게 인식하고, 문제 해결에 관해 생각해 볼 것을 권한다. 소통의 부재가 빚어낸 갈등 상황을 차분하게 엮어 내는 글의 흐름이 좋다. 구유현의 「코로나 취재」는 온 국민이 위기 상황을 지혜롭게 극복하길 바라는 소망이 깃든 진정성이 있는 작품이다.

철학과 문학의 경계

문학은 정서적 자극과 심리적 정화를 목적으로 한다. 반면 철학은 인간과 세계에 대한 근본 원리를 연구하며, 자신의 세계관을 정립하는 과정이라 볼 수 있다. 결국 문학과 철학은 인간 세계를 공통분모로 삼는다. 문학이 인간과 세계에 대한 이해를 바탕으로 작가의 사상과 감정을 드러내기에, 철학은 곧 문학의 전제 조건으로 보는 게 합당하다.

일반적으로 작품의 깊이를 논할 때 철학을 거론할 경우가 많다. 철학적 사상과 신념을 내세울 경우, 작품의 차별화를 위한 전략을 세울 수 있다. 먼저 일상에서 철학적 화두를 던지고, 그것에 대한 해답을 찾을 때 통찰의 힘이 생긴다. 이에 문학적 가치는 수용자의 가치관과 소통의 맥락에 따라 달라질 수 있지만, 작가의 안목과 철학이 작품 전체를 아우르는 힘이라는 사실만큼은 분명해 보인다.

자전적 경험과 보편적 주제의 조화

주제의 보편성

칸트의 취미판단은 인식 판단이 아닌 미감을 기초로 한다. 우리는 어떤 대상이 우리에게 일으키는 쾌나 불쾌의 감정에 따라 미를 판단한다. 이렇듯 미가 주관적 판단에 따라 도출된다면, 과연 미에 있어서 공통된 합의는 이루어질 수 없는 걸까. 그러나 미에 대해 보편성을 요구하는 것이 그리 불가능해 보이진 않는다. 그 대상이 많은 사람들로 하여금 만족의 근거를 내포하고 있다고 판정된다면 가능할 것이다. 칸트는 이러한 의문점에 '미는 주관적인 판단에 의한 것이지만, 동시에 보편적인 판단에서 도출될 수 있다'라는 말을 남겼다. 다시 말해서 감정의 보편성, 즉 공통감을 전제로 다른 사람의 공감을 이끌어 낼 수 있다.

문학은 인간사를 중심으로 작가의 사상과 감정을 담는다. 즉 탄생과 죽음, 사랑과 이별, 선과 악 등의 보편적 주제를 다루는 것이 일반적이다. 인간이라면 누구나 공감할 만한 내용을 전달한다는 데 초점을 맞추기 때문이다. 작품 내용이나 주제가 지극히 주관적이라면 독자들의 공감을 끌어내기 어렵기에, 주제의 보편성은 예술적 가치를 높이는 하나의 필수 조건이다.

보편적 대물림

인간은 불완전한 상태로 출발하여 자신의 본질을 찾아가는 존재이다. 우리는 무한한 생명을 보장받을 수 없고, 자신 앞에 닥친 불행을 예견할 수도 없으며, 철저히 이성적이어야 할 순간에 일을 그르치기도 한다. 그럼에도 불구하고 인간은 위대하다. 자기 스스로 해답을 찾고 반성하는 시간을 가지며, 완전함을 위해 끊임없이 도전하기 때문이다.

- 인간은 불완전하고 연약한 존재다. 부족하다고 느끼는 것은 당연한 일이다. 현재 자신의 모습에 대하여 깎아내리거나 의기소침해한다면 뿌리 속에 있는 고귀하고 그 무엇과도 바꿀 수 없는 사랑에 대한 무지이며 모독이다.
- 서로 연대하여 부족한 능력을 소통하고 도움을 주고받으면서 한계를 극복할 힘을 대물림하였다. 서로 존중하고 아껴 주는 사랑이 인간다움이며 세상 살아가는 강력한 무기이다.
- 신체적 약함을 극복하고 수많은 위기를 넘기면서 생존할 수 있었던 사랑이 상실된다면 공존이 사라진다. 공존이

사라진 곳에는 불행과 파멸이 기다린다. 우리를 비롯한
후대가 올바르고 더불어 잘 살기를 바란다면 인간다움을
잃지 않고 사랑의 마음은 영원히 대물림되어야 한다.

- 이철수의 「대물림」 -

작가는 피할 수 없는 운명이 바로 대물림이라는 말로 서문을 연다. 일화를 보면 그들의 아버지는 모두 술을 좋아한다. 작가는 술 문화를 가리켜 '팍팍하고 힘든 세상을 같이 연대하고 살아내기 위한 몸부림일지도 모른다'라고 말한다. 술을 마시는 행위를 세상을 살아가는 하나의 생존 방식으로 인식한다. 그는 결핍된 인간이 존재하는 인간으로 거듭나기 위한 노력으로 본다며 이해의 폭을 넓힌다.

우리는 인간의 보편적 대물림, 즉 인간의 불완전하고 연약한 존재로서의 운명을 수용하며 살아간다. 작가는 자신의 부족함에 의기소침할 이유는 없다며, 불완전한 인간의 삶에 희망적 메시지를 보낸다. 인류 보편적 대물림이라 일컬으며 소통과 나눔의 기술을 강조하고 있다. 인용문을 보면, 불완전한 인간이 시련을 극복하기 위한 방법으로 사랑을 제시한다. 인간은 유한하고 불완전한 생명체인 동시에 나눔과 희생을 마다하지 않는 존재라는 것. 인내와 고통을 감수해야 하는 것이 인간의 숙명이라면, 이와 반대로 인간다움의 대물림은 끊임없이 지속될 수밖에 없다.

이철수의 「대물림」은 '인간이란 어떤 존재인가?'라는 근본적인 질문에서 출발한다. 사색을 통해 인간 내면에 숨겨진 본성을 탐구한다. 인간이란 불완전한 존재로서, 불행의 원천인 욕망을 걷어내고 인간다움을 실천해야 한다는 것. 이를 위해서 인간다움이 절실하다고 본다. 세상의 모든 불행을 이겨 낼 수 있는 힘은 곧 사랑이라는 진리를 전한다.

존재의 이유

모든 것은 존재하는 이유가 있다. 각 대상은 그만의 가치를 가진다. 작은 미물에 불과하더라도 모든 존재는 원인 없이 생겨나는 법은 없다. 낮과 밤, 흑과 백의 대립적 개념도 끊임없이 변화하는 과정에서 생성된다. 하나의 현상은 다른 대상의 생멸과 관련된다. 어둠이 있기에 밝음이 있고, 밝음이 있기에 어둠이 있는 것. 결국 각각의 대상이 만나 화학적, 물리적 반응을 일으켜 수많은 현상이 생성되는 데에도 그만의 이유는 있다.

- 봄을 기다리며 양분을 뿌리에 집중하고 자신의 곁가지를 떨쳐 낸 생존법이다.
- 열매 맺지 못한다는 이유로 '헛꽃'이라는 수치스러운 이름까지 얻었지만 탐스럽게 피어 우아함을 잃지 않았다.
- 폼 나지 않는 가슴에 화려한 브래지어를 올려 자신감을 얻고 당당하고자 하는 나처럼, 그녀도 뭔가 부족함을 허언으로 대체하려고 한 것은 아닌지 싶기도 하다.

- 유영란의 「헛꽃」 -

작가는 작품 서두에 '어머니로서의 기능을 다한 유방'이라는 문맥을 통해 엄마이자 여성으로 살아온 솔직한 심정을 드러낸다. 그 외에도 '바람 빠진 풍선처럼 푹 꺼져 있다', '중력에 의해 늘어지기까지 했다'라는 표현으로, 희생과 사랑의 모습을 사실적으로 묘사한다. 독자들의 이해를 돕기 위해 풍선이나 중력 등의 이미지를 활용한 것이다. 어머니의 사랑을 매우 절박하게 그리는데, 육체적 희생을 감당해야 할 모성의 책임감이 무겁게 느껴진다.

작가는 인용문에서 겨울이면 꽃은 온통 갈색 톤이 짙게 배는데, 이는 곧 뿌리에 집중하기 위한 생존법이라 말한다. 헛꽃이라 부르는 꽃의 특성을 설명하는데, '헛'은 쓸데없는 데 에너지를 낭비하여 보람을 얻지 못할 때 붙이는 접두사이다. 쉽게 말하면 자신에게 이익이 되지 않은 일에 몰입하거나 실제의 모습과 다른 행동을 취할 때 쓴다.

작가는 결핍된 존재이지만 당당히 살아가는 인간상을 제시한다. 독자들로 하여금 나, 헛꽃, 그녀라는 세 가지 소재에서 공통점을 찾도록 유도한다. '짝짝이 가슴이 부끄럽지 않지만, 여성으로서의 전유물을 만끽하고자 한다'라는 표현이나, '자신의 약함을 허세로 만회하려는 그녀를 신뢰해도 되는지 불안감을 느낀다'라는 심정적 고백을 통해 주제를 보다 선명하게 드러낸다. 화려한 외형은 허영심과 자만의 발로가 아니라, 세상을 살아가는 저만의 방식이라는 것을 말하고 싶은 것.

작가는 '세상에 존재하는 모든 것은 다 저만의 가치가 있다'라는 메시지를 전달하기 위해 다양한 소재를 사용했다. 자연물에 대한 본질을 탐구하고, 적절한 글감을 찾는 그만의 노력이 엿보인다. 가장 매력적인 부분은 나와 그녀를 연결해 주는 것이 헛꽃이라는 데 있다. 도무지 이해하기 어려웠던 존재를 꽃으로 표현한 부분이 흥미롭다. 유영란의 「헛꽃」은 소재의 다양성 안에서 인간의 보편성을 찾아내는 노력이 돋보이는 작품이다.

겸허와 부쟁의 덕

장자의 무위자연은 사람의 힘이 더해지지 않은 자연 그대로의 상태를 말한다. 그는 으뜸이 되는 물과 같이 겸허와 부쟁의 덕을 중시하며 스스로 드러내지 않는 삶을 이상향으로 삼는다. 그것은 자연의 섭리에 자신을 내맡긴 채 인간중심적 사고에 탈피하는 것, 즉 자연과 인간이 하나가 되는 경지를 의미한다. 과연 우리도 자연과 하나가 되는 단계에 이를 수 있을까.

- 잘려 나가지 않고 남은 뿌리가 힘주어 땅을 움켜쥐고 살아 버텨야 그나마 그 자리를 지키리라. 어제까지 살아 숨쉬던 나무가 무참히 잘리고 뿌리째 뽑혀 나가는 나무의 고통은 누가 알리오. 그곳에 그 길이 꼭 있어야 할까.
- 변화와 손상 없이 있는 그대로의 자연으로 유지하면 보수하는 방법은 없더란 말인가. 주먹만 한 공원을 길이라는 밧줄로 꽁꽁 싸매어 놓으니 과연 숨을 쉴 수는 있으려나.
- 멀면 돌아서 가면 되고 조금 가파르면 가다가 쉬었다 가

면 되지 않느냐. 자그마한 산자락 산책길이 황톳빛 피멍
으로 붉구나.

– 박경애의 「소두방 공원」 –

작가는 소두방 공원길을 산책하면서 변화된 정관의 풍경을 감상한
다. 작품의 서두 부분은 계절마다 달라지는 자연의 아름다운 경치를 담
아낸다. '솔숲 빛 샤워로 한여름 더위를 씻고 솔향 미스트로 마무리하리
라'는 문맥을 통해 자연은 치유의 장소라는 사실을 강조한다. 또한 삶을
성찰하듯 노래하는 대목이 인상적인데, 자연 안에 자신의 삶을 반추하
는 부분이 많다. '낙숫물이 바위 뚫기, 기름에 물 같이 섞이지 못하던 막'
이라는 부분을 보면, 좌절을 견디는 내공이 예사롭지 않다. 욕심을 내려
놓고 있는 그대로의 삶을 지향하려는 의지를 느낄 수 있다.

작가는 자연재해로 상처 입고 쓰러지는 나무에 대한 안타까운 마음
을 담았다. 폭우가 휩쓸고 간 자리에 아슬아슬 뿌리 내린 나무를 애타게
바라본다. 또한 새 길을 내기 위해 무참히 잘리고 뿌리째 뽑혀 나가는 나
무들을 보며, 편의를 위해 변화와 손상을 주저하지 않는 현대인의 이기
심에 날카로운 시선을 보낸다. 작가는 자연을 있는 그대로 지켜봐 주지
않는 인간의 편견과 이기심에 우려하는 마음을 남긴다.

박경애의 「소두방 공원」은 자연에 대한 찬미, 생명 윤리의 의식, 인간
중심적 사고라는 굵직한 주제를 담는다. 내용은 3단계의 구성으로 이루
어져 있는데, 작품 초반에는 시시각각 변화하는 자연의 아름다움을 노
래한다. 중간 부분에는 재해로 쓰러진 나무를 복구하는 현장을 기록한
다. 마지막 부분은 인간중심적인 사고방식을 비판하며 작품 주제를 선

명하게 내세운다. 이에 박경애의 「소두방 공원」은 주제 구현을 위한 노력, 즉 내용의 단계별 구성 능력이 탁월한 작품이라 하겠다.

본질적인 아름다움

인간의 눈은 주어진 것만 보지 않는다. 단순히 예측 가능한 방식이 아닌 대상의 숨은 가치를 포착하기도 한다. 다르게 말하면 대상의 구조와 기능을 제외한 나머지의 것들에도 관심을 가진다는 것. 존재의 가치와 의미를 밝히려는 인식의 눈이 그것이다. 이는 각자의 사상에 따라 대상을 바라보는 관점이나 깊이가 다르다는 걸 의미한다.

- 저마다 감춰온 오랜 비밀이 있는 듯했다. 어떤 것은 기나긴 세월의 굴곡을 이고 산 것처럼 심하게 일그러졌다. 물밑에서 오랜 시간을 지나온 퇴적의 흔적이 숨어 있기도 했다. 어떤 놈은 땅속에서 오직 바깥세상에 나오지 못해 모난 돌로 인고의 세월을 견뎌 온 아득한 자치도 남아 있다.
- 우리가 사는 이 거대한 도시의 담은 그냥 벽일 뿐이다. 사람과 사람 사이의 물리적 벽이다. 인정이 통하지 않고 상대방과 내가 소통하고 싶지 않은 두꺼운 벽이다. 그러나 한맘마을의 나지막한 돌담은 달랐다. 담 너머 마당에 뒷산에서 채취했음 직한 고사리가 봄 햇살에 젖은 몸을 말리고 있다.

• 더불어 나도 잊고 산 세월만큼 세상사 돌아가는 이야기
  에 속내까지 열어 두고 싶어진다. 잠깐 잊고 있었던 사람
  들의 웃음소리가 이끼 낀 돌담을 넘나든다. 오랜 세월 변
  함없는 모습으로 한밤마을을 품고 있는 돌담 위로 햇살
  도, 바람도 무등 타고 너울거린다.

- 장덕재의 「돌담」 -

돌담은 자연석으로 쌓아 올린 담으로, 경계선을 긋기 위한 도구 중 하나이다. 돌담길의 부드러운 곡선은 자연석으로 만든 담의 기능을 강화하기 위한 선조들의 지혜로부터 탄생된 것이다. '돌담은 나에게 의미가 깊다'라는 작가의 말을 통해 돌담을 향한 애정과 관심을 확인할 수 있다. '나'는 군 입대를 앞두고 부실한 울타리에 돌을 쌓아 올리기로 결심한다. 각양각색 모난 돌들을 주워 담아 돌담을 쌓아 올리는 과정에서 존재의 개별성에 관심을 가진다. 인용문 '저마다 감춰온 오랜 비밀이 있다', '모난 돌로 인고의 세월을 견뎌 온 아득한 자취'라는 구절을 통해 본질적 아름다움, 즉 기능 너머의 가치를 발견하려는 작가의 의지가 드러난다.

담은 경계선이 분명하지만, 오늘날의 벽과는 사뭇 다르다. 도시의 벽은 공간의 개인화와 소통의 단절이라는 느낌이 강하지만, 돌담은 자연친화적인 것은 물론이요, 조화와 소통 의미를 담는다. 두꺼운 벽과 나지막한 돌담의 대조를 통해 돌담이 가진 조화와 소통의 상징성을 알 수 있다. 또한 '고사리가 봄 햇살에 젖은 몸을 말리고 있다'라는 비유법을 통해 대상 간의 조화로움을 강조한다. 돌담이 대상들과 어울림을 이끌며, 하나의 공동체로 살아왔을 우리 선조들의 삶을 떠올리게 만든다.

돌담은 집과 길을 경계 짓는 선이지만, 시야를 가리지 않고 대상과 소통하기 위한 공간만은 남겨둔다. 주변을 해치지 않으며 어울림을 중시한 우리 선조들의 지혜가 숨겨져 있다. 작가는 이러한 돌담의 미학에 집중했다. 「돌담」은 힘주어 쓰지 않은 소박하고 깔끔한 문체가 작품의 주제와 잘 어우러진 작품이다. 고향의 향기가 아련하게 묻어나 독자들의 마음을 따뜻하게 데운다. 특히 돌담이라는 소재를 통해 존재의 가치, 조화와 어울림의 미학을 보여 주고자 한 의도가 좋다.

내용과 형식의 조화

수필은 보편적 주제를 효과적으로 전달하는 것이 매우 중요하다. 간혹 소재만을 나열하거나 주관적인 감상에 치중한 글을 만나기도 하는데, 자전적인 경험에 보편적인 주제를 구현하면 어땠을까 하는 아쉬움을 토로하게 된다. 다만, 소재에 걸맞지 않은 주제를 덧씌우거나 감상에 취한 채 과도한 의미화를 시도하면, 비약의 덫에 걸리기 쉽다. 결국 작가는 대상에 대한 지극한 관찰력, 즉 존재의 원리와 가치를 발견하는 눈을 가져야 한다. 또한 주제를 효과적으로 전달하기 위한 언어적 구상, 탁월한 문장력이 필수적이다.

결국 필자가 말하는 주제 구현의 전제 조건은 다음과 같다. 먼저 작가는 인간 본성에 대한 깊이 있는 탐구와 대상의 존재 가치를 밝히려는 의지가 있어야 한다. 또한 주제 구현을 위해서 소재 선택에 신중함을 가져야 하고, 내용 구성을 위한 치밀한 계획이 필요하다. 쉽게 말하면 좋은

작품은 신선한 재료 선택과 함께 맛의 조화로움, 적절한 플레이팅이라
는 삼박자가 맞을 때 완성된다.

철학적 인식과 예술적 형상화

인식 능력과 반성적 태도

조선시대 선비들은 문학을 재도지기의 관점에서 생각했다. 그들은 글을 곧 도를 실어 나르는 그릇으로 여겼고, 진리를 표현하는 도구로 생각했다. 문학적 쾌감을 주면서도 철학적 논리를 예술적으로 형상화하는 데 의미를 두었다. 동시에 도리에 합당해야 하는데, 이를 위해서 도덕적 수양을 전제로 한다. 도의 경지에서 우러나온 글이 문학적으로 가치 있다고 본 것이다.

오늘날은 어떤가. 교훈론적 관점과 효용론적 관점에서 살펴보면, 문학에서 '독자에게 어떤 것을 전달해 줄 것인가', '독자에게 어떤 영향을 줄 것인가'를 가치 판단에 중요한 요소로 꼽는다. 심미적 쾌락이 문학의 주요 기능 중 하나로 자리 잡았지만, 작품을 통해 앎과 지식을 전달하는 것 또한 놓쳐서는 안 될 부분이다. 이를 위해 우리는 직관력과 통찰력을 키워 사회를 바라보는 관점을 넓히는 동시에 사상과 감정을 형상화하는 세밀한 감각을 가져야 한다.

특히 필자는 '도덕적 수양이 문학 창조에 선행되어야 한다'는 이이의 말에 공감한다. 그의 이론을 현대적 관점에 적용해 보면, 도덕적 수양은 자기반성적 기틀을 마련하고 사회를 바라보는 안목을 키워야 한다는 의미이다. 작가의 인식 능력과 자기반성적 태도는 작품의 색깔과 울림을 결정짓는 요소임에 틀림없다. 이에 주제 의식이 선명하게 드러나는 작품을 분석한 뒤, 철학적 논리와 예술적 형상화가 어떻게 녹여져 있는지 살펴보는 것이 중요하다.

정치에 대한 냉소적 시선

사회계약론에 따르면 인간은 사회적 시스템 안에서 안전과 행복을 느낄 수 있다. 무한 경쟁에 따른 혼란을 줄이고, 개인의 자유와 평등을 보장하기 때문이다. 이는 법의 구속력 안에서 개인이 자유권을 충분히 누릴 수 있도록 보장한다는 의미이다. 다만 국가는 공익을 위해 개인의 자유권에 제동을 걸 수 있다.

- 자유에는 견디기 어려운 고독과 통렬한 책임이 따른다는 어느 사회 심리학자의 말이 떠오른다. 자유가 갖는 책임과 고독을 잘 감당하므로 자유를 끊임없이 갈구하게 되어 비로소 인류에게 바람직한 사회가 탄생한다는 주장이다. 인간은 자신에게 주어진 자유를 어떻게 마음껏 누릴

수 있을까.

- 이 시대에 내로남불 소리를 제일 즐겨 사용하는 사람들이 아마도 정치인일지 모른다. 그들에게 자유가 그렇게 남용되고 있으니 그런 행위로 백성을 어떻게 구원할 수 있을까. 인간은 개인적인 자유를 얻게 되면서 동요, 무력감, 회의, 고독, 불안을 함께 떠안는다. 근대에 와서 자유는 인간에게 독립과 합리성을 부여하는 한편, 고립시킴으로써 그를 불안에 싸인 무력한 존재로 만든다.
- 자유 그 역겨움에서 탈출하고 싶다. 인간이 지니는 원시적이고 본능적인 순수 그 자유를 누리며 살고 싶다. 분수처럼 솟구치는 물줄기를 그들은 막지 못하지 않았는가.

- 박태병의 「자유, 그 역겨움」 -

「자유, 그 역겨움」은 '과연 인간은 자신에게 주어진 자유를 마음껏 누릴 수 있을까?'라는 물음으로 시작한다. 경쟁 상대에게는 명분을 전제로 옳고 그름을 저울질하면서, 자신을 향한 비판에는 모르쇠로 일관하는 정치. 그것에 대한 냉소적 시선이 날카롭다. 작가는 국민들의 의견을 수렴하기보다 명분을 더욱 견고히 하기에 앞장서는 모습이 불합리하다는 입장이다. 그는 공권력에 의해 자유권을 속박당하는 사람들이 무력감, 회의감, 불안감을 견디며 살아갈 수밖에 없다는 사실에 안타까움을 느낀다.

작품 안의 '자유는 인간에게 독립과 합리성을 부여하지만, 불안에 싸인 무력한 존재로 만든다'라는 부분은 불합리한 현대 사회를 관통하는 말이다. 작가는 「자유, 그 역겨움」을 통해 합리성을 전제로 한 법이 오히려 개인의 욕망과 자유를 억압하고 있다고 말한다. 그는 인용문에서 '자유 그 역겨움에서 탈출하고 싶다'라는 말로 불편한 심정을 드러내는데, '분수처럼 솟구치는 물줄기'라는 말로 자유를 향한 절실함을 토로한다.

박태병의 「자유, 그 역겨움」은 개인의 자유를 무시하는 정치 풍토에 대한 비판적 견해를 담은 작품이다. 위선과 독선으로 가득한 정치 형태에 분노해, 내로남불 하는 지도자를 향해 일침을 가한다. 부조리한 현실을 과녁판으로 삼아야 하는 문학적 특징을 잘 보여 준다. 대상과 현실에 대한 거시적 관점은 개인의 안목을 키우고 사회적 변화를 일으키는 원동력이 된다. 이에 『자유, 그 역겨움』은 불합리한 사회에서 비판적 정신과 용기를 일깨울 수 있는 작품이라 하겠다.

상대주의적 인식론

장자의 철학은 상대주의적 인식론에 바탕을 둔다. 우리는 「소요유」 편에 나오는 장자의 일화를 통해 상대주의적 관점을 보다 쉽게 이해할 수 있다. 혜시가 한 나무를 보며 키는 크지만 옹이가 많아 목수들이 거들떠보지 않는 나무라고 평가하였다. 반면 장자는 광막한 들판에서 사람들의 그늘이 되는 쓸모 있는 나무라고 말한다. 이는 상황이나 기준에 따라 평가가 달라질 수 있다는 사실을 보여 주는 예가 된다.

• 정말 목소리 크고 힘이 센 사람이 이기는 것일까. 침묵하

는 사람과 힘이 약한 사람은 지는 것일까. 목소리 크고 힘
이 센 사람이 다수일까. 아니면 침묵하고 힘이 약한 사람
이 다수일까. 다수를 위한 세상이 바람직하고 옳은 것인
가. 그렇다고 다수의 불편을 감내하면서 소수를 위한 세
상이 바람직하고 옳은 것인가.

- 내 마음과 생각에 따라 움직이니 세상사는 상대적이다.
바라보는 처지와 관점에 따라 달라질 수 있다. (중략) 보
는 방향에 따라 선악의 위치는 얼마든지 바뀔 수 있다. 그
러나 자신의 이익에 매몰되어 상대방의 입장을 무시하고
배격하는 것은 어리석은 행동이다. 역지사지가 현명한
길이다.

– 이철수의 「상대성 이론」 –

이철수의 「상대성 이론」도 상대적 인식론의 중요성을 피력하고 있
다. 다수와 소수, 선과 악의 이분법적인 사고에 회의적인 관점을 제시한
다. 강자와 약자라는 말에서 절대성을 찾는 게 가능한 것일까. 인용문과
같이, 작가는 철학적 논제를 제시하면서 경계를 구분 짓는 사고가 옳은
지를 묻는다. 그는 상대방의 입장과 처지를 무시한 채 자신의 생각을 관
철시키는 태도를 비판한다.

또한 작가는 일상에서 벌어질 수 있는 에피소드를 다룬다. 이는 독자
들에게 주제 의식을 전달하는 데 효과적으로 작용한다. 가령 '아들이 어
른에게 받은 돈을 기부금으로 사용한다면 어떨까?'라는 의문을 제기한
다. '호의도 모르는 철없는 행동일까?'라는 물음에 스스로 답을 찾는다.

결국 호의와 선행의 무게를 단순히 저울질할 수 없으니, 그 가치란 상대방의 관점에 따라 달라질 수 있다는 답을 얻는다.

관점의 변화는 나와 세상을 바꾼다. 인용문의 '내 마음과 생각에 따라 움직이니 세상사는 상대적이다'라는 말은 곧 삶의 지침이나 다름없다. 작가는 다름을 인정할 때 안정과 평화를 찾게 될 거라 설명한다. 결국 상대주의적 관점이 행복을 위한 지혜가 될 수 있음을 보여 준다. 이에 「상대성 이론」은 현실을 읽는 냉철한 시각과 삶의 이치를 전달하려는 의지가 선명하게 드러난다.

자유와 소통에 대한 갈망

행복은 평온한 일상에서 깃든다. 우리는 일상에서 기본적인 욕구들이 충족될 때 안도감을 느낀다. 또한 사람과 사람 간의 관계를 통해 유대감을 형성하는 것이 행복의 척도라 여긴다. 사회적 유대감은 긍정적 자아상을 형성하는 데 도움이 될 뿐 아니라, 성숙한 삶으로 나아가는 원동력이기 때문이다.

- 시대가 길들인 삶에 익숙해서가 아니라 한 인간으로서 시대를 건강하게 살아가고 싶었던 것이었다. 나는 반복되는 그 시국 속에서도 스스로 붉은 심장을 벌떡이며 베짱이보다 개미에 가까운 생활인으로 계속 살고 싶었다.
- 이제 고립채에서 잿빛 계절을 지나는 이 고립체(孤立體)

는 고립채(孤立菜)를 입속에 떠넣은 채 사람을 보는데 사람이 보고 싶다고 중얼대며 모순을 씹고 있다.

• 하얀 소망의 판타지는 눈사람으로 남아서 소리 없는 이야기로 타인들에게 말한다. 고립채의 모든 타인은 타인이 그립다고….

- 김소예의 「고립채 판타지」 -

김소예의 「고립채 판타지」는 코로나19로 변해버린 사회상을 형상화한 작품이다. 작가는 '통제의 시간은 그리 나쁘지 않았고 다소 푸르렀다'고 고백하지만, 겨울이 지나고 봄이 만연한데도, 울타리 밖의 일상이 확보되지 않은 데에 안타까움을 느낀다. 작가는 '세상은 시대를 거스른 듯이 완벽히 흑백을 띠고 있다'라는 말을 통해 단절된 사회상을 상징적으로 보여 준다.

「고립채 판타지」는 보이지 않는 절제된 감정들을 시각, 후각 등으로 형상화하는 데 특징이 있다. '내놓을 엄두를 못 내고 묵혀두고만 있어서 정체해 있는 감정의 냄새다'라는 표현은 자유와 소통을 향한 절제된 욕망이다. 반대로 인용문의 '스스로 붉은 심장을 벌떡이며'나 '하늘까지 닿도록 우리는 더 커다랗게'라는 구절은 코로나 종식을 바라는 마음을 역동적으로 표현한 것이다. 그 외에도 작가는 폭설과 봄꽃의 대조적 이미지를 연출하는데, 고립채의 풀빛 생명과 눈의 이미지를 교차하여 보여 준다. 이는 고립된 상황을 이겨 내고 희망적인 분위기로 전환하는 효과를 가져온다.

문학은 감정적 미학을 통해 독자들에게 감동과 즐거움을 준다. 추상적 관념의 형상화는 감각적으로 인지할 수 없는 대상을 오감을 통해 구체화하는 방법이다. 작가는 하얀 눈 위에서 눈덩이를 굴리는 아이들과 어른들을 묘사하는데, 자유와 소통에 대한 갈망을 시각적으로 표현하기 위한 의도로 보인다. 이에 따라 「고립채 판타지」는 희망찬 사회를 꿈꾸는 작가의 능동적 마음을 담은 작품이라 하겠다.

인내라는 미덕

수필은 새로운 가치를 찾는 과정에서 탄생된다. 이를 위해 작가는 대상을 면밀히 관찰하여 탐구한 뒤, 삶의 이치와 철학적 가치를 부여한다. 또한 일상에서 만날 수 있는 친숙한 사물을 신선하고 감각적으로 재생산한다. 이 모든 것은 사물에 대한 세밀한 관찰력과 철학적 인식이 전제되어야 가능하다.

- 꿈꾸는 생명은 허무히 가지 않는구나. 제 몸을 좀먹는 부패균들에게 겉껍질부터 조금씩 내어 주며 서서히 삭아간 이유는 지켜 내야 할 알맹이를 품었기 때문이다.
- 새끼를 화마로부터 보호하기 위해 어미는 새끼들을 품에 끌어안은 채 불에 타 죽어 가는 고통을 감내한 것이다. 본능적인 영생의 꿈이라 말하기엔 미안할 정도로 거룩한 어미 새의 모성애다.
- 철저한 헌신이다. 인간 또한 자식이란 알맹이를 위해 부

모는 성실히 껍데기 노릇을 하며 기꺼이 희생하는 삶을
살아간다.

• 꿈이든 존재든, 타인이 가치를 두든 안 두든, 모든 껍데기
가 죽을 각오로 풀어내는 각자의 가치, 그것이 알맹이다.
알맹이를 품은 껍데기는 모두 위대하다.

- 김정애의 「껍데기」 -

「껍데기」는 주인공(대의)을 위해 배경(희생)이 될 것을 마다하지 않
는 존재, 그것을 향한 동경의 마음을 담은 작품이다. 그녀는 새끼를 화마
로부터 보호하기 위해 죽음을 맞은 어미 새, 부화한 새끼들의 생존을 위
해 자신을 희생하는 가시고기, 생활의 고단함을 개의치 않는 음악가, 외
로움과 고단함을 견뎌내는 과학자의 삶을 기록한다. 자식이라는 알맹이
를 위해 껍데기 노릇을 자처하는 모(부)성애를 아름답게 그린다.

김정애의 「껍데기」는 일상적 대상에 특별함을 담으려는 작가의 관찰
력이 돋보인다. 인용문 이외에도 '고약한 냄새와 함께 진물이 줄줄 흐르
는 파', '노란 연둣빛 속살이 꼿꼿하게 제 몸을 드러내는 게 아닌가' 등의
묘사가 많은데, 이는 알맹이를 지키려고 무던하게 애쓰는 어느 생명체
를 연상하게 만든다. 알맹이를 품기 위해 희생하는 껍데기, 즉 곪아버린
대파에게 특별한 가치를 부여한다. 우리는 '곪아 버린 파'를 연상하면서,
죽음을 마다하지 않는 희생(고난)은 곧 새로운 탄생(영광)을 위한 발판
임을 깨닫게 된다.

수필가는 대상에 대한 세밀한 관찰력과 탐구력을 가져야 한다. 또한
통찰을 통해 진리를 추구하는 동시에 이를 전달하려는 의지가 매우 중

요하다. 즉 사물의 특성에서 보편적인 의미를 찾아내는 통찰력이 필요하다. 이에 김정애의 「껍데기」는 껍데기에 희생과 인고라는 새로운 가치를 부여한다는 측면에서, 작가의 인식 능력이 돋보이는 작품이라 하겠다.

인식과 형상의 조화미

문학의 기능은 쾌와 지를 제공하는 데에 있다. 놀람과 감동을 통해 즐거움을 느끼고, 작가의 사상과 철학으로 깨달음을 얻는다. 쾌와 지가 적절히 조화되길 바라겠지만, 어느 한쪽으로 치우친다 하더라도 문학적 가치를 잃는 것은 아니다. 다만 일상적 체험을 기록하는 데 머문다면, 그 가치를 인정받을 수는 없다. 따라서 수필이 삶의 의미와 가치를 효과적으로 전달하는 게 목적이라면, 작가는 철학적 인식과 예술적 형상화를 위한 기술을 익혀야 한다.

수필은 지적 만족, 감정적 동요, 심리적 안정을 일으키는 긍정적 매체라 할 수 있다. 친숙하면서도 참신한 작품을 만난다면, 사고의 전환과 감정적 정화를 가져올 수 있다. 이에 필자는 본 작품이 상심과 좌절을 겪고 있는 이들에게 용기와 희망, 떨림과 울림으로 전해질 것이라 믿는다.

자기반성적 태도와
긍정적 어머니의 표상

어머니의 원형

융의 분석심리학에 따르면 어머니 원형은 긍정과 부정의 양면성을 지닌다. 전자는 다산과 양육을, 후자는 힘과 파괴를 상징한다. 즉 어머니는 탄생과 성장을 돕는 대상이지만, 파괴의 힘을 가진 존재라는 것이다. 문학에서도 어머니는 대립적인 이미지로 그려진다. 흔히 산, 바다, 하늘로 상징되지만 계모나 마녀의 모습으로도 등장한다. 가령 피천득의 「엄마」나 윤오영의 「찰밥」, 김진섭의 「모송론」에 그려진 어머니는 고향이자 휴식처나 다름없다. 반면에 「헨젤과 그레텔」이나 「백설공주」 등의 동화에서는 방임하는 친모, 마녀로 변장한 계모 등의 어머니상으로 부각된다. 가끔은 어머니의 표상이 작품 전체를 아우르는 힘을 발산하기도 한다. 작품 안에 등장하지는 않지만, 주인공의 심리적 변화나 감정적 역동을 자극하는 힘으로 작용한다.

최근 코로나19, 자연, 예술, 인간관계 등의 주제로 한 작품들이 많아졌다. 특히 어머니를 소재로 한 작품들이 눈길을 끈다. 다른 시기에 비해 어머니의 기억을 소환하는 경향이 짙어졌다. 그 이유는 무엇일까. 필자는 코로나19로 인해 심리적 불안감을 해소하려는 무의식이 작동한 결과가 아닐지 짐작해 본다. 심리적 안정과 평화를 기원하는 바람으로부터 어머니라는 소재를 떠올렸을지도 모르겠다.

모성적 본능

인간 본성에 관한 물음에서 빠질 수 없는 건 바로 선악의 문제이다. 철학적 이론으로는 맹자의 성선설, 순자의 성악설, 고자의 성무성악설 등이 대표적이다. 맹자는 인간의 본성이 선하다고 했지만, 순자의 경우 음험하고 어긋나며 혼란스러운 점이 있다고 보았다. 반면 고자는 인간의 본성은 선하지도 악하지도 않으며 욕구만 가지고 태어났다고 정의하였다.

또한 인간의 양가감정을 지적한 프로이트는 어떤 사물이나 대상에 대해 사랑과 증오를 동시에 가진다고 보았다. 결국 인간 본성은 선악과 관련하여 논의되며, 인간 내면에는 양가적 성향이 자리 잡고 있음을 알 수 있다. 이러한 선대의 이론들을 종합해 본다면, 인간은 온전히 선하지도 악하지도 않은 존재라는 결론에 이른다.

  • 낳아 봐야 아는 일이긴 하지만, 매콤하고 자극적인 것을
    찾던 큰아이 때와 달리 온통 육肉 것만 생각나는 걸 보면

그들의 말이 옳을지도 모른다 싶기는 했다.

- 나 역시 황망하기는 마찬가지였지만, 허겁지겁 고기를 씹었다. 슬프게도, 그 순간 식욕은 불가항력에 가까웠다.
- 온몸을 구기고 앉아 모래알 같은 밥을 씹는다. 꾸역꾸역, 하늘이 무너지는 슬픔을 앞두고도 수저를 드는 내가 참담하기까지 하다. 두고두고 끝내 부끄러울, 나는 지금 식사 중이다.

– 문경희의 「부끄러운 식사」 –

문경희의 「부끄러운 식사」는 세 살배기 이웃 아이의 불행한 죽음을 지켜보며 인간 본성에 관해 고찰한 작품이다. 작가는 세 살 난 이웃 아이의 죽음을 떠올리며, 안타까움과 불가항력에 가까운 식욕이 교차되는 역설적인 상황을 고백한다. 그녀의 고백과 반성은 직설적이면서도 주저함이 없다. 인간이라면 누구나 경험할 수 있는 일이지만, 쉽게 꺼내기 어려웠던 속내를 솔직하게 털어놓는다.

「부끄러운 식사」에도 두 명의 어머니가 등장한다. 불행한 사고로 아들을 잃은 어머니와 경황없는 이웃을 위해 친절을 베푼 '나'이다. 사시사철 누런 코를 흘리던 아이. 방목 수준의 양육을 행했던 그녀는 좋은 어머니와는 거리가 멀다. 다만 아들의 죽음에 통곡하고, 그를 잊지 못해 새 생명을 잉태하려는 모성을 가진 인물이다. 한편 아이의 죽음을 뒤로 한 채 허기진 배를 채웠던 '나'는 어떨까. 비난의 대상이 될 수 있을까. 그녀의 행동은 잉태한 아이를 보호하려는 모성적 본능에서 비롯된 것이다. 또한 자기 성찰의 길을 택한 '나'는 도덕적 양심에 이끌리는 사람이다. 이에 우리는 온전히 좋은 엄마, 온전히 나쁜 엄마로 치우쳐 생각할 수 없다.

인물에 대한 감각적 묘사는 입체감을 높이는 데 일조한다. 작가는 '계절과 상관없이 누런 코를 빼어 물고', '금이야 옥이야 제 새끼를 물고 빠는 또래 세대들과 다르게 거의 방목 수준으로 아이를 풀어놓던' 등과 같은 직설 화법을 선택한다. 독자들이 인물의 상황이나 관계를 보다 쉽게 파악할 수 있기에 매우 적절했다. 이러한 정황 묘사는 독자들의 몰입도를 높이고, 현장감을 생생하게 전달하는 데 효과적이기 때문이다.

어머니의 표상

바다를 소재로 한 문학 작품은 꽤나 많다. 이태준의 「바다」는 바다의 웅장함과 역동성이 주는 감동을 담았고, 최인호의 「광장」에서는 소멸과 자유, 탄생의 의미를 전해 주었다. 「노인과 바다」에서 바다는 노인의 믿음이 실현되는 공간으로 작용한다. 이렇듯 바다는 작품의 주된 소재로 사용되는데, 그 이유는 뭘까. 자유와 탄생, 관용을 대표하는 상징물로 인식되기 때문이다.

- 바닷가까지 밀려온 파도가 나의 작은 발을 스치고 빠져 나가는 그 기분은 어머니가 목욕시키며 발에 비누칠하여 간질이는 것처럼 기분이 좋았다.
- 바다는 모든 것 안고 조용히 누워 있다. 바람 따라 표정 지으며 일어났다 누웠다 한다. 노쇠한 어머니가 병실에

서 표정만 짓고 누워 있듯이.

- 어릴 적 울면서 어머니를 찾으면 모든 일이 해결되었다.
  그래서 바다는 나에게 있어 언제나 기다리는 어머니.
- 세상이 차가워진다. 어머니를 하얗게 혼자 눕혀 놓고 집
  으로 돌아간다.

– 이장수의「바다는」 –

이장수의「바다는」은 표면적으로 바다 예찬을 주제로 한다. 작가는 지력과 관용으로 상징되는 바다의 기품을 닮고자 한다. 작품 서두에 '저 넓은 바다가 가지고 있는 예지력과 포용력을 나는 가질 수 없는 것인가. 나에게 바다는 무엇인가'라고 서술하면서, 존재의 의미를 묻는다. 작가는 바다가 상징하는 바, 즉 관용과 사랑, 희생 등의 의미를 나열하거나 설명하지 않는다. 작품 곳곳에 숨겨진 어머니의 잔상을 따라가다 보면, 바다가 품은 의미를 쉽게 발견할 수 있다. 그는 변화무쌍한 바다의 진풍경을 어머니의 표상과 연결 짓는다. 어린 시절에 느꼈던 어머니의 보살핌과 사랑을 떠올리는 동시에 노쇠해진 어머니의 모습을 바다의 형상과 교차하여 서술한다.

작가는 '바다는 인생의 동반자이자 조언자'라고 명명한다. 자성과 고통에 고뇌하는 것이 인간의 운명이라면, 바다는 만물을 상생하게 하며 존재하게 만든다. 여기서 바다는 곧 어머니이다. 다만 기존에 어머니로부터 모든 해답을 찾았지만, 현재는 내 안에서 찾는다. 그것은 어머니의 표상이 내면에 자리하기에 가능한 일이다. 어머니의 무한한 총애는 아이의 자긍심을 높여주고, 성공적인 삶을 이끄는 원동력이다. 이렇듯 이

장수의 「바다는」은 어머니의 표상이 내면을 이끄는 힘이라는 사실을 깨닫게 한다. 어머니를 향한 작가의 심정이 애잔한 감성을 불러일으키며, 독자의 가슴을 따스하게 적신다.

어머니의 희생

수필가는 경험한 일 이상의 것을 전달해야 한다. 자신의 일상을 기록하고, 생각을 나열하는 것만으로 문학이 될 수 없다. 문학은 지은이의 사상과 감정을 언어로 표현한 예술이지만, 일상어를 바탕으로 사실 전달에 급급해서는 안 된다. 문학성은 일상적 대상을 시각, 후각, 청각 등의 심상과 이미지로 전달할 때 비로소 완성된다. 가령 '낯설게 하기'와 같이 일상적 경험을 생소하게 전달하여, 독자들의 흥미를 자극해야 한다.

- 엄마는 서러운 찔레꽃이다.
- 엄마 줄기에 주렁주렁 매달린 것은 연로하신 시모와 병든 아버지와 올망졸망 커가는 제비 같은 새끼들이었으니. 줄기에는 당신을 찌르는 찔레꽃 가시만 무성하구려.
- 장미처럼 화려하지 않아도 순박하고 온화한 웃음 짓는 찔레꽃으로 사셨구나.

– 박경애의 「찔레꽃」 –

박경애의 「찔레꽃」은 하얀 찔레꽃을 매개로 어머니에 대한 그리움을 노래하는 작품이다. 찔레꽃은 배고픈 어린 시절 주린 배를 달래주던 선물이었다. 그녀는 오월의 따사로운 햇살 아래 향긋한 꽃내음을 잊을 수 없다고 말한다. 찔레꽃은 내면의 결핍을 채우고, 위로와 안락함을 주는 친구였기 때문이다. 가시덤불을 이룬 찔레꽃밭을 따라 걷다 보면, 어머니의 삶과 마주하게 된다. 어머니는 그런 순박함과 온아함을 잃지 않는 찔레꽃과 같았다. 이른 아침부터 늦은 시간까지 가족의 생계를 걱정해야 했던 어머니. 작가는 타향살이 척박한 땅에서도 온화한 아름다움을 잃지 않고 사셨던 어머니의 삶을 조용히 보듬는다.

그녀는 '고운 자태와 짙은 향기', '향긋한 꽃내음' 등의 묘사를 통해 독자들의 감각을 자극한다. 시각, 후각 등의 심상은 대상을 감각적으로 환기시키는 효과를 가져온다. 동시에 작품 서두에 '하얀 이를 드러내며 웃음 짓는 수줍은 새색시 계절', '하얀 꽃이 수줍은 듯 살포시 고개를 살랑거린다'라는 표현으로 독자의 정서를 자극한다. 또한 '부평초처럼 객지를 떠도는 아버지', '엄마는 서러운 찔레꽃이다' 등의 표현은 관계와 상황을 비유적으로 드러내기에 알맞다. 특히 어머니를 찔레꽃으로 형상화하면서, '시모, 병든 아버지, 자식'을 줄기에 붙은 가시로 대체한 것은 가족에 대한 어머니의 희생과 헌신을 강조하기 위한 장치이다. 이에 「찔레꽃」은 형상화를 통해 어머니의 사랑과 희생을 밀도 있게 그려낸 작품이라 할 수 있다.

어머니의 다짐

　우리는 가끔 대화의 단절이나 소통의 부재를 경험하곤 한다. 간혹 재산 분배나 부모님의 봉양을 두고 형제간에 갈등이 연출되는 경우가 있다. 협의안을 찾지 못해 불미스런 일이 발생하기도 하고, 평생 남보다 못한 사이로 살아가는 경우도 적지 않다. 이는 상대방에 대한 이해가 부족하거나 아집을 꺾지 못해 생기는 불상사가 대부분이다.

- 본인의 주장을 강하게 어필하다 보니 다른 사람의 의견을 수용하기가 무척 어려워진다. 상대가 고집을 부릴 때 가차 없이 달려들어 죽이려고만 하지 말고 누그러지게 할 줄 알아야 현명한 사람이다.
- 자기 주장과 자기 고집에 빠져 있으면 아무리 논리적으로 말해도 공감을 하지 못한다. 논리적으로 설명할 수 있는 것이라면 얼마나 좋을까. 세상사는 논리적으로 설명해서 해결될 만큼 호락호락하지도 않고 너무 복잡하다.

– 이철수의 「명절날에 생긴 일」 –

　이철수의 「명절날에 생긴 일」은 어머니의 마음을 깊이 헤아리지 못했던 일에 반성하는 마음을 담았다. 그는 어머니가 의료기를 구매한 것에 화를 냈던 순간을 후회한다. 의료기 구매가 갈등의 실마리였지만, 이는 논리로 운운할 수 있는 문제가 아니다. 자식들에게 폐를 끼치지 않겠다는 어머니의 다짐으로부터 시작된 일이기 때문이다. 누구든지 다단게

상술에 속아 경제적 손해를 입었다는 사실을 쉽게 받아들이지 못할 것이다. 다만, 어머니의 선택은 아들에게 짐이 되지 않겠다는 각오에서 비롯되었다. 우리는 어머니에게 화를 낸 자신을 책망하는 '나', 그런 아들의 잘못을 이해하고 따뜻하게 안아주는 배려 깊은 어머니의 모습에서 진한 여운을 느낄 수 있다.

이철수의 「명절날에 생긴 일」에는 자기반성적 표현을 쉽게 찾을 수가 있다. '솔직히 말하면 논리적으로 설명할 만큼 말주변이 없다', '쓸데없이 고집만 세고 눈치가 없는 나다', '나이만 먹었지 철들지 않는 바보다'라는 표현이 그것이다. 이철수의 「명절날에 생긴 일」은 문제의 실마리를 성찰의 원리로 풀어간다. 성찰은 자기의 삶을 되돌아보는 동시에 더 나은 삶을 살아가는 데 필수적이다. 이는 수필에서 빠질 수 없는 과정이기에 더욱 그러하다.

수필가가 스스로를 내세워 자랑하지 않는 것처럼 작품의 진정성도 자신을 낮추고 상대방을 이해하려는 겸손한 마음에서 생겨난다. 이철수의 「명절날에 생긴 일」은 미사여구를 붙이거나 화려한 문체를 자랑하지 않는다. 갈등 상황을 조용히 관찰하며, 원인 규명과 해결 방법을 찾으려는 진정성 있는 태도가 엿보인다. 화려하지 않지만 소박한 일상에서 피어나는 진실된 마음이 아름답게 전해진다.

어머니라는 마음의 휴식처

수필에서 즐겨 쓰는 소재 가운데 하나가 바로 어머니이다. 많은 이들이 눈시울이 붉어질 정도로 특별하다 여기기 때문이다. 고향에 남아 마을을 지키는 장승처럼 우리네 기억 속에 사랑과 희생으로 기억되는 어머니. 휴식처가 되어 주는 어머니를 작품의 소재로 삼는 것은 어쩌면 당연한 일일지도 모른다. 간혹 소설에서 탐욕과 이기심에 눈이 먼 어머니를 만나지만, 수필에서 어머니는 대체로 안정과 평화를 상징하는 단골 소재로 등장한다.

이러한 특징은 수필의 문학적 특색과 연결되어 있다. 수필은 자기 성찰적 자세에서 대상을 바라보는 경향이 짙다. 즉 나를 낮추고 대상을 존중하는 겸손한 자세에서 사물의 진실을 밝힐 수 있는 눈이 만들어진다. 문학은 지친 현대인에게 나눔과 사랑의 의미를 제시하고, 삶의 지혜와 용기를 심어 주는 것은 물론이요, 자기 성찰을 통해 삶의 개선과 발전을 이룰 수 있도록 돕는다. 그런 의미에서 본 작품들이 심리적 어려움을 겪고 있을 독자들에게 큰 힘이 되었으면 하는 바람이다.

성찰과 공존 그리고 상생의 시간

반성적 사고

교육 철학자 존 듀이는 인간의 사고는 반성적 작용을 통해 습득된다고 말한다. 반성적 사고는 경험과 이성을 바탕으로 자신의 신념을 확립하는 자발적인 행동이라는 것이다. 그는 반성적 사고를 위한 전제 조건으로 열린 마음을 제시하였다. 열린 마음은 아집에서 벗어나 다른 대안에 귀 기울이며, 자신의 신념조차 틀릴 수 있다는 것을 인정하는 태도이다.

반성적 사고는 심리적 갈등이나 혼란한 상황이 발생할 때, 의혹을 해명하고 사태를 진정시키는 성찰적 과정의 하나이다. 성찰은 자신을 되돌아보는 통로로, 열린 마음으로 타인의 의견을 수용할 때 공존의 가치를 이해할 수 있다. 나아가 서로를 이롭게 하는 상생의 덕을 베푼다면 삶의 질적 변화를 일으킬 수 있다.

존 듀이의 반성적 사고는 의문과 갈등의 불확실성에서 출발한다. 문학에서도 갈등적인 상황, 즉 인물의 갈등, 사회적 부조화, 도덕적 딜레마 등을 포함하고 있다. 독자들에게 작품을 읽는 동안에, 왜 이런 선택을 했는지 의심하고 사유할 기회를 주는 것이다. 그러니 작품의 의도와 주제를 고스란히 드러내는 방식으로 전개해서는 안 된다. 인물의 내외적 갈등에 공감하면서 자신의 삶에 적용해 볼 수 있는 반성적 사고를 일으켜야 한다.

생명에 대한 애정

인간은 누구나 위기 상황에 닥치면, 당혹함에 불안해질 수밖에 없다. 생계 문제나 가치관의 혼란, 체념과 포기로 얼룩진 삶. 그럼에도 불구하고 세상의 풍파에 흔들리지 않으면서 현상에 대한 관조적 태도를 가지는 것은 매우 중요하다. 위기 극복을 위해서는 문제 상황을 냉철하게 분석하고, 원인 규명과 해결 방법을 탐구하는 것이 필요하기 때문이다.

- 봄바람이 불어와 꽃잎을 끌어 내린다. 우리 마음도 신종 코로나바이러스 감염증 바람에 땅에 떨어져 심란하다. 심리적 공황으로 우울해지는 이 바람은 어디에서부터 불어왔을까.
- 전염병으로 인한 사회적 거리 두기를 통해 세상을 통찰하는 눈을 가지게 되었다면 최악의 상황만 있는 것은 아니다.

• 역병이 사람 목숨을 위협하고 사람과 사람 아이의 거리
   를 멀게 하는 무서운 병임이 확실하다. 그렇다고 역병의
   책임을 남 탓만 하면서 마음의 문까지 닫아걸고 사람에
   대한 자비심마저 차단한다면 이는 더 큰 재앙에 직면하
   게 된다. 자연을 닥치는 대로 파괴하고 다른 생명의 자리
   까지 잔인하게 빼앗고 있는 인간에 대한 처절한 반성이
   필요하다.

– 이철수의 「바람이려오」 –

작가는 우리네 마음을 꽃잎으로, 코로나 바이러스를 바람으로 표현
하였다. 바람에 떨어지는 꽃잎을 통해 감염중으로 고통받는 심리적 불
안감을 보여 준다. 심란함과 우울함에 지쳐가고 있는 우리네 마음을 바
람에 곤두박질치는 꽃잎으로 형상화하고 있다. 전염병으로 어려움을 겪
고 있는 사람들의 심리 상태와 사회 상황을 이미지화함으로써, 사회적
분위기와 인간의 불안감을 감각적으로 전달한다.

또한 작가는 독자들에게 '암울한 공포 속에서 꽃처럼 피어나는 눈부
신 희망을 본다'라는 긍정적 메시지를 전한다. 불합리한 상황, 부조리한
환경 속에서도 희망의 끈을 놓치지 않는다. 희망이란 타인이 처한 입장
을 측은히 여기는 마음에서 나온다. 이는 상대방에 대한 공감과 이해, 배
려 등은 공존이란 목적을 달성하는 데 중요한 덕목이다. 생명에 대한 애
정과 사랑을 위기 극복의 방책으로 본 것인데, 이는 사회적 거리두기라
는 현재의 상황을 극복할 수 있는 돌파구가 된다.

작가는 개인과 집단의 갈등 문제를 기록하는 차원에 머물지 않는다.

집단적 문제를 인식하는 동시에 해결하기 위한 방법에 집중한다. 자연 파괴와 생명의 존엄성을 도외시한 데에 처절한 반성이 필요하다는 판단 때문이다. 이에 이철수의 「바람이려오」는 객관적 진리를 서술하는 게 아니라, 지성을 바탕으로 사회 현상을 차분하게 바라보는 철학적 시선이 돋보인다.

군자의 자세

우리는 오랜 기간 내 편, 네 편을 가르는 전형적인 편 가르기식 정치 형태를 지켜봐 왔다. 그들은 상대편에 질세라 지키지도 못할 공약을 발표하고, 예산 부족이나 야당의 반대로 정책 실현이 어려웠다는 변명을 늘어놓았다. 대다수의 국민들은 모든 정책이 반드시 성공할 수 없다는 걸 잘 안다. 잘못된 정책에 피해를 입혔을 때 반성할 수 있는 책임감 있는 지도자를 원할 뿐이다. 환경과 여건만 탓할 게 아니라, 자신의 부족함을 인지하며 언행에 신중하길 바라는 것이다.

- 눈앞의 장애물을 탓하는 것밖에 아무것도 아니다. 마치 어린아이가 돌에 걸려 넘어져 돌을 나무라는 것과 무엇이 다른가.
- 성경에도 '모든 것이 가하나 모든 것이 유익한 것이 아니요. 모든 것이 가하나 모든 것이 덕을 세우는 것이 아니니, 누구든지 자기의 유익을 구하지 말고 남의 유익을 구

하라'라고 말하고 있다. (중략) 공자께서도 말씀하셨다. "군자는 잘못을 자기에게서 구하고, 소인배들을 남에게 구한다"라고 했다.

- '고운 사람 미운 데 없고, 미운 사람 고운 데 없다.'는 속담처럼 자신이 평소에 싫어하는 사람이라도 있다면, 지레 의심하며 그 사람을 원망부터 한다. 나도 이런 범주의 한 사람이라 생각하니 남을 꾸짖는 내가 민망하기만 하다.

– 황인강의 「남탓」 –

　「남탓」은 자신의 잘못을 남 탓으로 돌리는 오래된 폐단과 악습이 사라지길 바라며 쓴 글이다. 작가는 국민의 생명과 안정을 책임져야 할 정치가들의 어리석은 행보를 안타깝게 바라본다. 현재 위정자들의 정치 형태를 지켜보고, '어린아이가 돌에 걸려 넘어지면서 돌을 나무라는 것'과 다르지 않다고 비판한다. 인간은 누구나 자신의 잘못을 인정하기 싫어 합리화, 투사 등의 방어기제를 작동시킨다. 죄책감에서 탈피하여 마음의 평화를 유지하기 위해서이다. 그러나 한 나라를 이끄는 지도자라면, 개인적인 안위에 급급해서는 안 될 것이다. 작가가 위정자의 모습을 미성숙한 어린아이에 빗댄 이유도 여기에 있다.

　작가는 지도자로서 갖추어야 할 도리와 사명에 대해 말한다. 이를 위해 성현의 말을 인용하여 신뢰도나 정확성을 높인다. 또한 글의 전개에 변화를 주면서, 주제 전달의 단조로움을 피했다. 작가의 생각을 설득력 있게 만들어 주제와 의도를 명확하게 전달하는 데 효과적이기 때문이다.

그는 편협한 사고를 가진 자들을 비판한다. '미운 사람 고운 데 없다'라는 그의 말은 곧 색안경을 끼고 대상의 실체에 다가가지 못함을 의미한다. 작가는 편 가르기식 분열 정치를 버리고, 타인의 의견을 수용하는 열린 마음을 이상적으로 본다. 또한 작가는 '조금이라도 밝은 사회가 되기를 바라는 마음에서 쓴 글이지만, 정녕 부끄러운 이야기다'라고 고백한다. 지도자를 향해 따끔한 일침을 가하는 동시에, 반성과 성찰은 사회 발전을 위해 선행되어야 함을 강조한다.

사회 변화를 위한 혁신

최근 인도의 인권 유린 사건이 언론에 보도되면서, 사회적 변화와 혁신을 요구하는 움직임이 늘어났다. 「달리트」는 인도의 인권 문제를 중심으로 보고, 듣고, 생각한 바를 차분히 서술한 작품이다. 우리는 본 작품을 통해 인도의 사회적 상황을 직접 경험한 것 같은 인상을 받는다. 그의 생생한 증언이 심각한 상황을 밝히기에 충분했기 때문이다.

- 인도의 카스트제도 때문에 죽은 사촌 남매의 이야기가 일간지에 실렸다. 그 아이들은 길에서 용변을 보았다고 집단 구타를 당해 죽었다고 한다. 몽둥이까지 사용한 흔적이 있다니 신분 제도의 참극이 아니랴. 날품을 파는 천민계급 아버지가 집에 화장실을 들이지 못하여 일어난 일이라 한다.

- '달리트'는 밤의 혼례행렬에서 무거운 전등을 들고 표정 없이 걸었다. 처음에는 사람이 맞나 하고 들여다도 보았다. 그들에게는 교육 기회도 주지 않고 험하고 더러운 일만 준다고 했다. 공동 화장실도 사용금지고 사원도 출입금지라 한다. 그래서 그 아이들은 길에다 눌 수밖에 없었고 죽음까지 당했던가.
- 사회제도나 국민의 의식이 바뀌려면 크나큰 희생이 따른 것을 우리는 역사에서 배워왔다. 인도는 사오천 년이나 이어 온 신분제도를 타파하려면 얼마나 큰 대가를 치러야 할까.

- 배명란의 「달리트」 -

서두 부분에 불행한 사건을 배치함으로써, 독자들로 하여금 안타까움과 궁금증을 유발한다. 차별화된 전개 방식에 기대감을 높이는 것이다. 작가는 어린아이가 길에서 용변을 본 일로 죽음을 당한 것에 분노를 느낀다. 신분 제도와 인권 유린의 아픈 실상을 폭로하며 독자들의 공감을 이끌어낸다.

작가는 문화재를 소개하는 데 공을 들이지 않는다. 아름답고 격조 있는 건축물을 묘사하기보다 인권과 관련하여 의문점을 제기한다. 인도 사람들은 여행객에게 왜 그렇게 관심이 많았을까. 그 아이들은 왜 길에서 용변을 보다 죽음을 당했을까. 기득권층이 변하지 않는다면 인권 문제는 영원히 해결할 수 없는 걸까. 본 작품은 이러한 의문점을 해결하는 과정을 보여주면서 독자들의 공감과 참여를 요구한다.

기행문과 기행수필은 엄연한 차이점이 있다. 기행문은 여행지의 아름다운 풍경을 감각적으로 묘사하는 데 목적이 있다. 반면 기행수필은 지역민의 가치관을 깊이 들여다보며, 역사적 특색을 살펴보는 것에 의미를 둔다. 이에 「달리트」는 클린 인디아 운동을 기반으로 카스트제도의 붕괴가 실현되길 바라는 마음을 담은 기행수필이다. 인권 유린을 비판하는 작품으로, 독자들에게 인도의 상황을 알리는 데 목적이 있다.

문명이 만들어 낸 병폐

현대인들은 편리함과 경제성을 추구하며 살아간다. 문명의 발달로 각종 가전제품들이 넘쳐나면서, 여성의 가사 노동이 줄어들 것이라 기대하였다. 그러나 청결에 대한 인식이 바뀌고 기계 의존도가 높아짐에 따라, 노동의 시간을 저울질하기에 어려움이 생겼다. 그저 온갖 종류의 기계들이 방안을 가득 메우기 시작하면서, 육체적 안락함 대신에 심신의 유약함을 감당해야 할 상황에 이르렀다.

- 인간은 자연의 생태계 리듬에 따라 사는 것이 가장 건강하게 살아갈 수 있다. 과학의 힘을 빌려 힘의 강약조절을 강제성과 편리함에 맞추다 보니 몸도 마음도 병이 생기는 것 같다.
- 옛 여인들의 정신이 건강한 이유는 빨래터에서 화를 풀기 때문이란 생각을 해본다. (중략) 그 많은 사연이 빨래

를 하는 동안 냇물에 씻겨 내려갔을 것이다. 물에 흔들고, 비비고, 방망이로 두드리고, 비틀어 짜는 순간 모든 삶의 애환이 뚝뚝 떨어져 나갔을 것이다.

• '침묵의 자연 세계보다 더 큰 자연 세계는 없다. 그리고 그 침묵의 자연 세계로부터 형성되는 언어의 세계보다 더 큰 정신세계는 없다'라는 말은 막스 피카르트의 '침묵의 세계'에 나오는 말이다. (중략) 진정한 성숙은 소리가 아닌 침묵 속의 움직임에서 걸러지고 맑아진다는 생각을 해 본다. 오늘 하루 모든 기계임을 끄고 사람 소리, 자연 소리에 귀 기울여 고요를 즐긴다.

– 김필옥의 「빨래」 –

작가는 '편리함에 맞추다 보니 몸도 마음도 병이 생기는 것 같다'고 말한다. 과학 기술의 발전으로 인간은 흙을 밟을 시간이 줄어들었고, 생태계와 조우하는 것도 특별한 일이 되었다. 현대 사회는 기계와의 공존을 최대 과제로 삼는다. 인간은 기계를 이용하는 차원을 넘어 기계에 적응하기 위해 노력하고 있다. 무엇보다 의료 발달로 인해 육체적 관리는 쉽고 편해진 반면 심리적 불안은 더욱 가중된 상태이다. 경쟁 사회에서 시간을 아끼는 일이 최우선이 되기 때문이다. 그러니 공존의 가치를 이해하고 수용하는 능력은 현저히 떨어진다.

김홍도나 박수근의 빨래터의 묘사는 생동감 넘치는 여인들의 모습을 연상하게 만든다. 이를 통해 빨래가 단순한 노동이 아니라 내적 정화의 일환이라는 걸 보여 준다. 작품에서 소리의 의미를 세분화하여 살펴

보면, 방망이 두들기는 소리와 여인들의 수다는 정화의 의미로 쓰이지만, 세탁기가 돌아가는 소리는 효율적 의미에 가깝다. 전자에는 자연과의 조우, 대상과의 소통을 통해 마음의 정화를 이루지만, 후자의 경우는 노동의 간소화나 시간의 절약이라는 경제적 의미를 가진다.

마지막으로 우리는 작가가 말하는 침묵에 주목해야 한다. 침묵은 곧 소리 없이 열매를 맺고 꽃피우는 자연을 의미한다. 생로병사를 품은 자연은 그 흐름에 역행하지 않은 채 조용히 따른다. 자신의 분수를 지키며 경계심 없이 적응할 뿐이다. 결국 '물이 흐르고, 계절이 변하는 것이 소리 없이 하듯 인간도 고요 속에서 성숙한다'라는 말은 곧 안분지족의 삶을 의미한다. 사람 소리, 자연 소리에 귀 기울여 고요를 즐겨 보길 바라는 마음이 담겨 있다.

개혁을 향한 연대

수필은 자기 성찰이 강조되는 문학이다. 작가가 고유한 경험을 서술하는 동안에 독특한 행동 양식이나 가치관이 드러난다. 경험이나 내면의 생각들을 반추하는 과정에서 반성적 작용이 일어나는 것이다. 반면 독자들은 글쓴이의 사상과 감정에 공감하면서, 그들이 제시한 삶의 이치를 깨우치게 된다.

결국 글을 쓴다는 건 독자에게 변화의 가능성을 묻는 작업이다. 독자들이 수필을 통해 자신의 삶을 반추하는 것을 기대한다. 인간과 본질에 대한 이해를 바탕으로 자신의 본모습을 찾아가는 계기가 된다. 그렇다면 작가의 사명감에 대해 묻지 않을 수 없다. 나를 알고 세상을 변화시킬 수 있는 힘은 어디에서 비롯되는가. 연대와 협력에 있다. 나의 신념으로 타인을 설득하고, 연대 의식으로 세상을 개혁할 수 있는 것이다. 이에 글을 쓰는 행위는 독자들의 마음에 희망의 씨앗을 심는 일과도 같다.

철학적 통찰과 미적 구조화

1

수필은 일상적 체험을 바탕으로 작가의 감정과 사상을 반영한 글이다. 혹자는 신변사나 일상사를 빌미로 비문학적 특색을 강조하기도 한다. 이러한 평가는 수필이 전문적 지식을 요구하지 않는 장르라는 인식 때문이다. 또한 수필이 삶의 본질을 탐구하는 인고의 과정에서 탄생된다는 사실을 외면한 결과이다.

수필의 문학적 가치를 제고하기 위한 연구와 노력이 절실하다. 먼저 능동적인 태도로 대상을 향해 끊임없이 고뇌하고 사색하는 것, 그것이 창작의 주된 동력이라는 사실을 명심해야 한다. 또한 수필은 소재의 다양성과 형식적 유연함을 가지지만, 범위와 체계를 구성하는 데에 혼란을 가져올 수 있다. 문학의 기본 형식과 실험적 구성 사이에 적절한 기준을 마련하는 게 쉽지 않기 때문이다. 익숙한 구조는 식상하다 느낄 것이고, 장르적 변화는 너무 실험적이라는 평가가 뒤따를 것이다.

무엇보다 작가는 인식 능력을 기르고, 미학적 형식을 연구하는 데에 정진해야 한다. 철학적 탐구를 통해 삶에 의미를 부여하는 사명감을 가지기 때문이다. 작가는 일상적인 소재와 체험을 바탕으로 삶에 대한 깊이 있는 통찰력을 발휘해야 한다. 독자들에게 긍정적 의미를 부여하고, 지혜와 의지를 발현할 수 있도록 도와야 한다.

2

「백구과극白駒過隙」은 관용적 자세의 중요성을 주제로 한 작품이다. 사물에 대한 인식 기준을 시비판단이 아닌 관용정신으로 확장시킨다. 서두에 등장하는 젊은 여성들의 말에 마치 화답하듯 써 내려간 부분이 인상적이다. 먼저 백구과극라는 말을 제목으로 선택한 것은 매우 적절해 보인다. '인생이란 백마가 달리는 것을 문틈으로 내다보는 것처럼 삽시간에 지나간다'라는 구절은 애정 어린 질책인 동시에 작품 전체를 아우르는 주제라 할 수 있다. 또한 작품 곳곳에서 명언과 같은 글귀들을 발견하고, 삶의 지혜를 획득한다는 데 의미가 있다.

나 역시 마찬가지였다. 결정을 내릴 당시에는 그것이 최
선이었고, 내 선택에 대해 끊임없이 노력했다고 자부했지만
늘 돌아오는 건 자신에 대한 실망감과 무심한 듯 화살처럼
빠르게 지나가 버리는 시간이었다. (중략) 그래서인지 옳고
그름이란 기준보다는, 관대한 마음으로 타자를 바라보아야

할 것 같다. 어떤 이들은 '타인에게 관대하라.'는 말을 좌우
명으로 삼으며 마음을 다잡기도 한다. 나이가 들수록 자신
의 삶에 대해 위로할 일이 많아진다. 광속처럼 빠른 세상, 나
혼자만이라도 지금의 내 모습을 있는 그대로 껴안아 보듬어
주어야겠다.

– 권정순의 「백구과극白駒過隙」 –

세상의 모든 진리는 보편성과 객관성을 가진다. 다만, 각자의 상황과
위치에 따라 그 이치를 적용하는 시기와 범위가 달라질 뿐이다. 작가는
'위험을 회피하는 결정이 타인에게는 변화를 주지 않는 삶으로 비칠 수
있다'라며, 타인을 관용적 시선으로 바라볼 것을 권한다. 상대방의 상황
과 입장을 고려하지 않은 채 주관적 시선으로 평가해서는 안 된다. 동시
에 그럴 수밖에 없는 환경과 어쩔 수 없는 선택의 미묘한 공존을 이해하
는 태도가 필요하다. 작가는 무심한 듯 지나가는 세월을 보며 후회뿐 아
니라 안타까운 마음이 든다고 고백한다. 이에 「백구과극白駒過隙」은 삶
의 이치를 파악하는 작가의 인식 능력이 돋보이는 작품이다.

「틈과 틈 사이」는 자연, 인간, 사회 사이에 벌어진 틈의 의미를 담았
다. 작가는 틈의 상징적 의미를 제시하며 불신의 감정을 드러낸다. 나와
너의 경계가 소통의 부재를 낳아 미움으로 확장된다는 사실을 알려 준
다. 반면 틈을 자유와 여유로 해석하며, 타인을 향한 배려의 가치를 인식
한다.

사람뿐 아니라 우주에 존재한 모든 제도와 환경 사이에

도 제각각 틈이 있기 마련이다. 틈은 물질과 물질이 합쳐
져 생긴 연결의 매개체로 사회와 인간, 제도와 인간의 경계
에 존재하는 것이며 모두가 변화하고 성숙하는 과정에서 존
재하기에 아름다운 것이며 삶의 시원인 것 같다는 느낌이
든다.

– 안영호의 「틈과 틈 사이」 –

틈은 흔하게 쓸 수 있는 소재가 아니다. 그렇다면 틈을 작품의 제재
로 선택한 이유는 무엇일까. 우리는 '길을 걸으면서 지나가는 사람들이
나 사물을 관찰하면서 골똘히 사색에 잠기는 버릇이 생겼다'라는 그의
고백으로부터, 관계나 현상에 대한 세심함을 엿볼 수 있다. 그는 틈으로
자연과 인간, 제도 간의 경계를 구분 짓는다고 말한다. 동시에 틈은 변화
와 소통의 매개체라는 것. 나아가 자신의 결핍인 흠을 알아채고 보완하
는 과정에서 발전과 성숙을 이룰 수 있다고 보았다. '틈은 아름다운 것이
며 삶의 시원인 것 같다'라는 인용문을 통해 그의 긍정적 세계관을 엿볼
수 있다.

수필의 구성은 무형식의 형식이다. 형식이 비교적 자유롭다는 생각
에서 비롯된 말이다. 모든 예술이 형식에서 자유로울 수 있을까. 아니
다. 작품의 구성 방식이 주제를 효과적으로 전달하는 기준이라는 사실
을 간과할 수 없다. 먼저 구성에 따른 형식은 각각 다르다. 수필도 시공
간적 순서나 인과 등의 유기적 관계의 직렬적 구성을 가진다. 그 외에도
각 문단이 서로 독자적으로 존재하면서도 작품 주제와 연관 관계를 가
지는 병렬 구성, 이를 적절히 조합한 혼합 구성을 적용한다.

「촛불」은 배려와 헌신을 몸소 실천했던 고인을 애도하는 작품이다. 형식적 구성은 총 3단계의 직렬적 방법, 즉 대상의 상징적 의미-인물의 희생적인 삶-대상과 인물의 연결점으로 구분할 수 있다. 먼저 서두 부분에서 촛불의 시각적 이미지를 효과적으로 그린다. 자신의 몸을 녹여 주변을 밝히는 희생정신을 강조하고 있다.

심지에 불을 댕긴다. 초가 녹아내리면 한 줄기 빛이 쏟아지고 불빛은 금세 어둠을 삼킨다. 방안은 잠에서 깨어나듯 환해진다. 흔들리는 불꽃은 나를 새로운 상상의 세계로 데려간다. 촛불 앞에 앉으면 어느새 찌든 때를 벗겨 낸 듯 순수한 내가 된다. 제 몸을 태워 우리에게 빛을 밝혀 주는 촛불을 보고 있으면 경건함마저 느낀다. (중략) 어둠 속을 환히 비추는 촛불을 보며 선이를 떠올린다. 전깃불처럼 환하게 넓은 곳을 밝히지는 못하더라도 어두운 곳을 밝히는 작은 불, 불을 다른 초에 댕겨 주어도 자신의 빛은 줄어들지 않고 그대로인 촛불, 작은 촛불들이 골골살살이 그늘지고 어두운 곳에 켜지면 얼마나 좋을까.

– 이명순의 「촛불」 –

작가는 촛불의 시각적 이미지를 부각시킨다. '촛불을 켜고 책을 읽으면 책에 몰입하게 된다. 촛불 아래서 음식을 먹으면 더 맛있는 것 같다. 촛불을 켤 때면 내 곁을 떠난 선이가 생각난다'라는 구절을 통해 빛의 의미를 강조한다. 빛의 긍정성을 나열하는 동시에 내면의 긍정성과 관련시켜 바라본다. 내면적 긍정이란 배려와 헌신을 말한다. 그 빛을 통해 선이라는 인물을 연상하는데, 인물에 대한 감정적 연결을 매끄럽게 하는 장치로 볼 수 있다.

작가는 몇 가지 일화를 제시한다. 선이는 어려운 사람들을 물질적으로 도왔고, 아픈 이를 위해 차량 봉사도 자청하였다. 그녀는 자신의 장례식 절차를 생략하라는 유언을 남길 만큼 검소하다. 본문의 상당 부분은 배려와 헌신을 몸소 실천했던 한 여인의 삶을 소개하는 데 할애한다. 결말 부분에는 서두에 제시했던 촛불을 다시 소환한다. 그 뒤 주변을 밝히는 촛불의 시각적 표상과 헌신적인 삶을 살다 간 그녀의 모습에서 연결고리를 찾는다. 작가는 선이의 삶에 존경과 애도의 마음을 전하는 동시에 사랑이 어둠을 밝히는 빛이 될 것임을 강조한다.

「장닭」은 장닭의 생김새와 생활습성을 세밀하게 그려낸 작가의 관찰력이 돋보이는 작품이다. 작가는 인격이 없는 대상에게 인격을 부여함으로써, 독자들로 하여금 친밀감을 느끼도록 만든다. 먼저 장닭은 울음으로 새벽잠을 깨우는 부지런함을 떤다. 또한 식구들을 불러 모아 모이를 먹이고 양보하는 미덕을 베푼다. 약한 암닭을 보호하고, 외부의 위험을 통제하는 등 조직을 통솔하는 리더로서의 면모를 보여 준다.

- 붉고 큰 관까지 머리에 쓰고 있어 집에서 제일 잘 차려입은 것은 장닭이다. (중략) 자신의 뛰어난 의상을 알고 있을까.
- 장닭은 식구들을 불러 모으는 것을 즐긴다. (중략) 이웃의 닭이라도 놀러 오면 그 닭 둘레를 돌며 으름장을 놓듯

잘못 온 바를 깨우쳐 주어 돌아가게 만드니 내 집 안만은 확실히 돌보는 책임감 강한 아버지이자 수장이다.

- 일부다처제인 장닭네 가정은 과연 평화로울까. (중략) 영계가 초란을 낳으려고 앉으니 떨어져 서서 둥지를 지키며 힘을 주는 장닭, 아내의 산통을 함께 겪는 지아비의 모습이 다처제의 장이 될 자격이 있다.

- 듣기에 편하지 않은 소리도 일주일 정도 자기주도학습을 마치면 청아하고 호흡이 긴 '꼬끼오' 소리를 들을 수 있으니, 자꾸 연습하여 고운 소리를 내는 성악가의 모습이다.

- 할머니의 닭들이 손자의 닭을 어찌나 쪼는지 꽁무니로 내장이 다 보이더란다. 닭들도 약한 곳을 아는지 같은 곳만 쪼아서 그렇다 한다.

– 배명란의 「장닭」 –

작가는 독자들의 몰입도를 위해 몇 가지 전략을 마련한다. 먼저 닭의 위풍당당한 자태를 묘사함으로써, 일상적인 대상물을 특별한 존재로 만든다. 개, 돼지, 닭의 생김새나 생활 습관에 관한 유래를 제시하면서, 닭이 가진 고유한 특성에 필연성을 부여한다. 닭의 음성적 특징인 울음을 성실함과 연결하고, 신체적 특징인 볏에 벼슬이라는 상징적 의미를 덧씌운다. 이를 통해 독자들이 닭이라는 일상적 대상에 특별한 감정을 이입하도록 만든다.

작가는 본문 내용을 병렬로 구성하여 설득력을 높인다. 각 문단마다 장닭의 생김새나 성질, 습성 등을 상세히 묘사한다. 장닭의 특성이라는 주제 아래 각 문단이 독립적으로 존재하기에, 오히려 그 설명에 집중할 수 있다. 이를 통해 독자들이 패셔니스트, 책임감 강한 아버지이자 수문장, 리더, 성악가의 이미지를 선명하게 떠올릴 수 있다. 일상적 대상인 닭으로부터 낯선 감정을 느끼게 되면서, 특별한 존재로 인식하게 만든다.

또한 작가는 결말 부분에서 닭의 배타적이고 공격적인 성향에 대해 구체적으로 언급한다. 우리는 '어찌나 쪼는지 꽁무니로 내장이 다 보이더란다'라는 부분에서 장닭의 강인함 뒤에 숨겨진 폭력성에 놀란다. 아이들이 닭의 양면적 모습을 관찰하면서, 스스로 폭력의 잔인함뿐 아니라 배려의 미덕을 깨우치길 바란다. 나아가 자기 보존과 경쟁에 치우쳐 인간성을 상실해 가는 현대 사회에서, 자연과의 조우는 하나의 지침이 될 수 있다는 사실을 알린다.

3

수필은 예술성과 철학성이 어우러진 글이다. 다만 풍부한 감성이 돋보이는 글이라도, 한쪽으로 치우치게 되면 감동과 설득력을 잃고 만다. 삶에 대한 성찰이 부족한 채 미적 장치들만 나열한다면 그 여운은 오래 가지 않는다. 반면 철학적 색채만 강조한다면 어떨까. 일상적 예시나 에피소드가 없다면 공감적 요소를 제공하지 못할 것이다. 지성과 지혜를 갖춘 사람들의 전유물로 여겨져, 무겁고 딱딱한 글로 인식될 것이다. 대상에 대한 철학적 통찰과 미적 구조화가 적절히 이루어질 때 작품의 완성도를 높일 수 있다.

필자는 문학과 철학의 관계에 대해 생각해 보았다. 문학은 인간과 세계에 대한 근본 원리를 품어야 하지 않는가. 삶의 본질을 효과적으로 전달하기 위해서는 언어가 가진 예술성을 적절히 활용해야 한다. 모든 작품이 자기 성찰과 형식미를 완벽히 조합할 수 있는 건 아니다. 다만 지루함을 유발하는 작품은 예술적 가치를 상실할 수 있다는 점을 기억해야 한다.

기행수필의 특성과 전략적 방법

1

수필은 특별한 형식에 얽매이지 않는다. 영화평, 기행문, 일기 등의 실용적인 글을 수필의 범주에 넣는 것을 보면, 형식적 제약이 적다는 건 분명하다. 이러한 특성을 전제로 보면, 수필은 입문의 벽이 낮을 것이라 짐작한다. 소재나 주제 선택에 제한이 없고, 인물 구성이나 사건 배경에 있어 특별히 고민할 필요도 없기 때문이다. 그렇다면 수필이 작가 입문의 지름길이 될 수 있는 걸까. 그렇지 않다. 누구나 쓸 수는 있지만, 아무나 쓸 수 없는 글이 바로 수필이다.

최근 영화배우 하정우가 『걷는 사람, 하정우』로 이슈를 모았고, 소설가 김영하는 『여행의 이유』로 베스트셀러 작가의 위엄을 보여 주었다. 이러한 기행수필은 독자들이 낯선 공간에 호기심을 갖고, 철학적 사유에 흥미를 가질 수 있도록 돕는다. 이러한 흐름을 반영하듯 이번 호에도 여행을 소재로 한 작품들이 유독 많았다. 다수의 작품들이 공간에 대한 미학과 삶의 철학, 인간의 가능성을 발견하는 데 주목했다. 이것이 기행문과 기행수필을 구분 짓는 지점이기도 하지만, 문학적 깊이를 배가시키는 요소이기도 하다.

2

수필은 아무렇게나 쓸 수 없는 장르이다. 가령 기행문은 여행지에서 보고 체험했던 사실을 기록하는 데 있지만 수필은 사실성을 기반으로 작가의 사상과 문학적 상상력이 더해져야 한다. 여행지에서 보고 들었던 내용만을 전달한다면, 정보 전달의 기록만 남을 것이다. 이에 작가는 공간적 미학과 철학적 사색을 전달하는 문학적 기술을 연구해야 한다.

한쪽 벽면이 어스러지고 벽돌이 빠져 거의 천 년이 다되어 가는 정다운 벽을 지나 커다란 대문 앞에 형상된 오래된 부조물을 보며 로마인들의 옛 영광을 느껴 보기도 했다. 코끝에 와 닿는 중세공기의 싸한 느낌과 온도가 복잡한 서울에서 내몰리는 질은 피로감을 씻어주는 듯했다. 앞만 보고 달려온 우리네 삶과 너무나 대비되어 그 문화충격은 내 뒤통수를 계속 내리치게 했다.

- 조영희의 「슬로우 시티」 -

작가는 오르비에또의 도시 정경, 대성당과 광장을 묘사하면서 로마인들의 옛 영광을 떠올린다. 오래된 가옥과 건축물, 자연과의 조화된 아름다움에 취하면서도, 현대 문명에 쫓기지 않으려는 노력에 감탄한다. 그녀는 보이지 않는 존재들에 귀 기울이는 자세, 느리게 사는 삶을 지향한다. 「슬로우 시티」의 풍경은 선진국 대열에 들어서기 위해 낡은 것은 타파하고 변화와 편의성만을 추구했던 대한민국의 현실과는 다른 모습이다.

'코끝에 와 닿는 중세공기의 싸한 느낌과 온도'라는 촉각적인 묘사는 독자들을 중세 광장으로 이끈다. 그 뒤 '서울에서 내몰리는 짙은 피로감'이라는 문맥으로 연결하며 복잡한 도시 풍경을 대비시킨다. 이는 한적한 오르비에또 마을의 낭만적인 풍경과 자유로움을 생생하게 전달하기 위해서이다. 감각적 어휘와 서술 기법은 현장의 온도를 실감나게 전달하는 전략으로 쓸 수 있다.

내려오는 길에 사라 오름으로 꺾어 오른다. 사라 오름 산 정호수의 환상적인 정경이 펼쳐진다. 파란 하늘을 배경으로 눈에 들어오는 새하얀 상고대는 어느 누구도 만들 수 없는 신의 걸작이다. 한겨울 먹이가 귀한 까마귀들이 슬금슬금 사람들 곁으로 다가온다. 던져주는 빵이며 먹거리에 길들여진 까마귀들, 아름다운 설경이 저들에겐 힘든 겨울인 것을, 모두가 다 좋을 수만은 없는 세상이다. 역지사지를 생각하고 양보하여 적당한 합의점을 찾아 상생으로 나아가야 되리라. 먼발치로 보이는 한라의 정상을 본 것으로 못 올라간 반분이라도 풀고 나니 내려오는 발길은 여유롭고 행복하다.

원 없이 눈을 보고 눈을 밟고 눈 속에서 실컷 놀다 온다.

- 최순덕의 「하얀 세상」 -

「하얀 세상」은 한라산 등반 과정을 통해 상생과 행복의 의미를 되새기는 작품이다. 먼저 작가는 아무도 가지 못한 길을 내어준 이를 떠올리며, 어른들의 사명 의식에 대해 말한다. 그 뒤 얼어붙은 땅 위에 먹잇감을 구하는 까마귀를 보며, 고난과 행복의 양면성을 몸소 체득한다. 또한 자연의 아름다움을 관조하는 시선을 통해 양보와 타협, 나아가 상생의 진리를 깨닫는다.

아래의 인용문은 눈 덮인 산의 풍경을 묘사한다. '솜이불을 엎어 쓴 듯', '몽실몽실 비누 거품', '밀가루를 잔뜩 뒤집어쓴 쑥갓잎 같은', '파란 하늘 바닷속 새하얀 산호 같은 잔가지' 등의 표현이 그것이다. 주로 눈 덮인 산이나 나뭇가지의 형상을 적으로 표현한 부분이 많다. 눈을 솜이불이나 보석으로, 나목의 잔가지를 장난감이나 쑥갓으로 묘사한다. 이는 눈 덮인 산의 풍치를 효과적으로 전달하기 위한 것으로, 독자들의 오감을 자극하는 데 성공한다.

기행수필은 역사적 흔적을 발견하면서, 조상들의 민족의식을 드러낸다. 일상의 터전을 떠나 새로운 곳을 탐구하는 과정에서 역사적 가치를 발견하고, 조상의 지혜와 얼을 배울 수 있다. 이에 작가는 역사 속에 숨은 서사를 발견하고, 민족의식과 윤리적 자세를 가르치는 지도자가 된다.

교육열 높은 우리나라의 부모는 자식에게 절대 비굴해지지 말고 강해지라고 가르친다. 필리핀에는 어린아이들이 조

개껍데기를 팔러 다니거나 학교에 다니지 않는 것을 부끄러
워하지 않는 부모들이 많다. (중략) 대한민국은 IMF의 위기
를 겪었고 부와 기회의 균등을 외치며 민주국가의 정체성을
찾느라고 지금도 분주하다. 내가 느끼는 우리 국민이 자긍
심을 향해 끝없이 달린다면, 필리핀 사람들은 낭만적 삶을
즐길 수 있으며 적당히 만족하는 것 같다.

- 김소예의 「패스워드 1945」 -

작가는 맹그로 숲에 대한 감상을 바탕으로 식민지의 아픔과 경제적
독립을 위한 민족정신을 소환한다. 대한민국과 필리핀은 정복자들에게
땅을 빼앗긴 채, 1945년 해방을 맞았다는 공통점이 있다. 그 후 경제적
자생을 위해 노력했지만, 70년 이후 두 나라는 다른 노선을 걷는다. 작가
는 코리안 드림을 이룬 대한민국의 국민성에 적지 않은 자부심을 느낀
다. 동시에 필리핀 소녀의 현실을 바라보면서 안타까운 마음이 든다.

「패스워드 1945」는 작품 전개에 있어서 주로 비교와 대조라는 서술
기법을 사용한다. 작품 서두 부분은 필리핀과 대한민국이 식민지라는
역사에 공통점을 찾는다. 중반 이후 부분은 두 나라의 현주소를 대조적
으로 설명하면서, 필리핀 현지의 낭만과 자유를 전달한다. 또한 작가는
1945년 역사의 희생양으로 남지 않기 위해 노력했던 대한민국의 민족성
으로부터 희망을 발견한다. 낯선 여행지에서 우리 민족의 지혜와 열정
을 느꼈고, 그것에 대한 자긍심을 드러낸다.

당대에 살면서 먼 미래의 후손들이 자기를 어떻게 자리

매김할까를 생각할 수 있는 것은 누구나 할 수 있는 쉬운 생
각을 아닐 것이다. 그러나 최소한 한 사회의 지도자로서의
그를 한번은 생각해 보았을까? 적어도 후손들에게 또는 국
민에게 오명을 남기지는 말아야 하는 인간적인 도리를 새겨
봤을까?

– 허승희의 「베트남, 달랏(Da Lat) 여름 궁전에서의 단상」 –

「베트남, 달랏(Da Lat) 여름 궁전에서의 단상」은 프랑스 식민 역사를
토대로, 달랏 궁전의 이색적인 건축물과 지도자에 관한 생각을 정리한
글이다. 넓은 정원과 고풍스럽고 화려한 생활상을 반영한 궁, 프랑스 주
요 관리들과 함께 찍은 왕의 사진 등이 그것이다. 작가는 누더기 군복을
입은 군인들 앞에 프랑스 관리와 나란히 찍은 화려한 왕의 모습을 보며
적지 않은 충격을 받는다. 국민의 삶보다 자신의 안위를 지키기 위해 애
쓴 지도자를 비판적으로 바라본다.

작가는 '자신의 안위와 권위에 급급했던 왕은 과연 행복했을까, 한 나
라의 지도자로서 인간의 도리를 생각해 보았을까, 식민지라는 특수 상
황에서 지도자가 갖추어야 할 자질은 과연 무엇인가'에 관해 묻는다. 호
치민과 바오다이 왕의 얼굴을 동시에 떠올리게 만드는 전략이 좋다. 이
를 통해 백성을 헤아리는 진실된 마음이 대표자의 기본 자질임을 보여
준다. 국민을 위해 일하는 애민 정치가 지도자의 자질에 가장 중요한 요
소라 생각한다.

기행수필은 반성적 성찰을 통해 삶의 의지를 담는다. 먼저 일상적 환
경에서 벗어나 새로운 세상에 적응하는 과정은 자신의 참모습을 돌아보

는 기회가 된다. 또한 자연의 이치, 즉 조화와 상생의 원리를 터득하여 갈등과 시련을 해결하는 에너지로 쓸 수 있다. 나아가 낯선 문화와 역사, 사람들과의 교류를 통해 견문을 넓히고, 시련과 좌절을 이겨 내는 희생 정신과 불굴의 의지를 배울 수 있다.

> 철조망이 철거되기 전에는 철조망을 사이에 두고 한센인 엄마는 어린 자식을 안을 수도 만질 수도 없었다. (중략) 인간이라면 누리고 살아야 할 사랑과 자유 행복을 후손에게 남기고자 했던 소록도의 슬픈 진실이 하늘로 통하고 땅으로 통하고 사람들의 가슴에도 전해졌을 것이다. 그들을 위해 사랑과 헌신으로 봉사해 온 숱한 분들의 따뜻한 마음과 손길이 있었기에 소록도에도 새순이 돋아나고 건널 수 없는 그들과 우리 사이에도 다리를 건널 수 있게 되었을지도 모른다는 생각에 그들의 헌신과 봉사에 가슴이 숙연해져 왔다.
>
> — 지향숙의 「소록도」 —

「소록도」는 배반과 불신으로 얼룩진 소록도를 배경으로, 끈질긴 생명력과 헌신, 봉사의 가치를 담은 글이다. 과거 한센병에 대한 무지와 편견이 주민들의 자유와 평등을 무참히 짓밟았다. 그러나 봉사와 희생을 실천한 사람들 덕분에, 소록도에 대한 벽은 조금씩 허물어져 갔다. 작가는 소록도의 아픈 역사를 기록하는 데 멈추지 않는다. 소록도를 향한 편견을 없애고, 불의에 맞서온 봉사자에게 감사의 마음을 전달한다. 그들의 행위가 편견을 허무는 계기가 되었음을 잘 알기 때문이다.

작가의 감성적인 문체는 작품의 서정성을 한층 끌어올린다. 서두에는 배반과 불신으로 얼룩진 소록도 주민들의 애환을 녹였다. 반면 결말 부분에는 사랑과 희생을 토대로 평화와 낙원의 땅이 되길 바라는 작가의 소망을 담았다. 또한 감정적 승화를 심도 깊게 표현하는 작가의 세련된 문체는 독자의 몰입도를 높이고 감동을 더욱 증폭시키는 효과를 가져왔다.

"선생님!, 허리에 병 난 거 아니세요?"

"아니, 오히려 건강이 더 좋아졌는걸…."

"돌 값에 인건비만 해도 엄청날 텐데 입장료는 왜 안 받으세요?"

"나는 찾는 분들이 꿈과 소망을 담고 가는 걸로 족해, 둘째 아들이 물려받아 더 쌓으면 그때는 모르지…."

"매미성을 얼마나 더 쌓으실 생각이세요?"

"3년은 더 쌓아야 1차 준공이고 죽을 때까지 쌓고 싶어…."

"무슨 생각으로 시작하셨어요."

"유실되는 밭을 지키자는 마음도 있지만 내 의지를 층층이 쌓고 싶어서…."

"이미 거제도 명소가 되었는데 방문객들에게 바라는 것은 없어요?"

"쓰레기 치우고, 낙서 지운다고 벽돌 쌓을 시간이 줄어요."

– 조양상의 「매미성」 –

「매미성」은 자연재해에 맞서려는 한 성주의 인내와 불굴의 의지를 담은 작품이다. 우리나라 역대 태풍 2위에 오른 매미는 6만 1천여 명의 이재민을 양산했다. 매미성의 주인인 백순삼 씨는 견치석으로 바람과 파도를 부리자는 생각으로 16년간 맨손으로 돌을 쌓아 올렸다. 작가는 태풍이 남긴 슬픈 상처를 희망적으로 기념하겠다는 그의 의지와 행동에 감동한다. 인간이 자연재해 앞에서 무력할 수밖에 없는 나약한 존재이지만, 절망하지 않으려는 인간의 의지는 더없이 아름다운 것이라는 생각을 전한다.

최근 대화체를 작품 곳곳에 삽입하려는 시도가 많아지고 있다. 「매미성」 역시 중반 부분에 성주와의 대화체가 눈길을 끄는데, 매미성에 대한 애착과 의지를 강조하기 위한 의도이다. 대화체는 소설의 일반적인 특성으로, 간결성과 함축적 의미를 전달하는 수필에서는 그 사용을 극히 제한한다. 작품의 간결성을 해칠 경우에만 한정적으로 사용되는 것이 좋다. 「매미성」에서도 백순삼 씨의 강인한 의지를 직접적으로 전달하기 위해 일부 사용되었다. 그의 진심이 강하게 전달되길 바라는 마음이라 볼 수 있다.

3

본 글은 여행을 소재로 한 6편의 작품을 골라 기행수필의 특성을 분석한 글임을 밝힌다. 먼저 「슬로우 시티」와 「하얀 세상」은 공간에 대한 미학적 접근뿐 아니라 주제의식을 전달하는 문학적 기술력이 뛰어난 작품들이라 하겠다. 「패스워드 1945」와 「베트남, 달랏(Da Lat) 여름 궁전에서의 단상」은 여행지라는 특수한 상황에서 민족성과 윤리의식이라는 보편적 가치를 발견한다는 측면에서 의미가 있다. 마지막 「소록도」와 「매미성」은 역사를 바탕으로 시련과 좌절을 극복하려는 인간의 의지를 담았다는 점에서 높이 평가하고 싶다.

기행수필은 작가가 보고 생각했던 잔상을 기록하고, 이를 종합하는 과정에서 탄생된다. 지역적 특색이나 자연환경, 역사와 문화 등을 토대로 작가의 사상과 감정을 전달하는 데 의미가 있다. 이러한 분석을 토대로 기행수필의 전략을 생각해 보면 다음과 같다. 먼저 공간적 미학을 제공해야 한다. 길, 자연, 건축 등의 현장감과 생동감을 그려내기 위한 노력은 필수적이다. 둘째, 철학적 사색이 내재되어야 한다. 세상을 바라보는 낭만적 태도는 독자들에게 여유와 휴식을 제공한다. 셋째, 역사적 사건과 인물에 대한 비판적 관점이 드러나야 한다. 작가의 시선을 토대로 주제 의식을 명확히 전달해야 한다. 넷째, 정신적 해방과 자기성찰의 과정을 담아야 한다. 일상에서 벗어나 자연과의 일체를 경험하면서 느꼈던 해방감이 드러나야 한다. 더불어 지난 삶을 되돌아보는 자기성찰의 과정을 그려야 한다. 다섯째, 민족의식과 주체성을 고취시키는 교육적 기능을 수행해야 한다. 마지막으로 문학적 형상화를 위한 서술 기법과 문장 기교를 반드시 익혀야 한다.

사랑을 위한 세 가지 기술

1

 심리학자 에리히 프롬은 개인의 심리적 욕구와 사회적 욕구가 동시에 충족되기란 불가능하다고 말했다. 개인과 사회 간의 갈등은 어쩔 수 없지만, 해결할 방법 또한 없지 않다. 사회적 결속력을 통해 느끼는 소속감은 개인의 욕구 만족을 위한 하나의 방법이 될 수 있기 때문이다. 그의 저서 『사랑의 기술』에서도 개인이 사회에서 느끼는 사랑이라는 감정을 본능적인 에너지가 아닌 기술로 익혀 실천할 것으로 보았다. 기존에는 사랑을 종족 번식을 위한 감정으로 보았다면, 인간이 누려야 할 행복을 위한 하나의 기술로 본 것이다.

 우리가 흔히 쓰는 이심전심이라는 말은 불교 용어에서 비롯되었다. 부처님과 마하가섭의 일화로 마음에서 마음으로 전하게 되면 모든 것을 이해할 수 있다는 의미이다. 어느 날 부처가 대중 앞에 설법을 하시면서 허공에 떨어진 연꽃 한 송이를 들어 보였는데, 많은 대중들은 그 뜻을 알지 못해 마냥 어리둥절하였다. 이때 마하가섭은 조용히 미소로 화답했다. 이렇듯 말이나 행동으로 자신의 의사나 감정을 전달하지만, 말 없는 미소나 눈빛으로도 가능하다. 다만, 언어라는 도구 없이 상대를 이해하고 배려하기 위해서는 자기 분석이 필요하다. 그저 본능에 의한 행동이라면, 타인의 상황에 쉽게 지나칠 수밖에 없다. 하지만 자기 분석을 마친 사람이라면, 타인에 대한 사랑을 넘어 인류애도 실천할 수 있다.

2

삶이란 성별, 인종, 역할 등의 정체성의 혼란에서 자신의 위치를 밝히는 데에 있다. '나란 누구인가'라는 질문을 화두로 삼아 진정한 자기를 찾기 위해 노력한다. 인간이 자기 정체성을 찾는 방식은 다양하다. 책이나 영화, 음악, 여행 등의 문화적 참여를 통해서도 가능하지만, 세상에 대한 사색이나 관조하는 과정에서 발견할 수 있다. 그 중 일상적인 사물 속에서 자신의 모습을 보게 된다면 어떨까.

가정과 사회 안에서 보이지 않는 벽이 늘 존재한다. 전통과 권위 질서 안에서 나 또한 넘어야 할, 넘어서야 할 벽이 늘 답답하고 힘겨울 때가 많다. 그래도 주저앉지 말고 나 혼자 자맥질놀이라도 해야 할 것 같다. 포기하면 안 되니까. 나의 빨간 에나멜 구두를 보면서 소박한 나 자신에게 활기를 불어넣어 주고 싶다. 다시 도약하라고.

- 조영희의 「빨간 구두」 -

　의복은 자신을 표현하는 도구이다. 과거에는 인종, 신분 등을 표시하는 수단으로, 현재는 성격, 개성, 관계를 알리는 상징물로 쓰인다. 간혹 허례 의식을 드러내는 데 사용할 수 있지만, 컬러나 디자인을 통해 근원적 욕망을 내비치기도 한다. 「빨간 구두」는 가정과 사회 밑바닥에 보이지 않는 장벽이 존재한다는 사실을 보여 주는 작품이다. 시대적 상황에 따라 성별, 종교, 인종, 등의 차별에서 희생양이 되어야 했던 여인들의 모습을 기록한다. 주체적 인간으로 인정받기 위한 몸부림. 파격과 도발에 가까운 행위를 어떻게 해석할 수 있을까. 작가는 이 모든 것을 사회적 장벽을 뛰어넘는 하나의 몸짓으로 이해한다.

　'전통과 권위 질서 안에서 나 또한 넘어야 할, 넘어서야 할 벽이 늘 답답하고 힘겨울 때가 많다'라는 말은 현대 사회를 살아가는 우리네 심정을 대변하는 부분이다. 작가는 '사람들의 시선에 당당할 수 있다면, 사회적 인습을 타파하고 싶다면, 사랑과 열정에 온몸을 불태울 수 있다면, 당당하게 빨간 구두를 신어 보라'는 메시지를 전한다. 작품 안에서 '빨간 에나멜 구두를 신고, 내 안에 숨은 열정을 다 한다'는 것은 자기에 대한 사랑을 의미한다. 세계 속에서 자유롭고 당당하게 살아갈 수 있는 힘은 바로 나로부터 시작되기 때문이다. 작가는 자신의 주체성을 드러내는 매개체로 빨간 구두를 택했고, 이로써 편견과 경계를 깨뜨리는 열정과 저항의 의지를 강조한다.

　인간은 반성적 동물이다. 자신의 생각이나 행위에 대해 사회적 규칙의 잣대를 재거나 도덕적 윤리에 비추어 돌아볼 수 있다. 사회 존속을 위해서는 본능적 욕구에만 급급해 살아갈 수 없다. 자신의 욕망을 절제하고, 사회 질서 유지에 동참하는 자세가 필요하다. 타인에 대한 배려와 사랑을 바탕으로 할 때만이 평화와 행복을 누릴 수 있기 때문이다.

　　가끔은 불여우도 되어 보고 싶다. 누군가를 해코지하는 못된 여우가 아닌 예쁜 여우가 되련다. 이렇듯 여우놀이에 전錢이 들어오는 횡재를 했으니 한턱 쏘는 마음 또한 어찌 기쁘지 않겠는가. 덕수궁 돌담을 걸어오다가 발길을 붙잡고 놓아주지 않는 작은 식당에 들어섰다. 식당 이층에서 바라본 자연 풍경이 마치 벽에 걸린 대형액자처럼 보인다. 저 순록 색 자연이 베푸는 향연 앞에서 또 한 번 여우짓을 꿈꾸는 나는 얼마나 축복받은 건가. 늘 나의 마음자리를 감사하는 쪽으로 열고 살리라.

- 윤태란의 「여우전錢」 -

　　행복에 관한 아주 유명한 말이 있다. 배부른 돼지냐, 배고픈 소크라테스냐. 이와 같은 물음은 어떤 삶을 살 것인가라는 근원적인 의문에서 출발한다. 작가는 배움에 목마름을 해소하기 위해 남편에게 전을 부탁한다. 평소 쓰지 않았던 애교까지 펼쳐 든 이유는 다름 아닌 수필반 등록을 위해서였다. 사랑 표현에 서투른 아내는 "잘 쓸게요. 고마워요. 사랑해요"라는 말로 감사한 마음을 표한다. 작가는 수필에 대한 열정이 새로운 인연을 만들었다고 말한다. 배움을 준 교수님, 인간미 넘치는 문예인들, 사랑으로 소통하는 부부의 관계가 그것이다.

「여우전錢」에서 개미의 행동 습성에 자신의 모습을 비추어 보는 부분이 인상적이다. 지천에 놓인 먹을 것을 구하며 재물에 눈을 비비는 모습이 떠오른다. 가진 것이 없어도, 배부르지 않아도 지혜의 문을 향해 고개를 내미는 형상이 매우 대조적이다. 본 작품은 개미라는 소재를 등장시켜 자신의 가치관을 우회적으로 표현하는 것이 흥미롭다. 또한 작가는 '사랑 새가 먼저 날개를 달고 도망간 것일까'라는 문맥에서 사랑에 수동적이기만 했던 자신을 되돌아본다. 사랑 새가 오기를 기다리는 것을 미련한 새라고 지칭했던 것만 보더라도, 그동안에 사랑 공약법이 다소 소극적이란 걸 알 수 있다. 행복하니 일상을 다시 보게 되었고, 그 일상으로부터 얻는 행복이 남다르다. 더군다나 자신만의 노력으로 문학인들과 교류하고 예술을 탐미했던 게 아니었다. 이 모든 것을 가능케 해 준 남편의 사랑과 지원도 큰 힘이 된 것이다.

수필은 머리가 아닌 가슴으로 써야 한다. 일상적이고 보편적 가치를 녹여 내는 과정에서 세밀한 관찰과 상상적 전개가 필요하다. 일상적 사실이나 인지한 경험을 서사적 흐름대로 전개하면 상식의 선에 머문다. 문학에서 은유, 상징, 의인 등의 비유법을 적용하는 이유도 이 때문이다. 「여우전錢」은 개미, 사랑 새 등의 동물에 비유하여 자신의 감정과 행동을 표현한다. 우회적인 발상은 일상적 대상에 풍부한 의미를 덧씌우는 것. 이러한 의미에서 윤태란의 「여우전錢」은 전략적 접근이 작품의 풍미를 높이는 데 일조했다고 보인다.

그 외에도 삶에 대한 성찰과 자기반성적인 노력이 깃든 작품들이 많다. 특히 배명란의 「운수 좋은 날」과 김대수의 「헛발질」은 후회와 아쉬

I. 계간평

움 뒤에 남겨진 과제를 다룬 작품이다. 먼저 「운수 좋은 날」은 여행 과정에서 겪은 사고를 현장감 있게 그려낸다. 일행은 여행 일정에 좇겨 불편함을 감수할 수밖에 없다. 이로 인해 경제적 손실은 물론이요, 정신적 피해를 입힌 것에 안타까움을 전한다. '불편을 감수하지 않고 지킬 수 있는 안전은 없다는데'라는 부분을 통해 안전 불감증을 겪는 현대인들에게 중요한 메시지를 던진다. 「헛발질」은 헛된 욕심으로 더 큰 손해를 불러온다는 교훈을 전한다. '헛발질을 하지 않도록 마음을 비우고 매사에 더욱 세심한 주의와 상황 판단을 잘해야 될 것 같다'라는 우려의 말이 뇌리에 남는다. 두 작품 모두 감정적인 상황에 빠질 때 객관적인 판단과 세심한 주의가 필요하다는 이치를 전달한다.

인간은 사랑을 먹고 산다. 유아 초기, 엄마라는 대상으로부터 생명의 젖줄을 구하고, 아버지로부터 사회적 질서를 배운다. 유아는 파편화된 신체를 가진 유약한 존재로, 대상에게 의존할 수밖에 없다. 그러나 성장한 이후에도 존속감에 대한 집착은 사라지지 않는다. 그 애정에 대한 갈구는 대상만 바뀔 뿐이다. 결국 성장의 원동력은 사랑이며, 이는 상처받은 마음을 치유하는 원천이 된다.

떨어진 풋감을 나무 둥치 아래에 놓으면서 풋감에서 살짝 풍기는 풋풋하고 향긋한 내음을 맡았다. 자라서 크고 탐스러운 대봉감이 될 터였다. 이 세상에 태어난 이상 그 누구도 갑자기 후두두, 삶의 나무에서 떨어지는 참담한 비극이 없기를 바라본다. 한여름의 따사로운 햇살 찬란히 받으며 소담스럽게 익어 갈 달콤한 열매들처럼 세상의 아이들도 지

극한 사랑과 관심, 보살핌의 햇살로 주홍빛 짙게 물들이며
지켜 갈 일이다.

– 제은희의 「풋감을 주우며」 –

작가는 제대로 자라지 못한 채 떨어진 감을 보며 눈을 떼지 못한다.
시골길을 걷다 보면 익지 않은 열매가 바람에 떨어지는 장면을 흔히 볼
수 있다. 하지만 그녀에게는 쉽게 잊히지 않은 기억으로 각인되어 있다.
재작년 6월, 반 아이가 강당에서 승용차 지붕으로, 다시 시멘트 바닥으
로 떨어졌지만 기적처럼 회생한 일이 있었다. 그 일로 그녀는 망막파열
이라는 진단을 받았고, 갖가지 사고 소식을 접하면 덜컥 겁부터 난다고
고백한다. 작가의 '어디로 가야 할지 모르고 무방비 상태로 서 있던 아이
의 모자이크 영상이 자꾸 눈에 밟히며 가슴이 아린다'라는 생각은 보호
받지 못한 아이들을 걱정하는 마음이다. 이는 숨은 상처가 언제든 고개
를 들어 일상을 침범할 수 있음을 보여 주는 예가 된다.

수필 「풋감을 주우며」는 떨어진 어린 감에서 추락 사고를 겪은 아이
로 이어지는 연결성이 좋다. 비유를 통해 당시의 상황을 보다 생생하게
전달할 수 있다. 아이의 몸을 받아준 승용차를 엄마, 삼신할멈, 예수님,
부처님으로 묘사한 것은 급박함과 감사함을 함축적으로 표현하기 위한
것이다. 무엇보다 망막파열이라는 진단을 받고 괴로워하는 '나'를 통해
아이를 걱정하는 진심을 알 수 있다. 마지막 '세상의 아이들도 지극한 사
랑과 관심, 보살핌의 햇살로 주홍빛 짙게 물들이며 지켜갈 일이다'라는
부분은 방관과 폭력으로 희생된 아이들에 대한 책임감과 죄책감이다.

본 수필은 내면의 빗장을 푸는 과정에 집중한 글이다. 자신의 상처를

승화시키는 데 있어 예술을 수단으로 삼은 셈이다. 내면의 그림자를 형상에 이입한 것은 드러내지 않았던 상처를 대상화시켜 다시금 마주하겠다는 의지이다. 본 작품에서 감은 불의의 사고를 겪은 아이의 형상이자, 내면의 죄책감이라 할 수 있다.

라온이가 왜 이렇게 좋을까를 생각해 보니 침묵이 아닐까 한다. 몸짓과 눈빛으로 서로에게 길들여져 가면서 말을 잘하는 것이 마음을 얻는 데는 그다지 영향력이 크지 않다는 사실이다. 진솔한 마음 하나면 서로 믿고 의지하며 사랑하는 데에는 문제가 없을 것 같다는 생각이 든다. 차라리 침묵이 훨씬 더 나을 때가 많다.

– 김연숙의 「귀 기울여 듣는다는 것」 –

'말이 많으면 쓸 말이 없다'라는 속담이 있다. 입을 잘못 놀려 사람 사이에 갈등을 조장하고 신용을 잃는 일이 허다한데도 쉽게 조절할 수 없는 이유는 무엇일까. 여럿이 모이는 자리면, 정적과 고요를 참다 못해 농담, 허풍, 미담들이 난무하게 된다. 세 치 혀를 잘못 놀려 모든 일을 허사로 만드는 일도 적지 않다. 그렇기에 우리는 말이 대상과의 소통 도구가 아닌 화풀이 도구가 될 수 있음을 명심해야 한다.

「귀 기울여 듣는다는 것」은 템플스테이 경험을 통해 느꼈던 생각과 감정을 담백하게 그려 낸 작품이다. 천팔 배와 명상은 침묵과 경청의 의미를 깨닫게 하는 과정이다. 이러한 경험은 일상을 다른 관점으로 바라보게 만든다. 엘리베이터에서 만난 모녀로부터 깊은 깨달음을 얻는데,

위안을 주는 어머니의 모습은 새삼 자신을 돌아보게 한다. 즉 기다려주지 않고 여유롭지 못했던 자신을 반성하게 된 것이다.

강아지 라온으로부터 침묵의 가치를 깨닫는 부분이 매우 인상적이다. 단지 그 대상이 동물이라서가 아니다. 구차한 설명을 구하지 않아도 되는 사이, 신뢰와 믿음만으로 위안을 받을 수 있는 관계에 집중했기 때문이다. 기다려주는 것은 자신의 욕망을 접어놓고, 타인에 대한 이해와 공감이 이루어질 때 가능하다. 이에 「귀 기울여 듣는다는 것」은 작가의 오랜 사색과 삶의 수련을 전제로 한 작품이라 더욱 눈길이 간다.

이번 호에는 유독 부부 사랑을 주제로 한 작품이 많았다. 그중 이진형의 「아마도 농담이겠지」와 서경숙의 「배려」가 인상 깊다. 「아마도 농담이겠지」는 '사랑에도 수치가 있을까?'라는 참신한 발상이 흥미로운 작품이다. 부부 관계란 이론으로 설명할 수 없으며, 수치 계산이 불가능하다는 것. 천생연분의 숙명으로 맺어진 두 사람의 결합은 밀당의 기술 이상의 것을 요구한다. 그것은 계산하지도, 눈치 보지도 않는 신뢰와 헌신을 수반한다. 또한 「배려」는 남편에 대한 애틋한 마음을 담았다. 작가는 희로애락을 함께한 가장 가깝고도 깊은 사이를 백년동지라 부른다. 인생의 비바람을 함께 맞아 준 그의 희생적이고 아름다운 사랑, 그것에 대한 감사한 마음을 전한다.

다수의 행복을 위한 소수의 희생은 가치 있는 것일까. '그렇다, 아니다'로 답하기에는 뭔가 석연치 않은 부분이 있다. 만약 소수의 희생이 주체적 선택에 의해 이루어졌다면 어떤가. 자신의 헌신을 행복으로 여기는 부처, 예수, 성인의 경우라면 다를 것이다. 비록 우리가 성인의 경지에 오르지 않더라도, 누군가를 돕고 희생하면서 느끼는 행복만큼은 더

없이 이성적이다.

　　꼭꼭 숨기려고 하지 않고 아무 데나 두는 물건은 찾기도 쉽다. 하지만 소중하다고 깊은 곳에 잘 두면 찾지 못해서 필요할 때 쓰지 못하고 이사하려고 모든 점을 다 내어놓으면 거기서 빼꼼히 나타나는 물건도 있지 않은가. 나이가 들수록 소중한 물건은 내가 찾기 쉬운 곳에 보관해야 한다는 교훈 하나를 어머니가 주신 명주 천에서 얻었다. 그렇지 않으면 이름이라도 써서 붙이는 꼼꼼함이 필요하리라. 겉멋 든 관념의 유희가 아닌 내면에서 투시와 긍정의 사고가 가능한 이 시간, 나는 언제나 땅에 눕는 그림자처럼 오늘도 어머니의 보이지 않는 사랑 속에서 아늑히 쉴 수가 있다.

- 이길순의 「오래된 유물」 -

　　이길순의 「오래된 유물」에서 보이지 않는 사랑의 위대함을 발견할 수 있다. 작가는 명주 옷감과 관련된 추억을 떠올리며, 크고도 깊은 시어머님의 사랑을 되새긴다. 옛날 옷감으로는 최고로 여겼던 명주는 따뜻하고 촉감도 좋아 선호하는 물건이었다. 반면 세탁이 용의하지 않고 번거로워 선뜻 욕구가 생기지 않는다. 그러나 시어머님께서 남겨 주신 오래된 유물은 쉽게 외면할 수 없다. 작가는 '곱게 염색해서 하나밖에 없는 스카프를 만들어 볼까 생각 중이다'라는 부분을 통해 부모님에 대한 애틋한 마음을 전한다. 그녀는 부모님의 사랑이 듬뿍 담긴 명주천으로 찬 바람을 이겨볼 작정인 것이다.

「오래된 유물」은 작가의 내적 가치관이 잘 반영된 작품이다. 편의주의, 실용주의로 만연한 현대 사회에서, 정성과 사랑의 중요성을 거듭 강조하고 있다. 자식을 위해 모든 것을 내어 주고 싶은 모성, 시어머니의 사랑에 보답하고픈 며느리에게 느끼는 감동이 그것이다. 무형의 재산 가치를 인정하고 받아들이려는 작가의 마음이 따뜻하게 느껴지는 것도 그 이유이다. 작은 것에 실망하지 않고, 상대의 진심을 헤아리는 넉넉한 그 마음이 아름답다. 더욱이 긍정적 사고로 존재의 가치를 발견하는 눈이 예사롭지 않다.

수필은 일명 모래알 속에서 보석 찾기이다. 일상적 경험 안에서 특별한 의미 부여가 일어날 때 완성되는 법이다. 또한 보이지 않는 가치를 발견하고, 이를 삶과 결부시켜 보는 것이 매우 중요하다. 이러한 측면에서 볼 때 이길순의 「오래된 유물」은 관계 속에서 자신의 모습을 되돌아보게 하는 작품이다.

내게, 작가를 꼭 만나야 한다고 치근대던 그녀는 분명 내게 남다른 독자였다. 자신의 엄청난 독서량을 고백할 때는 강정을 만났다는 위기감도 없지 않았다. 거기다 단순한 독자가 아닌 작품 속 인물의 가족이라는 긴장감으로 가슴을 더 졸였는지 모른다. 그렇게 만나 공통된 한 사람을 기억에서 꺼내 파란 많은 삶의 여정을 함께 추억했던 귀한 시간도 고맙고 감사하다. 녹록치 않은 긴 세월을 살아오면서 시어머니에 대한 원망은 없었을까만, 보이는 심성 그대로 그녀는 여리고 마음씨 고운 어머니를 기억할 뿐이다. 나는 또 그 독자를 위해 기도한다. 그녀의 남편과 그의 어머니와의 진정한 화해가 이루어졌기를 소원하고 또 그들의 건강과 행복을 위해 기도한다. 내게 무서운 독자였으며 또한 진정한 독자인 그들을 위해.

– 이운순의 「독자론」 –

관용이라는 말에는 다양한 의미를 내포한다. 상대방의 잘못을 너그럽게 받아들이고 용서하는 말도 있지만, 타인과의 논쟁을 수용한다는 의미도 있다. 만약 우리가 갈등 상황에 놓인다면 어떨까. 자신의 행위에 딴지를 걸거나 비판을 가한다면 어떻게 대처할 것인가를 생각해 봐야 한다. 많은 사람들은 논쟁적 상황을 만들겠지만, 관용적 태도를 가진 사람이라면 다를 것이다.

이운순의 「독자론」은 작가가 가져야 할 태도에 대해 말한다. 어느 독자가 자신의 사연을 작품화한 것에 고마움을 전하는데, 그 만남이 매우 정겹게 그려진다. 작가는 중년 남자의 사연을 지켜보며 감사함과 미안함을 가진다. 이에 작가에게는 어떤 독자가 좋은 독자일까, 나는 또 어떤 독자였을까를 고민한다. 그녀는 부족함을 지적하는 말을 받아들이는 너그러운 글쟁이가 되기 위해 노력한다. 또한 웃음과 울음을 보내준 독자들의 태도에 감동하며 건강과 행복을 기도한다.

수필은 정신적 풍요로움을 제시하는 문학이 아닐까. 독자의 삶에 감동과 교훈을 제공하여 지침서 역할을 할 수 있다. 이러한 점을 전제로 할 때 「독자론」은 관용적 태도와 삶의 가르침을 제시한다는 데에 의미가 있다. 그 외에 인류애를 주제로 하는 박태병의 「남자의 가을」을 소개하고 싶다. 가을은 남자의 계절이라 했던가. 산책 어귀에 들른 도서관에서 김혜자의 『꽃으로도 때리지 말라!』라는 책을 접했고, 서로를 안아주고 사랑하며 도와주는 것이야말로 인간 최고의 덕목이라는 사실을 깨우친다. 인류 구원의 의지로 살아온 그녀의 아름다운 마음에 감동하는데, 가을빛 사색에 잠긴 작가의 마음이 향기롭게 다가오는 작품이다.

3

　앞서 말한 에리히 프롬의 사랑은 다양한 관점으로 해석할 수 있다. 먼저 역지사지의 의미이다. 우리는 충분히 공감한다는 말을 자주 하는데, 이 말은 '당신의 입장은 이해해요', '그 마음 충분히 알고 있어요' 정도가 될 것이다. 타인의 입장을 이해할 수 있는 건 나 또한 그와 같은 경험을 했기 때문이다. 이와 다르게 철저하게 자신을 타자의 입장에 두는 경우도 있다. 이는 직접적 체험이 아닌 자신을 거울에 반영해 보는 것이다. 보편적이고 객관적인 입장에서 자신의 본모습을 바라보고 평가하는 것을 뜻한다. 이러한 태도는 주관적이고 이기적인 방식으로 보는 것과는 대조적이다. 상대의 위치, 상황, 입장 등을 고려하여, 내 모습이 과연 올바른 것인가에 대한 탐색을 바탕으로 해야 가능하다.

　수필은 공감의 문학이다. 특정 대상에 대한 애착, 일상의 경험과 결부시켜 글을 쓰고, 관객들의 공감을 통해 작품이 완성되는 일련의 과정들을 거친다. 대상에 대한 관찰과 정서적 몰입이 글의 재료와 주제가 되는 것이다. 또한 인간 본연에서 발현되는 사랑의 감정은 그 무엇보다도 중요한 원동력이다. 자신에 대한 자긍심이 없다면, 대상으로 향하는 에너지를 발현하지 못할 것이고, 대상에 대한 애정을 철회한다면 새로운 가치를 발견하지 못할 것이다. 따라서 사랑은 자기로부터 시작하여 인류애로 나아가는 힘이다.

인류가 탄생한 이래로 사랑에 대한 연구는 지속되어 왔다. 과학자들조차 사랑의 기한이나 호르몬 변화 등의 결과를 내놓았다. 그러나 사랑에 대한 객관적 해답은 없다. 보편적 상식이란 것도 살아온 환경에 따라 그 기준이 불분명한데, 변화무쌍한 사랑을 논리적인 틀에 묶을 수 없다. 단지 수많은 경험을 통해 사랑의 본질을 깨달을 뿐이다.

본 평론은 사랑에 관한 작가의 생각들을 모아 정리한 글이다. 대체로 자기애로부터 타인을 향한 희생, 관용 등과 결부되지만, 이 모든 것은 사랑의 또 다른 형태가 될 것이다. 수필이 담아야 할 본연의 감정과 의식을 다뤘다는 점에 주목해야 할 작품들이다.

II

작품평

삶의 고난과 운명에 대한 사랑
- 김정애의 수필세계

1

독일철학자 니체는 참혹한 현실 세계를 관조하고, 인간의 한계점을 인정한 사상가이다. 인간이 자유의지를 통해 주체적인 삶을 살 수 있다는 가능성을 제시한 인물로도 유명하다. 그는 동일한 것을 무한 반복하는 영원회귀의 관점을 제시하면서, 고난과 어려움을 극복하는 적극적 삶의 방식인 운명에 대한 사랑을 강조한 바 있다. 이는 운명을 대하는 방식, 즉 체념이 아닌 새로운 가치를 실현하려는 의지를 말한다. 필자가 작품 분석에 앞서 니체의 사상적 특징을 설명하는 데에는 나름의 이유가 있다. 김정애의 에세이『내 마음의 엑스레이』는 치열하게 살아온 그녀의 삶이 녹아있을 뿐 아니라 생의 이면을 밝히려는 철학적인 면모가 돋보이기 때문이다. 현재에 안주하지 않는 그녀의 도전 정신을 보면, 니체가 말하는 초인의 삶에 부합하는 측면이 있다.

문학이란 각자의 생각을 전달하고 인간성을 탐구하는 데 목적이 있다. 특히 수필은 개인의 삶을 통해 성찰의 기회를 제공하는 친숙한 장르로, 인간성 본질을 탐구하는 데 매우 용이하다. 대체로 시대적 상황이나 표현 방식의 난해함이 없어 독자들이 혼란을 겪을 일이 적다. 그럼에도 형상화 과정, 즉 의미화 작업이 예술적 가치를 높인다는 점을 명심해야 한다. 철학적 사색이 수필의 품격을 만든다는 점도 잊지 말아야 한다. 이에 필자는 김정애의『내 마음의 엑스레이』가 철학과 심리학적 관점을 토대로 문장의 형상화와 주제의 의미화를 이루고 있다는 데 주목했다.

김정애의 수필집은 문학, 철학, 심리학, 정치, 사회 등의 다면적인 분석이 가능하기 때문에 해설적 측면으로 보면 확장성이 매우 크다. 따라서 필자는「길」,「거울」,「그림자놀이」,「소꿉놀이」,「인연」,「손톱」 등의 작품을 선별하여 다면적 관점으로 분석하였다. 작품 안에 숨겨진 철학적 의미와 심리학적 관점을 밝히며, 작가의 주제 의식을 분석하는 데 주력했음을 밝힌다.

2

많은 사람들은 자기 성찰을 평생의 화두로 삼는다. 나는 누구인가. 나는 왜 슬퍼하는가. 나는 왜 불안한가. 끊임없이 스스로에게 자문을 구하지만, 명확한 답을 찾을 길 없다. 그저 자기와 대상, 세계를 향한 의구심을 해소하기 위해 노력할 뿐이다. 인간은 자유로운 존재로, 선택에 대한 책임은 온전히 자기 자신에게 있다. 어떤 선택을 하느냐에 따라 삶의 노선이 달라지는 것이니, 불안과 허무로부터 완전히 벗어날 수 없다. 그러나 자신이 처한 상황이나 현실을 주시한다면, 어떠한 어려움에도 당당히 대처할 수 있다.

　　그러면 나의 인생은 무사한가? 말 잘 듣는 착한 아이, 착한 친구, 착한 제자, 착한 아내, 어른이 하라는 대로 혹은 주변의 요구를 알아서 맞춰 가며 살아온, 소위 착하다는 삶이 결코 건강하지 못한 삶임을, 나 자신이 처절히 부수어지고 난 다음에야 깨달았다. 착해야 한다고 무수히 긍정 강화했던 어른들의 가르침은 어릴 때나 통하는 동화였다. 착함으로 모든 상황을 해결할 수 있는 힘은 성인의 반열에 들 수준에서나 가능한 얘기였다. 그럼에도 전전긍긍 남의 평가에 연연하는 삶을 쉬이 청산하지 못하고 인정을 받는 대상만 바꾸어갔다. 그렇게 열정과 시간을 소비하며 스스로를 허비했다.

- 「길」 -

　　작가는 「길」에서 자신을 심각한 길치라고 소개한다. 완공되지 않은 텅 빈 아파트 주차장에 들어선 그때, 그녀가 느꼈을 공포는 얼마나 컸을까. 또한 머리칼이 서릿발같이 서던 공포를 반복하는 이유는 무엇일까. 혼쭐이 나 도망치듯 벗어났던 그녀가 자신의 어린 시절을 소환된 데에는 몇 가지 이유가 있다. 먼저 필자는 길 찾기에 대한 트라우마가 반복적으로 일어난다는 데 주목했다. 공포스러운 과거를 무의식적으로 반복하고자 하는 충동은 소외된 자아를 없애기 위한 정신 활동이다. 「길」의 서두 부분에서 길을 잃은 자신에 대해 '괴물에 쫓기는데도 저만치 가족들이 둘러앉아 저희끼리만 다정하던 어릴 적 꿈 같이, 나는 이 길에서 소외되었다'라고 말한다. 그 외 '나는 의지처가 없으면 길을 제대로 다닐 수 없는 장애자, 즉 혼자서는 목적지를 찾아 길 떠날 자신감이 없는 길치다'라는 고백을 통해 소외된 자아를 표면 위로 드러낸다. 이는 「선로」나 「엇박사」 등의 작품에서 밝힌 경쟁 사회에서 소외된 자아로 살았던 자신에 대한 위로이다. 또한 엇박자의 삶을 사는 동안에 느꼈을 불안을 소멸시키기 위한 행위로 보인다.

반면 길을 잃는다는 것은 새로운 기로를 개척할 수 있는 기회가 된다. 기성세대가 만들어 놓은 모범 답안에 충실히 따르던 삶을 철저히 부수고 자신만의 길을 걸어가는 것이다. 우리는 위 인용문을 통해 주체성을 상실한 채 수동적으로 살아온 작가의 지난 삶을 유추하며, 그녀의 답답한 심정을 읽을 수 있다. 그것은 지난 삶에 대한 거부라기보다 내면의 진실과 마주하는 순간이라 하겠다. 작가는 오랜 기간 길을 잃지 않기 위해서 진정 내가 가고자 하는 길인지 자문한다. 이에 「그리스인 조르바」의 주인공이 주체적 삶을 살고 있는지, 「화엄경」의 선재가 고집멸도의 이치를 통찰했는지와 같은 사례를 꺼내 무위의 이상향을 보여 준다. 또한 우리는 '눈감아도 떠지는 형형한 눈으로 나를 들여다보고 내밀한 지혜의 빛이 뿜는 방언에 귀 기울이리라'라는 구절을 통해 이상으로 나아가려는 구도자적 면모를 눈치챌 수 있다.

그러자 거울 속의 나는 고개를 끄덕이며 넌 더 잘할 수 있다고 파이팅을 외쳐 준다. 좋은 일이 있을 때도 다가가 얘기를 해 주면 역시 그럴 줄 알았다고 격려해 준다. 언제나 나를 완벽히 이해해 주고 언제나 내 편인 나의 둘 없는 친구다. 그렇다고 늘 좋은 말만 하는 것은 아니다. 게으름을 나무랄 때도 있고 무심함을 질타할 때도 있다. 그래도 그 끝은 한결같이 격려다. 이렇게 든든하고 진실한 친구가 세상에 어디 있으랴.

-「거울」-

「거울」은 대상에 대한 이중성을 분석하는 작가의 인식 능력을 보여 준다. 그녀는 '눈은 자신을 볼 수 없다. 제가 붙어있는 얼굴조차 볼 수 없는 불완전하고 모순적인 존재다'라는 구절을 통해 우리가 얼마나 불완전한 존재인지를 보여 준다. 색채, 모양을 통해 대상을 구분하는 눈은 진실된 자기를 소외시킨다. 시각을 통한 구별은 아름다움에 대한 변별력을 만들고, 사회적 계층이나 성격적 특성을 구별 짓는다. 이에 자신의 실체를 알기 위해서는 시각이 아닌 내면을 비춰줄 거울이 필요하다. 아름답게 치장한 자신의 모습을 확인하고, 내면의 결핍을 메울 수 있는 도구가 되기 때문이다.

이제 거울이 자기애를 발현시키는 도구이자, 반성적 자각의 상징물이라는 사실을 거부할 수 없다. 일반적으로 거울은 자아를 강화시켜 주고 자신감을 북돋워 주는 존재이지만, 작가는 거울 속 자아를 내 편인 나의 둘도 없는 친구로 지칭한다. 우리는 '거울 속 그는 나의 은밀한 애인이지만 둘이 하나가 되고자 하는 무화가 아니라 스스로 완전해지고자 하는 것이다'라는 그녀의 말에 주목해야 한다. 작품 서두에 소개하고 있는 리비도적 자기애는 프로이트의 주요 이론의 하나로, 리비도가 자기 자신에게 쏠려 있는 상태를 말한다. 자기애는 건강한 자아를 유지하는 것으로, 거울 속 자아는 나르시시즘의 긍정성을 극대화한 표현이다. 그러나 자기애의 과용과 몰입은 심각한 부작용을 초래한다. 작가가 '둘이 하나가 되고자 하는 무화의 단계를 거부하고, 완전해지고자 노력한다'라는 설명을 덧붙인 이유도 여기에 있다. 작가는 허상과의 동일시를 통해 무화 상태로 나아가는 것을 경계하려 한다.

인간 본성에 관한 물음은 인간을 이해하는 가장 기초적인 작업이다. 우리는 오랜 기간 본성에 대한 물음을 제기해 왔고, 이는 사회에서 벌어지는 일련의 사건들에 대한 논쟁으로 이어졌다. 그럼에도 불구하고 많은 사상가들이 이에 관해 의문을 제기하는 건 인간에 대한 기대심 때문이다. 인간성 탐구를 위해서는 먼저 양면성, 즉 선과 악, 사랑과 욕망, 이성과 감성, 의식과 무의식에 대한 이해가 전제되어야 한다. 특히 양면적 특성을 대립의 개념이 아닌 서로 상호작용하는 심리적 실체로 봐야 한다.

우리가 당연하다고 생각하는 관습이나 내 생각에 대해 스스로 의심해 봐야 하리라. 큰 그림자 속에서 내 그림자를 못 느끼는지 늘 점검해 볼 일이다. 아이들의 그림자놀이와는 달리 어른들의 그림자놀이는 글을 읽고 쓰고 대화로 소통하는 놀이다. 기꺼이 내 그림자를 드러내고 남의 그림자도 밟으며 더 나은 개인과 사회를 지향하며 고뇌하고 웃고 즐겨보는 건 어떠리.

-「그림자놀이」-

「그림자놀이」는 관습이란 미명 아래 타인을 억압하는 권력자들의 횡포를 고발하는 작품이다. 서두에 아이들과 어른들의 그림자놀이를 대조적으로 설명하는 부분이 인상적이다. 누구나 공평한 관계에서 어떠한 목적 없이 서로의 뒤를 쫓는 행위만으로 즐거움을 찾을 수 있는 것. 그것이 바로 놀이이다. 반면 작가는 인권을 유린하며 어두운 그림자를 숨기기에 급급한 모습을 어른들의 그림자놀이로 표현했다. 주로 갑질형 성폭행이나 공무원 비리 등의 행위를 예시로 제시했는데, 이는 권력의 비도덕성과 범죄의 위험성을 알리기 위한 의도로 보인다.

그림자란 콤플렉스와 같이 무의식에 내재된 자기의 유약한 부분을 말한다. 통합심리학자 켄 윌버는 자신의 그림자를 외부로 밀치는 순간, 자신과 해리되어 더 이상 대면할 기회를 갖지 못한다는 점을 경고한다. 이와 같이 작가는 '큰 그림자 속에 들어가면 내 그림자는 안 보인다'를 통해 자신의 그림자를 인지하지 못할 때 부도덕한 행동이 발생한다는 점을 지적한다. 또한 그림자를 대면하고 사회를 변화시킬 수 있는 가능성을 제시하는데, 읽고 쓰고 대화로 소통하는 그림자놀이가 그것이다. 이를 통해 작가는 현대인들이 자신의 치부를 드러내며, 상대방의 과오를 과감히 비판할 수 있길 바란다.

소꿉놀이도 현실도, 열망하는 이름표가 있고 떼어내고 싶은 이름표가 있다. 또 다른 이름표를 위한 희생이거나 발판을 위해 단 이름표도 있다. 현실은 소꿉놀이처럼 쉽게 역할을 바꿀 수는 없다. 그래도 역할의 무게와 가치만은 동등하게 보려는 우리의 노력은 불안과 과도한 지위 욕망을 잠재우는 방법이 되지 않을까. 지위에 대한 욕망과 갈등은 한 바탕 소란한 소꿉놀이일 뿐이다. 이생의 장면이 끝날 때도 가져갈 만한 소중한 것일까 생각해 봐야 하리라. 그 전에 인생은 그저 소꿉놀이라는 가벼움이 위안이 된다.

- 「소꿉놀이」 -

「소꿉놀이」는 지위와 역할에 탐닉하는 현대인들의 심리적 이면을 분석한 작품이다. 개인은 필연적으로 역할을 부여받고, 그 위치에 맞는 책무를 다하며 살아간다. 각자가 주어진 책임을 다할 때 사회 내 질서를 유지할 수 있기 때문이다. 그러나 현대 사회에서 역할은 곧 권력의 꽃이다. 경쟁의 원리를 강화하는 사회적 여파에 따라 지위와 권력에 눈먼 사람들이 속출한 다. '이름표들은 갑의 입장이 되었다'라는 말은 이러한 상황을 단적으로 표현하는 부분이다. 작가는 '그물 같은 사회에서 다른 범주에 돌아오면 지위가 재역전되기도 하기에 한 지위에 고착된 생각과 행위는 어리석다'라며, 지위 획득을 위해 맹목적으로 달려드는 이들에게 일침을 놓는다.

철학자 라캉은 대상에게 이름을 붙이는 순간부터 상징계의 덧씌우기가 시작된다고 말한다. 가령 교사라는 기표를 다는 순간부터 특별한 존재자로서의 역할을 수행해 주기를 바라는 기대심리가 작동되는 것이다. 과연 이름표는 지위 획득을 위한 것일까. 이는 사회적 책임을 다하고, 타인에 대한 봉사하는 마음을 전제로 할 때 의미 있는 것이다. 권위만 내세운 채 주어진 책무를 다하지 못하면 고독한 독재자로 남게 될 거라는 작가의 비판이 깊은 여운을 준다. 소꿉놀이는 실제 일어나지 않은 일들을 미리 재연해 보는 데에 즐거움이 있다. '지위에 대한 욕망과 갈등은 한바탕 소란한 소꿉놀이일 뿐이다'라는 작가의 말처럼, 역할에 대한 환상을 마음껏 누리는 것이 놀이의 목적이다. 권력과 지위는 영원할 수 없다는 특징을 포착해 놀이에 빗댄 것이다. 잠시 잠깐 권력을 맛보다 다시금 자기 자리로 돌아오는 것처럼. 이렇듯 작가는 고정된 자리에 연연하기보다 변화하는 자신을 반추하며 살아가길 바란다.

고통은 바로 아상에서 비롯된다. 아상이란 자신이 만들어 놓은 자아로, 자신의 처지를 자랑하며 남을 업신여기는 마음을 말한다. 나라는 존재에 집중한 채 타인을 인정하지 않는 태도에서 어리석음이 생긴다. 제행무상의 이치를 받아들이지 못해 세상의 변화에 적응하지 못하는 건 고립된 자들의 일반적인 견해이다. 반면 자신을 덜어 내고 공생의 길을 걷는다면, 개인의 행복을 넘어 세상을 바꾸는 힘을 갖게 된다.

나무는 비도, 햇살도, 바람의 사랑도 다 필요하다. 그 속에서 익어가기 때문이다. 많은 인연이 지나가고, 아니, 다 품고, 그는 우뚝 선 한 그루의 당당한 나무가 된다. 우리 인생도 그러하다.

- 「인연」 -

「인연」은 자연을 통해 인연의 소중함을 감각적으로 표현한 작품이다. 비의 생성 과정에는 수많은 존재의 땀과 흔적이 내재되어 있다. '한 방울의 빗물에 수많은 인연과 사연이 맺혀 있다'는 작가의 말처럼 만물은 상호 의존성을 가진다. 하나의 존재가 탄생되기까지 수많은 인연을 만나고, 그 과정에서 생멸의 순간과 마주한다. 이와 같이 불교적 시각은 '잎들이 내뿜는 숨결, 시골 아낙네의 땀방울, 가장의 짓무른 땀, 산짐승의 하품 등이 어우러져 한 방울의 빗물을 만든다'라는 부분에서 더욱 강조된다. 현재의 한순간은 우리들의 모든 과거를 포용하고, 현재의 존재는 미래의 우리를 규정한다는 연기론의 관점에 기대여 설명한다.

김정애의 「인연」은 서정적이고 감각적인 문체가 돋보이는 작품이다. 비의 생성과 나무의 성숙 과정을 감각적으로 그린다. 비의 발자국이나 첫사랑의 소리라는 심상은 자연에 생동감을 부여하는 동시에 사랑의 의미를 효과적으로 전달하는 요소이다. 한 그루가 성장하기 위해서는 비, 햇살, 바람이 보내준 사랑이 필요하다고 말한다. 이는 인생의 수많은 현상들은 상호 의존적 관계로부터 생성된다는 철학적 이치를 전달하기 위한 전략이다.

> 손톱이 잘려 나가는 자연스러움처럼 우리가 가족과 세상에 헌신하다가 훌훌히 잘려 나가는 것은 어쩌면 당연한 건 아닐까. 그동안 세상에 부양받으며 호강도 했으니 때가 되어 남은 세대를 위해 자리를 내놓는 일은 결코 애달파 할 일도 억울한 일도 아니지 않은가. '비정'을 '당연'으로 마음의 활자를 바꾼다.
>
> - 「손톱」 -

「손톱」은 가족과 세상에 혼신을 다한 이들에게 보내는 위안의 편지이다. 내용은 손톱의 슬픈 최후-헌신적 가치를 외면하는 대상에 대한 외침, 운명을 대하는 수용적 태도로 구성된다. 작품 초반에는 주로 화려함을 뽐내던 손톱의 비극적 운명을 상세히 묘사한다. 손톱은 손이 하는 모든 일을 보좌하는 역할을 맡아 왔지만, 추하고 불편하다고 여기는 순간 제거되어야 할 운명에 놓인다. 손톱은 타자의 욕망에 부응하며 살아온 희생적인 존재가 세상으로부터 무참히 외면당하는 모습과 닮았다. 작가는 헌신의 가치를 외면하는 인간의 몰인정함을 비판하면서도, 동시에 희생정신을 보여 준 이들에게 격려를 보낸다.

위 작품의 결말 부분인 '비정을 당연으로 마음의 활자를 바꾼다'라는 표현은 어떻게 이해해야 할까. 당연하다는 말은 마땅하다는 의미를 가지며, 주어진 상황에 대한 적극적인 수용을 의미한다. 다만 헌신하다 버려진 처지를 수용하기보다 인간의 유한성과 공생의 원리를 깨달은 달관자의 사고에 가깝다. 생로병사의 이치에 따라 변화하는 자신의 처지를 받아들이는 것은 소멸이 곧 생성의 시작이라는 연기론을 깨우친 자의 태도이다.

3

수필은 일상적인 경험을 바탕으로 인간의 본질을 탐구하고, 사상적 의미를 전달한다. 역사, 사회, 정치, 예술 등의 다양한 소재를 자유롭게 선택할 수 있고, 작가의 사색과 감정을 담아 독자들에게 감동과 깨달음을 전달하는 게 특징이다. 이를 위해 작가는 인간과 사회에 대한 비평을 비롯하여, 해박한 지식과 풍부한 감정을 효과적으로 전달하기 위해 노력해야 한다.

　김정애의 수필은 다층적 해석이 가능한 작품이다. 먼저 운명을 대하는 그녀의 긍정적이고 열정적인 태도가 내재되어 있다. 고난을 견디는 것에 그치지 않고 고난을 사랑할 수 있는 힘이 느껴진다. 자신에게 닥친 시련을 극복함으로써 한 단계 성장하려는 삶의 의지를 엿볼 수 있다. 또한 작품 전반에 숨겨진 철학적 이치들을 발견하는 데 묘미가 있다. 「길」과 「거울」에서는 주체적 삶을 위한 자기 성찰을 보여 준다. 내면에 소외된 자아를 발견하고, 삶을 개척하기 위한 능동적인 태도를 행복으로 가는 첫걸음으로 제시한다. 작가는 자신의 내면적 활동에 초점을 맞추어, 성찰의 중요성을 강조한다. 「그림자놀이」와 「소꿉놀이」는 지위와 권력을 이용하여 자신의 탐욕을 채우고, 타인의 이권을 빼앗는 행위를 고발하는 작품이다. 권력형 비리나 범죄의 이면에 숨은 인간 본성을 탐구하는 과정을 그리고 있다. 「인연」과 「손톱」은 경쟁 사회를 살아가는 현대인들에게 세상의 모든 현상들은 상호 의존적 관계로부터 비롯된다는 이치를 전한다. 주제의 의미화를 통해 작가의 주관적 의식 세계를 표출하고 있다. 대상에 대한 형상화를 기반으로 작가의 사상과 감정을 드러내고 있어 미학적 가치를 한층 끌어올렸다.

　김정애의 수필집 『내 마음의 엑스레이』는 뜨거운 삶의 의지뿐 아니라 날카로운 지성의 힘을 담고 있다. 그녀의 수필을 읽노라면 고통과 시련을 이겨 낸 견고한 소나무의 기품이 그려진다. 무엇보다도 철학적 사색이 그녀의 작품 전체를 이끌어가는 원동력이라는 사실을 알 수 있다. 반성적 성찰을 바탕으로 시대적 모순을 자각하려는 그녀의 의지가 한국 문단을 이끄는 불씨가 되길 기대해 본다.

행복한 삶을 위한 철학 에세이
- 김병국의 수필세계

1

오랜 세월 많은 사상가들은 행복에 관한 자신의 견해를 밝혀왔다. 철학자 아리스토텔레스는 덕의 실천에서, 니체는 자기 초월에서 그 의미를 찾았다. 그럼에도 우리는 행복 사냥꾼을 자처하며, 투자와 소비에 매달린다. 남들보다 유리한 입지를 차지하는 데 혈안이 되어, 행복의 참의미를 상실하고 만다. 그 이유는 무엇일까. 행복 자체를 목적으로 여기는 어리석음 때문이다.

그렇다면 행복은 어디에서 비롯되는가. 선조들의 지혜뿐 아니라 성인들의 가르침에도 행복에 대한 이치는 남아있다. 가령 불교에서는 고통과 관련해 행복을 말한다. 인간의 분별심이 낳은 집착이 고통의 원인이 된다는 것이다. 그렇다면 고통의 고리를 끊기 위한 방법은 무엇인가. 무아의 경지를 이해하고, 실체가 없음을 자각하는 방법에 길이 있다.

김병국의 수필집 『보리밥 한 그릇과 막걸리 한 잔과 햇살 한 조각』은 이러한 불교적 세계관을 전제로 한 작품이다. 그는 생태주의적 관점에서 존재의 특성을 밝히고, 이상적 삶을 위한 자세를 연구했다. 자연주의적 세계관을 바탕으로 인간과 자연을 유기적 관계로 파악했다. 그 뒤 존재의 아름다움을 밝히고, 공존과 협동의 가치를 실현하기 위해 노력했다. 본 도서는 이러한 일련의 과정에서 파생된 결과물이다. 자연의 아름다움을 노래하고, 자신의 참모습을 찾으며, 행복을 구하는 삶의 방식을 소개하는 책이다. 생태주의적 관점을 바탕으로 너와 나의 경계를 없애는 구도자적 삶을 지향한다는 점에서 철학적 향기가 짙은 작품이다.

2

자연과의 공존을 이상적으로 본 이유는 뭘까. 자연은 무엇에도 의존하지 않고, 스스로 그러한 존재로서의 가능성을 실천하며 사는 존재이다. 반면 인간은 어떤 의도나 목적을 가지고, 대상을 간섭하거나 지배하려 한다. 내면의 결핍은 욕망을 만들고 외부적 갈등은 사회 혼란을 초래한다. 사회 균열은 마음의 번뇌와 육체적 고통을 안겨 주며 갈등의 씨앗이 된다. 그러나 해결하지 못할 문제란 없다. 자연과 조우하면서 내면의 그림자를 정화하면, 새로운 에너지를 얻을 수 있다. 자연의 순리를 따르며 욕망의 고리를 끊는다면 내적 평화를 찾을 수 있지 않을까.

밀물도 놓았다. 썰물도 놓았다. 죽음도 욕심인지 모른다.
마냥 밀려오는 파도를 웅크린 고슴도치같이 칼날을 세우고

막고 있을 뿐이다. 그것이 유일한 기다림인 것처럼. 먼 별빛
은 어둠 속 깊이 돌아앉은 놈을 품으면서 말한다. 피할 수 없
는 당신만의 밀물이라고…. 그렇다면, 이젠 등짝으로 파도
를 막지 않으리라. 칼날을 거두고 비록 숭숭한 빈 가슴이더
라도 당당하게 부딪히리라. 무섭고 부서지더라도 두 눈을
똑바로 세우고 파도를 놓지 않으리라. 밀물도 나의 삶이 아
닌가. 밀리더라도 슬픔을 품고 가리라.

- 「밀물의 한 가운데에서」 -

작가는 텐트집과 여성을 관조적인 시선으로 바라본다. 시레저수지
둑길에 위태롭게 서 있는 외딴집은 낭떠러지에 걸려 있는 듯 아슬아슬
하기만 하다. 막다른 길인지 밀려온 것인지 알 수 없는 의문스런 집 한
채. 그는 엉성한 비닐과 검정 차단막으로 둘러싼 집 앞의 여성을 지그시
바라본다. 여인을 향한 시선은 행복의 일상성을 드러내는 관점이다. 찰
나의 순간이 곧 삶의 여유가 되길 바라는 마음을 반영한 것이다.

작가는 무료급식소와 관련해 사람들의 심리를 추측해 본다. 음식을
먹는 행위는 허기진 배를 채우기 위한 생존의 문제만은 아니다. 삶의 정
당성, 존재의 이유를 인정받는 애정의 문제이다. 무료급식은 그리움의
대상이 되고픈 그 마음을 헤아려 주는 행위로 볼 수 있다. 삶의 풍파를
견디며 살아온 그들에게도 사랑과 희망의 손길이 필요하지 않을까. 작
가는 작품 초반에 소외된 사람들, 즉 텐트집 여성과 무료급식소를 찾은
사람들을 연결하여, 고단한 삶의 궤도를 만들어 내는 데 성공한다.

「밀물의 한 가운데에서」는 인간사를 자연 현상인 바다에 빗대어 설명

한다. 비극적인 상황을 밀물에, 내면의 강인함을 고슴도치로 표현한다. '밀려오는 허무의 올가미에 목을 매달 수밖에 없었던 상황'에 공감하는 마음을 서술한다. 동시에 '밀려오는 파도를 칼날을 세운 채 막아내는 고슴도치'로 표현하면서, 모두가 삶의 여정에 당당히 맞서길 응원한다. 무엇보다 중요한 것은 민물이든 썰물이든 그 본질은 변하지 않는 데 있다. 삶도 마찬가지 아닐까. 고통도 삶의 일부분이라면, 그 사실을 받아들이는 순간 대항할 힘이 생긴다. 자신의 의지로 막을 수 없다면, 그 흐름에 자신을 맡기는 것도 혜안이 될 것이다. 작가는 호화주택이든 텐트든 땅에 뿌리를 내린 건 매한가지니, 일상 속에서 아침을 맞이할 수 있는 순간에 집중하라고 말한다. 고통의 바다를 견뎌내는 자만이 행복의 씨앗도 심을 수 있는 법이니까.

　　　한순간도 멈추지 않고 변화하는 흐름, 그게 그의 본성이다. 흐름은 멈춤이 없기 때문에 어느 한순간도 흐름이 아닌 것이 없다. 흐름 자체가 참 나다. 그런데 우리는 무엇인가 잡으려는 삶을 살기에 그것에 속박되어 자신의 정체성을 잃고 자기만의 의미를 찾기 위해 역류하려고 한다. 물은 아무리 움켜쥐어도 주먹 쥔 손안의 모래같이 빠져나간다. 흐름의 진리를 안다면 바다가 끝이 나리라는 것을 알고 두려움에서 자유로울 수 있을 텐데.

－「물은 흐른다 2」－

　「물은 흐른다 2」는 백양산 정상에서 떠올린 상념들을 물 흐르듯 써 내려간 글이다. 변화무상한 인간의 특성을 물에 빗대어 형상화한다. 고통도 즐거움도 모두 지나간다는 삶의 이치를 자연을 통해 설명한다. 인간의 이상적 삶을 '이슬같이 순수하고 맑다', '서두르지 않고 끊임없이 이어진다'는 물의 본질과 관련짓는다. 맑고 깨끗하게 흐르는 물은 다툼이 없다. 이러한 물의 특성은 삶의 지혜를 터득한 자의 넋과도 같다. 많은 학자들이 노자의 상선약수를 들어 도를 설명한 이유도 여기에 있다. 작가는 물을 매개로 집착과 아집에 스스로를 가두지 말라고 당부한다. 물이 끊임없이 흘러 바다에 이르는 것처럼 인생도 그 흐름에 맡겨 보라는 의미이다.

우리는 길흉화복과 희로애락의 흐름을 막을 도리가 없다. 인간은 유한한 존재로 자연의 흐름에 역행할 수 없는 존재이다. 그렇기에 한순간도 멈추지 않는 자연의 이치를 수용하라고 설득해야 한다. 인간이 자연의 진리를 터득한다면 번뇌의 고리를 끊어 낼 수 있기 때문이다. 물은 생멸의 과정과 다르지 않기에, 존재의 본성과 삶의 이치를 밝히는 수단이 될 수 있다. 「물은 흐른다 2」는 자연을 통해 속박과 억압 속에서도 자유로워지길 바라는 바람을 담은 글이다.

우주를 품은 풀잎 끝의 이슬방울은 끝을 모르는 흐름을 연다. 흐름은 흐름을 잉태하고 새로운 기쁨을 찾는다. 멈출 수 없는 환희는 어느새 삶의 멍에로 다가온다. 흐름은 자연의 삶이다. 멈출 수 없다. 멍에를 내리려고, 여울목에서 물거품을 일으키면서 격렬한 몸부림을 쳐본다. 하지만 거머리 같은 기억의 무게를 떨치기엔 역부족이다. 꼬리에서 솟구친

혈액은 머리에서 곤두박질치면서 폭포가 된다.

- 「폭포」 -

작가는 폭포의 본질을 파헤쳐 수도자의 삶에 다가간다. 끊임없이 낙하하는 폭포의 형상을 고행에 빗댄 것이다. 폭포의 순환을 낙하, 반복, 자멸, 깨어짐, 새로운 종소리로 구분하는데, 그중 자멸은 자신에게 행하는 고행을 뜻한다. 고행은 정신적 성숙을 얻기 위해 신체에 가하는 고통을 말한다. 신체적 고통이 아니더라도 아집과 편견을 깨는 일체의 행위, 즉 무아를 향한 내적 수양과도 연관된다. 폭포는 자멸하는 순간을 반복하는데, 이는 독선과 아집을 깨는 수행에 가깝다. 「폭포」의 자멸은 생멸의 의미로 한정하기보다 자아를 깨는 과정, 즉 깨달음을 체득하는 순간으로 해석해야 한다.

또한 폭포수를 뇌성벽락이라는 청각적 이미지로 표현한 이유는 뭘까. 속박과 경계에서 벗어나 자유를 만끽하는 순간에 집중하려는 듯 보인다. 고행은 자신의 틀을 깨부수는 행위이니 파괴력과 인내심이 요구될 것이다. 그런 의미에서 수행의 과정을 벼락에 빗댄 것은 예리한 판단이다. 자신의 아집을 깨고, 새로운 존재로 탄생하는 순간을 기록한 것이니, 그만큼 강렬하게 다가올 수밖에 없다. 단절과 충격은 새로운 탄생을 위한 출발점이 될 수 있다. 그러니 그 순간을 벼락으로 표현한 작가의 의도를 명확히 파악해야 한다.

자연은 위대한 스승이다. 예술가들이 사색을 즐기며, 탐색전을 벌인 곳 모두 자연이었다. 레오나르도 다빈치를 위대한 관찰자라 부른 이유도 여기에 있다. 그는 온갖 자연물을 스케치로 남기면서 존재의 본질을 탐색하는 데 성공했다. 중국 철학자 노자는 스스로 세상과 공존하기를 바랐던 인물로, 존재에 대한 물음에 답을 구하기 위해 자연을 택했다. 이렇듯 중용과 포용의 원리를 깨우쳤으니, 위대한 창조자는 자연에서 탄생된다는 말이 틀린 게 아니다.

친근감이 들고 마치 나를 보는 것 같다. 산을 보면서 나의 참모습을 깨닫고 싶다. 십여 년 산행했지만, 아직 내가 나와 함께 있으면서 함께 있음을 모른다. 왜 그럴까. 무언가 찾으려 하고, 더 나은 내가 되려고 애쓰기 때문에 나를 발견하지 못하고, 그것에 얽매이는 게 아닐까. 있는 그대로 나를 보고, 지금-여기 그대로의 삶에 머무르자. 그건 발바닥과 산길의 접촉 느낌을 놓치지 않는 것이다. 그것만이 실재고 다른 것은 생각이다. 그러나 산에 머물지 못하고 도시의 네온사인에 쌓여 방황하는 나를 어찌하랴. 침묵이 바람 소리만 솔잎 사이를 흔적도 남기지 않고 지나간다. 무심코 바람의 흔적을 찾으려는 나를 발견한다.

- 「산과 나」 -

흔히 문학에서 인생을 산에 비유한다. 상승과 하강이 삶의 굴곡과 닮았기 때문이다. 산의 능선과 바위는 인간의 형상을 품고 있다. '등뼈와 같은 능선', '핏줄과 같은 산자락'은 인체의 유사성과 관련된다. 자연물인 바위를 '합장하는 바위', '주먹 바위'로 부르면서 인간에 빗댄 이유도 이와 같다. 「산과 나」에서 '마치 인간의 핏줄이 상호 연결되어 꿈틀거리는 것 같다'라고 표현한 것은 산의 생명력과 활동성을 강조하기 위해서다.

우리가 산을 만나는 진짜 이유는 뭘까. 그 본심은 자아를 발견하는 데 있다. 작가는 산길을 오르는 순간을 참자기와 만나는 지점으로 인식한다. 그는 진짜 자기와 만나는 지점을 생각과 감정이 비워지는 순간으로 기록하고 있다. 사색을 즐기는 그만의 방식일지 모르지만, 산을 삶의 연장선에 놓는다. 산의 본질을 탐구하면서, 삶의 이치를 깨달을 수 있기 때문이다. 자연을 통해 고통을 대하는 지혜를 배울 수도 있다. 지친 영혼이 마음의 고향을 찾듯 치유의 공간이 되어 주는 곳도 자연일 것이다. 번뇌와 상처를 지울 수 없을지라도, 영혼을 살라 먹게 놔둘 수는 없다. 그렇기에 그는 '기억은 실재가 아닌 과거고, 자동 습관적으로 생각에 사로잡혀 속박될 수 있다'는 점을 지적하며, 산행을 통해 새로운 나와 접촉할 것을 권한다.

> 누구라도 인생의 길에는 정상이 없는 사람은 없고, 오름과 내림이 없는 사람은 없다. 정상의 이름이 다를 뿐이다. 정상이 많은 과정 중의 하나라면 최종 목적지는 어디일까. 원점으로 다시 돌아오는 것이다. 산을 품고 내려오는 것이다. 정상을 품고 현재의 삶으로 되돌아오는 것이다. 산은 끊어지지 않는 대지의 흐름이고, 산행은 그저 길을 갈 뿐이다.
>
> - 「산행」 -

「산행」은 산이 심신을 회복하는 치유의 공간임을 입증하는 작품이다. 먼저 산행은 몸의 근육을 키워 삶을 활기차게 만든다. 동시의 마음을 훈

련시켜 회복탄력성을 강화하는 데 도움이 된다. 이를 증명하기 위해 작가는 산행을 처음 시작하게 된 계기를 밝히며, 수년 전 사업 투자 사기로 고통받았던 과거를 고백한다. 그는 화나는 마음을 해결하기 위해 산행을 택했고, 가파른 오르막을 내딛는 순간 생각의 단절을 경험했다. 마음의 짐을 내려놓기 위해 찾았던 산에서 다시 태어나는 힘을 얻은 것이다.

이렇듯 산행의 최종 목적은 정복이 아니다. 정상의 정복이 아닌 다시 원점으로 돌아오는 과정에 있다. 산을 오르는 행위는 가쁜 호흡, 신체적 고통이 따를지언정 마음의 정화와 영혼의 순수함에 이르는 구원 의식과도 같다. 「산행」은 고통의 무게를 잠시 내려놓고, 세상과 마주하는 힘을 획득하는 순간을 기록한다. 이 지점에서 우리는 인생의 굴곡과 마주할 용기와 지혜를 배울 수 있다.

맛에 길들여지면 사각의 테두리는 무소의 철창보다 강대한 힘을 가진다. 그 힘은 새로운 나를 만든다. 철창 속에 자신을 스스로 가두고 족쇄를 채우고 검투사처럼 사육한다. 사각에 갇힌 그는 칼춤으로 울분을 달래보지만, 철창에 채우고 검투사처럼 사육한다. 사각에 갇힌 그는 칼춤으로 울분을 달래 보지만 철창에 부딪히는 날카로운 쇳소리만 되돌아올 뿐이다. 이젠 비록 배고프고 외롭더라도, 도둑고양이라고 불리더라도 하늘을 향해 마음껏 울부짖을 수 있는 광야로 나갈 거다. 철창을 부수고 족쇄를 풀고 나갈 거다. 자신이 만든 것은 자신이 부셔야 한다.

- 「마지막 밥상」 -

「마지막 밥상」은 격투기 선수가 환희를 만들어 내는 과정을 상세히 묘사한다. 승리에 굶주린 선수들의 모습을 '사나운 짐승', '시한폭탄', '사냥하는 늑대'로 서술하면서, 환희를 위한 열정과 용기에 박수를 보낸다. 한편으로는 삶이란 언제나 승자와 패자로 나눌 수 없음을 지적한다. 승리자가 되는 길은 공공의 적과 대적할 상황일 때만 가능하다. 작가는 누가 더 강한가를 가리는 로마 시대 콜로세움을 예시로 들어, 제어할 수 없는 힘의 원천은 적을 굴복시키는 순간에 발휘되어야 함을 강조한다.

또한 밥상과 관련해 자신의 일화를 소개한다. '사각의 링'을 '밥상의 틀'로 치환하며, 격투기장으로 향하던 시선을 밥상으로 돌린다. 사각이라는 형상을 그대로 수용하면서, 인간이 가지는 한계점과 일탈의 가능성을 제시한다. 가장 돌아가고 싶은 순간이 가장 후회했던 순간이라 했던가. 작가는 청년회 활동 시절을 떠올리며, 내면의 화를 억누르지 못해 밥상을 던진 과거를 떠올린다. 자신의 아집에 사로잡혀 아내에게 추한 모습을 보인 자신의 과오를 반성하는 것이다.

행복은 마음에서 비롯된다. 일상적 존재에 가치를 부여하는 순간, 평범함은 비범함으로 바뀐다. 아스팔트에 아슬아슬 피어있는 민들레, 햇빛 찬란한 소나무, 소곤소곤 잠든 아이의 미소까지. 어느 것 하나 평범하지 않은 게 없다. 그러나 모든 번뇌를 끊고 찰나의 아름다움에 집중한다면, 일상의 모든 것이 예사롭지 않게 다가온다.

지나간 삶을 생각해 보면 우리는 중요한 것, 특이한 것, 드라마틱한 것은 기억하기에 긴 시간 같이 느끼고, 사소한 것, 일상적인 것은 기억하지 못하기에 무상하게 느끼는지 모른다. 그런데 실제로 살아보면 특이한 사건은 순간이고, 일상적인 것이 대부분이다. 특이한 것도 곧 일상이 되고, 그렇게 원하는 일탈의 자유스러운 느낌도 순간이고, 곧 일상이 된다. 그만큼 우리 삶은 일상의 연속이다. 우리에게 정말 소중한 것은 기억에 남는 특이한 것이 아니라, 기억하지 못하는 사소한 것, 일상적인 것이 아닐까. 만약에 방송 드라마 같은 드라마틱한 삶을 산다면 과연 행복할까.

-「일상과 무상」-

「일상과 무상」은 하산하며 느꼈던 감정과 생각들을 담았다. 하산을 원점으로 회귀하는 순간이라 말한 이유는 뭘까. 세월의 무상함에 우울함이 서리지만, 비워야 할 때 모르고 채우는 게 인간이 아닌가. 본 작품은 우물 안 개구리처럼 한계를 벗어나지 못한 채 살아가는 인간의 어리석음을 비판한다. 일상의 소중함을 깨닫길 바라는 진심을 전하면서, 인간이 헛된 욕망에서 벗어나 자유와 행복을 찾길 바란다.

'하루는 길지만 100년도 찰나의 순간과 같다'라는 표현은 무상의 진리를 꿰뚫는 말이다. 특별함은 일시적 감정으로 소비된 채 사라지니, 허무의 감정들은 매 순간 경험하는 일이 된다. 이는 행복이란 특별한 무언가에 있지 않다는 것. 대상과 실체에서 찾을 것이 아니라 일상을 살아가는 동안에 발견된다는 점을 명시한다. 행복의 씨앗은 목적도 시간도 아닌, 일상을 살아가는 마음에 있다. 이에 「일상과 무상」은 삶의 무상함을 깨닫고, 일상의 순간들에 집중하길 바라는 마음을 기록한 글이다.

생각은 과거와 미래고 욕망이 들어간다. 그러면 진실한
행복을 느낄 수 없다. 행복은 단지 일어나고 사라지는 현상
이고, 느끼는 순간에만 있다. 오늘 일어난 희열감은 과거의
것이 아니라, 새로운 것으로 지금-여기의 느낌이다. 그런데
어리석은 나는 생각을 생각일 뿐이라는 것을 알면서도, 나
도 모르게 자동으로 붙잡고 지속하려 애쓴다. 아, 어찌해야
할까.

-「보리밥 한 그릇과 막걸리 한 잔과 햇살 한 조각」-

「보리밥 한 그릇과 막걸리 한 잔과 햇살 한 조각」은 상념의 변화를 관
찰한 작품이다. 금정산 자락에 위치한 보리밥집, 창문 틈 사이로 비치는
햇살을 마주하며 들었던 상념들을 세밀하게 기록한다. '햇살 한 조각이
환하다', '안개비같이 온몸을 감싸고' 등은 찰나에 느꼈을 희열감을 생생
하게 표현한 부분이다. 그 뒤 본능적 쾌락, 즉 식욕에 빠져 정신적 평온
을 상실했다며, 행복은 영원할 수 없다고 토로한다. 무언가를 위해 애쓰
려는 순간, 행복은 구름처럼 사라진다는 진리를 몸소 체득한 것이다.
　행복은 괴로움이 사라지는 순간에 나타나며, 어떤 목적을 성취하는
것과는 별개의 감정이다. 행복이 아닐까 하는 순간에 행복은 사라진다
니, 영원히 붙잡을 수 없는 게 아닌가. 진정한 행복은 과거나 미래가 아
닌 찰나에 있으니, '지금, 여기 있는 그대로'의 감정에 충실하라는 의미이
다. 행복이란 먼 곳이 아닌 가까운 곳, 대상이 아닌 마음에 있으니, 애쓰
지 말고 마음껏 누리라는 것이다.

　　자전거 타기 취미인 자는 자전거를 구입할 때, 어떤 자전
거를 살지 미리 공부하고 고민하고 나서 산다. 구입한 후 숙
달시키기 위하여 연습한다. 자전거를 타기 위해서는 왼발을
페달에 놓고 오른발을 오른쪽 페달을 밟으면서 힘을 준다.
처음에는 균형이 잡히지 않아도 뒤에서 잡아주고, 균형이
잡히기 전까지는 무릎과 손바닥이 깨져 피가 나기도 한다.
그만둘 생각도 하지만, 균형이 잡히면 그때부터 쉬워진다.
바람같이 앞으로 나간다. 행복도 마찬가지가 아닐까.

- 「행복은 덤이 아니다」 -

　　「행복은 덤이 아니다」에서는 소유를 향한 노력이 오히려 불행의 끈이
될 수 있다는 점을 지적한다. 과연 남들보다 더 소유한다고 해서 만족을
얻을 수 있을까. 높은 직책에 올랐다고 해서 행복할 수 있을까. 쇼핑에
대한 기대심과 소유권이 평화와 안락을 보장해 줄까. 아니다. 행복은 소
유가 아닌 알아차리는 데 있다. 힘겹고 고통스런 순간을 이겨 낸 뒤 찾아
온다.

　　작가는 온몸을 타고 흐르는 전율, 그 뒤에 찾아오는 조화로운 마음
을 균형이라 말한다. 자전거 타기를 예로 들어 설명하는데, 균형은 좌충
우돌 적응기를 보낸 다음에야 찾아온다. 그것은 한쪽으로 치우치지 않
는 상태, 다시 말하면 긴장과 이완의 흐름에 자연스레 녹아있다. 아마추
어는 도구에 집중한 나머지 변화를 읽지 못하는 반면, 프로는 숙련된 기
술로 인해 상황 변화에 쉽게 적응한다. 균형 잡기는 프로가 되는 일과 같
다. 균형 잡힌 삶은 변화에 능숙하고 생각의 치우침이 없으니 소소한 일

상에도 즐거움을 누릴 수 있다. 이에 작가는 욕망과 절제를 아우르는 힘은 행복을 누리는 기술이라 말한다.

3

인간은 매 순간 행복하지 않을 수 없다. 그럼에도 우리는 왜 행복하지 않다고 여기는 걸까. 그것은 특별한 순간에 느끼는 유희가 행복을 보장해 줄 거라 착각하기 때문이다. 타자와의 관계 속에서 우위를 독점하고 돈과 명예를 획득하는 것, 그것을 최선으로 여긴다면 어떨까. 그러한 환상은 위험을 자처하는 일과도 같다. 돈과 명예에 집착하다 사랑과 건강을 잃고, 허무함과 고독에 시달리다 마음의 병을 갖기도 한다. 그렇다면 어떻게 살아야 할까.

『보리밥 한 그릇과 막걸리 한 잔과 햇살 한 조각』은 이러한 고뇌의 흔적을 고스란히 담은 책이다. 번뇌와 상념을 걷어내려는 일종의 수행 과정을 서술한 기록문이다. 작가가 던진 화두를 통해 행복의 원리와 구도자적 삶에 대해 생각해 볼 수 있다. 먼저 행복은 고통의 소멸이라는 명쾌한 답으로부터 시작한다. 또한 '지금, 여기 있는 그대로'의 아름다움을 느끼고, 사색과 치유의 공간인 자연을 통해 삶의 연관 고리를 찾을 수 있다. 결국 행복은 자연의 풍요를 누리고, 인간의 유한함을 깨우치는 것에서 시작된다.

또 다른 행복은 봉사와 사랑이다. 그는 「새로운 친구」와 「악어와 악어새」를 통해 참사랑의 실체를 보여 주었다. 봉사와 나눔을 실천하는 그에게서 밝은 에너지가 넘쳐난다. 설렘과 망설임으로 시작한 봉사활동이 이제 일상이 되었다니, 그야말로 행복이 아닐 수 없다. '자원봉사를 누가 남을 위해서 한다고 했는가'라는 그의 말에서 봉사의 참의미가 느껴진다. 봉사란 타인을 돕는 행위뿐 아니라 자신의 가치를 높이는 성장의 발판이 될 수 있기 때문이다. 무엇보다 봉사를 행복의 연장선으로 생각하는 그의 예사롭지 않은 인생관을 살펴볼 수 있다.

김병국의 『보리밥 한 그릇과 막걸리 한 잔과 햇살 한 조각』은 행복이라는 키워드를 중심으로 작가의 상념과 사색, 성찰의 과정을 담은 책이다. 많은 독자들이 행복의 근원을 찾고 자유를 만끽하길 원하며, 본 작품이 현대인에게 삶의 지침서가 되길 바란다.

철학적 사색과 구도자의 삶
- 김병국의 수필세계

1

사회는 인간의 충동을 조절하기 위해 많은 규범과 체제를 구성해 왔다. 규칙과 법규를 내세웠고, 이로써 갈등과 무질서를 해결했다. 나아가 전통적 규범들을 집단의식으로 획일화하려는 노력들이 이루어졌다. 반면 사회적 시스템에 적응하려는 주체적인 움직임도 일었다. 즉, 욕망과 충동을 제어하려는 작업들이 있었는데, 그 대표적인 것이 바로 예술이다.

문학은 인간의 본능과 욕망을 탐구하여 감동과 깨달음을 주는 대중예술이다. 언어를 통해 작가의 사상과 감정을 전달하는 데 매우 유용하다. 비유와 상징 등의 기술로 마음을 고양시키는 것뿐 아니라 삶의 이치를 발견하는 수단으로 쓴다. 특히 수필의 경우 사실성과 진솔함을 담아 독자의 공감을 이끌어 내기 쉬운 장르이기에 더욱 그러하다.

예술과 문학의 궁극적인 목적은 자신의 욕망과 정체성에 대한 해답을 찾는 데 있다. 일상적인 소재를 바탕으로 자신의 생각과 사상을 관철시키는 작업인 것이다. 이에 작품의 완성도는 작가의 끊임없는 고뇌와 노력으로 결정된다. 세상에 대한 탐색과 자기 성찰은 문학적 가치를 높이는 최선의 방법이기 때문이다.

여기, 세상과 소통하고 주체적 삶을 위해 고뇌하는 작가가 있다. 그는 철학적 사색과 구도자의 삶을 지향하는 작가 김병국으로, 이번에 첫 수필집『용이 된 물고기』를 출간하였다. '나는 누구인가, 왜 태어났는가, 행복이란 무엇인가' 등의 철학적 물음으로부터 고뇌, 수행, 깨달음에 이른 수년간의 사색과 노력의 결과물을 모았다. 자연, 인간, 사회를 접하면서 배우고 익혔던 인고의 과정을 고스란히 담아냈고, 삶의 이치를 통쾌하게 써 내려갔다.

필자는『용이 된 물고기』를 내용의 유사성에 따라 총 네 개의 장으로 나누었다. '제1부 연어', '제2부 주인을 찾습니다', '제3부 노 프라블럼', '제4부 산에 왜 갈까'가 그것이다. 작품의 목차와 관계없이 철학적 주제를 새롭게 엮어 아래와 같이 분류하였다.『용이 된 물고기』는 깨달음에 이르는 4단계-① 삶에 대한 인식과 사색, ② 고통의 원인과 구도자적 삶, ③ 행복을 위한 지혜와 사랑, ④ 깨달음의 이치와 실천하는 삶-를 인간, 자연, 철학 등의 소재로 응축시켰다. 작품에서 느껴지는 철학적 색채가 매우 인상적인데, 그의 작품들을 읽노라면 마치 수행과 깨달음의 과정을 세세하게 옮겨 놓은 것만 같다.

필자는 깨달음에 이르는 4단계를 중심으로, 관련 작품들을 분석하는 데 초점을 두었다. 앞서 논의한 부분을 전제로『용이 된 물고기』를 평가한다면, 서사적 구조보다는 인식과 사색의 틀을 밝히는 데 의미가 있다.

사실적인 경험들을 소재로 쓰긴 했지만, 작품 전체적 맥락에서 살펴보면 상당수 철학과 사상에 기대고 있기 때문이다. 이에『용이 된 물고기』는 필히 눈과 입이 아닌 머리와 가슴으로 읽어 주기를 바란다.

2

왜 태어났을까. 인간이 세상에 묻는 최초의 물음일 것이다. 종교적인 의미의 해석이라면, 수많은 인연이 빚어낸 결과물이고, 신의 기대에 부흥하기 위한 것이다. 반면 과학적인 해석이라면 남성과 여성의 생물학적 교류를 통해 잉태된 것이라 볼 수 있다. 그러나 쉽게 해결될 것 같았던 존재의 물음은 꼬리를 물고 또 문다. 그렇다면 왜 사는가.

'왜 사느냐' 그것엔 답이 없을지도 모릅니다. 하지만 나는 답을 찾으려 끝없이 길 위로 나섭니다. 어쩌면 내가 찾으려고 한 답이 당신이 만나지 못한, 하늘 같은 푸른 눈동자를 하고 시리도록 맑은 마음을 가진 그 아이가 아닌지요. 그를 만나기 위해 오늘도 산행을 하지 않았나 싶습니다. 당신이 만나지 못했듯이 저도 만나지 못할 것이라는 것을 뻔히 알면서도 배낭을 챙기는 것은 무엇 때문일까요. 어쩌면 그런 게 사는 의미가 아닐지요.

- 「푸른 눈 아이」 -

인간이 살아가기 위해서는 목적성을 갖기 마련이지만, 절대적이고 보편적인 해답은 없다. 각자만의 요구와 만족은 다르니, 이를 성취하기 위한 수단과 방식도 달라진다. 그렇기에 '왜 사느냐?'라는 물음은 타인이 아닌 자신을 향한 돌림노래나 다름없다. 그렇다면 왜 삶의 노래를 반복해 부르는가. 이는 무기력한 삶을 제어하고, 죽음을 지연시키는 하나의 방어기제로 작용하기 때문이다.

삶의 목적을 찾기 위해 고뇌하지 않는 사람은 없다. 본능적 욕구에 충실하다 보면, 주어진 시간을 허비하며 살아가고 있는 건 아닌지 회의감이 밀려온다. 반면 삶의 의미를 소비에 두는 경우도 적지 않다. 그들에게 왜 사느냐는 질문은 현실성 없는 물음에 불과하다. 왜 사느냐고 물으면 죽지 못해 산다는 말처럼, 사랑의 결실로 태어난 우리는 어쩜 죽을 용기가 없어 생을 이어가는 게 아닐지. 그럼에도 불구하고 삶의 목적에 대해 분명한 자기 선은 필요하다.

김병국은 삶의 의미를 찾으려 고뇌하고 사색한다. 왜 사느냐는 물음에 연인, 이웃, 가족 등에서 그 이유를 찾는 것이 일반적이다. 그러나 주변인은 나를 나일 수 있게 만들어 주는 보완적인 역할을 해 줄 뿐이다. 과연 이름과 역할로 덧씌워진 우리들의 진짜 모습은 어디서 찾을 수 있나. 결국 삶은 진짜 자신을 발견하는 것, 즉 맑은 눈을 가진 아이에게 답을 구하는 데 있다. 작가는 「푸른 눈 아이」에서 '하늘 같은 푸른 눈동자를 하고 시리도록 맑은 마음을 가진 그 아이를 만나기 위해 경건한 마음으로 산에 오른다'고 말한다. '푸른 눈을 가진 아이'는 초현실적 존재가 아니다. '내 안에서 진실을 아는 자'는 곧 불성을 바탕으로 깨달음을 실천하는 자이다.

번뇌와 집착을 극복하고 완전한 깨달음을 얻은 자를 만나지 못할 걸 알면서도 산행에 집중하는 이유는 무엇일까. 결국 스스로 답을 찾기 위해서다. 그가 인생의 길을 제시해 줄 누군가를 찾지 못할 걸 알면서도 산을 오르는 것은 마음의 평화를 찾을 수 있기 때문이다.

만리향의 작은 꽃을 발견하지 못하고 가는 이도 있고, 발견한 사람은 향기에 비해 초라한 작은 꽃에 놀란다. 무관심한 이들은 골목길을 겨울 칼바람같이 빠져나간다. 바삐 사라지는 그는 어디로 갈까? 어차피 사라질 텐데. 그렇게 서둘러 사라지려고 하는가. 여기에 향기가 있는데. 이 향기의 놓침은 순간의 놓침이 아니라 영원한 놓침인데, 안타까움이 절로 일어난다. 아파트와 자동차는 가질 수 있지만 향기는 소유할 수 없다. 바로 지금 이 순간 느껴야 하는데, 행복도 이와 같지 않을까.

-「만리향」-

왜 자연이어야만 할까. 인간은 태초에 자연으로부터 생성된 존재이다. 그렇기에 우리는 자연의 원리에서 삶의 지혜를 찾을 수 있다. 그런 의미에서 작가는 고독한 철학자이자, 자연인, 수행자나 다름없다. 법이나 도덕의 잣대에서 치우치기보다 자연의 가르침에 귀 기울이기 때문이다.

자연은 늘 평정한 상태로 생멸의 과정을 반복하며 살아간다. 어쩜 이러한 과정은 인간이 살아가는 방식과 매우 흡사하다. 단지 자연은 생존의 이치를 수용하며 사는 반면, 인간은 더 많은 욕심을 위해 이를 외면하고 소외시킬 뿐이다. 작가는 이와 같이 자연의 이치를 아는 자이다. 그는 「만리향」을 통해 현대인이 바쁜 일상에서 소중한 것을 놓치고 사는 건 아닌지 안타까움을 토로한다. 과연 어떻게 사는 것이 행복한 삶인가. 작가는 그 물음에 대한 답을 자연에서 찾는다.

삶은 고통이다. 사랑하는 사람과 헤어지는 고통, 구해도 얻어지지 않는 고통, 악연에 괴로워하는 고통. 물론 사랑하면서 즐거워하고 성취하면서 만족감을 느끼며, 이웃과 우정을 나누며 행복함을 느낀다. 그러나 욕심과 집착이 결부되면, 이 모든 것은 고통의 씨앗으로 작용한다. 쇼펜하우어, 니체, 부처 등과 같은 철학자들이 삶을 고통이라 말한 이유도 여기에 있다.

산의 길은 산에 있고, 도시의 길은 도시에 있다. 잃어버린 길을 그 길 위에서 다시 찾아야 하고, 어둠을 헤쳐 나가는 길은 어둠 속에 찾아야 하듯이 문제가 생긴 곳에 답이 있다.
-「변호사」-

그렇다면 인간은 영원히 고통 속에서 벗어날 수 없는 걸까. 질문에 답이 있다. 학창 시절, 귀에 못이 박히도록 듣던 말이다. 그때는 그 말의 뜻을 알지 못했다. 답을 구하라 해 놓고, 질문에 답이 있다니 하며 코웃음을 쳤다. 하지만 질문자의 의도를 이해한다면 그 해답을 쉽게 파악할 수 있다. 삶도 이와 같다면 얼마나 좋을까. 왜 우리는 이 세상 속에 내던져진 것일까. 그 예측과 의도를 분석할 수 있다면, 불안에서부터 벗어날 수 있다.

「변호사」는 사기 사건에 얽힌 사연을 고백한다. 자신이 사기를 당했다는 것이 화가 나고 수치스럽지만, 그 원인은 결국 자신에게 있다는 것을 알아차린다. 또한 타인의 모습에서 고통에 휘둘리지 않는 평정심을 발견한다. 변호사와 만나며 갈등과 위기를 지혜롭게 대처하는 자세를 배운다. 그는 어려운 난간에 부딪힐 때도 온전히 그 감정에 휩쓸리지 않는 자세가 중요하다고 말한다. 고통스런 감정에 집착하기 때문에 상황을 제대로 분석할 수 없다는 것. 먼저 문제의 원인을 타자로 돌리는 동안 자신의 마음을 경계하지 못한다. 그래서인지 상황에 감정적으로 대처하거나 억울하고 분한 마음에 병이 난다. 이에 작가는 「변호사」를 통해 고통에 대처하는 방법을 알린다. 감정적으로 집착할 것이 아니라 갈등의 원인을 문제 삼아야 한다는 것을 깨우쳐 준다.

언 땅에서 겨울을 버티게 하는 생명의 원동력은 무엇인가. 봄을 기다리는 희망일까. 지난겨울에 겪은 혹독한 체험에서 일어나는 확신일까.

-「지난겨울」-

작가 김병국은 생명의 원천을 두 가지로 본다. 살고자 하는 희망이나 혹독한 체험에서 비롯된다는 것. 다시 살아갈 수 있는 희망이 없는 한, 인간은 쉽게 포기하거나 좌절하고 만다. 내일이 있어야 오늘을 살 것이지만, 희망만으로는 쉽게 무너질 거라 보았다. 내일을 고대하고 바라는 것만으로는 세상의 온갖 풍파를 이겨 낼 수 없다는 것. 그는 지난겨울의 혹독한 체험, 즉 고난, 인고, 반성, 깨달음만이 내일을 꿈꾸고, 오늘을 버티게 하는 힘이 될 거라 말한다. 미래를 위한 확신은 체험을 통해 일군 밭에, 희망이라는 비료가 있을 때 이루어진다고 보았다.

> 무리지어 있는 소나무보다 난 홀로 서 있는 소나무를 좋아한다. 그중에서도 절벽에 붙어 칼바람에도 의연한 소나무를 좋아한다. 위험을 안고 낭떠러지에 붙어서 마치 암벽 타는 클라이머같이 모험과 도전을 즐길 수 있는 것은 늘 푸름 때문이다. 나도 그것과 같이 스스로 고통을 안고 삶의 낭떠러지에서 버틸 수 있으면 좋겠다.
>
> -「설해목」-

작가는 사색과 도전을 즐기는 사람이다. 일반적으로 소나무의 푸르름에 매혹되기 십상이지만, 그는 소나무의 고독함에 아름다움을 느끼며 감탄한다. 게다가 소나무의 의연함에 매혹되는 것으로 볼 때, 모험과 도전 즐기는 인물이라 볼 수 있다. 낭떠러지에 아슬아슬하게 버티고 있는 소나무의 모습은 수련자의 삶과 닮았다. 소나무를 좋아하는 '나'는 수련자의 삶을 꿈꾸는 사람이다. 그가 안일함과 편리함을 벗어던지고 개척의 길에 자신을 던지고 싶은 이유는 뭘까. 심연의 소리에 귀를 기울이고 갈등과 번뇌에 겁먹지 않은 이유는 바로 성숙과 발전을 위해서이다.

더욱 인상적인 것은「설해목」에서 푸르름의 상징성을 새롭게 해석한 부분이다. 푸르름은 절개를 지킨 선비와 결부시키는 것이 일반적이다. 하지만「설해목」에서는 고통을 인내하는 수도승에 가까워 보인다. 그는 보편적 가치를 강조하기보다 자신의 삶과 결부시키는 구도자적 삶을 지향하고 있다. 안정적인 삶을 추구하는 현대인의 태도와 비교해 볼 때, 작가 김병국은 끊임없이 진리를 탐구하는 수행자와 같다.

예술은 보이지 않는 것을 가시화하는 작업이다. 외면했던 대상에 관심을 갖고, 은폐된 사실을 밝히는 과정에서 완성된다. 앞서 논의한 결과대로라면 승화의 메커니즘을 통해 갈등과 죽음의 그림자가 드러난다. 또한 사랑을 향한 끊임없는 열정과 구원의 노래는 예술이 지향하는 바이다. 따라서 예술은 우리의 삶을 더욱 윤택하게 하며, 고난을 헤쳐 나가는 용기와 지혜를 제공한다.

사실적으로 있든 없든 관계없다. 마음에 와닿으면 있는 것으로, 닿지 않으면 없는 것이 된다. 나와 달개비는 원래부터 그 자리에 있었지만, 눈으로 아무리 수만 번 보아도 볼 수 없었던 것은 마음으로 품지 않았기 때문이다. 달개비를 보는 순간 난 살아 있음을 느끼고, 나에게 보여 주는 순간 또한 그것은 살아 있게 된다.

-「달개비」-

꿈은 일탈이나 마찬가지다. 꿈을 잃은 사람들은 새로운 시간들을 잃고 권태에 빠져 버린다. 꿈은 달성하는 데 목적이 있는 게 아니라 지금 이 순간 살아가야 할 새로움이다. 꿈을 손질하는 이상 순간순간 의미 있는 오늘이 될 것이 분명하다.

-「약속이 깨어지면」-

작가는 예술의 이와 같은 목적에 부합하는 작품들을 발표했는데, 그 중 「달개비」가 대표적이다. 그는 존재에 대해 애정을 가지고 그동안에 몰랐던 가치와 생동감을 담는다. 흔하게 지나치는 작은 미물조차도 생존의 이유와 권리를 품고 있다는 것. 김춘추의 「꽃」과 같이 대상에 의미를 부여할 때만이 나만의 존재가 되는 것처럼, 작가는 「달개비」를 통해 모든 존재는 언제나 관계로부터 이뤄진다는 이치를 전한다. 인식의 창을 열어 대상과 호흡할 때 존재의 의미는 더 짙어진다. 대상의 본질을 밝히는 '나'도 나의 욕망에 반응하는 '너'도 모두 특별한 존재로 남을 수 있기 때문이다.

'최고보다 최선을'이라는 말이 있다. 결과론적 측면보다는 과정에 중심을 두라는 말로 해석할 수 있다. 사회가 점점 성과에만 집착한 나머지, 배려보다는 경쟁을, 내용보다는 껍데기에 치중한다. 오늘은 과거로부터, 내일은 오늘로부터 비롯된다는 불교적 시각을 반영하여 생각한다면, 결과주의적 사고가 얼마나 안일한지 알 수 있다. 현재를 보지 못한다는 것은 주변을 다스리지 못하는 것이고, 미래에 집착한다는 것은 경쟁에 몰두한다는 말이다. 경쟁구도에 휩쓸리다 보면 온전히 자신을 돌아볼 수 없다. 하지만 현실에 충실하다 보면 행복한 미래를 꿈꿀 수 있다. 오늘은 과거로부터, 내일은 오늘로부터 시작된다는 사실을 깨우치면, 모든 것이 가벼워진다. 이러한 세계관으로 세상을 바라본다면, 내 앞의 결과물이 끝이 아니라는 사실을 터득하게 된다.

작가의 '꿈은 일탈이나 마찬가지다'라는 말에는 다양한 의미가 담겨있다. 그것은 머물러 있거나 고립되지 않음을 의미한다. 결과가 아닌 과정, 권태가 아닌 새로움을 내포한다. 인간의 욕망이란 결핍을 메우는 과정으로, 주어진 상황을 인지하는 것에서 시작한다. 단지 대상을 탐하려고 하거나 많은 것을 채우려고 한다면, 그것으로부터 자유로울 수 없다. 꿈이란 현실의 안주가 아니라 오늘의 나가 어제의 나를 뛰어넘는 것에서 시작된다고 말한다. 단지 성과나 권력, 지위를 목표로 하는 것이 아닌 개혁과 쇄신을 이루기 위한 디딤돌과 같은 것.

사랑은 바위같이 목숨을 거는 거다. 사랑은 자유로운 먹구름, 그리움을 품고 기다리면 비를 타고 내려올지 모른다.

-「萬漁」-

사랑은 만물의 씨앗이다. 모든 존재는 사랑으로 비롯되며, 인간은 인정과 위로를 받으며 살아간다. 반면 사랑은 늘 결핍의 상태로 남아 외로움과 아쉬움으로 몸부림치게 한다. 채워질 수 없는 사랑의 결핍은 인간을 더욱 고독하게 만든다. 결국엔 인간은 사랑을 얻기 위해 살아갈 수밖에 없고, 이러한 사랑은 고통과 고뇌를 동반할 수밖에 없다. 그의 작품 「목 없는 은빛누드」에서도 사랑의 의미를 찾을 수 있다. 작가는 조각공원에 눈길을 끄는 여성의 전신 누드를 보며 고향에 대한 그리움을 고백한다. 이때 고향을 성장의 장소로 한정 지어서는 안 된다. 어머니와의 일체감, 전지전능함을 만끽하고픈 인간 본연의 근본적인 충동으로 해석할 수 있다.

「萬漁」는 다른 차원의 사랑이다. 목숨을 걸고 뭍으로 올라온 물고기의 사랑 이야기로, 엄청난 기회비용을 걸고서라도 획득하고 싶은 그 무엇이다. 규제를 넘고, 자신을 희생하면서 이룬 사랑은 더없이 귀중하고 값진 법이다. 왜 그럴까. 안정적 환경에서 머물고자 하는 욕구를 뛰어넘을 때 고양된 감정을 느낄 수 있기 때문이다. 작가는「萬漁」를 사랑과 함께, 갈증과 인내를 감수해야 내적 성숙에 이를 수 있다는 점을 짐작하게 한다.

구조주의자는 인간을 개인적 차원이 아닌 사회의 관계망 속에 위치시킨다. 인간의 선택은 사회의 구조나 질서 안에서 만들어진다는 말이다. 인간의 모든 선택은 온전히 자유로운 것일 수 없다. 사회의 구조망 안에서 독립할 수 없으며, 선택의 자유를 누릴 수 없다는 사실이다. 인간은 진정으로 선택의 자유로움을 누릴 수 없는 걸까. 모든 것에서 자유로울 수 없는 구속된 존재로 살아가는 게 인간의 운명이란 말인가.

인간뿐만 아니라 어떤 것이라도 반드시 관계 속에서 존재를 이어간다. 외로움도 홀로에서 일어나는 게 아니라 함께 속에서 생긴다. 자유도 홀로 자유란 있을 수 없다. 구속이 있고 거기서 벗어나려는 몸부림에서 생기지 않을까. 하고 싶은 것을 마음대로 하는 것은 욕구의 충족이지 진정한 자유가 아니다. 하고 싶은 것을 하지 않아도 속박되지 않는 마음, 그게 진정한 자유가 아닐까.

-「방패연」-

작가는 구조주의적 시각을 뛰어넘어 인간의 정신세계를 보다 심층적으로 바라본다. 그의 작품을 불교적 시선을 통해 분석할 수 있다. 존재와 세계에 대한 해탈은 편견과 아집을 버렸을 때만 가능하다. 대상과의 관계에 집착하지 않고, 나란 존재를 내려놓는 행위에 있다. 그것은 자유로운 상태, 즉 제행무상과 제법무아의 삼법인의 가르침을 따르는 데에서 출발한다. 세상은 언제나 변하니 고정된 실체가 없으니, 영원한 내 것도 변하지 않는 나 또한 없는 것이다.

작가는 「방패연」에서 '하고 싶은 것을 하지 않아도 속박되지 않는 마음'을 소망한다. 이는 욕심을 버려야 이룰 수 있는 깨달음이다. 무소유의 행복을 통해 즉 생존을 위한 최소한의 소유만 인정하고, 세상을 있는 사실 그대로 받아들이는 마음에서 비롯된다. 이는 운명 결정론자들의 수동적인 태도와는 다르다. 외부적 압박이 아닌 주체적 수용을 의미한다. 다음과 같은 주제와 부합하는 작품이 바로 「길고양이」인데, 야생성이라는 자연의 법칙에 따르는 고양이의 모습에서 그 의미를 찾을 수 있다. 진정으로 걸릴 것 없는 자유, 그에 대한 의지를 발견할 수 있다.

김병국의 작품집에는 유독 산과 관련된 글이 많다. 산에 오르는 것을 취미로 여기는 탓도 있겠지만, 산을 정화의 장소로 사용하고 있기 때문이다. 그에게 산행은 아름다운 풍경만이 목적이 아니다. 번뇌를 풀기 위한 수련의 한 방법이다. 즉 육체적 수행을 통해 맑은 정신을 일깨우려는 수련자의 마음이다.

그들은 고산의 기쁨과 아픔, 모든 것을 거부하지 않는다. 거부하지 않기에 속박당하지도 않는다. 오는 대로 받아들이고 하얀 산도 찾지 않는다. 하얀 산이 고산 속에 있기 때문이 아닐까.

– 「하얀 산」 –

봉오리가 높이 솟아 있는 의미와 강물이 낮은 곳을 흐르
는 이유를 안다면, 오르려고만 하지 않았을 텐데. 그러면 추
하게 늙어지지 않을 텐데.

-「쉼」-

　「하얀 산」은 고산을 오르면서 느꼈을 감정을 서술한 작품이다. 고산
병은 죽음의 문턱에서 느꼈을 법한 신체적 고통을 발생시킨다. 찬란함
을 기대했을 산행에서 죽음의 그림자를 목격하다니. 작가는 그 고통과
어둠에서 빛을 찾았다고 말한다. 그는 즐거움을 추구하기보다 고통을
뛰어넘는 성취에 더 큰 의미를 둔다. 삶의 의지는 죽음을 향한 길을 지연
시키고 쓰러진 심신을 일으켜 세우는 힘이다.

　산을 소재로 한 또 다른 작품을 소개하려 한다. 먼저 「쓰구낭산」이다.
작가는 야생마같이 달려가는 열망을 멈추고, 하산할 것을 권한다. 경쟁
의 늪에 빠져 있는 현대인에게 깨달음을 제공한다. 또 「신기루」에서는
산은 정복의 대상이 아니다. 멈출 줄 모르는 욕망을 따라가기보다는 조
용히 자신을 내려놓는 곳에 행복이 있다는 것이다.

　생의 의미를 발견하는 것으로부터 출발해 보는 건 어떤가. 삶은 이유
도 순서도 불명확하다. 사랑의 결실로 태어났으니, 그 자체로 존귀할 수
밖에 없다. 그럼에도 수많은 갈등과 경쟁 속에서 존재의 의미를 상실하
기 십상이다. 그것은 자신을 타인과 비교하여 스스로를 과소평가하기
때문이다. 이에 작가는 마음의 평화는 곧 주어진 그릇에 불평하지 않는
자세에서 비롯된다고 말한다.

　「쉼」은 인간의 근시안적 세계관을 비판하는 작품이다. 끝이 보이지

Ⅱ. 작품평

않는 욕망은 브레이크가 없다. 작가는 정상을 향해 치열하게 달려가는 인간의 모습에서 상실과 결핍을 발견한다. 타인과의 비교 속에서 자신의 본모습을 잃고 있는 건 아닌지 되돌아보길 권한다. 그는 발전과 변화를 통해 편리함과 안락함을 모색했지만, 그 풍족함이 인간의 삶을 더 지치게 만드는 건 아닌지 되묻는다. 역동적인 사회적 분위기 속에서 지쳐버린 도시인의 어두운 그림자를 발견한다.

3

필자는 『용이 된 물고기』를 분석하기 위해 깨달음에 이르는 4단계의 기준을 마련했다. 작가는 이것 외에도 다양한 주제들을 선보이는데, 대표적인 것이 바로 정체성 문제이다. 먼저 「가장 소중한 것」와 「주인공을 찾습니다」, 「내 안의 매미 한 마리」에서는 자기 분석의 중요성을 말한다. 또 「지하철 문고」와 「잃어버린 안경」은 성숙과 인고, 소통에 관한 다양한 생각들을 포함한 글이다.

이러한 작품들은 앎과 삶의 연계성에서 공통점을 찾을 수 있다. 앎은 실천이 동반될 때 더 아름답고, 지식의 습득 이외의 체험과 참여라는 능동적인 활동이 전제되어야만 획득할 수 있다. 진리를 향해 끊임없이 질문하고, 그 해답을 찾기 위해 참여하고 수행하는 일도 마찬가지다. 주어진 관습과 규범 속에서 수동적으로 사는 인생을 안정적 삶으로 포장한다면 희망이 없다.

수필은 소재나 주제 선별에 있어서 외부적 관심이 매우 클 수밖에 없다. 자신의 경험에서 소재를 찾고, 감정과 생각을 다듬는 경우가 많기 때문이다. 그러나 작가 김병국은 내면의 울림에 더 집중한다. 내 안의 갈등과 번뇌를 해결해 나가는 데 초점을 두고, 대상과 만나는 과정을 두려워하지 않는다. 그의 세계관은 여타의 문인들과는 사뭇 다르다. 앎을 실천하려는 역동적인 움직임이 서려 있다. 세상을 향한 도전을 두려워하지 않는다는 점에서 그의 수필은 삶 자체이다.

필자는 『용이 된 물고기』를 읽으면서 나와 세상에 쉴 새 없이 질문하고 답을 구하려 했다. 정답이 없음을 잘 알면서도 묻고 또 묻는 이유는 뭘까. 그것은 번뇌와 갈등이라는 딜레마에 빠지지 않기 위해서다. 한 번뿐인 인생을 더 가볍고 자유롭게 살기 위해 일상적 반복에서 오는 권태를 극복하기 위해서는 삶의 의지와 열정을 불태워야 한다. 나아가 철학과 인식의 틀을 갖추기 위해 사색을 게을리해서는 안 된다. 그렇기에 작가는 물음을 던지고 그 해답을 구하는 일에 집중할 수밖에 없다.

김병국은 세상을 미화시키지도, 고통을 외면하지도 않는다. 아름다움에 이끌리기보다 고통과 갈등에 맞서 싸운다. 그의 이러한 당당함과 패기는 작품 전체를 아우르는 큰 힘이다. 『용이 된 물고기』를 한 마디로 표현해 보자면, 방황하는 젊은이, 행복의 진짜 의미를 찾고 싶은 분들에게 권하고 싶은 책이다. 또한 철학자의 삶이 궁금하다면, 마음의 자유를 얻고 싶다면 이 책을 꼭 읽어 보길 바란다.

불교적 삶의 가치 구현
- 이성철의 수필 세계

1

우리는 살면서 무수히 많은 사람들과 만난다. 그 속에서 수많은 갈등을 경험하고, 선택의 기로에 놓인다. 사랑하는 사람과 헤어지고, 싫어하는 사람과 대면해야 한다. 원하는 것을 얻지 못해 괴롭고 집착에서 벗어나지 못해 힘겹다. 누군가는 삶에 대한 허망감과 절망감에 빠져 번뇌의 구렁텅이로 자신을 몰아넣는다. 나에게 왜 이런 고통이 찾아오는지, 자괴감에 빠져 자신을 혹사시킨다. 그러나 삶과 죽음이 동전 양면과 같다는 이치를 깨달으면 세상 모든 게 고통일 수 없다. 고난을 이겨 낸 끝에 행복이 있으니, 행복은 고난의 시작과 맞물려 돌아간다. 그러니 삶의 이치를 깨우치는 일 자체가 허망에서 벗어날 수 있는 탈출구가 아닐까.

인간은 욕망의 동물이다. 채워지지 않은 욕구는 결핍을 낳고, 이는 또 다른 욕망을 부른다. 반면 자연은 스스로 정화하고 수확하며 재탄생하는 능력을 가진다. 자연과 같이 생멸의 충족에서 만족할 수 있다면 얼마나 좋을까. 그러나 인간은 타인의 도움을 필요로 하는 불완전성을 가지기 때문에, 대상과의 교류는 피할 수 없다. 이러한 과정 속에서 인간은 타인의 희생을 볼모로 권력을 쟁취하고, 명예와 재물에 매달린 채 오명도 남긴다.

2

　주위를 돌아보라. 수레바퀴처럼 돌아가는 미로 속에 부딪쳐 깨지는 영혼들을. 지구는 무한한 가능성을 품은 우주 안에 한 점에도 못 미치는 곳이다. 각양각색의 문화를 이루고 사는 지구촌 사람들이 공통적으로 겪어야 하는 삶에 대한 회의는 피할 수 없다. 우리는 어떻게 살아야 할까. 인간은 한정된 공간과 자원 안에 편의와 안녕을 누릴 수 있는 방법을 연구하며 살아간다. 그 과정에서 재물을 축적하고, 권력을 유지하기 위해 생명을 도구로 삼는다. 이에 따라 사회 전반에 전쟁 같은 세태들이 만연하고, 쇠퇴해 가는 정신문화의 양상들로 눈살을 찌푸리게 된다.

　소리와 색깔에 취해 눈앞의 것을 헤어나지 못하고 주객
(主客)의 논리 위에 경계와 분별을 거듭하며 인연이란 무한
한 상생(相生)과 공존(共存)의 질서를 무시한 채 벗어난 채
무너져 가는 인간의 질서!

-「내 인생(人生)의 미로」-

나는 한 세상 끝없이 방황하고 끝없이 절규하면서 절망
의 끝을 모르는 채 나만의 고독과 독백으로 몸부림쳐 왔다.
내 업장의 어딘가에 풀리지 않는 운명의 고리에 묶여 누가
묶는 것도 아니련만 나 스스로 결박해 놓고 마치 남의 탓인
양 비아냥거리며 살아온 세월 그 얼마였던가!

-「彷徨(방황)하는 길목에서 나를 보며」-

물질 만능주의에 빠져 소리와 색깔에 취해 버린 사람들, 과소비와 향
락에 젖어 버린 젊은이들과 퇴폐 문화에 길들여진 현대인들. 사회가 발
전함에 따라 오히려 정신문화는 퇴보를 거듭한다. 인간은 상생과 공존
의 우주론적 질서를 가로질러 자연의 이치를 무시한 채 살아왔다. 작가
는 주객의 논리 위에 경계와 분별을 거듭하는 인간 세계관을 비판한다.
무한 경쟁 논리를 일관하고 있는 현대인들에게 따끔하게 일침을 가한
다. 그는 이기주의가 속출하는 사회 속에서 인간의 소외 현상과 정신적
폐해에 대해 묻는다. 도대체 어디로 가고 있는가.

최근 자신의 처지를 비관하여 스스로 목숨을 끊는 일이 자주 발생되
고 있다. 그들은 세상 안에 들지 못한 채 주변인으로 살아가야 하는 비참
함과 억울함에 세상을 등지고 말았다. 절망의 끝에서 구원받지 못한 슬
픈 영혼들은 몸부림치며 아파하다 결국 죽음을 선택한다. 작가는 인간
이라면 누구나 공허함에 빠져 방황의 길로 빠질 수 있다고 말한다. 또한
상처받고 피 흘리는 중생들은 타인에 대한 반감과 사회 구조에 대한 원
망을 품으며 괴로워한다고 지적한다. 상대로 인한 상처, 배신, 고통 속에
서 서로를 원망하는 비극이다. 그는 무지한 중생은 자신에게 닥친 비극

이 마치 남의 탓인 양 비아냥거릴 뿐 새로운 대안에는 관심이 없다며 안타까워한다.

많은 현인들은 고통에 대한 원인 규명과 해결 방법을 찾기 위해 노력해 왔다. 종교, 심리학 등 다양한 분야에서 정신 변화를 위한 치료적인 접근이 가능해졌다. 고통을 무의식적 억압으로 분석할 수 있지만, 그보다도 대상에 대한 분별심으로 일어난다. 자연과 인간, 나와 너라는 이분법적인 세계관이 갈등을 일으키는 원인이 된다. 인간은 쟁취의 문화에 길들여져 왔고, 너와 나라는 이분법적 사고에 익숙해져 갔다. 따라서 내가 행복하기 위해서는 누군가는 불행해야 하고, 소유를 위해서는 업의 고리를 끊을 수 없는 것이다. 이러한 인식은 지배와 복종의 논리가 통용되는 우리 사회에서 고통을 더욱 심화시킬 뿐이다. 그렇다면 인간이 이뤄 낸 약육강식의 역사를 어떻게 변화시킬 수 있을까.

그림자도 남기지 않으며 소리 내지 아니하고 만물을 포장하고 안아주는 허공! 거기에 무슨 탐하고, 화내며 어리석음이 있겠는가? 몸과 입이 뜻이란 세 가지 업이라 이름 지어진 인간의 기호가 이 우주만상의 이치에 무슨 볼 일이 있겠는가? 우리는 산을 통해 심, 불, 중생이 어찌 다르랴. 그러기에 자연과 인간과 부처님의 마음이 하나 됨이 삼법무차(三法無差)라 이르지 않았던가!

-「山은 떠나야 할 인간의 故鄕」-

밤은 고요히 내리고 어둠은 妄風(망풍)의 大海(대해)에

허덕이는 중생들의 기원 소리에 안아 주고 씻겨 주며 내리는
무명중생의 빛과 자비의 바다가 五台靈山(오태영산)이던가.
-「月精寺(월정사)와 지장율사의 오대산 이야기」-

　　작가는 자연과 인간, 부처님의 마음은 하나라는 불교의 가르침을 전한다. 인간 안의 불성을 나타내는 말로, 모두가 부처와 같음을 의미한다. 모든 존재는 자존하는 것이 아니라 상의상관적으로 존재한다. 현재의 모든 것은 서로가 서로에게 의지하며 생존하고, 주변 모든 것과 연관되어 존재하는 것이다. 이에 작가는 모든 것은 유기적인 연관 속에서 생멸하고 있음을 알아차리고, 인간 내면에는 숨겨진 가능성을 인식할 수 있도록 노력할 것을 강조한다.

　　인간은 자연을 정복 대상으로 인식한다. 하지만 지친 감성을 회복시켜 주는 원동력으로 인식하자는 목소리가 크다. 작가는 「月精寺(월정사)와 지장율사의 오대산 이야기」의 '어둠은 망풍의 대해에 허덕이는 중생들의 기원 소리에 안아 주고 씻겨 주다'라는 부분을 통해 어머니의 따뜻한 포용심을 떠올리게 한다. 이분법적인 사고에서 벗어나 우주는 둘이 아닌 하나임을 알아차리도록 한다. 자연은 중생의 안락과 빛이 되어 주며, 둘은 뗄 수 없는 연관 관계를 맺고 있다는 것. 곧 자연은 인간의 어머니로 명명되고 있으니, 우리의 삶을 윤택하게 하는 존재라는 점을 잊지 말아야 한다는 것이다.

　　작가는 현대 사회의 피폐한 사회상을 비판하는 동시에 우주론적 세계관을 제시한다. 꿈이 없는 젊은이, 절망에 구원받지 못한 서글픈 영혼, 공허함에 빠져 방황의 길로 들어선 인간상을 보여주며 공존과 상생의

이치를 깨닫자고 조언한다. 캄캄하고 어두운 중생에게 찬란한 빛이 되는 자연의 섭리를 따라야 한다는 것. 그는 유기적으로 연관된 모든 존재들의 생멸을 지켜보면서, 삶을 보다 평화롭게 영위할 수 있도록 방향을 제시한다.

불교의 수행법은 탐독을 비롯해 크고 작은 번뇌를 줄이는 것이다. 사바세계는 온갖 고통으로 물든 땅이다. 그곳에서 번뇌를 끊고, 괴로움으로부터 벗어나는 것이 바로 정토 세계를 실현하는 것이다. 모든 중생을 가족처럼 여기며 평화와 자비를 실천하는 삶을 이상적으로 여겼다. 그러나 속세라는 공간에서 이기심을 버린 채 타인과 합일하는 것이 어디 쉬운 일이겠는가.

인간은 모든 욕망과 집착과 소유를 놓아 버릴 때 탐하고 성내고 어리석은 사회적 삼독(三毒)의 사슬에서 풀려 날 것이고, 신·구·의(新·口·意)의 세 가지 업장 속에서 전생이라고 하는 업장을 소멸해 갈 수 있을 것이다.
　　　　　　　　　　　　-「두 갈래의 미로정원(迷路庭園)」-

나는 우주 자연의 순리의 법칙이나 삶의 울타리를 벗어날 수 없이 세상이란 우주적 공간 속에 거역당하며 살아왔는지 늘 후회와 참회하는 마음으로 어두운 공간에서 염주를 돌리며 명상해 본다.
　　　　　　　　　　　　-「산공에 붙이는 편지」-

선정의 침묵을 통해 지난 일들을 돌아보게 되고 참회하는 기회를 가지며 우리 자신의 모습을 가다듬어 바라밀을 향하여 실천하는 보살로서의 길을 가면서 부처님께 가까이 가는 길을 닦고 드디어 타인의 열반을 향해 닦아 가는 보살들이다.

-「돌아보고 참회하는 마음으로」-

작가는 혼란한 세상에서 참된 나를 발견하고, 불국 정토를 이루기 위한 노력을 게을리하지 않는다. 수행의 첫 번째 과제는 인간이 모든 욕망과 집착을 버리고 심신을 수련하는 것이다. 괴로움의 원인이 집착과 소유에 있으니, 이를 경계하라는 의미이다. 재물과 권력을 쟁취하기 위해 끊임없이 달려드는 하이에나는 자신이 늪지대로 추락할 것을 예감하지 못한다. 이는 좌절과 허무함을 헤아리지 못하는 근시한적인 태도에서 비롯된다. 무한 경쟁은 소외와 이기심을 낳고, 불안과 고통 속에 빠뜨린다. 작가는 무소유의 삶을 실천하면서 삼독의 사슬에서 풀려나가길 원한다. 업장 소멸을 이룬 후 평정심을 찾는 것이 바로 깨달음으로 나아가는 길임을 알고 있기 때문이다.

「산공에 붙이는 편지」를 보면 여태껏 지켜 왔던 허상들을 깨뜨리게 된다. 참된 지혜를 향해 끊임없이 도전하려는 절실함이 느껴진다. 작가는 깨달음을 실천하는 방법으로 참선을 제시한다. 참선은 나를 발견하기 위한 과정으로, 편협한 생각에서 벗어나 참된 마음을 유지하는 수행법이다. 그는 참선을 통해 자연의 순리 법칙에 어긋나게 살아온 자신을 참회하는 시간을 가진다.

마지막으로 그는 열반에 이르기 위한 보살의 여섯 가지 수행 방법인 육바라밀을 제시한다. 보시, 인욕, 지계, 정진, 선정, 지혜를 이르는 지침은 보살의 정신이 응결된 수행법이다. 한 마디로 참고 베풀기를 노력한다면 지혜의 언덕에 오를 수 있다고 본다. 무엇보다 「돌아보고 참회하는 마음으로」는 내적 깨달음뿐 아니라 타인을 위한 보살행을 실천하라는 가르침을 담고 있다. 진정한 깨달음에 이르면 타인의 괴로움이 곧 자신의 괴로움이 되고, 타인의 기쁨이 곧 자신의 기쁨이 된다는 점을 알려준다.

3

우리 사회는 약육강식의 역사라고 해도 과언이 아니다. 경쟁 사회 속에서 살아온 인간은 수단과 방법을 가리지 않았고, 역사는 수많은 희생을 토대로 이뤄졌다. 그 결과 자연 파괴를 넘어 정신문화의 정체라는 근본적인 위기를 맞고 있다. 가정이나 사회에서 이탈자가 속출하고, 체제에 저항하거나 파괴하려는 사람들이 늘어났다. 이는 대상을 생존에 필요한 도구로 여기며, 공존과 배려의 가치를 무시한 결과이다.

작가 이성철은 이러한 사회적 분위기를 인식하며 불교 세계에서 답을 찾는다. 일차적으로 고통의 근원을 제거하여 참된 나를 발견하는 것을 목표로 한다. 집착과 소유욕을 제거하고, 심신을 수련하고자 애쓰는 것이다. 또한 자기 안에 불성을 일으켜 타인과의 공존을 이루려는 뜻을 품는다. 이러한 세계관은 오랜 기간 불학 연구에 뜻을 품어 왔고, 대학에서 인재를 양성해 온 경험을 토대로 한다.

그의 작품은 철학적이고 사색적인 측면이 강하기에 깊이나 무게감이 다르다. 다소 철학에 치중한 나머지 수필 본연의 특색을 살리지 못했다는 아쉬움도 있다. 하지만 수필은 인생이고 인생은 곧 철학을 바탕으로 하기에, 그만의 가치와 매력을 인정해야 한다. 수필은 작가의 심미적 안목과 철학적 사색을 토대로 탄생된다. 이에 이성철의 수필은 철학적 사색과 성찰이 돋보이는 작품이라 평가하고 싶다.

인간 본성의 탐구와 철학적 삶의 중요성
- 이성대의 수필 세계

1

아리스토텔레스는 언어적, 시각적, 음악적인 모든 예술을 재현의 양식들로 정의했다. 그는 인생의 수많은 가치들을 재현함으로써, 삶의 교훈과 진리를 더욱 충실히 학습할 수 있는 데 의미를 두었다. 예술은 상실했던 자아를 일깨우는 동시에 사회와의 의사소통을 가능하게 한다. 즉 재현을 통해 인간사를 인식하고 다양한 삶의 양식을 이해하고 비판할 수 있는 것이다.

수필은 인간의 다양성을 토대로 한다. 변화하는 사회에서 생존 전략을 수립하는 인간 본질에 대해 연구한다. 작가는 개인의 내외적 측면을 탐색한 뒤 그 변화를 인식하고, 그에 합당한 방향을 제시한다. 현대 사회의 문제점을 인식하는 동시에 삶의 철학적 기준들을 토대로 해결방안을 모색하는 것이다. 이렇듯 수필은 재현의 양식을 가장 충실히 따르는 동시에, 삶의 가치를 인식하도록 만드는 이상적인 문학이라 할 수 있다.

이성대의 작품 세계는 중수필이 가진 특성을 제대로 보여 준다. 사회 현상에 대한 관찰이나 비판을 하되, 개인의 경험이나 사색을 보편적인 논리로 전개한다. 그는 복잡 미묘한 인간 본질에 대한 탐구, 자연과 인간의 조화, 삶의 지혜 등을 소재로 했다. 본 수필은 보편적 논리를 바탕으로 지성의 깊이와 논리적 전개를 중시하고 있으나, 식견이나 학식을 내세우는 기존의 실용문과는 다르다. 삶의 이치를 깊이 있게 통찰하고, 삶을 살아가는 지혜를 매끄럽게 풀어 간다.

2

오늘날 인류가 해결해야 할 중요한 문제 중 하나가 바로 전 지구적 환경오염과 생태계 파괴이다. 생태계 위기가 심각해짐에 따라 환경 단체가 설립되고 각계각층의 환경 운동이 활발히 전개되고 있다. 작가는 사회 문제의 근본 원인을 인간중심적 태도와 근시안적인 사고로 보며, 자연과 인간의 조화로운 삶을 추구하면서 인간의 책임을 강조한다.

그러나 인간은 숙명적으로 사유(思惟)하는 이성(理性)을 가지고 태어난 존재이기 때문에, 여타의 동물들처럼 자연법칙에 수동적으로 순응만 하지 않고, 자기의 생활방식을 보다 더 편리하고, 보다 더 풍요롭게 하기 위해, 자연을 이용하고 정복하기에 이르렀던 것이다. 이러한 과정에서 인간에게는 하나의 끈질기면서도 강력한 탐욕이 생기게 되었다.

-「중병이 든 별」-

그것은 극단적인 이기심(利己心)에서 발생한 몰염치성(沒廉恥性)이다. 이것을 달리 표현하면, 오직 내 것, 내 집안만 소중하지, 내 집안 밖에서 일어나는 일이면, 그것이 사회 공동체의 것이든 어느 개인의 것이든, 내 알 바 아니라는 싸늘한 무관심과, 남들의 시선이 미치지 않는 후미진 곳에서나, 자기 개인의 존재가 묻혀버리는 군중 속에서라면, 어떤 치사스런 짓이라도 서슴없이 해 버리는 그런 더러운 심성이다.

-「우리의 현주소」-

「중병이 든 별」은 인간 탐욕의 근원을 설명하고 있는 작품이다. 인간은 감성과 이성의 이원론적 논리로 말미암아 대립적 사고를 가지게 되었다. 인간 중심적인 경향을 고집한 결과, 인간만이 윤리적 공동체의 구성원이 될 수 있다고 생각한 것이다. 모든 문제는 여기서부터 출발한다. 인간을 제외한 모든 존재는 도구적 가치만을 지닌다고 착각한다. 인간이 자연의 통제자로 군림하려는 사고가 그 원인이다.

「우리의 현주소」는 군중 속에서 극단적 이기심을 발휘하고 있는 인간의 현주소를 고발하는 작품이다. 인간 본연의 탐욕스러운 본성을 객관적이고 세밀하게 서술한다는 데 특징이 있다. 작가는 자신의 이익을 위해 욕망을 절제하지 못한 결과라 본다. 이것이 모든 갈등의 원천이 되고, 나아가 인간과 자연을 파괴하는 근원이 된다는 점을 피력하였다.

산정의 바위 위에 서서 사방의 풍경의 오묘한 모양을 바라보고 있으면, 인체(人體)를 소우주(小宇宙)나 자연의 축소판으로 본 고인(古人)들의 혜안에 새삼 놀라게 된다. (중략) 말하자면, 산의 능선(稜線)들은 인체의 척추(脊椎)요, 능선에서 뻗어 내린 지맥(支脈)들은 인체의 늑골이며, 여러 골짜기에 흐르는 계천(溪川)들은 인체의 모세혈관들이요, 이 여러 계천의 물이 모여 거대한 강이 되어 드넓은 평야를 유유히 흘러가는 강은 인체의 대동맥(大動脈)과 대정맥(大靜脈)으로 볼 수 있다는 것이다.

- 「산천오염의 주범」 -

우리가 잘 알고 있듯이, 지구에는 여러 생명체들이 살고 있다. 인간도 그 수많은 생명체들 가운데의 하나에 불과하다. 지구에 탄생한 순서로 본다면, 인간은 다른 여러 생명체들보다 훨씬 후배가 될 것이다. 현재 지구에 살고 있는 모든 생명체들은 사람까지 포함해서 지구의 가족들이며, 지구의 가족들인 이상 모두가 자연법칙에 순응하며 살아, 가족 공동체의 생활의 터전인 지구라는 집을 자손만대에 이르기까지 깨끗하게 보존해 줄 의무와 책임이 있다.

- 「중병이 든 별」 -

작가는 「산천오염의 주범」에서 자연을 인간의 원천이나 모체로서 인식한다. 인간과 자연의 관계 개선을 촉구하는 목소리를 담았다. 만물은 서로 연관되어 있다는 동양 철학을 토대로, 이러한 관계 속에서 끊임없이 순환하는 존재라는 사실을 명시한다. 자연과 인간은 일체의 관계를 맺고 있기에, 인간이 자연을 떠나서는 생존하지 못한다는 평범하고 엄격한 진실을 각인시킨다.

「중병이 든 별」은 환경 파괴에 대한 인간이 가지는 책임과 의무를 강조하는 작품이다. 인간은 자연의 망망 바다에 살아가고 있는 한갓 생명체에 불과하다는 것. 물고기는 물이 없으면 살 수 없듯이, 인간도 자연과 분리될 수 없다. 그렇기에 우리는 삶의 뿌리가 되는 터전을 보호해야 할 의무를 가진다.

인간은 환경에 적응하기 위한 생존법을 터득하며 살아왔다. 욕구 충족을 위해 생산량을 높이고, 더 많은 것을 쟁취하기 위한 투쟁도 이어왔다. 물질적, 정신적인 풍요로움을 위해 온갖 방법으로 사리사욕을 채우는 모습들을 쉽게 찾아볼 수 있다. 이에 작가는 안락과 편의를 위해 수단과 방법을 가리지 않는 현대인들을 보며 인간 본성에 대한 의문을 가진다. 사회적 가면 뒤에 숨은 인간의 본성과 욕망에 관해 끊임없이 질문을 던진다.

더구나 많이 가지는 것이 크나큰 가치의 하나로 간주되고 있는 자본주의 사회에선, 인간의 그러한 욕망은 사회의 지배적인 분위기에 강한 자극을 받아 더욱 확대되고, 더욱 강화된다. 인간은 환경의 지배를 어쩔 수 없이 받는 존재이기 때문에 그렇게 되는 것은 지극히 당연하다고 여겨진다. 그래서 인간들은 재물을 많이 가지는 것을 인생의 유일한

목표로 삼고, 사회를 돈을 버는 경주장으로 생각하고, 너도
나도 매일같이 맹렬하게 뛰고 있는 것이 현실 사회의 실상
이다.

- 「재산공개 파문을 보고」 -

    그러나 의식주가 충족되고, 생활이 안락해지고 한가로
워지게 되면, 여기에 만족하기보다는 도리어 권태와 심심함
을 견디지 못해, 새롭거나 신기한 자극을 찾아 나서게 마련
이다. 이렇듯 사람의 심성은(心性)은 단체포로 구성된 것이
아니고, 상반하는 여러 세포들로 이루어져 있어, 때로는 엉
뚱하고 불합리한 행동을 하게 되는 것이다.

- 「인간의 복합성」 -

    물은 모든 생명체들을 만들어 내어 그들의 생명을 가능
케 해주는 따뜻하고 부드러운 창조력을 가지고 있지만, 그
러나 한번 노(怒)하며 그 모든 생명체들을 일순에 망가뜨리
는 무서운 파괴력을 동시에 가지고 있다. 물은 서로 다른 두
가지의 성질, 따뜻한 창조력과 잔혹한 파괴력을 동시에 가
지고 있는 것이다.

- 「물」 -

    작가는 「재산공개 파문을 보고」에서 경쟁 사회를 살아가는 인간의 모
습을 차분히 설명한다. 결핍된 욕구를 채우려는 인간의 본성을 꼬집고

있다. 인간은 사회의 지배적인 분위기에 강한 자극을 받으며 자란다. 사람들은 많은 재물을 차지하기 위해 맹렬히 뛰고 있으며, 무한 경쟁 속에서 살아남기 위해 노력한다. 그러나 만족하는 것도 잠시, 또 다른 욕망을 향해 도전을 멈추지 않는다. 자신의 재능과 잠재력을 최대한 발휘하기 위해 어떠한 위험도 불사한다. 작가는 이러한 인간의 본성을 탐구하는 동시에 욕망에 탐닉하는 인간의 모습을 비판한다.

「인간의 복합성」은 동료 교수의 외도를 소재로 복잡한 인간 내면을 다룬 작품이다. 인간의 복잡한 이중성, 즉 생활의 권태감을 견디지 못하고 일탈하는 인간의 심리 상태를 잘 보여 준다. 어느 날 한 동료가 윤리적 경계선을 넘는 행동을 서슴없이 자행한다. 지극히 평범하고 모범적으로 살아가지만, 때로는 엉뚱하고 불합리한 행동을 일으키기도 한다. 세상에는 절대적으로 선하거나, 절대적으로 악하기만 한 사람은 없다. 작가는 편견과 규칙이라는 틀에서 벗어나야 한다고 말한다. 인간과 사회의 실상을 보다 면밀히 살피기 위해서 대상을 바라보는 틀을 깨뜨려야 한다는 것이다.

「물」은 물을 통해 복잡한 인간 내면의 양면성을 보여 준다. 인간은 선악의 양면을 갖고 있는 복합적인 존재로 상황에 따라 변할 수 있는 특성을 물로 비유한다. 물은 세상을 정화하는 기능을 수행하지만, 생존을 위협하는 폭발성도 가진다. 그러니 인간 역시 완전히 선한 존재, 완전히 악한 존재로 나눌 수 없다. 자신의 본질을 어디서 얼마나 드러낼지 모를 일이다. 인간은 주체의 선택에 따라 다른 상황을 만든다. 온전히 좋은 사람은 없지만 더 나은 사람으로 거듭나기 위해 노력할 뿐이다.

철학은 인간이 살아가는 기준이 된다. 세상을 어떻게 살아갈 것인지

고민하면서 삶의 기준을 설정한다. 그 뒤 각자의 가치관을 정립하면서 고통의 바람에도 쉽게 흔들리지 않는다. 철학은 지식을 탐구하고 소유하기 위한 학문이 아니라, 자신의 능력을 총체적으로 발휘할 수 있는 힘이다.

인간 세상을 고해에 비유하는데, 만일 그렇다면 우리들 개개인은 모두가 배를 타고 바다 위에 떠 있는 어부들이라고 볼 수도 있을 것이다. (중략) 인생이라는 광막한 바다에서 우리 개개인에게 필요한 나침반은 어부들이 사용하는 실제의 나침반이 아니라 좀 어렵게 말해서 '가치관' 혹은 '철학'이라는 나침반이다. 말하자면 나는 여기에서 '가치관' 혹은 '철학'을 나침반으로 비유해서 사용하고 있는 셈이다.
–「인생의 나침반」–

우리가 배당받은 시간의 총수를 어떻게 사용해 나갈 것인가 하는 문제는, 바로 우리가 자기의 인생을 어떤 방법으로 살아갈 것인가 하는 문제가 된다. (중략) 이 문제가 우리 인간들에게 어렵고 중요하다는 것은, 사는 방법들이 우리 앞에 부지기수로 많이 있어, 그 수많은 방법들 가운데서 하나를 선택하는 것이 매우 어렵고, 어떤 방법을 택하느냐에 따라 한 인간의 삶의 질(質)과 격(格)이 결정되기 때문이다.
–「시간은 생명이다」–

「인생의 나침반」은 철학의 중요성을 피력하는 작품이다. 끝이 보이지 않는 고통 속에서 우리는 어떻게 살아야 할까. 작가는 인생과 철학을 바다와 나침반으로 비유한다. 인간은 망망 바다에 떠 있는 생명체이며, 나침반은 바다 한복판에서 생존할 수 있는 기준이 된다. 우리에게 나침반은 밝은 길을 안내하는 등불이다. 이는 타인으로부터 얻는 구원이 아니라 사바세계를 견뎌내는 지혜를 의미한다. 작가는 인생을 살아감에 있어서 자기 나름의 확고한 생각, 바로 가치관의 확립이 얼마나 중요한 것인지를 알린다. 철학은 선택과 책임의 기로에서 흔들리지 않고 견디게 하는 힘이 되기 때문이다.

작가는 「시간은 생명이다」에서 지혜로운 선택이 얼마나 어렵고 중요한 일인지 묻는다. 그는 '인간은 누구나 각자에게 숙명적으로 정해진 시간 수를 배당받았다. 우리가 배당받은 시간의 총수를 어떻게 사용해 나갈 것인가 하는 문제는, 바로 우리가 자기의 인생을 어떤 방법으로 살아갈 것인가 하는 문제가 된다'라고 말한다. 어떻게 살아갈 것인가, 올바른 선택은 무엇인가 하는 문제에 쉽게 답을 내릴 수 있다면 얼마나 좋을까. 그럼에도 삶에 대응하는 자세, 즉 열정과 정열을 잃지 않고 사는 게 해답이 될 수 있다고 믿는다.

심리학자 로스웰과 인생 상담사 코언은 행복지수라는 공식을 발표한 바 있다. 이는 행복도와 생활 만족도의 설문에 대한 점수를 산출한 것으로, 최근 조사에 의하면 저소득층 국민들이 행복지수가 높은 것으로 나타났다. 이러한 결과는 행복이 경제적 안정만으로 결정되는 것이 아니라는 것을 입증하는 사례이다. 물질적 풍요로움, 생활의 편리함 등의 외재적 가치만을 추구하며 살아온 현대인에 적지 않은 충격이 아닐 수 없다. 물질만능주의 사회에서 행복을 위한 삶을 함께 모색해 볼 좋은 본보기가 된다.

　　모든 것이 조직화되고, 기계화되고, 획일화된 그런 생활 환경 속에서는, 인간의 사고방식도 그러한 영향을 받게 되고, 그래서 인간은 기계화된 사회의 어느 조직체의 한 부속품이 되어, 자기 개인의 감정의 호오(好惡)와는 관계없이, 기계적으로 움직여야 할 무미건조한 생활을 해 나가게 될 것이다.

- 「무우와 묵」 -

　　어린이용의 비디오의 프로그램은 매우 다양하다. 그 여러 가지의 프로 중에서도, 두 손자들은 공상과학(空想科學) 드라마를 좋아한다. 공상과학 드라마에는 대체로 기계 인간들이 등장하여 갖가지의 기상천외한 첨단 무기를 사용해서 서로 죽이고, 파괴하는 장면들이 태반이다.

- 「전자시대(電子時代)의 아이들」 -

　　「무우와 묵」은 요즘 아이들의 생활 모습을 작가의 어린 시절과 비교하면서, 무미건조하게 살아가고 있는 현대인에게 안타까움을 토로하고 있다. 인간은 도구를 사용하게 되면서 기술을 보유하게 되었고, 과학기술의 보편적 작용으로 인해 도시화, 기계화, 획일화 현상을 일으켰다. 이에 작가는 감정적 소통을 잃은 사람들이 사회 속에서 부속품처럼 살아가는 현실을 지적한다. 그는 따뜻한 정을 잃어가는 현대인들에게 어린 시절 훈훈한 정겨움이 묻어있는 추억들을 꺼내 보인다. 어린 시절의 정 감 어린 향수를 떠올리며, 낭만적 사회와 따뜻한 인정을 그리워한다.

작가는 「전자시대(電子時代)의 아이들」에서 전자시대를 살아가고 있 는 아이들의 폭력성에 우려스러운 마음을 전한다. TV, 컴퓨터 등의 폭력 적 영상물에 길들여진 아이들이 건전한 인격체로 살아갈 수 있을지 염 려한다. 인간적인 요소가 결여된 채 자기중심적인 태도나 경쟁 의식만 을 키우는 건 아닐지 걱정한다. 본 작품은 인간성 파괴, 폭력성과 공격성 의 문제들을 양산한 기술문명에 비판적으로 바라본다.

> 인간들이 만들어 놓은 숱한 고정관념이나 가치관을 가지
> 고 사물을 보고, 거기에서 어떤 의미를 끌어내려하지 않고,
> 백지 상태에서 사물을 있는 그대로 보고 넘어가기만 하니
> 오직 재미만 있고, 따라서 마음도 한없이 평안해진다.
>
> —「한 살이 된 어른 아이」—

> 그러나 과거를 되살려 상상 속에서 다시 살아보는 기쁨
> 은, 아무리 많이 누려도 피로해지기는커녕, 도리어 심신이
> 더욱 젊어지고 발랄해져서, 살아있다는 한 가지 사실에 대
> 해서만도 무한한 고마움을 느끼게 된다. 삶의 기쁨이나 즐
> 거움을 외부에서 떠들썩하게 찾을 것이 아니라, 자기의 내
> 부에서 소리 없이 찾음으로써 자기의 삶을 풍요롭게 하는
> 것도 하나의 지혜로운 삶의 방식이라 하겠다.
>
> —「과거를 되살리는 기」—

Ⅱ. 작품평

319

그는 「한 살이 된 어른 아이」를 통해 철학의 깊이를 되새긴다. 고통은 집착에서 비롯된다. 무언가에 과도하게 집착하면 불안한 감정을 일으키고, 관계의 조화를 어렵게 만든다. 집착이 강해지면 사물을 있는 그대로 보지 못한 채 주관적 틀에 갇히게 된다. 그는 70년 인생 체험을 말끔히 지워 버리고 싶다고 말한다. 편견의 고리를 끊어 낼 어린아이의 눈을 가지길 희망한다. 인생 말년에 어린아이로 회기하고 싶다고 말하는 이유는 무엇일까. 내적 욕망과 외적 구속에서 해방되길 바라는 마음. 달관의 경지를 누리며 사는 것을 꿈꾸는 게 아닐까.

최근 육체와 정신을 조화롭게 가꾸는 웰빙 문화가 이어지고 있다. 이러한 흐름을 반영한 「과거를 되살리는 기쁨」은 행복에 관한 이야기가 주된 소재이다. 삶의 기쁨은 외부가 아닌 내부에서 소리 없이 찾아든다. 그러니 다채로운 문화적 경험을 통해 즐거움과 깨달음을 얻을 수 있다. 타자의 경험을 도구로 삼는 문학도 마찬가지다. 독자들은 독서를 통해 삶을 보다 행복하게 살아갈 수 있는 지혜와 방법을 찾는다. 반면 창작 활동은 어떤가. 작은 미물에 관심을 가지며 삶의 이유를 찾게 된다. 과거를 되새기며 현재를 누리는 삶, 그것이 행복으로 다가가는 길이 된다. 삶의 지혜를 터득해야 풍요로운 인생을 즐길 수 있기에 배움을 갈구하며 사는 것이다.

3

문학은 소통의 통로이다. 문자의 기호 체계를 통해서 타인과의 의사

전달을 시행하는 것뿐만 아니라 사회 변화를 인식하고 비판할 수 있다. 즉, 언어를 통해 소통의 정확성을 높이고 인간의 내적 변화와 사회적 흐름을 이해할 수 있다. 또한 문학은 세상사에 지친 영혼을 구원하는 안식처이다. 이를 통해 우리는 삶의 여유를 잃은 채 돈, 사회적 명예, 지위 등의 외재적 만족감을 추구하는 사람들에게 내적 가치의 중요성을 설명할 수 있다. 도덕성을 상실한 사람들에게 인간성 회복을 촉구하는데, 이것이 바로 문학이 가지는 사명이다.

작가는 인간과 사회를 이해하고 해석하는 작업을 뛰어넘어 삶의 철학을 제공한다. 인간의 이기적 사고를 비판하면서, 인간과 자연의 끊임없는 접촉을 시도한다. 나아가 인간 본질을 탐구하고 철학의 필요성을 말한다. 무엇보다 행복은 바로 자신에게 있음을 거듭 강조한다. 모든 이들이 각자만의 철학적 기준을 마련하여 내적 가치를 발견하기를 바란다. 이에 인간의 근원적 본성을 탐구하려는 그의 의지에 박수를 보내고 싶다. 철학적 세계관이 녹아 있는 그의 작품이 영원히 기억되길 바란다.

인생을 향한 감성과 지성의 투시
- 정현주의 작품세계

1

수필은 서정의 문학이다. 통상적으로는 형식적 유연함을 토대로 감성을 지향하는 장르이다. 다만 최근 비평 에세이 장르에 부합하는 작품들이 속속 나오는 추세로 볼 때, 수필을 감성적 장르로 특징지어 설명할 수 없다. 사회 현상에 대한 올바른 인식과 자본주의 사회에서 비롯되는 양상 등을 비판하는 작품들이 늘어나고 있기 때문이다. 문학계에서도 이러한 다양성을 인정하는 분위기이다. 이에 수필을 서정의 꽃이라 한정 짓기보다는 지성의 투시로 확장해, 본연의 가치를 밝히는 데도 관심을 가져야 한다.

수필은 소박한 삶 속에 녹아든 문학이다. 보통은 일상적 기록을 중심으로 하지만, 넓게는 사회와 시대 상황에서 이뤄지는 한 부분으로 본다. 각자가 경험한 인생 역경을 되돌아보며 반성과 깨달음을 소재로 사용할 수 있다. 또한 현대 사회의 다양한 문제들을 날카로운 시선으로 비판하

면서 해결방안을 모색하기도 한다. 이런 점에서 작가는 예리한 지성과
비판 의식을 토대로 현실의 부조리를 파헤칠 수 있는 힘을 가져야 한다.

2

　　정현주의 「수레바퀴」는 꽃의 향연이 펼쳐진 남도, 지나간 삼십 년의
세월을 떠올려 쓴 작품이다. 주름살 하나, 흰 머리카락 한 가닥에 깊어진
인생무상의 무정함을 속절없이 지켜볼 수밖에 없는 현실. 그러나 작가
는 늙는다는 것에 서글픔을 느끼거나, 지나간 세월을 후회하고 싶지 않
다. 인생의 스릴감, 감동과 슬픔을 추억으로 가져올 수 있기 때문이다.
저축된 즐거움은 삶의 위안이 되고 희망이 된다. 새색시 시절과 강원도
산골생활을 회상하는 것이 삶의 버팀목이 되었다고 고백한다.

- 세월같이 무정하고 속절없는 것이 없다고 했던가. 참으
  로 세월이 빠르게 지나갔다. 주름살 하나가 자식 나이 한
  살이고 흰 머리카락 하나가 자식 키 한 뼘이라는 말이 있
  다. 산다는 것은 소멸되어 가는 것이다. 지난 역사는 그
  씩씩하고 찬연한 혹은 향기로운 것들을 세월이라는 흐름
  에 실어 조금씩 허물어 나아갈 수밖에 없는 것일까.
- 결혼은 수레바퀴와 같다. 왼쪽 바퀴와 오른쪽 바퀴가 팽
  팽히 균형이 맞아야 잘 달릴 수 있다. 두 바퀴가 서로 쉬
  지 않고 굴러서 우리는 여기까지 이만큼 왔다. 지나간 세

월이 고지를 향해 오르막길을 달려 온 세월이라면, 이제부터는 정상에서 서서히 내려갈 준비를 할 때가 된 것 같다. 때로는 서글프고 외로운 때도 있겠지만 완숙한 사랑과 열정으로 즐겁고 보람찬 황혼기를 맞이하리라.

- 활짝 핀 저 꽃들도 이제 곧 땅에 떨어져 지나가는 바람결에 허무하게 흩날릴 것이다. 저 화려한 꽃은 우리가 소유할 수 있는 것이 아니라 어쩌면 그저 잠시 구경만 하라고 피는 것인지도 모른다. 그렇게 가슴 벅찼던 봄날의 꽃구경처럼 우리들의 삶도 짧은 세상 구경에 지나지 않는 것인지도 모른다.

-「수레바퀴」-

인생은 수레바퀴 같다는 말을 자주 사용한다. 이와 같은 비유는 해석에 따라 그 의미가 다르다. 먼저 수레바퀴는 기쁨, 슬픔의 반복, 그 감정에 이끌리는 생의 연속선을 뜻한다. 한곳에 정착하지 못하고, 이리저리 흔들린 채 살아가는 혼란한 인생길을 말한다. 그곳에서 만나는 평탄한 길, 오솔길, 자갈길 등은 살면서 부딪쳐야 할 희로애락을 의미한다. 그렇다면 삶의 고뇌를 슬기롭게 대처할 수 있는 방법은 무엇인가.

작가는 인생이라는 말 대신에 결혼이라는 단어를 넣어 수레바퀴를 묘사한다. 그녀가 말한 왼쪽 바퀴와 오른쪽 바퀴는 부부간의 호흡과 협동을 의미한다. 부부는 생의 동반자이자, 운명 공동체이다. 가령 무거운 짐을 싣고 오르막길을 오른다고 생각해 보자. 한쪽 바퀴가 부서지거나 빠지기라도 하면 수레는 금방 멈춰서거나 내리막길에서 추락하고 만다.

그러니 절망이라는 구멍에 빠지지 않게 서로를 아끼며 사랑해야 한다. 그렇게 맺어진 사랑은 황혼기를 맞아 더욱 견고해지고 단단해진다.

작가의 '말하고 있는 활짝 핀 저 꽃도 이제 곧 땅에 떨어져 지나가는 바람 곁에 허무하게 흩날릴 것이다'라는 말은 작품을 아우르는 주제문이다. 그녀는 인생무상의 모습을 꽃에 비유하여 형상화한다. 꽃의 화려함은 쉽게 사라진다는 것. 재력, 권력, 명예 등은 소유할 수 있는 것이 아니라 한때 즐긴 후 놓아야 하는 것들이다. 작가는 생에 있어서 어떤 것이 진리인지 따져보는 것이 좋겠다는 말을 남긴다. 남도의 화려한 꽃구경도 우리들의 짧은 세상 구경과 다르지 않다는 것. 작가는 생의 화려한 외출은 생을 살아가는 동안에 누릴 수 있는 호사일 뿐이라며, 다툼과 경쟁의 틀에서 서로를 미워하지 않길 바란다. 이제부터 우리도 수레바퀴처럼 나란히 걸어온 나의 가족, 친구, 친구들을 돌아보자고 설득한다.

현대 사회는 인터넷 사회라고 해도 과언이 아니다. 정보화 사회의 도래로 매일 뉴스나 언론에서 쏟아지는 정보를 보면, 문명의 이기 앞에 펼쳐진 어처구니없는 사건들로 입이 벌어질 정도이다. 얼마 전, UCC 동영상 파문을 보며 인터넷 문화가 한 사회의 정치, 경제, 문화적 차원에서 아주 중요한 입지를 굳히고 있다는 사실에 안타까움이 느껴진다. 정보화 사회의 도래로 정보 격차, 사생활 침해, 사이버 범죄가 양산되고 있기 때문이다.

- 사회나 가정에서 주연 자리 한 번 꿰차지 못하고 만연 조연 자리인 전업 주부로만 살아온 삼십여 년의 세월은 나와 친구들의 가슴에 커다란 웅덩이를 파 놓았다. 남편

은 무엇이 그리도 바쁜지 바깥으로만 나돌고, 분신으로
여기고 뒷바라지한 자식들도 제 짝을 찾아 날아가 버렸
다. 세상살이가 시들해졌다. 그 무렵 인터넷이라는 공간
이 마음의 병을 앓고 있던 동병상련의 친구들을 꽁꽁 묶
어 주었다. 사이버 세상에서 만나 따뜻하게 손잡아 주는
친구가 한동안 발걸음이 뜸하면 마음속에 서늘한 바람이
인다.

- 눈 깜짝하는 사이에 아날로그 시대를 지나 디지털 세상
이 열렸다. 급격하게 변하는 문명의 이기 앞에 잔뜩 주눅
이 들어 별 수 없이 뒷전으로 밀려나고 있었다. 젊은이들
의 전유물로만 여겼던 사이버 세상에서 만난 친구들끼리
용기를 내어 그들의 흉내를 내 본다. 오늘 떠나는 나들이
가 바로 그런 것이다. 더러는 인터넷을 곱지 않은 눈초리
로 바라보기도 하지만, 부처님 미소 같은 마음으로 부정
적인 고정관념을 떨쳐버리고 곱고 순수하고 아름다운 정
을 엮어 보리라.

– 「느티나무가 있는 집」 –

작가는 느티나무가 있는 집이라는 홈페이지를 운영하면서, 인터넷
문화와 관련한 자신의 경험담을 솔직하게 전달한다. 먼저 디지털 세상
에서 정보격차로 인해 뒷전으로 밀려난 사람들의 입장을 대변한다. 눈
깜짝할 사이에 변화하고 있는 세상, 급변하는 문명의 이기 앞에서, 잔뜩
주눅 들어 있는 사람들의 마음에 공감한다.

작가는 삼십 년 동안 한 집안의 아내이자 엄마로 살아왔다. 만연 조연을 청산할 수 없을까 고민한 끝에 인터넷을 택한다. 호기심으로 출발했던 인터넷을 통해 잊고 지낸 자신을 찾는다. '젊은이들의 전유물로만 여겨졌던 최첨단 문명을 누릴 수 있다는 자부심에 가슴이 풍선처럼 부풀어 올랐다'라는 작가의 말에서 문화에 대한 호기심과 애정을 느낄 수 있다. 한편 작가는 인터넷을 두고 모녀의 사랑을 확인시켜 주는 매개체라고 말한다. 우물은 퍼 나르는 물과 같이 감정적 정화를 지속할 수 있는 수단으로 본다. 나아가 인터넷을 친구와 만나는 찻집으로 묘사하면서, 휴식처로서의 기능을 강조한다.

최근 인터넷 문화의 부작용을 우려하는 목소리가 높아지고 있다. 인터넷 중독으로 같은 반 학우에게 상해를 입히거나, 네티즌의 악플로 인해 자살했다는 관련 뉴스를 접한다. 인터넷이 우리 사회에 적지 않은 파장을 일으키고 있는 건 사실이다. 작가는 인터넷이 사회 문제를 일으키는 배경이 된 건 맞지만, 문화 예방을 통해 디지털 환경을 조성할 수 있다는 긍정적 의견을 제시한다. 인터넷 문화가 공간의 장벽을 허물고 소통 방식의 혁신을 가져왔지만, 인터넷 예절에 관한 새로운 인식이 필요하다는 점을 놓치지 않는다.

작가는 '부처님 미소 같은 마음으로 부정적인 고정관념을 떨쳐버리자'라는 부분에서 편견의 위험성을 알린다. 사물을 인식하는 데에 있어 편견은 깨끗한 거울을 가린 먼지, 즉 진실을 가린 장애물과 같다고 말한다. 세계를 인식함에 있어서 편견은 사물의 본질을 가리는 요소가 될 수 있다는 의미이다. 모든 도구는 사용 방식에 따라 양면성을 가지듯 그 목적에 따라 우려되는 부분도 적지 않다. 아무리 좋은 도구일지라도 선한 목적으로 사용하지 못한다면 사회에 끼칠 폐해가 크다. 이에 작가는 대상에 대해 편견을 버리고 관용적 시각으로 바라봐야 할 이유는 분명하게 밝힌다.

정현주의 「은자의 여유」는 기행수필로, 다산 정약용의 유배를 다녀온 후 자신의 감정이나 사상 등을 서술한 작품이다. 그러나 여행을 소재로 하는 일반적인 작품과는 사뭇 다르다. 여행지에서 겪게 되는 삶의 경험을 솔직히 풀어놓기보다는 역사 속 인물과의 만남을 통해 시시때때로 변화하는 사회 병폐를 고발한다. 시각적 표상만이 아니라 그 안에 속 깊은 사연들을 들춰낸다.

- 만덕산을 통째로 품은 초당은 무서울 정도로 고요하다. 어디선가 적막을 깨트리는 소리가 들린다. 소리 나는 쪽으로 따라가 본다. 등골을 서늘하게 만든 음울한 소리는, 뜻밖에도 산속 깊은 곳에서 가느다란 대나무 홈통을 타고 흘러내려 온 물줄기가 연지로 떨어지면서 내는 소리였다. 심한 봄 가뭄에도 마르지 않고, 두세 살은 사내아이 오줌발 세기의 물살이 폭포를 만들고 있다. 이 작은 폭포가 비류폭포다. 동백나무 그늘이 살포시 내려앉은 연못 가운데에는, 당쟁이 사라지고 백성들이 편안하게 사는 그날이 오기를 염원하며 쌓았을 연지석가산이 운치를 더해 주고 있다.
- 스산한 느낌이 드는 초당에 오래 머무르고 싶지가 않다. 청신한 바람이 이끄는 대로 발길을 옮겨 본다. 동암을 지

나 노송이 우거진 산등성이에 오른다. 갑자기 넓은 바다
가 시야 가득히 펼쳐진다. 그는 마음이 답답하거나 가족
이 그리울 때면, 이 근방 바위나 나무그루터기에 걸터앉
아 저 아래 구강포를 바라보며 심회를 달랬으리라. 절해
고도와 같은 유배 생활에서 한 가닥 숨통을 트이게 했을
그곳에서 다산의 체취가 느껴진다.

- 「은자의 여유」 -

다산 정약용은 실학사상의 선두주자이다. 그는 조선 후기의 세상은
썩고 병들지 않은 분야가 없다고 판단하고, 애민정신, 민본사상은 민생
을 위한 각종 대책을 마련했다. 그러나 천주교 박해 시기와 맞물려 천주
교 신자로 몰리면서 유배 생활을 시작하였다. 작가는 정변의 회오리에
밀려 세상을 등지고 초야에 묻혀 정약용의 자취를 밟는다. 누구보다도
백성들의 민생을 염려했던 그가 당파의 모함을 받고 벼슬에서 물러나야
했던 것이 안타깝다. 동시에 수많은 업적이 유배 기간 동안에 이뤄졌다
는 데 감탄한다. 그녀는 국민은 안중에도 없이 권력의 향연을 즐기고 있
는 이 나라의 고위 공직자들에게 정약용의 『목민심서』를 읽어볼 것을 권
한다. 당쟁의 소용돌이 속에 각자의 이익 창출에 열중하는 정치인들을
비판하려는 의도이다. 백성을 위한 바른길이 무엇인지 따져 물으며, 개
인의 사리사욕에만 집착하는 고위 공직자들에게 일침을 가한다.

서사는 여행 수필에서 자주 볼 수 있는 표현의 기교로, 일정한 시간
내에서 일어나는 사건이나 행동을 나타내는 것이다. 여행 서사에 집중
한 경우라면 객관적 정보와 사실을 위주로 하지만, 서정성에 초점을 맞

춘다면 주관적인 감흥에 집중한다. 「은자의 여유」는 만덕산을 품은 초당의 모습, 적막을 깨트리는 폭포, 그늘 속에 살포시 내려앉은 연못 등은 자연의 아름다움을 흠뻑 느끼게 해준다. 두 번째 인용문은 노송이 우거진 산등성이를 묘사한 부분이다. 그곳에 올라 유배 생활의 설움과 가족에 대한 그리움을 달랬으리라 추측한다. 작가는 유배 생활을 힘겹게 보냈을 다산의 고뇌와 아픔에 공감하면서, 나라와 국민을 위한 공직자의 마음을 헤아린다.

3

　수필은 인간의 양면성에 대한 고찰로 탄생되는 문학이다. 개인적인 감정을 표현의 대상으로 삼고, 깨달음의 소산을 토대로 창작된다. 혹은 보편적인 대상에 대한 끊임없는 물음과 사회 현상에 대한 비판을 통해 적절한 대응 조치를 준비하기도 한다. 결국 감동의 미학은 수필이 존재하는 이유가 된다. 게다가 비판적 요소를 담는다면 수필이 존속해야 할 이유를 찾게 되는 것이다. 이렇듯 정현주의 작품은 인생을 향한 감성과 지성의 투시가 적절히 조화될 때 좋은 작품을 만들 수 있음을 증명한다.

　작가 정현주는 인생을 향한 감성과 지성을 통해 삶의 의미와 가치를 찾으려고 노력하였다. 먼저 「수레바퀴」는 한갓 꿈과 같이 짧은 인생의 무상함을 통해 사랑하는 친구, 가족의 소중함에 대한 인식을 주제로 하였다. 「느티나무가 있는 집」은 인터넷 문화에 대한 예절이나 바람직한 사용에 대한 재인식을 주장한다. 그리고 「은자의 여유」에서는 정약용의 삶을 바탕으로 개인의 사리사욕에만 집착하는 고위 공직자들에게 따끔한 일침을 가하는 동시에 공직자의 올바른 자세에 대해 말한다.

　작가 정현주는 제1회 에세이문예 작가상에 빛나는 역량 있는 작가이다. 에세이 문예에서 연재수필 작가로 선정되어 여행 수필을 통해 장르의 다양성을 개척하여 호평받은 바 있다. 그녀의 수필은 주로 여행을 통해 삶에 대한 깊이 있는 인식과 새로운 가치의 발견, 역사의 고찰이라는 폭넓은 주제를 다루고 있다는 측면에서 의미가 크다.

가능성의 주체로 살아가는 것

- 최숙미의 「연지빛 에세」를 중심으로

1

인간은 부를 축적하기 위해 멈추지 않고 달린다. 인간은 완전한 충족을 모르기에 다시 욕망의 불덩이를 끌어안는다. 본능적 욕구를 충족하는 데에 만족하지 않고, 잉여 생산을 위한 노력을 멈추지 않는다. 이는 현실에 대한 만족감을 넘어 미래의 불안을 극복하기 위한 존재 방식의 하나이다.

조르주 바타유는 불연속과 연속성의 이론을 저술한 학자이다. 인간을 불연속적 존재로 보고, 한 존재와 다른 존재 사이에는 쉽게 뛰어넘을 수 없는 단절이 있다고 인식했다. 불연속적 존재인 인간이 자신의 한계를 뛰어넘는 순간에 집중하고, 개별적인 타인과의 연속적인 관계를 에로티즘으로 설명했다. 이렇듯 바타유의 에로티즘은 사회적 규범을 넘어서는 욕망에서 시작된다.

인간은 태어나는 순간 고독 속에 놓여진다. 이러한 결핍을 메우기 위해 내면적 욕망을 충족하며 산다. 하지만 존재의 불완전성을 인식조차 하지 못한 채 욕망의 굴레에서 서성인다. 삶은 '탄생-사랑-죽음'이라는 하나의 메커니즘을 갖는다. 사랑은 연속적인 존재로 거듭나기 위한 하나의 몸부림이다. 그러나 그 연속성은 삶이 아닌 죽음을 통해서 완성된다. 어떤 대상이나 감정만으로 획득할 수 없기에 완연한 느낌으로 충족될 수 없다. 이러한 욕망은 곧 불안으로 이어져 내면의 공허함으로 남는다.

2

최숙미의 「연지빛 에세」를 제대로 읽기 위해서는 바타유의 이론적 접근이 필요하다. 작가는 인간의 고독, 욕망, 윤리 등의 철학적 논의가 가능한 소재와 주제를 다루었다. 인간은 자신의 고독감과 소외감을 해소하기 위해 주변인의 관심을 얻으려 한다. 타인을 의식하여 이미지 회복에 전전긍긍하기도 한다. 불연속의 존재로서 느끼는 불안감을 보여 주며, 사회적 인정과 소속감, 사랑 등을 갈망하는 모습을 보인다.

오늘의 나도 호명 받지 못한 자의 슬픔을 가졌다. 바다에 점점이 떠 있으나 보고서에서 제외돼 버린 외딴섬의 비애 같은 거다. 문학의 동지에 갈급해하다가 난데없이 바타이유가 말하는 열망의 벽에 부딪혀 버려서 울적한 빙하시대를 산다. 그의 에로티즘만큼 자유로울 생각은 없지만 빙하시대에 혼자 있어야 하는 건 외로운 일이다.

작가는 호명 받지 못한 일에 안타까움을 느낀다. 그녀는 인정받지 못한 채 버려진 자신을 보며 적지 않은 소외감을 가진다. 망망 바다에 표류한 배와 같이 서글프고 불안하다고 말한다. 소외, 불안, 슬픔 등의 억압된 감정들을 외딴섬에 비유하면서, 현대 사회를 울적한 빙하시대로 지칭한다. 개인주의 사회를 살아가는 현대인들의 불안 심리를 섬이나 빙하로 표현한 것이다. 꽁꽁 얼어붙은 채 해소하지 못한 감정, 대상 간의 소통 부재 등의 부정적 현상을 차갑고 외로운 이미지로 형상화하였다.

오늘날 개인주의와 물질 만능주의의 팽배로 소속감, 일체감 등의 집단의식이 부족해진 지 오래다. 타인을 위한 배려 없이 자신의 이익을 위해서 주변인들을 도구로 삼는 부도덕한 행위들이 늘어나고 있다. 공동체 이익보다는 경쟁의식이 확대되면서 온갖 술수가 등장한다. 작가는 이러한 현대인을 마치 빙하시대를 살아가는 존재와 같이 외롭고 쓸쓸한 존재로 그린다. 표류하는 배와 같이 누군가에게 의지할 수 없는 그 비애와 절망감을 견디며 사는 것도 운명이라는 것.

가슴을 누르며 고통을 감내하는 장면에선 의연하기도 했으며, 헤벌어지게 웃을 수 있는 순간이 행복임을 확신하기도 했다. 상상이었지만 한 번도 넘어뜨려 본적이 없는 부분이 있었다. 그 두터운 지층은 식상할 만도 한 도덕이다. 같이 뒹굴 수 없는 지층이 있다는 게 다행한 일이기도 했지만 드라마틱하지는 않았다. 그것이 내 본연의 모습이지 의도적이지는 않았기에 억지 부리려 하지도 않았다. 오늘의 빙하시대는 이렇게 해서 만들어졌는지도 모르겠다.

인간은 태어나는 순간부터 누군가의 무엇으로 살아갈 수밖에 없다. 라캉의 방식으로 말하면 인간은 언어, 법, 규범 등의 상징계의 질서를 따르며 살아간다. 본연의 욕망은 사회적 구조에 맞게 변형되는데, 인간이 취하는 욕망은 본래의 색깔을 잃고 사회 속에 흐지부지 흩어지고 만다. 윤리나 도덕이라는 사회적 규범에 얽매여, 희미한 불씨로 남아 영원히 피지도 못한 채 서서히 꺼질 뿐이다.

우리는 사회적 틀에 맞춰 살아갈 수밖에 없는 운명에 놓인다. 작가는 '한 번도 넘어뜨려 보지 못한 지층이 다행한 일이기도 했지만 드라마틱하지는 않았다'라고 말하는데, 욕망의 주체자로 살아가지 못한 현실에 이중적인 감정을 드러낸다. 드라마틱한 쾌락을 외면할 수도, 일탈의 결말을 감당할 수도 없는 것. 욕망의 구조는 그 특성상 상징계의 질서를 깨뜨릴 수 있기에 불안과 걱정을 낳고, 그 갈림길에서 갈팡질팡 혼란스럽다. 이렇듯 빙하 시대는 욕망과 현실의 경계선인 동시에 스스로 만들어 낸 단절과 소외의 장벽이다.

맛을 잃을 만큼의 근신이고 싶지는 않은 게 나의 이중성이다. 근신을 할지라도 내 수필은 산 색깔을 여러 번 바꿀 수 있을 만한 일탈을 꿈꾼다. 연지 빛 입술을 가진 수필은 어느 장르보다 섹시하다. 나도 내 수필의 실체를 아직은 잘 모른다. 내가 아닌 내 수필에서 섹슈얼리티가 발견되고 인생의 아름다움이 연출되기를 바란다.

인간은 매 순간 안락과 질서를 추구하며 살아간다. 반면 자유와 일탈이 주는 행복에 갈증을 느낀다. 무난한 색의 옷을 선호하는 회사원이 요염하고 화려한 드레스를 입고 싶은 것, 아이를 키우고 요리가 취미인 여성이 사회에서 인정받는 커리어우먼으로 살아가고 싶은 것, 도시의 문물을 흠뻑 누리고 사는 부자가 홀연히 시골에서 텃밭을 일구고 싶은 것, 이 모든 것은 상징계로부터 벗어나 홀연히 자유롭게 살아가고자 하는 욕망이다. 작가는 이러한 일탈의 꿈을 '연지 빛 입술을 가진 수필'이라고 부른다. 그녀는 도덕적 한계선을 뚫지 못한 채 남겨진 충동을 글로 대체한다. 자신이 진정 바라는 욕망, 즉 본연의 색깔을 잃은 채 대체물로 전환할 수밖에 없는 욕망의 구조적 한계점을 보여 준다.

작가는 수필을 통해 자신의 욕망을 표출하고, 이를 통해 만족감을 찾는다고 말한다. 문학은 욕망의 대체 수단으로, 삶 전체를 흔들어 놓지 않으면서도 본능적 욕구를 일부분 충족할 수 있는 이상적인 도구인 것이다. 수필은 일상의 체험을 담는 것 이외에도 인간의 갈등, 욕망 등의 에너지를 표현하는 데에 중요한 도구가 될 수 있다.

한 편으로 내가 쓰는 장르가 수필이라서 얼마나 다행스러운가. 내 삶이 빨려 들어갔던 블랙홀까지도 헤집어 내는 게 수필이다. 상상으로라도 무너뜨리지 못하는 지층을 갖고 있는 것은 되레 안도할 일이지 않을까. 너무 치졸한 자기 싸매기인지도 모르겠다. 이런 나를 위해 흑장미 한 송이를 샀다.

장미꽃은 색깔과 수에 따라 꽃말의 의미가 달라진다. 먼저 붉은 장미는 욕망과 열정을, 노란 장미는 질투를, 하얀 장미는 순결과 존경을 의미한다. 대다수의 꽃말은 사랑과 깊은 관련을 가지는데, 흑장미는 그 빛깔이나 의미성이 예사롭지 않다. '당신은 영원한 나의 것', '넌 나에게 벗어날 수 없어' 등의 열정적이고 집요한 사랑을 뜻한다. 작가가 흑장미를 소재로 고른 건 나름의 이유가 있다. 내밀한 욕망을 함축하는 동시에 무의식적 욕망의 외화인 것이다. 마음속 내밀한 욕망을 그대로 드러내지 않으면서도, 본능적인 감정을 기대고자 하는 이중성을 품은 소재이다.

작가는 순수함을 상징하는 작약꽃에 대한 애정을 드러내면서도, 오히려 흑장미를 소유하려 한다. 순수하고 아름다운 작약꽃이 이상적이지만, 열정과 도도함을 지니는 장미가 더 격정적으로 다가온다. 결코 밀리지 않겠다는 당찬 호기와 자부심 때문일까. 그것은 자신을 은근히 따돌리고 배척하려는 무리들에게서 자신을 지켜나가겠다는 다부진 결심으로 보인다. 이를 전제로 보면 흑장미는 새로운 도약을 꿈꾸며 굳건히 자신을 지켜 나가겠다는 의지를 표명하는 소재이다.

오늘은 내가 밀린 빙하시대에서 도도한 장미꽃을 살 수밖에 없지만, 내일은 내가 쓴 연지 빛 수필에 누군가의 가슴이 설레게 되리라. 빙하시대가 풀리면 풀물 흥건하고 작약꽃 흐드러진 동산에서 일탈이 아름다울 수 있는 수필과 연지빛 사랑을 하리라.

최숙미의 「연지빛 에세」는 빙하시대를 살아가는 우리에게 적지 않은 메시지를 전한다. 현대 사회를 살아가는 우리에게 진정 필요한 것은 무엇일까. 당당함과 용기, 열정과 패기만 있으면 살얼음을 걷고 또 걸을 수 있지 않을까. 경쟁의 늪에서 자신의 무한한 가치를 뽐내는 것만이 진리일까. 이러한 질문을 통해 다음과 같은 답을 찾을 수 있다. 우리에게 가장 필요한 것은 즉각적이지도, 일회적이지 않은 아름다움을 추구하는 것. 화려함보다 단단한 내실에 방점을 두는 것이다.

작가는 수필을 통해 은밀한 욕망을 이루려 한다. 즉각적인 화려함에 도취되지 않고, 은은하고 기품 있는 아름다움을 갈구하는 것. 연지빛 수필로 누군가의 가슴을 설레게 하리라는 희망을 담는다. 그녀는 흑장미보다 봄볕에 하늘대는 작약꽃이 은근한 매력을 풍기는 것처럼, 자신을 허물어 빙하를 녹이기보다 숙련과 성숙의 과정을 거치면서 빙하시대를 견디고자 한다. 파괴적이고 진보적인 방법보다는 점진적이고 수정적인 방식에 눈을 돌린다.

3

흔히 인간은 불완전한 존재로 전능감을 획득하기란 어렵다. 우리는 사회적 동물로서의 자질을 충분히 갖추고 있지만, 소속감과 동질감을 통해 일시적인 평온을 누릴 수밖에 없는 존재이다. 그저 불연속적인 존재로 남아 사회 빈틈을 메우고 살아갈 뿐이다. 그렇다면 욕망의 메커니즘을 초월한 채 살아갈 수 있을까. 그럴 수 없다. 그저 욕망의 환유 속에 길을 잃지 않도록, 존재의 결핍을 인정하고 살아야 한다. 또한 허무와 고독의 늪에 빠지지 않도록 스스로를 절제하며 다독여야 한다.

수필은 맑은 거울과 같다. 거울이라 함은 존재의 희로애락을 모두 본다는 의미이다. 그것은 너로부터 출발하여 나로 향하는, 일종의 자기 발견의 매개가 될 수 있다. 동시에 문학은 독자로 하여금 인생의 참된 의미를 깨닫게 하고 바람직한 사회 영위를 이룬다는 교시적 기능을 가진다. 작가의 세계관을 통해 세상의 다양한 이치들을 발견할 수 있는 것이다. 그런 의미에서 일상의 사건들을 나열하거나, 감정에 취한 관념적인 글은 생명력이 짧을 수밖에 없다.

최숙미의 「연지빛 에세」는 단절과 고독을 느끼며 살아가는 현대인들을 위한 글이다. 인간의 불완전성을 인정하고, 잠재성을 발견하는 데 주력한 작품이다. 작가는 인간의 실존에 관한 물음과 욕망의 메커니즘으로 이어지는 다소 철학적이고 사색적인 주제를 다룬다. 소통 부재와 갈등, 소외감을 겪으면서 느낀 감정변화를 솔직하게 표현하였다. 사회 구조와 질서, 법을 넘어서려는 일탈의 감정을 담담하게 그린다.

필자는 '바타이유가 말하는 에로티즘의 사유를 사정없이 쳐 낸 결과에 자존심이 상했다는 표현 같기도 하다'라는 작가의 말이 인상적이다. 에로티즘을 향한 사유를 외면할 수 없다는 것인데, 결핍을 메우려 노력하는 작가의 열정이 식지 않았음을 증명하는 부분이다. 욕망의 주체자로서 자신의 가능성을 발견하고자 하는 강한 의지로 보인다.

모성성과 공생의 보편적 진리 탐구
– 이애순의 「겨울비」를 중심으로

1

자연은 순수한 필연성을 전제로 하나, 예술은 이성과 감성을 토대로 한다. 자연은 인과율의 법칙, 즉 과학적인 사고로 설명될 수 있지만, 예술은 예술가의 능력과 감성, 의도에 따라 달라진다. 예술이 우연적이고 감각적인 방식에 의해 완성된다는 점은 거부할 수 없는 사실이다. 그럼에도 감각적 특수성은 보편적 진리로 완성된다는 점을 간과해서는 안 된다. 예술은 개인의 감각적 체험을 토대로 인간의 보편적 감정과 진리에 다가가는 과정이기 때문이다.

수필은 형식적 제약이 적어 접근성이 좋은 장르이다. 개인의 주관성, 즉 경험의 특수성을 전제로 하기 때문이다. 또한 대상의 아름다움을 드러내면서 존재의 의미를 밝히는 고도의 전략이 필요하다. 수필은 사실을 기반으로 하지만 보편적 진리에 근접하는 노력이 필요하다. 독자들이 일상적 체험을 통해 대상과 특별한 공감을 형성할 수 있도록 해야 한

다. 작가의 창조성과 상상력을 전제로 즐거움과 감동, 깨달음을 전하는
데 의미가 있다.

2

　노자는 물을 통해 덕을 설명하려 하였다. 물은 늘 위에서 아래로 흐
르니 자기를 낮추는 겸허와 관련되고, 물은 애써 싸우지 않고 돌아가니,
남과 싸우지 않는 부쟁과 결부된다는 것. 우리는 예부터 자연의 특성을
전제로 이상적 가치를 밝히려 노력했다. 이는 인간이 자연의 일부라는
일원론적 시각에서 비롯된 것이다. 이러한 시도는 이애순의 「겨울비」에
서도 쉽게 찾아볼 수 있다.

- 이 시절의 비는 서걱대는 마음의 허허로움을 채워주는 신
  비로움이 있다. 따뜻하고 달콤한 코코아 같다. 비 내리는
  정경을 바로 비니 눈이 호사다. 적적한 마음에 보습제다.
- 겨울비는 오만하지 않게 떨어진다. 기세등등하지 않아 맞
  이하기 편하다. 달관의 자세리라. (중략) 새싹들은 아직
  태동을 서두르지 않는다. 그래서 겨울비는 한가하다.
- 땅에 떨어져 흙을 잘게 부수고 부드럽게 어루만져 다음
  해 태동의 씨받이를 만들게 한다. (중략) 대지의 노곤함을
  달래고 위로하는 비다.

본 작품은 겨울비의 역할과 가치에 대한 사색을 담았다. 먼저 우리는 '마음의 허허로움을 채워주는 신비로움을 지니고 있다'는 부분을 통해 겨울비에 대한 예찬적 태도를 볼 수 있다. 마른 대지와 적막한 허공에 생명력을 불어넣어 자연의 적막함을 잠재우는 겨울비의 특성을 잘 포착하였다. '따뜻하고 달콤한 코코아 같다'라는 비유는 차가운 겨울비에 대한 이미지를 깨뜨리는 관점이다. 차가운 비가 우리들의 마음에 온기를 줄 뿐 아니라 낭만적인 정취에 빠지게 만든다는 것. 동시에 보습제라는 은유적 표현은 메마른 인간에게 활력을 주며, 얼어붙은 우리들의 마음에 안식을 제공한다는 의미이다. 이렇듯 작가는 낭만적 이미지, 수분 제공, 생존의 자양분을 전제로 겨울비라는 계절적 특성을 전달하고 있다.

겨울비는 겨울 흙을 부드럽게 어루만져 태동의 씨받이를 만들어 준다. 이러한 특성을 토대로 작가는 대지의 노곤함을 달래며 위로하는 겨울비를 모성의 힘으로 부각시킨다. 일 년 농사를 마친 농부가 대지를 향해 드러내는 기대심, 새로운 생명체를 탄생시키겠다는 책임감이 애틋하게 묻어난다. 겨울비는 관용과 이해를 바탕으로 한 모성성을 연상하게 만든다. 만물의 성장을 돕고 지친 심신을 위로하는 점이 어머니의 모습과 닮았다.

본 작품에서는 '겨울비는 오만하지 않게 떨어진다', '겨울비는 한가하다'라는 표현이 눈에 띈다. 이는 인간이 갖추어야 할 덕, 즉 겸허와 여유의 의미를 생각하게 만든다. 작가는 겨울비를 의인화하여 선비의 고귀한 품성을 떠올리게 한다. 만물의 생성에 관여하지만 자신의 업적을 포장하지 않는 겸손함을 강조하기 위해서다.

- 신혼은 씨의 싹을 틔우기 위해 조심조심 발소리 죽이며 내리는 봄비처럼 모든 것이 어설프고 조심스럽지만 푸릇한 미래가 있으니 희망과 가능성을 품은 시기다. 자신들의 역할만 충실히 해도 괜찮다.

- 그 시기를 지나 자식을 낳고 그들을 키울 때는, 어린싹과 채소와 나무들을 키우기 위해 주룩주룩 내리는 장대비처럼, 멈추면 고일세라 퍼붓듯 몰아치며 살아야 했다. 적자생존에 낙오되지 않기 위해 주춤대지 않고 억척스레 살아보려 헉헉대던 시기다.

- 또한 신록으로, 또 단풍으로 온몸을 불사르고 땅에 떨어져도 안착하지 못하고 바람 따라 뒹구는 낙엽의 고달픔을 잠재워 준다. (중략) 이제 나의 아이들도 부모의 품을 떠나 그들의 온전한 세계로 들어가려 하는 시기에 있다. 부모의 역할을 마무리하는 시기다.

인간과 자연은 유사한 부분이 많다. 봄, 여름, 가을, 겨울의 변화에 따라 생성, 성장, 결실, 정리의 과정을 순환한다. 이는 변화하는 삶의 과정에 따라 달라지는 희로애락과 같다. 만연한 봄날은 인생의 출발을 의미하고, 푸른 여름은 열정과 의지의 청년기, 결실과 낙엽의 가을은 장년기, 앙상하게 내리는 눈 덮인 산은 노년기의 삶을 연상케 한다.

이애순의 「겨울비」의 중간 부분을 살펴보면, 비와 관련한 부분이 흥미롭게 그려진다. 신혼의 이미지를 희망과 가능성을 품은 시기로 설명하며, 숨죽이며 내리는 봄비에 비유한다. 시련과 실수를 내포하고는 있지만, 자신의 역할에 매진하는 열정을 기반으로 하기에, 봄비는 시작과 희망을 상징한다.

또 작가는 자식을 낳고 키우는 시기를 장대비에 비유하고 있다. 억척스레 살아가는 삶의 의지가 발동하는 시기로, 물질이나 정신적으로 많은 희생이 필요한 시기이다. 여기서 장대비의 특성, 즉 장대처럼 굵고 거세게 좍좍 내리는 비는 자식을 향해 거침없이 질주하는 부모들의 열정을 상징한다. 자식을 훌륭하게 키우고픈 부모의 마음을 절실하게 표현한다.

마지막 낙엽을 잠재우는 겨울비의 모습에 아이들을 떠나보내는 부부를 대입시킨다. 이는 삶을 정리하고 돌아보는 시간을 의미한다. 생성과 발전에 공을 들인 부모는 자식의 꿈을 위해 헌신을 아끼지 않는 시기이다. 자식들이 다시금 새 운을 틔울 수 있도록 마지막까지 애쓰는 모습이 우리네 부모님들과 다르지 않다. '안착하지 못하고 바람 따라 뒹구는 낙엽의 고달픔을 잠재워 준다'의 표현은 인간의 모성성을 떠올리게 한다. 불안한 삶을 차분히 가라앉히는 포근한 자태, 그것이 바로 모성의 힘이다.

- 나를 덜어내는 일. (중략) 탐·진·치 이 세 가지로 인간은 늘 번뇌와 집착에 쌓이게 되고 삶이 고통스러운 것이다.
- 그것은 부지불식간에 타인을 먼저 생각하기보다 나를 먼저 생각하는 아상(我相)에 집착한 게 아닐까 하는 자각이 인다. 나를 세울 때 타인이 배타적으로 생각되는 것이다. 나를 없앨 때 모든 것에 너그러워지고 그들과 동화될 수 있다.

- 같은 공간에 나의 시각과 타인의 시각이 공존한다는 것
  을 늘 인식할 수 있다면 타자와 나 사이의 간격은 좁혀지
  리라.

작가는 자연이 주는 가르침을 불교적 세계관에 기대어 설명하고 있
다. 불교에서는 모든 존재는 인연법에 의해 생겨나고 영원한 것은 없다
고 말한다. 결국 번뇌와 고통을 이기기 위해 부처의 연기론을 깨달아야
한다는 의미이다. 부처의 참뜻을 받아들여 연기의 의미를 깨달을 때, 번
뇌의 고통을 이겨 낼 수 있다. 그녀는 번뇌에서 벗어나기 위한 방법으로
세 가지 근본 교의를 제시한다. 인간의 번뇌는 탐욕과 진에와 우치, 곧
그칠 줄 모르는 욕심과 노여움, 어리석음에서 비롯된다. 이 세 가지 번뇌
는 해탈에 이르는 데 장애가 되므로 삼독이라 일컫는다. 또한 교의인 삼
법인에 대해 언급하고 있다. 그중 제법무아는 만물이 인연에 의해 생겨
실체가 없는 것이다. 인간이 이를 인식하지 못한 채 집착할 때 고통이 생
긴다. 불교에서는 이러한 아상을 없애기 위해 제법무아와 연기설을 강
조하는데, 이는 불교의 우주론인 상호의존적 인과관계를 일컫는다.

인용문에서는 모든 만물은 한 가지 독립된 실체는 존재하지 않으며,
상호 의존 관계에서 생성됨을 강조한다. 우주 만물은 필연적으로 연관
관계를 가지며, 이는 공생의 의무를 지닐 수밖에 없는 인간의 운명을 설
명하는 말이다. 이러한 이치를 바탕으로 인간이 가져야 할 덕목을 소개
한다. 덕은 번뇌의 고리를 끊고 아집에서 벗어날 때 완성되는 것이니, 이
는 곧 공생으로 가는 지름길인 것이다.

3

　수필은 작가의 경험을 전하며 독자들의 감흥과 깨달음을 불러일으키는 데에 목적이 있다. 수필이 개인적이고 일상적인 체험을 바탕으로 하기에 독자들의 흥미와 관심을 이끌어 내기란 쉽지 않다. 따라서 작가는 독자들의 감동을 배가시키기 위해서는 제재에 대한 상징성과 의미성에 관해 연구해야 한다. 장르적 특성에 따라 일화를 묘사, 서사 등의 서술 방법으로 표현하는데, 이때 의미화 작업은 작가가 놓치지 말아야 할 핵심 과제이다.

　이애순의 「겨울비」는 작가가 일상생활이나 자연에 느낀 깨달음을 담은 수필이다. 그녀는 자신의 인생관과 가치관을 설명하기 위해 겨울비를 활용한다. 즉 우리 주변에서 쉽게 접할 수 있는 풍경, 날씨, 계절 등의 소재로 인간의 미덕을 설명한다. 특히 겨울비가 가진 속성을 세밀하게 관찰하여, 인간의 덕성, 즉 겸손과 달관의 자세, 따뜻한 정과 배려의 덕목 등을 제시한다. 비의 강약에 따른 특성을 인간의 삶과 결부시켰고, 헌신과 열정을 전제로 한 모성성을 담았다. 동시에 작가는 인간의 고통과 시련은 바로 집착임을 깨닫고, 공생을 향한 내적 지향점을 보여 준다.

인식 전환과 자기 성찰적 자세

이성대의 「곡마단의 원숭이들」를 중심으로

1

예술에 있어서 비평의 역할은 매우 크다. 비평은 함축된 의미를 밝히고, 작가의 의도를 분석하는 작업이다. 아주 특별하고 내밀한 표현 형태, 즉 언어적 기교를 분석하여 작품의 미학적 수준을 높인다. 독자들에게 작품을 바라보는 방식을 제시하고, 분석과 해석을 통해 색다른 감동을 제시한다. 때론 비평을 거치면서 작가가 미처 의도하지 않았던 새로운 가치를 발견할 수 있다. 그러나 비평은 작품의 오독 가능성이라는 무거운 책임감이 뒤따르기에, 작품을 창작하는 것만큼이나 어렵다.

비평은 평론가만의 영역은 아니다. 수필을 쓰는 작가에게도 해당된다. 문학이 인생을 담고 깨달음을 주는 수단이기에, 작가들의 비판 의식이 작품에 내재되는 것은 당연하다. 사회 현상에 관한 비판적 시선은 작품을 이루는 주요 동력이 된다. 작가가 평면적 사고만을 고집한다면 쉽게 잊히고 말 것이다. 따라서 일상성과 보편성을 담는 데 급급하기보다,

현상에 대한 끊임없는 의문, 그것을 향한 문제의식이 선제되어야 한다.

2

　사람은 누구나 저마다의 그릇을 타고 난다. 하지만 그릇에 무엇을 담느냐에 따라 판이하게 달라진다. 평생 하나의 그릇에 똑같은 내용물만 담는다면 어떨까. 변화무쌍한 사회를 적용하며 살아가는 게 쉽지 않을 것이다. 우리는 다양한 욕구와 갈등을 해결하는 과정에서 또 다른 관점을 적립해 간다. 연령과 환경에 따라 가치관이 달라지니, 사물을 인식하는 관점도 시기마다 변한다.

　내가 필드에서 젊은 골퍼들의 호기심의 대상이 되어 그들이 나를 눈여겨보는 것이, 내가 마치 곡마단의 원숭이가 되거나 하는 것처럼 여겨져서 처음에는 불쾌하기도 하고, 계면쩍기도 하여 속마음이 편안하지 않았다. (중략) 그러면서도 다른 한편으론, 그들이 나를 어떤 식으로 보든, 내 생활이 그들의 시선의 영향을 받을 필요는 없지 않는가 하는 생각이 들기도 했다. 이런 상반된 생각들이 내 마음속에서 엎치락뒤치락하다가, 하나의 새로운 생각이 그 속에서 슬며시 떠오르기 시작했다. 그것은 남들의 시선을 집중적으로 받는다는 것은, 경우에 따라서는 즐겁고 유쾌하고, 명예로운 일이 될 수도 있다는 생각이었다.

이성대의 「곡마단의 원숭이들」은 정치인의 탐욕과 비리를 비판하고 국민의 대표로서 가져야 할 소명 의식에 대해 말한다. 작가는 노년기에 접한 골프가 생활의 단조로움을 깨는 하나의 방편이 되었지만, 타인의 시선을 의식하게 되었다고 고백한다. 곡마단 원숭이가 된 것 마냥 불편한 감정이 든다는 것. 그러나 인식의 전환은 많은 것을 바꿔 놓는다. 타인의 시선이 오히려 유쾌하고 명예로운 일이 될 수 있음을 알아차리는 순간, 불안과 갈등에 대처할 수 있는 지혜도 얻을 수 있다. 현상에 대한 긍정적 인식이 경계와 갈등을 뛰어넘는 동력이라는 사실을 체득하게 된 것이다.

생각을 이렇게 바꿔 버리니까, 골프장에서 젊은 골퍼들의 시선을 집중적으로 받아도 불쾌하거나 계면쩍은 느낌은 없어지고, 도리어 당당하고, 의젓하고, 유쾌하여, 내가 마치 대중의 스타가 된 듯한 속된 느낌마저 들었다. 80 평생을 살아오면서 남들의 시선이라고는 한 번도 받아 봄이 없이 그저 미적미적 살아오다가, 인생의 막장에 와서 비록 골프장이라는 좁은 공간에서나마 스타가 된 듯한 기분을 맛보니, 나의 삶이 갑자기 찬란해지는 듯했다. 그래서 그런 찬란한 기분을 갖다주는 남들의 눈요깃감, 다시 말해서, 곡마단의 원숭이가 되라면 하루에 몇 번이라도 될 수 있을 것 같았다.

행복은 주어지는 것이 아니라 누리는 데 있다. 행복이 하룻밤 꿈처럼 쉽게 왔다 사라진다면 어떨까. 그 감흥은 쉽게 변질되고 말 것이다. 행복이야말로 쉽게 찾아드는 하룻밤의 달콤함에 빗댈 수 없다. 그 감정은 스스로 깨우치는 용기와 지혜에서 비롯된다. 불안과 갈등을 슬기롭게 대처할 수 있는 혜안 속에 숨죽이고 있는 것이다.

모든 것은 마음에서 비롯된다. 불교에서 말하는 일체유심조의 의미를 되새기며, 번뇌 없는 세상을 위해서는 아집을 버리고 진정 자신의 내면을 바라보라는 의미이다. 작가는 이러한 이치를 설명하기 위해서 자신의 일화를 소개한다. 곡마단의 원숭이 보듯 계면쩍게 웃음을 지어야 했던 순간을 기록한다. 평생 누릴 수 없었던 생의 찬란함으로 기억하고 싶은 것이다.

이들은 모두 권력 중독증에 걸린 환자들이어서 인생에서 권력이야말로 최고의 가치, 최고의 선이라고 굳게 믿고 있어. 이 권력을 거머쥐기 위해서는 아무리 철면피한 짓이라도 예사로 해버린다. 다만 그 철면피한 짓을 근시하고 그럴듯한 말로 포장해서 내놓으므로 순진한 백성들은 속아 넘어갈 때가 많다. 정치인은 가자를 진짜로 교묘히 포장하는 포장의 명수이다. 흐루시초프가 말했던 것처럼 정치인은 군중 앞에서 강江도 없는데 다리를 놓아주겠다고 천연스럽게 약속할 수 있는 인간이다.

우리는 이성대의 「곡마단의 원숭이들」에 등장하는 인물의 행동을 보며 비판의 목소리를 높이게 된다. 국민들의 관심을 끌어모으려고 야단인가 하면, 허황된 공약들로 사탕발림하는 국회의원들의 기행이 꼭 곡마단의 원숭이와 흡사한 것이다. 권력 쟁탈에 눈이 먼 정치인들의 모습에서 진흙탕 싸움에 빠진 탐관오리를 연상하게 된다. 그들은 권력에 도취된 채 인간의 천박한 본성을 드러낸다. 그들에게 권력은 도구일 뿐이다. 자신의 의지를 관철시키는 동시에 상대를 지배할 수 있는 힘으로 사용한다. 작가는「곡마단의 원숭이들」을 통해 명분 없는 권력 쟁탈은 결국 피폐함을 남길 것이라 경고한다.

3

　문학이란 인간과 사회를 이해하고 해석하는 작업이다. 문학은 사회를 비추는 거울로 다양한 사회상을 재현한다. 현상에 대한 관찰이나 재현을 주로 하되, 갈등과 해결을 통해 지혜를 습득하기도 한다. 이는 인간 본질에 대한 세밀한 탐구로 이어진다. 삶을 풍요롭게 살아갈 수 있는 지혜를 제공하기 위해서이다.

　수필은 지식을 내세우는 건조한 실용문과는 다르다. 각 개인이 대상을 향한 탐미의 순간을 감상적인 문체로 담아, 인간의 감성을 자극하는 것이 주된 특징이다. 다만 현실에 대한 깊은 사색이나 비판 없이 미감에 치우치지 않도록 경계해야 한다. 무엇보다 세상을 향한 인식의 눈은 현실을 극복할 힘이 될 수 있다는 점을 명심해야 한다.

　이성대의「곡마단의 원숭이들」은 사회 현상에 대한 비판적 시각이 돋보이는 작품이다. 작가는 불안에 대처하는 자세를 깨우치고, 주체적인 삶을 살아갈 수 있는 혜안의 눈을 가지고 있다. 일상의 관계를 올바르게 평가하기보다 행복한 삶을 살아가고자 하는 의지, 그 행복의 근원에 대해서 깊이 있게 성찰하고 있다. 그는 지성의 깊이와 논리를 앞세우되 자신의 식견이나 학식만을 내세우지 않는다. 삶의 이치를 깊이 있게 통찰하면서, 지혜의 전수자가 되려 한다. 사회현상에 대한 날카로운 비판과 함께 희망의 빛을 밝히기 위한 의지를 표명한다.

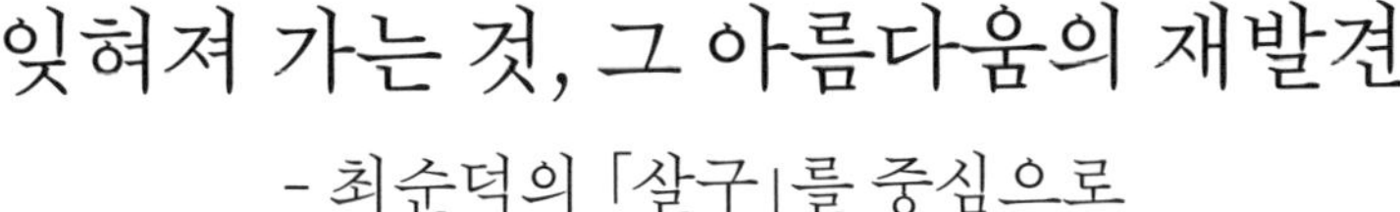

잊혀져 가는 것, 그 아름다움의 재발견
- 최순덕의 「살구」를 중심으로

1

수필이란 주관적 인상을 개성적인 문체로 써 내려간 글이다. 작가의 경험이나 일상이 포함되어 충분히 자기 고백적일 수 있는데, 수필을 서정의 꽃으로 명명하는 것도 이 때문이다. 그러나 한 가지 명심해야 할 부분은 주관만을 고집해서는 안 된다는 것이다. 작가가 보편성을 무시한 채 주체성과 창의성만을 내세운다면 어떻게 될까. 작품에서 이질감을 느끼거나 공감적 요소를 찾을 수 없게 된다. 결국 자기감정에 빠진 채 독단적으로 판단하는 편협성에 빠질 수밖에 없다.

얼마 전, 한 독자로부터 원망 섞인 푸념을 들은 적 있다. 필자가 피천득의 작품을 부정적으로 평가했다는 이유였다. 초보 평론가의 냉정한 비평이 서운했던 모양이다. 이에 필자는 수필이 생활의 글이지만, 일상성에 빠지는 위험성을 초래할 수 있음을 지적했다. 무엇보다도 수필이 신변잡기나 일상성에 빠져 목적성을 상실할 수 있다는 점을 우려한 것이다.

이러한 측면에서 최순덕의 작품 「살구」를 살펴보면 다음과 같은 평가가 가능하다. 아름다움의 기준, 소박의 미와 내면의 가치를 중요시하는 작가만의 사색적이고 철학적인 시각이 돋보인다. 또한 유년의 추억을 되살려 독자들에게 진한 여운을 선사하고, 옛것의 소중함을 깨우치게 한다. 지극히 평범한 소재를 다루고 있지만, 내재된 의미를 찾는 과정에서 감흥과 여운을 느낄 수 있다.

2

작가는 동서양의 문화가 뒤섞여 다양한 문화유산을 만들어 낸 터키를 방문한다. 눈부신 바다를 끼고 기름진 토양에 무화과, 살구, 포도, 올리브나무를 가득 품고 있는 지평선이 아름다우면서도 탐이 난다. 그녀는 터키라는 낯선 나라를 여행하면서 느꼈던 생각과 감정을 효과적으로 전달한다. 단지 사실적 경험에 치중한 작품과는 다르다. 아름다움의 재인식이라는 주제를 던지고 있으니, 여타 다른 수필과는 사뭇 다른 느낌을 준다.

세월이 변했다. 변하지 않은 것이 오히려 귀해지면서 입맛도 따라 변했다. 무섭게 변하는 세상이 어지러워질 때면 자주 향수에 젖게 된다. 영원보다는 순간이 중요하고 마음보다는 물질이 우선인 현대 삶에 싫증이 난 까닭일까. 유난히 그리운 것도 많아지고 슬픈 추억이 젖어있는 옛것이 더

욱 생각난다. 그중에서도 살구에 얽힌 추억이 제일 가깝게
다가선다.

보드리야르는 현대 사회를 소비사회로 규정했다. 영원보다는 순간
이 중요하고, 마음보다는 물질이 우선인 현대인들의 특성을 개념화한
것이다. 대상의 내적 가치를 음미할 여유조차 없는 사람들이 만들어 낸
문화 양상을 비판하는 것이다. 새로운 유행에 떠밀려 현재 누리는 것들
이 순식간에 과거가 되어버린 것. 사람은 누구나 일상적 삶에 싫증을 느
낄 수 있다. 그러나 새로움에 이끌려 살아가는 것이 행복의 지름길은 아
니다. 가끔 추억의 서랍장에 넣어둔 기억들을 음미하는 것도 행복일 수
있다. 작가는 이 점을 놓치지 않는다. 옛것에 대한 아름다움, 그 향수에
젖어 추억을 되새기는 것이다.

항상 배가 고팠던 어린 시절 그때에는 살구가 이 세상에
서 제일 맛있는 과일이었고 무엇보다 귀한 열매였다. 목이
아플 정도로 쳐다보고 또 쳐다보았던 살구나무 아래에서 배
고픔도 잊은 채 술래잡기는 계속되었고 내 슬픈 유년의 추
억도 같이 자랐다.

살구나무가 노란 열매를 맺는 동안에 작가의 유년 시절도 함께 피어
났다. '나'에게 살구는 살아가는 희망이었다. 허기진 배를 채울 수 있는
양식인 동시에 노란 살구 몇 알을 줍는 동안에 누릴 수 있는 기쁨, 그것
은 하루를 사는 이유와도 같았다. 살구를 줍기 위해 보이지 않는 전쟁을

치러야 했고, 누가 먼저 주워 갈까 봐 잠도 제대로 이룰 수 없었다고 고백한다. '어린 시절 젖배를 곯은 애가 평생 욕구불만과 애정결핍증에 걸린다'라는 작가의 말을 보면 살구에 대한 관심은 곧 심리적 양상과 관련된다. 살구는 결핍에 대한 보상인 동시에 욕망을 발현하는 시발점으로 작용한다.

하지만 언제부터인가 과일 가게에서 살구를 보기 어려워졌다. 짧은 봄날만큼 살짝 나타났다가 금방 사라져 버린다. 살구를 비롯한 토종 과일이 설 자리를 잃고 뒤로 밀려나는 것 같아 안타까울 때가 많다. 새 품종의 맛있는 과일과 수입 과일에 밀려 버린 살구, 삶의 가장자리로 밀려나고 있는 나의 모습과 겹쳐지기도 한다.

최근 가게 앞 전시 형태를 보면, 토종 과일이 밀려나는 모습이다. 새로운 품종들의 등장은 소비자들에게 선택의 폭을 넓혀 준다는 측면에서는 긍정적이다. 그러나 작가는 수입 과일에 밀려나는 토종 상품들을 보면, 마치 자신의 처지를 보는 것 같아 마음이 아프다고 말한다. 시시각각 변화하는 사회에 적응하기 어려운 기성세대들의 안타까운 처지를 토종 과일에 빗댄 것이다. 작가는 세월의 흐름에 가장자리를 잃어가는 세대들의 아픔을 대변한다. 옛것에 대한 소중함을 절실히 예견하는 측면에서 더욱 그러하다.

이른 봄, 연분홍 꽃을 피워 매화와 함께 화려한 봄의 시작을 알리는 살구나무다. 살구의 씨앗도 참 유용하게 쓰이고 있으니 이 얼마나 다행스러운 일인가. 한방에서 행인杏仁이라는 살구의 씨앗으로 기침을 멎게 하고 가래로 숨이 차는 것을 치료한다. 씨를 갈아서 잡티 없는 고운 피부를 만드는 재료로 사용하고 있다니 어느 것 하나 버릴 것 없는 귀한 열매임을 말해준다. 네팔의 장수촌에서 살구의 씨를 많이 먹는 것으로 알려지면서 우리나라에서도 장수식품으로 판매되고 있다니 이 얼마나 놀라운 살구의 변신인가. 살구라는 말의 뜻이 개를 죽인다는 뜻이라니 내가 좋아하는 살구의 뜻치고는 좀 살벌하다. 말뜻이 그러하니 개와 살구는 서로 상극일 수밖에 없다. 그래서 실속 없이 겉만 요란한 사람을 보고 빛 좋은 개살구라는 말을 붙였는가.

작가가 살구에 대한 깊은 애정을 과시하는 데에는 그만한 이유가 있다. 살구는 연분홍 꽃을 피워 봄의 시작을 알리는가 하면, 기침을 멎게 하고 숨이 차는 것을 치료하는 한방 재료로도 쓰인다. 여인들의 피부를 관리해 주는 미용 재료이며 장수 식품으로 이용된다고 하니, 그 쓰임새도 다양하다. 보잘것없어 보였던 살구가 색다른 존재로 인식되는 순간이다. 지극히 평범하고 초라해 보였던 살구로부터 새로운 가치를 발견한 것.

그녀는 아름다움은 외형에서 출발하는 것이 아니라 속을 가득 메운 내면에서 빛난다고 말한다. 대부분의 사람들은 아름다움의 기준을 외적 유형에 두는 경우가 많다. 그러니 내적 아름다움을 인식하지 못하는 사람들이 안타깝게 느껴질 수밖에 없다. 그럼에도 작가는 미적 기준에 대해 설명하거나 해석하지 않는다. 그녀는 '실속 없이 겉만 요란한 사람을 보고 빛 좋은 개살구라고 부르게 된다'라는 구절을 통해 화려함에 속아 평범함의 가치를 놓쳐버린 사람들에게 따끔한 일침을 가할 뿐이다.

그 옛날, 터키의 찬란했던 문화가 지금 돌덩이 몇 개로 뒹굴면서 무언으로 들려주는 얘기가 있다면 지키지 못하면 뺏기고 만다는 것이리라. 아무리 보잘것없고 맛없는 과일 하나라도 내 나라 내 땅에서 나는 것이라면 소중하지 않은 것이 없다. 과일로서 외면당한 살점을 포기하고 응어리 진 씨앗으로 다시 우리에게 다가온 살구이다. 그렇게 해서라도 이 땅에 뿌리를 내리고 버티고 살아온 살구가 더욱 기특하다. 남다른 특성도 없고 별난 재능도 없는 미미한 존재이지만 속 깊은 곳에 그 가치를 충분히 지니고 있는 살구를 닮은 사람이 되고 싶은 것이다.

최근 빼앗긴 문화유산을 되찾아오자는 국민 대화합이 이루어지면서 국내외 자국 문화유산에 대한 관심이 높아졌다. 다른 나라의 박물관에서 떠돌이 신세가 되어버린 문화유산이 허다하다. '아무리 보잘것없고 맛없는 과일 하나라도 우리나라 내 땅에서 나는 것이라면 소중하지 않은 것이 없다'라는 작가의 말처럼 내 나라 내 것을 알아야 함에도 실상은 그렇지 못하다.

주인마저 대상의 존재 가치를 인식하지 못한다면, 타인의 시선도 그리 온정적이지 않을 것이다. 더욱 안타까운 건 숨겨진 가치를 발견하려는 의지조차 없는 것. 모든 존재는 당장에 큰 이득을 창출하지 못한다 할지라도 그만의 가치는 있지 않을까. 순간순간 변화하는 사회에서 성실히 자리를 지켜 내고 있는 모든 것들은 존재 그 자체로도 아름답다.

작가는 별난 재주는 없으나, 속 깊은 곳에 그 가치를 충분히 지닌 살구 같은 사람이 되길 원한다. 그녀는 자기 자리에서 묵묵히 자신을 지켜 나가는 사람, 주변과 더불어 어우러져 살아가는 사람, 타인을 위해 자신의 것을 내어 줄 수 있는 사람, 그것이 바로 이 시대가 요구하는 이상적인 인간상이라고 말한다.

3

우리는 물질의 노예가 되어가고 있다. 가끔 황홀경에 빠지고 현란함에 취해 살아가고 있는 인간상을 볼 수 있다. 문명의 발전만을 강조하여, 소중한 것을 상실하고 있다는 데 안타까움이 더해진다. 그럼에도 희망은 있다. 부정적 단면 뒤에 숨겨진 삶의 긍정성은 어두운 그림자를 갉아 먹기에 충분하다.

결국 작가는 부도덕한 현실을 부정하는 데에 그치지 않는다. 감각적 욕망에서 벗어나 옛것의 아름다움과 소중함을 느껴 보길 바라는 마음을 전한다. 이에 현대 사회의 수많은 변화 속에서 옛 것의 소중함을 지키려는 그녀의 의지가 아름답게 다가온다.

철학, 수필 속을 걷다

ⓒ 이윤희, 2026

초판 1쇄 발행 2026년 4월 11일

지은이   이윤희
펴낸이   이기봉
편집   좋은땅 편집팀
펴낸곳   도서출판 좋은땅
주소   서울특별시 마포구 양화로12길 26 지월드빌딩 (서교동 395-7)
전화   02)374-8616~7
팩스   02)374-8614
이메일   gworldbook@naver.com
홈페이지   www.g-world.co.kr

ISBN   979-11-388-5867-0 (03800)